우아하지 *Gorgeous* 못하게

우아하지 못하게

1판 1쇄 찍음 2021년 5월 20일
1판 1쇄 펴냄 2021년 5월 28일

지은이 | 문사월
펴낸이 | 고운숙
펴낸곳 | 봄 미디어

기획 · 편집 | 박나영, 임지윤, 정지은

출판등록 | 2014년 08월 25일 (제387-2014-000040호)
주소 | 경기도 부천시 소향로13번길 14-11, 203호
영업부 | 070-5015-0818 **편집부** | 070-5015-0817 **팩스** | 032-712-2815
E-mail | bommedia@naver.com
소식창 | http://blog.naver.com/bommedia

값 12,000원

ISBN 979-11-6632-217-4 03810

우아하지 못하게

Gorgeous

문 사 월

장 편 소 설

BOM MEDIA

ROMANCE

STORY

목차

프롤로그

에엥.

모기 한 마리가 자꾸 곁을 맴돌았다. 바 테이블에 앉아 있던 여자는 모기를 피해 몸을 이리저리 움직였다.

서울역의 어느 패스트푸드점. 단정한 블라우스와 슬랙스를 입고, 적당한 굽의 검은 구두를 신은 여자는 오늘따라 구색을 갖춘 차림새가 어색하기만 했다.

그런 옷차림을 놀리기라도 하는 듯 모기가 쉴 새 없이 눈앞에서 얼쩡거렸지만 여자는 얼굴을 뒤로 빼 피할 뿐이다.

살생이 금물이어서 그러느냐. 아니다. 그냥 귀찮았다. 에엥거리며 주변을 돌던 모기는 목표물을 바꾸어 옆자리 남자에게로 향했다.

불편한 옷을 걸친 듯 어색해 보이는 여자와는 다르게 다소 과하게 멋을 낸 남자의 정장 차림은 자연스럽게만 느껴졌다. 할 수만 있었다면 그는 자신의 배냇저고리도 재단사에게 맡겼을 것이 분명하다.

짝!

경쾌한 소리에 여자의 눈이 남자의 큼지막한 손으로 향했다. 그도 모기가 신경 쓰이긴 했나 보다. 궁금하다. 잡았을까.

"잡았어요?"

남자가 손을 펼쳐 보였다. 빈손이다.

"놓쳤네요."

영악한 모기 새끼. 남자의 손바닥에 향했던 두 사람의 시선이 허공에서 부딪쳤다. 1초, 2초, 3초. 여자가 빠르게 고개를 돌려 햄버거를 베어 물었다. 남자는 여자의 옆모습에 시선을 고정한 채로 콜라를 한 모금 빨았다.

유리창 밖으로 기차를 타려는, 혹은 타고 온 사람들이 바쁘게 움직였다. 여자는 이름 모를 이들을 쳐다보면서 콜라를 한 모금 급히 들이켰다. 고개를 돌린 남자도 이젠 정면을 응시하며 햄버거를 느릿느릿 한 입 베었다. 뒤로는 주문 번호 확인을 바라는 직원들의 말이 시끄럽게 맴돌며 그들 사이의 공간을 채웠다.

그것이 강도우와 기다인의 첫 만남이었다.

좀 더 엄밀하게 말하자면 부디 그게 처음이라고 생각하길 바라는 그들의 두 번째 만남. 아니, 9년 전 일까지 그렇게 따질 거면 이번에 마주친 건 일곱 번째 만남 정도가 되겠다.

"강도우입니다."

그리고 빠르게 다시 찾아온 여덟 번째 만남.

다인은 정말 기막힌 우연이라고 생각하며 속에서 올라오는 쓴물을 삼켰다. 강도우에게 명함을 받고 수첩을 뒤적이며 제 명함도 전달하려던 다인이 순간 멈칫하더니 다른 곳에 끼워진 새 명함을 전달했다.

"기다인입니다."

눈짓으로 먼저 앉으라고 신호를 준 도우는 여자가 앉자 그제야 자신도 큰 키를 내렸다. 어쩐지 조금은 어수선한 원장실에 마련된 고급스러운 소파가 이질적이었다. 소파 깊숙이 등을 기댄 그는 다인의 명함을 읽으며 입꼬리를 미미하게 들어 올렸다.

"공간 마가리 대표 기다인 씨. 우리가 계약한 무대 업체 이름은 아닌 거 같은데."

"제 개인 명함입니다. 이번 건은 태율아트에서 프리랜서로 계약한 거라서요."

아아. 도우는 오른쪽 눈썹을 올렸다 내리면서 명함에 둔 시선을 여자에게로 돌렸다. 남자가 노골적으로 제 얼굴을 훑는 게 느껴졌지만 다인도 그의 시선을 굳이 외면하진 않았다.

남자의 얼굴에선 다시 만나 반갑다거나, 혹은 짜증 난다거나 하는, 그 어떤 감정도 느껴지지 않았다.

하긴. 여자들을 주렁주렁 달고 다니던 남자가 저 같은 여자를 기억하지 못하는 건 어쩌면 지극히 당연한 일이지. 다인은 차라리 다행이라고 생각하면서 테이블에 올려 둔 도우의 명함으로 시선을 내렸다.

한국국악문화진흥원장 강도우. 당시 준비하던 시험에 합격한 건 다인도 익히 들어 알고 있었다. 그래도 젊은 나이에 기관장 자리까지 오르다니. 생각보다 더 잘난 사람이다.

역시 그날 그렇게 빠져나왔던 건 잘한 일이었다. 다인은 9년 전 그 일을 속으로 빠르게 되짚으며 자신의 선택에 정당성을 부여했다.

때마침 들어온 비서가 차를 내왔고 쉽사리 끝이 나지 않을 것 같던 도우의 탐색전도 잠시 중단되었다. 비서를 향해 고맙다고 고개를 까딱이며 다인에게 차를 들라고 손짓하고, 긴 손가락으로 찻잔을 휘감는 남자의 움직임은 너무 느리지도, 그렇다고 너무 빠르지도 않았다. 예전의 강도우도 그랬던 것처럼. 그러나 굳이 예전 일을 생각해서 어쩌겠는가. 어쨌거나 일로 다시 만난 사이다. 다인은 빠르게 대화를 마무리할 생각으로 입술을 뗐다.

"이번 공연은 예년이랑은 다르게 진행될 거라고 들었습니다. 태율에서도 진흥원이랑은 처음 맺는 계약인지라 대표님이 각별히 신경 쓰셨어요."

"뭐, 알아서 잘하실 거라고 생각합니다."

"……태율도 국악 공연 무대 디자인은 처음이어서 자료를 많이 찾아보긴 했는데, 이건 사전 미팅 때 전달받은 연습실 영상을 보고 저희 쪽에서 해 본 무대 스케치입니다."

태블릿을 꺼내 든 다인이 어제까지 밤새 수정했던 무대 도면과 스케치들을 넘겨 가며 도우에게 보였다. 여전히 아무 표정도 담지 않고 흐린 얼굴을 하던 그가 태블릿에서 시선을 올려 다인을 빤히 쳐다보았다.

"그렇게 말해도 난 잘 몰라요. 공연 관련해서는 전문가들 의견에 따르는 게 맞지. 나 같은 책상물림들이 뭘 안다고."

안 그래요, 하고 말을 덧붙이던 도우가 느긋하게 찻잔을 내려놓았다. 어디선가 옛 가요들을 가야금으로 편곡한 노래들이 은근하게 들려왔다. 그 선율에 따라 움직이는 도우는 마치 풍류를 즐기는 선비 같기도 했다.

잠깐. 선비라니, 그게 강도우에게 가당키나 한 말인가.

"일 얘기를 하겠다고 기다인 씨를 여기까지 부른 건 아니고."

도우를 따라 찻잔을 집어 들었던 다인의 손이 허공에서 잠시 멈추었다.

연출 감독과 미팅하던 중에 비서를 통해 전달받은 원장과의 독대다. 일개 무대 디자이너 나부랭이인 저를 굳이 원장실에서 찾는다니 의아하긴 했지만 공연 건으로 원장이 따로 말할 게 있겠거니 단순하게 생각하던 터였다. 그 원장이 강도우였다는 게 변수라면 변수였다만.

그런데 일 얘기도 아니라면, 설마 이 남자가 그때 일을 기억하고 있는 건가. 다인의 미간이 미묘하게 찌푸려졌다.

"다시 얼굴 보니까 반가워서."

입술 안쪽을 짓씹은 다인이 두 손을 포개어 잡았다. 차가 벌써 식었을 리는 없는데, 찻잔을 잡은 손은 점점 차가워지는 듯했다. 여자의 왼손에 시선을 두던 도우의 입꼬리에 슬그머니 미소가 걸렸다.

"기다인 씨는 나 기억 안 나요?"

"글쎄요. 저는 원장님 오늘 처음 뵙습니다만."

"그렇게 쉽게 잊기 힘들 텐데."

"무슨 말씀이신지 잘 모르겠어요."

도우가 짙은 눈썹을 치켜올리면서 제법 건방지게 한쪽 다리를 꼬았다. 찻잔을 내려놓는 다인의 얼굴이 어두워졌다. 애써 침착한 척하느라 한껏 당긴 입꼬리에는 경련이 일 듯했다.

"아까 서울역에서 봤잖아요. 햄버거. 모기."

그는 두 손을 가볍게 부딪치며 기억나지 않냐는 듯 눈짓했다.

아, 그거. 그제야 다인의 굳은 표정이 허탈하게 풀렸다. 그때 일이라면 뭐 얘기가 달라진다. 더 이상 신경 쓸 것도 없다. 조금은 마음이 놓인 듯한 여자의 반응에 도우가 피식, 바람 빠지는 소리를 내면서 다인의 명함을 다시 가져다가 읽어 내려갔다.

"공간 마가리. 마가리가 무슨 뜻?"

"오두막이라는 뜻이에요."

"오두막 짓는 일을 하는 건 아닐 거고."

"공간 디자인 회사입니다."

"태율에서 나와서 따로 회사를 차린 이유는?"

"제 일을 하고 싶어서요. 무대 일은 지치기도 했고요."

취조라도 하는 듯한 단도직입적인 물음에 다인의 목소리에 날이 섰다. 하지만 그것도 잠시, 그렇다고 이번 무대 일에 소홀했던 건 아니라고 서둘러 덧붙이는 말끝은 어쩐지 힘을 잃고 비실거렸다.

도우가 내리깐 눈꺼풀을 올려서 다인에게 눈을 맞추었다. 앞으로 숙였던 몸을 한층 거만하게 뒤로 누이듯 기대자 소파 가죽이 빠드득하며 우스운 소리를 만들어 냈다.

"공간 디자인이면 개인 인테리어도 합니까?"

공간 디자인. 다인은 제가 차려입은 옷만큼이나 어색한 단어에 잠시 입을 다물었다.

굳이 따지자면 다인에게 무대 디자인은 좋아하는 일이었고 공간 디자인은 잘하는 일이었다. 그 사건만 아니었어도 다인도 여전히 태율 소속이었을 텐데. 그랬다면 굳이 새로운 사업을 시작할 필요도, 그래서 강도우로부터 이런 질문을 받고 고민할 이유도 없었을 것이다.

자고로 좋아하던 무언가를 혐오해야 하는 것만큼이나 정신을 갉아먹는 건 없다. 그게 일이든, 사람이든. 아니다 싶을 땐 바로 끊어 내는 게 다인의 성격상 맞는 일이었다. 뭐, 물론 성격대로 되는 일이 얼마나 있겠냐만은.

야심차게 새로 시작한 공간 디자인 사업은 생각보다 더 지지부진했다. 홍보를 더 해야 하나 고민하던 중 마침 전 직장 태율아트에서 제의한 국악 공연 작업이 딱히 나쁘지 않아서, 솔직하게 말하자면 돈이 궁해서 흔쾌히 수락했다.

그러니까 결국은 공간 마가리 대표로서의 다인은 지금 클라이언트 하나하나가 소중한 시점이었다. 그게 누구라고 해도. 다인은 목소리를 조금 상냥하게 바꿔서 대답했다.

"클라이언트를 크게 가리지는 않아요."

"잘됐네."

도우의 말이 어쩐지 서늘하게 느껴졌다. 팔걸이에 내려 둔 그의 손끝에서 다인의 명함이 나풀나풀 휘날렸다. 그것이 마치 그들 관계에서의 자신의 입지 같은지 명함에 박힌 다인의 눈도 한없이 불안하게 흔들렸다.

"기다인 씨한테 개인적으로 의뢰하고 싶은 게 있는데."

"개인적인 의뢰라면 어떤?"

"이사 갈 집의 인테리어를 맡기고 싶어서."

자꾸만 말끝을 잘라 버리는 도우의 말투는 거만하기 짝이 없었다.

그때 일을 기억하고 저러는 것일까. 아니다. 부디 기관장이라는 직책이 주는 무게에서 우러나온 오만함이기를. 클라이언트로 이 남자를 다시 만나는 게 과연 옳은 일일지 모르겠다.

진흥원에서 보는 것만으로도 충분하지 않나. 그렇다고 하기엔 자신은 지금 눈앞의 잠재적 클라이언트를 놓쳐선 안 될 상황인데. 다인이 꾹 눌러 다물었던 입술을 떼며 말했다.

"원하신다면 포트폴리오 먼저 보내 드릴게요. 일단 보시고 결정하셔도 좋습니다."

"왜, 감각 좋잖아요, 기다인 씨."

뭘 알고 저러는 걸까. 도우를 보던 다인의 눈빛이 돌연 다른 빛을 띠었다. 그러나 그는 제게 닿는 눈길이 익숙하다는 듯 턱을 살짝 위로 올린 채로 여전히 느릿느릿, 한없이 여유롭게 내리깐 눈으로 여자의 얼굴선을 훑어 내려갔다.

동그란 이마, 아치형 눈썹, 얄따란 쌍꺼풀이 진 눈을 지나 작지만 반듯하게 높은 코. 그리고 제일 마음에 들었던 저 붉은 입술까지.

"색깔도 잘 쓰고."

여자의 도톰한 아랫입술이 깨물리는 걸 보고 도우가 오른쪽 입꼬리를 슬쩍 올렸다. 여전한 버릇이다. 이쯤 되면 눈치챌 만도 한데 아직 모르는 건지, 모르는 척하고 싶은 건지.

뭐가 됐든 제 발로 다시 굴러들어 온 여자를 눈앞에서 쉽게 놓칠 수는 없었다. 며칠 갖고 노는 것도 나쁘지 않겠다고 생각하며 도우는 여자 앞에 놓인 태블릿을 턱으로 가리켰다.

"아까 스케치 보니까 그렇더라고."

"아. 감사합니다."

감사는 무슨. 다인의 속에 있던 말이 도우 입술 사이로 삐져나왔다.

그러니까 감사는 무슨. 다인은 마치 가 본 적도 없던 취조실에라도 온 것처럼 영 갑갑했다. 빨리 이 숨 막히는 곳을 벗어나고만 싶다. 강도우와 같은 공간에 있다는 것만으로도 다인은 일주일치 에너지를 가불하여 쓴 것만 같았다.

강도우가 예전 일을 기억하든 못하든 그냥 다 털어놓고 일은 못하겠다고 질러 버릴까. 그렇다고 해도 다인이 딱히 손해 볼 건 없다. 통장에 꽂힐 돈이 없어진다는 것밖엔.

하, 그게 치명타겠지. 하지만 이 남자랑 마주보는 것보다는 낫지 않을까.

입술을 달싹이던 그 순간 감사하게도 도우의 휴대폰이 요란하게 울리며 다인의 막돼먹은 다짐을 흩뜨렸다.

드디어 빠져나갈 수 있는 기회다. 어쩐지 화색이 도는 다인을 보며

14

도우가 고개를 까딱, 양해를 구하고는 전화를 받았다.

"어, 지윤아."

다인은 그를 향해 고스란히 귀를 열어 둔 채로 명함을 수첩에 넣었다. 저 통화가 끝나면 자연스럽게 일어나면 될 일이다. 그러면서도 문득 태율 소속이 아닌 새 명함을 전달했던 치기 어린 제 행동에 다인은 속으로 쓴웃음을 삼켰다.

태율을 벗어나고픈 몸부림이라도 됐던 걸까. 아니다. 강도우 앞에서 그냥 기다인의 체면을 세우고 싶었던 거겠지. 알량한 자존심은 늘 그렇게 후회를 부른다.

"오빠 일하는 중이잖아. 응."

그는 정작 자신의 통화 내용에는 별 관심이 없는 듯, 다인이 그의 명함부터 태블릿까지 가방에 챙기는 과정 하나하나를 눈에 담았다.

이렇게 빠져나가겠다 이거지. 비틀린 감정은 남자의 말투에 여실히 묻어났다. 다분히 의도적으로 휴대폰에 대고 다정함을 흘려 대지만 그의 불순한 의도는 아쉽게도 다인에게는 어떠한 감흥도 주지 않는 듯 보였다.

그저 이 상황을 빠져나갈 수 있단 생각에 흥분한 다인은 짐을 다 챙긴 후 자세를 고쳐 잡고 그를 보며 은은한 미소를 보일 뿐이었다. 지극히 사무적인, 사적인 감정 같은 건 하나도 담기지 않은 그런 쾌쾌한 미소.

이것 봐라. 도우는 침착하게 반대쪽 손으로 휴대폰을 바꿔 들고 마주 앉은 다인에게 시선을 고정했다. 왠지 조금은 재미를 보고 싶은 맘이 앞섰다.

"그래. 나도 사랑해."

다인은 그의 말에 숨을 잠시 멈추었다. 분명히 휴대폰 너머의 상대에게 전하는 말이었지만 저를 보고 사랑한다고 말하는 도우의 목소리는 발끝까지 찌릿, 빠르게 전달됐다.

단단한 몸을 울림통 삼아서 나긋하게 속삭이는 사랑은 왠지 조금은 건조하다. 다인은 괜히 목이 타는 느낌에 테이블에 놓아 둔 찻잔을 다시 들었다. 속은 어떨지 몰라도 겉으로는 큰 동요는 없다는 것처럼 여상한 표정으로.

도우는 여자의 심심한 반응을 지켜보며 종료 버튼을 눌렀다. 사랑한다는 말에 지윤의 목소리가 시끄럽게 따라붙었으나 그에게 딱히 중요한 것은 아니다. 꽤 괜찮은 장난감을 발견한 듯했던 남자의 눈도 삽시간에 흥미를 잃어버렸다.

그는 몸을 파묻다시피 했던 소파에서 엉덩이를 떼어 몸을 일으켰다. 진작에 나갈 준비를 끝마친 다인이 그를 따라 일어섰다. 짜증을 삼킨 듯 턱 근육을 움찔거리던 도우가 원장실 문을 열고 앞장섰다.

또각또각, 복도를 휘감은 구두 소리가 마치 자진모리장단에 맞춰 춤추는 듯했다. 성큼성큼 걷던 도우를 뒤쫓던 다인이 그를 따라 급하게 엘리베이터 앞에서 멈추어 섰다. 닫힌 엘리베이터 문에 비친 서로의 모습을 쳐다보던, 아니 노려보던 도우가 먼저 입을 뗐다.

"인테리어 건은 생각을 더 해 보도록 하죠."

"네."

다인의 대답에 안도감과 아쉬움이 뒤섞였다. 당연히 안도감이 조금 더 컸다. 다인은 마침 도착한 엘리베이터에 잽싸게 올라타서는 도우에게 꾸벅 인사했다.

몸을 숙이며 시선을 맞춘 남자의 잘 닦인 구두부터 몸을 일으켜서도 고개를 조금 더 올려다봐야 했던 남자의 얼굴까지, 이렇게 가까이에서 마주 보는 건 부디 이번이 마지막이기를 기원하며 다인은 입술을 뗐다.

"그럼 다음에 뵙겠습니다."

역설적인 인사말을 끝으로 엘리베이터 문이 서서히 닫혔다. 제발 이대로 강도우와는 끝이기를. 그러나 닫히는 문 사이로 입술을 비틀면서 웃는 남자를 본 순간, 불행히도 다인은 확신하고야 말았다.

저 미친놈이 다 기억하고 있다는 것을.

처음이자 마지막이었던, 길고도 길었던 그 밤을.

1화

도우는 원장실로 들어가면서 여전히 구석에 쌓아 둔 짐을 흘깃 바라봤다. 발령받은 지 한 달이 넘었는데 뭐 하나 아직 제대로 정리된 게 없었다.

한마디로 엉망진창이다. 책상 밑에 놓아둔 박스에서 전임자의 이름이 박힌 명패가 비죽 삐져나온 것도 꼴사나웠다.

보통은 짐 싸면서 명패도 같이 들고 가지 않나. 그만큼 꼴도 보기 싫은 자리인가. 내일쯤은 저것들을 다 내다 버려야겠다고 생각하며 애먼 박스만 발로 툭툭 건드렸다.

박스에서 먼지가 날리자 구릿빛 얼굴을 잠시 찡그린 도우가 한눈에 봐도 꽤 좋아 보이는 의자에 털썩 주저앉았다. 이곳에서 마음에 드는 물건도 존재하긴 한다는 것에 잠깐 조소하던 그는 헤드레스트에 머리를 기대어 눈을 감았다.

또 저 가야금인지 거문고인지 알 수 없는, 알고 싶지도 않은 음악이 신경을 긁어 댔다.

좌천. 기관장 자리로 온 것이지만 명백한 좌천 인사였다. 행정 고시도 수석으로 패스하고 서기관도 동기들 중에서 제일 먼저 달았는데 지금의 강도우가 떠맡은 건 겨우 이거다.

허울 좋은 감투. 빛 좋은 개살구. 한국국악문화진흥원장.

학예 연구관들의 입김이 센 곳에서 눈엣가시 같은 강도우를 밟아 보려는 뻔한 수작질.

역시 사람은 좀 적당히 잘났을 필요가 있었다. 이건 뭐 외모도 훌륭해 머리는 비상해, 시샘하는 무리가 많은 것도 당연하지. 게다가 머리털 없는 그들에 비하자면 강도우는 젊디젊은 청춘이 아니던가.

쯧, 혀를 찬 도우가 눈꺼풀을 접어 올렸다. 탁상 거울 속에 여전히 헤드레스트에 기댄 채로 입술을 비뚜름히 비튼 남자가 비쳤다.

제 잘난 얼굴을 물려주신 선조 어르신들을 책망하던 그는 그제야 생각났다는 것처럼 주머니에 아무렇게나 쑤셔 넣었던 다인의 명함을 꺼내 들었다.

신은 스스로 돕는 자를 돕는다지만 강도우에겐 딱히 해당되는 말이 아니다. 스스로 뭘 하지 않아도 언제나 그렇게 운이 좋게 걸려드는 일들이 많았다. 심지어 딱 한 문제를 찍었을 뿐이었는데 유일한 수능 만점자로 매스컴을 떠들썩하게 만들었을 때도 그랬다.

기다인 역시 그에게는 그런 존재다. 언제고 딱히 수를 쓰지 않아도 이렇게 또 만나게 될 날이 올 줄 알았지. 이 기막힌 타이밍이란. 예기치 않은 귀양살이가 슬슬 따분해지려던 찰나에 잘 만난 상대다. 입술 사이로 실실 흘리던 웃음도 서서히 멎었다.

기다인. 동틀 때까지 침대에서 같이 뒹굴다가 돌연 자취를 감추었던 그 여자. 웬 미친 친구 놈은 따먹힌 거 아니냐고 놀려 댔지만 부정할 수만도 없었다.

모든 게 만점이던 강도우 인생의 유일한 오답 기다인. 그날 밤이 틀렸는지 맞았는지 답도 알 수 없게 하루아침에 사라져 버린 여자. 그 여자를 기억해 내지 못할 리가 없었다.

내 뺨을 때린 여자는 네가 처음이야. 우스갯소리로 괜히 그런 말이 나오는 게 아니다. 저를 처음으로 따먹고 내뺀 여자는 기고만장하던 강도우의 삶에 얼마나 치명적인 충격을 주었던가.

자신이 그렇게 침대에서 형편없었는지 잠깐 실의에 빠져도 봤지만 그건 여자의 반응을 돌이켜 봤을 때 절대 단연코 아니었다는 귀납적 추론으로 이어졌다.

그렇다면 도대체 왜?

신생아 시절부터 외모 하나로 주목받는 게 당연한 삶을 살던 강도우였다. 어린이집부터 시작해서 유치원, 초등학교, 중고등학교까지 그놈의 인기는 식을 줄을 모르고 나날이 더 높아져만 갔다.

수능 만점자로 기사가 대문짝만큼 났을 때는 어떠했던가. 그야말로 폭발적인 전국적 인기를 얻어 포털 사이트 검색어 1위는 물론이고 심지어는 팬 카페까지 만들어지기도 했었다.

원래도 높았던 콧대를 더 드높이면서 화려하게 입학한 대학 역시 마찬가지였다. 강도우는 그것이 제 사명이라는 것처럼 제게 향한 인기를 당연하게 만끽했다.

하지만 딱 거기까지였다. 너무 맑은 물에는 고기가 놀지 않는 법일까. 다가오는 여자들은 많았지만 그들은 하나같이 도우를 연애 상대로는 보지 않았던 것 같다. 오히려 그런 관계가 될까 봐 부담스러워했다. 가끔 선을 넘는 여자들도 있었지만 어찌된 일인지 그녀들은 어느 순간 도우가 어떻게 하지 않아도 자연스레 정리가 되었다.

도우라고 여자에 관심이 없었겠는가. 그렇다. 없었다. 애초에 스스로에 대한 애정이 넘치는 그에게 있어 누군가와 애정을 나눈다는 건 시간 낭비였다. 따라붙는 시선들은 즐기되, 정작 귀찮게 괴롭히며 따라붙는 사람은 없으니 그것마저도 그는 운이 좋은 거라고 생각했다.

그렇게 수지에 맞게 실속 없는 인기를 누리던 강도우에게 어느 날 갑자기 기다인이 나타났다.

분명히 기다인이 대놓고 그를 꼬신 격이었다. 먼저 다가와서 발칙한 말로 사람을 뒤집어 놓은 뒤 한 번 자고는 소리 소문 없이 사라졌다.

감히 강도우를 말이다, 감히. 한동안은 그렇게 '감히'라는 말을 붙이면서 그 여자를 원망하기도 했다. 그러나 역시 운이 좋았던 탓일까. 그 원망은 오히려 원동력이 되어 행정 고시 수석이라는 타이틀을 갖게 해 주었다.

뭐, 그렇게 따진다면 기다인은 제 은인인 건가.

"……은인은 무슨."

도우가 다인의 명함을 구겨서 쓰레기통으로 넣었다. 다시금 웃음이 새어 나왔다. 은인인지 뭔지는 중요하지 않았다. 기다인을 다시 만났다는 것이 중요할 뿐이다. 비록 여자는 깜찍하게 기억 못 하는 척하고 있지만, 그거야 며칠 내로 밝혀질 일. 도우가 의자를 빙그르르 돌리다가 긴 다리를 쫙 뻗어 멈췄다.

그래, 될 놈은 뭘 해도 된다니까.

거울 속 자신의 얼굴을 보면서 우아하게 턱을 쓰다듬는 도우의 손짓은 어딘가 모르게 경박하기 짝이 없었다.

〈태민겸 : 희진 샘, 원장 기분 어때〉

오늘도 어김없이 결재 사인을 받으러 오기 전, 원장의 심기부터 살피는 민겸의 메시지다. 슬쩍 원장실을 쳐다보던 희진의 손가락이 타다닥 빠르게 키보드 위를 지났다.

〈양희진 : 광장히 양호〉
〈태민겸 : ○○ 지금 결재받으러 가도 되지〉
〈양희진 : 넵〉

원장실 부속실에서 비서 일을 하고 있는 희진은 다른 직원들과는 다르게 새로 온 진흥원장이 그렇게 썩 싫진 않았다.

뭐, 아직 한 달밖에 안 되어서 속단하긴 이르긴 하지만 강도우 원장은 젠틀했다. 기본적으로 매너가 있었고, 기본 업무 이외의 잡무를 굳이 만들지도 않았다.

인맥 관리를 딱히 하지는 않는 모양인지 찾아오는 손님도 없었고, 발령 때 선물 받은 난 화분도 다 버리라고 해서 따로 화분 관리할 필요도 없었고, 이전 원장처럼 시간을 정해 두고 차와 간식을 대령하라고 요구하지도 않았다. 또한 죽기 살기로 정시 출근에 정시 퇴근을 지키는지라 희진도 덩달아 여가 시간이 늘었다.

그리고 뭣보다도 잘생겼다. 못생긴 놈들에겐 웃어 주지도 말자는 희진의 철학하에서 강도우의 얼굴이란 1년 내내 웃어도 모자랄 정도랄까.

아무튼 새로 모시게 된 원장은 잘생겼다. 그것도 지나치게. 그 사실 하나만으로도 희진은 제 회사 생활에 충분히 만족했다.

그럼에도 희진이 그를 그저 싫지 않았다 정도로 표현한 건, 강도우 원장은 어딘가 조금 하자가 있기 때문이다.

"희진 샘!"

민겸이 노크와 동시에 부속실로 들어왔다. 대금을 전공한 태민겸은 5년 차 학예 연구사로, 원장이 새로 온 이후로 원장실을 제일 많이 들락거리는 인물이다. 민겸에게 짧게 눈인사를 한 희진은 원장실 문으로 눈길을 돌리며 말했다.

"지금 원장실 바로 들어가시면 될 것 같아요."

"오늘 진짜 기분 괜찮아 보여?"

"네. 아까 손님 다녀가시고부터는 계속 좀…….."

좀 돈 것 같아요. 미처 내뱉지 못한 말을 삼킨 희진은 눈동자만 데구루루 굴리다가 어깨를 으쓱 들어 올렸다. 민겸은 한숨을 푹 내쉬고는 지옥문이라도 되는 것처럼 굳게 닫힌 원장실 문을 쳐다봤다. 때마침 도우의 음흉한 웃음소리까지 문밖으로 새어 나오자 민겸은 하얗게 질린 얼굴로 희진에게 물었다.

"지금 나만 들은 거 아니지?"

"네. 아까부터 저러고 웃으시네요."

역시 좀 돈 것 같다는 게 제일 적당한 표현인 것 같은데. 돌으신 것, 도신 것을 되뇌던 희진은 제 어휘력이 부족한 게 아니라고 생각하면서 어서 들어가 보라고 민겸에게 눈치를 줬다.

"있지, 희진 샘. 나는 원장님 기분 좋다고 할 때가 더 무서워."

고개를 절레절레 흔들던 민겸이 원장실 문을 두드리며 안으로 들어갔다. 희진은 무심하게 모니터로 시선을 돌리며 조용한 사내 메신저 창을 확인하고는 쯧, 혀를 찼다.

강도우 원장이 새로 오고 나서 한동안은 메신저가 렉이라도 걸린 줄 알았다. 여자들이 제아무리 각자의 이상형을 가지고 있대도 취향을 뛰어넘어 통용되는 외모가 있는 법. 시시때때로 새로 오신 잘생긴 젊은 원장님의 동향을 묻는 메시지들 탓에 부속실은 그렇게 키보드 소리로만 가득 차기도 했다.

그럴 때도 있었는데……. 몇 주 전을 떠올리던 희진의 표정이 아련해졌다. 불과 한 달 만에 진흥원 그녀들의 안중에서 소리 소문도 없이 사라져 버린 강도우. 도대체 그의 무엇이 문제였을까.

"아오 씨……."

민겸이 원장실을 빠져나오면서 콧김을 크게 내뿜었다. 희진은 익숙하다는 듯 민겸에게 안타까운 미소를 보이며 안경을 한 번 들어 올렸다.

역시 성격이 문제다. 안타깝게도 강도우는 잘생긴 외모에 갇혀 버린 불행한 또라이였으니, 어떤 여자가 그를 데려갈까. 오호통재라.

"어, 선배. 진흥원에서 이제 나왔어요."

플랫폼 벤치에 앉아 기차를 기다리던 다인은 인상을 구기며 전화를 받았다. 안 신던 구두를 오랜만에 신어서인지 발뒤꿈치는 빨갛게 살갗이 벗겨졌다. 따가운 듯 미간을 찌푸린 다인이 휴대폰을 어깨에 끼운 채로 혹시나 하고 가방을 뒤졌다.

"연출 감독님이 그대로 진행해도 좋겠다고 하시네. 회전 넣는 것도 컨펌받았고. 어, 조명 들어가는 건 체크해 볼게요. 고생은 뭘. 근데 선배, 현장은 이제 내가 꼭 안 나가도 되죠?"

가방에서 하나 남은 반창고를 찾아낸 다인이 눈썹을 위로 들어 올렸다. 웬일로 이런 운이 따르지. 필요한 건 꼭 찾을 때마다 안 보이더니. 다인은 구두 끝에만 넣고 있던 오른발을 왼쪽 무릎에 올린 뒤 반창고를 붙이며 말을 이었다.

"그냥 멀기도 하고. 준섭이 보내면 되잖아, 이제. 뭐? 다리를 다쳐? 왜? 자전거?"

다인의 목소리가 점점 높아졌다. 왜 하필 걔는 이 시점에 다리가 부러지냐. 초조하게 휴대폰 뒷면을 두드리던 검지의 속도가 빨라졌다.

"그럼 정훈이 보내. 뭐? 걔는 왜 또?"

정훈도 안 된단다. 그 말인즉슨 사실상 다인이 계속 진흥원에 와야 한다는 말이다. 사실 여부야 알 게 무엇인가. 저렇게 나온다는 건 그냥 군소리 말고 그대로 네가 계속 하라는 뜻이리라. 알겠다고 일단 전화를 끊은 다인은 이전보다도 더 사정없이 구겨진 얼굴로 구두를 바로 신었다.

"하, 내가 미쳤지."

재수가 없으려니까 별일이 다 있다. 올해가 삼재였던가. 다인의 한숨에 지난 기억들이 드문드문 묻어 나왔다.

무대 일을 그만두어야 했던 것과 새 사업을 시작한 것. 진흥원에서 강도우를 다시 만난 것. 그리고 다인이 강도우를 처음 만났을 때의 기억들까지도.

그때도 아마 계절이 이맘때쯤이었던 걸로 기억한다.

다인이 미국으로 유학 가기 2주 전, 친구 정혜주가 하던 카페에 인사차 들렀다가 만난 남자. 그러니까 그건 일종의 내기였다.

시작도 말았어야 할 내기.

"강도우가 뭔데."

새로 나온 피자 도우 이름인가, 덧붙이는 다인을 보던 혜주의 눈이 동그랗게 변했다.

"너 강도우를 몰라? 한동안 인터넷에서도 유명했잖아."

몇 달 전, 고시생들이 많은 동네에 개인 카페를 개업한 혜주는 카페에 틀어 놓은 잔잔한 음악 볼륨을 조금 높였다. 한산한 시간인지라 카운터 근처에 앉아 있는 다인 곁에 쪼르르 달려와서 자리 잡은 혜주는 누가 들을세라 목소리를 낮추었다.

인터넷에 떠도는 유명한 얘기라면 모르는 것이 없던 혜주는 신나게 강도우의 이력에 대해서 설명해 주었다. 하지만 다인의 심드렁한 표정으로 봐선 딱히 그녀가 흥미를 가질 소재는 아닌 듯하다.

결국은 그러니까 똑똑한데 인물도 좋다는 아주 재미없는, 엄마 아빠는 몰라야 하는 얘기 아냐.

"잘생긴들 얼마나 잘생겼다고."

"야, 나도 처음엔 그랬다? 근데 실물 보고 완전 넘어갔잖아. 너도 보면 말 달라질걸? 여기 단골인데 4시쯤 되면 올 거야."

실물 보면 어지간한 모델이나 연예인보다 더 낫다면서, 어디서 듣기론 기획사 캐스팅 제의도 받았다고, 저기 저 여자들도 강도우 기다리는 거라면서 혜주가 창가 테이블 쪽을 턱짓으로 가리켰다.

"그래 봤자 남자 얼굴 뜯어 먹고 살 것도 아니고."

혜주를 따라 시선을 돌렸던 다인이 감흥 없이 음료에 꽂힌 빨대만 휘적거렸다.

유학을 앞두고 마음이 싱숭생숭한 시기에 남자 얘기 따위가 귀에 들어올 리가 없었다. 게다가 혜주가 잘생겼다고 하는 얼굴은 안 봐도 뻔했다.

얼굴 허옇고 쌍꺼풀진 눈에 애굣살도 두툼하고 조금 마른, 예쁜 남자겠지.

그에 반해 다인의 취향은 조금 달랐다. 얼굴은 하얀 것보다 겨울에도 그을린 피부에 더 매력을 느꼈고, 쌍꺼풀 없이 반항미가 넘치는 눈이 좋았다. 게다가 턱은 얄팍한 것보다도 각이 져서 다부진 쪽을 선호했다.

뭣보다 중요한 건 얼굴이 아닌 몸이다. 자고로 남성미는 몸에서 나오는 법.

키도 크고 어깨도 넓고 몸통이 두툼해서 저같이 키 큰 여자도 번쩍번쩍 들어 올릴 수 있는 근력을 가진 남자. 엉덩이는 잔뜩 화나서 착 올라붙은 그런 몸매.

땅 넓은 미국 가면 그래도 구경은 할 수 있지 않겠냐며 캡틴 아메리카를 떠올리던 다인이 입맛을 다셨다.

"야, 저기 온다. 강도우."

그렇게 혜주를 따라 무심결에 고개를 틀어서 카페로 다가오는 남자를 보는 순간 다인은 잠시 동안 숨 쉬는 법을 잊어버렸다.

그냥 폴로 셔츠를 입었을 뿐인데 햇살을 받아 절로 드러나는 탄탄한 근육들은 그리 흉하지도 않게 딱 적당했고, 야외 운동을 즐겨 하는지 건강하게 그을린 피부와 깔끔하게 위로 살짝 올라간 쌍꺼풀 없는 눈. 그리고 저 각진 턱만큼이나 단단해 보이는 허벅지까지. 세상에. 여기가 벌써 미국이던가.

딸랑. 꿈에나 그리던 이상형이 그렇게 어이없이, 쉽게 눈앞에 나타나 카페 문을 열고 들어왔다. 아주 느리게만 흐르는 것 같던 시간은 그의 동작 하나하나를 눈에 담기에 턱없이 부족해 보였다.

"봐, 내 말 맞지?"

저도 모르게 입까지 벌리고 남자를 쳐다보는 다인에게 그럴 줄 알았다며 빙그레 미소를 보이던 혜주는 주문을 받으러 서둘러 카운터로 들어갔다.

혜주의 말에 급히 입을 다물던 다인은 흠흠 목소리를 가다듬으면서 본격적으로 남자를 힐끔힐끔 관찰하기 시작했다. 처음으로 발견한 완벽한 제 이상형에게 어떻게든 트집을 잡아 보려는 눈이 다소 가늘게 변했다. 저 정도로 잘났어도 목소리가 이상하다거나 할 수도 있잖아…….

"아이스아메리카노랑, 햄치즈샌드위치 포장이요."

목소리까지 좋아. 세상에나. 다인은 이런 인물이 한국에 실존하고 있음에 새삼 경탄하면서 음료를 한 모금 마셨다. 남자를 입 벌리고 뚫어지게 쳐다봐서 그런가, 어디서부턴가 갈증이 일었다.

"네. 오이 따로 뺀 걸로 드려요?"

혜주의 말에 고개만 까딱거리는 걸로 대답을 하는 남자는 좀 시건방지긴 했으나 원래 낯짝 반반한 것들은 그런 법이다. 적당히 도도해야 매력 있는 법. 어느새 창가 쪽 테이블에 앉은 강도우의 팬들에게도 크게 공감하던 다인은 침을 꼴깍 삼켰다.

어쩌면 남자 얼굴을 뜯어 먹고 살 수도 있지 않을까.

다인의 시선은 그가 포장된 음료와 샌드위치를 들고 문을 나설 때까지 좀처럼 떨어질 줄을 몰랐다. 털끝 하나 놓치지 않겠다는 집요한 시선은 그의 널따란 등에서 엉덩이로 내려오자 어쩐지 더 짓궂게 변했다. 혜주만 아니었다면 다인은 홀린 듯이 그의 뒤를 밟았을지도 몰랐다.

"근데 소문이 안 좋아."

혜주가 다인의 눈앞에서 손가락을 딱, 소리 나게 튕기며 말했다.

"무슨 소문?"

정말 도우를 기다리던 게 맞았는지 다른 테이블 무리들도 그가 떠나자 볼일을 끝냈다는 듯이 서둘러 카페를 나섰다. 문에 달린 종이 딸랑,

둘만 남은 카페를 올리는 게 이제부터 제대로 된 얘기를 해 보라는 알림 소리 같기도 했다.

"주위에 여자는 많은데 정작 연애는 안 해."

"연애할 상대를 아직 못 찾은 건가."

"여자한테 관심이 없대."

"조신한 성격인가."

"성격이 좀 이상하대."

"평범한 남자 성격은 재미없지."

애 좀 봐라. 관심 없는 것 같더니. 금세 돌변한 다인을 보고 실없이 웃던 혜주가 둘밖에 없음에도 괜히 주위를 한번 둘러보고는 비밀 얘기라도 할 것처럼 머리를 맞댔다.

"그게 있지. 사실은, 남자 구실을 못한대."

"……뭐?"

세상에나, 고자라니!

다인의 눈에 절망이 흘러내렸다. 신은 정말 공평했던 걸까. 왜 그런 시련을 하필이면 저 남자에게 주셨을까. 믿지도 않는 신들을 원망하던 다인이었지만 그건 한 인간에 대한 안타까움이었다. 절대로 다인이 그 남자를 어떻게 해 보려고 했다가 실패해서 나오는 그런 감정은 아니었다. 절대로.

"작아?"

"그런 말도 있고, 아예 안 선다는 말도 있고."

"어쨌든 소문일 뿐이잖아."

"그렇긴 하지."

"연애도 안 하는데 소문이 어디서 나."

"뭐 꼭 연애를 해야 잘 수 있는 건 아니니까."

흐음. 원나잇이라도 한다는 건가. 고자 주제에.

다인이 입술을 꾹 다물며 갑자기 등장한 제 이상형의 완벽한 겉모습을 다시 한번 떠올렸다. 안타깝다. 이것 역시나 비뇨기과를 하는 부모님을 둔 딸로서 드는 단순한 인류애적인 측은지심이다.

"어째 아쉬워 보인다, 기다인?"

그렇다. 아쉽다. 고작 스물넷 인생을 살긴 했지만 저렇게 제 이상형 조건에 완벽하게 부합하는 남자는 처음이었다.

게다가 그 이상형은 비뇨기과 전공의인 엄마를 통해 통계적으로 추려져서 반쯤은 세뇌된, 불 꺼진 침대에서도 자신을 행복하게 만들어 줄 이상형이 아니던가. 그런데 그 조건에 정확하게 부합하는 사람이 성기능 장애가 있다니.

이건 필히 운명이다.

"내가 확인을 좀 해 볼까."

골똘히 생각에 잠겼던 다인이 무심코 내뱉은 말은 설거지를 하러 가던 혜주의 발을 그대로 묶었다. 경악에 가까운 표정을 지은 혜주가 제가 지금 제대로 들은 게 맞는지, 진짜 기다인 입에서 나온 말인지를 확인하려는 듯 뒤를 돌아봤다.

"기다인. 네가 뭘 해?"

"확인을 해 보겠다고."

"무슨 확인을?"

"진짜 안 서는지."

"네가? 기다인이? 그냥 섹스만 해 보겠다고?"

다인이 못 할 것도 없다는 투로 어깨를 살짝 으쓱했다. 가는 눈으로 다인을 훑어보던 혜주가 그제야 찌그러뜨린 미간을 풀었다. 오랜 친구의 눈으로 보건대 기다인은 지금 제 딴에는 농담을 하고 있는 것이다.

기다인이 누구인가. 부모님으로부터 바나나에 콘돔 씌우는 것부터 물 풍선 확인까지 직접 배운 뒤 콘돔을 선물로 받았다며, 도대체 부모님은 자신을 어떻게 생각하는 거냐고 진지하게 상담해 오던 순진한 친구가 아니던가.

한동안은 급식에 나오던 바나나만 봐도 치를 떨던 애였는데. 대학생이 되어서도 혼전 순결이니 뭐니 어쭙잖은 소리까지 해 대어 혜주를 당황스럽게 만들기도 했던 친구가 바로 기다인인데.

물론 다인이 첫 남자 친구를 사귀면서 그 같잖은 순결 얘기는 쏙 들어가긴 했지만. 어쨌거나 기다인은 상당히 개방적인 부모님 밑에서 돌연변이처럼 보수적으로 자라난, 이론만 박학다식한 친구였다. 그런데 얘가 뭘 해, 원나잇을 해?

"너 절대 못 할 걸."

혜주의 말에 오기가 생겼다만 다인도 원나잇 같은 건 해 본 적은 물론이고, 생각해 본 적도 없다.

그들을 비난한다는 건 아니었다. 그저 다인에게 섹스는 마음 가는 사람과 하고 싶은 사랑을 확인하는 행위였지, 몸이 동해서 본능적으로 하고 싶은 행위는 아니었다. 그리고 섹스라는 게 그렇게 생각했던 것처럼 딱히 좋지도 않았고.

"정혜주, 너 내가 하고 오면 어쩔래."

그러나 다인은 몸이 동한다는 걸 오늘에서야 느꼈을지도 모르겠다. 도우를 본 순간 문득 자신이 남자가 아니어서 세울 물건이 없다는 것에 다행이라고 생각하던 다인이었다. 그런 남자와 하룻밤을 보내는 것도 나쁘지 않았다. 한국 떠나기 전에 한 번쯤은 그런 일탈도 괜찮지 않을까.

그러니까 안타까워서, 소문이 맞는지 확인하고 싶어서, 엄마가 알려

준 남자 외모와 성기능과의 관련성에 대한 통계의 타당도를 높이고 싶어서, 이유는 붙이기 나름이었다.

물론 어디까지나 남자가 자신에게 넘어왔을 때의 일이었지만.

"너 진심으로 하는 말이야?"

혜주의 표정이 돌연 심각해졌다. 다인과 친구한 지도 벌써 10년이 넘었는데, 저 정도로 얘기하는 건 진짜 해 보겠다는 말이다.

생긴 거랑은 다르게 우아하게 얌전 빼던 애가 어디서 갑자기 무슨 바람이 들었나. 미국 간다더니 벌써 아메리칸 마인드가 되기라도 한 건가. 어쩐지 미드를 너무 많이 본다 싶더라니. 이상한 곳에 꽂혀서 집착하는 습관이 이런 곳에도 발현되다니.

"뭐 근데 강도우 쪽에서 나 같은 건 쳐다보지도 않겠지."

"우씨, 네가 어디가 어때서."

그래도 꼴에 친구라고 다인의 편을 들어 주는 혜주다. 안 꾸미고 다녀서 그렇지, 기다인이 어디 가서 빠지는 얼굴은 아니지. 게다가 저 헐렁한 옷에 감추어진 몸매는 여자가 봐도 환상적인데 싫다고 할 남자가 세상 어디에 있을까.

"그래서 진짜 네가 생판 모르는 남자한테 가서 확인할 게 있으니 한번 자자고 얘기를 하겠다는 거야?"

"내가 미쳤니."

그럼 그렇지. 급격하게 의기소침해진 다인을 위로를 해 줘야 하는 건지, 더 이상 안 말려도 되어서 다행이라고 생각해야 하는 건지. 접시와 컵을 정리하고 손에 남은 물기를 닦아 낸 혜주가 다인과 마주 보며 앉았다.

그래도 다인이 저렇게까지 첫눈에 좋다고 나온 남자가 있다는 건 신기하기도 했다.

"내기할까, 기다인."

무슨 내기. 흥미를 잃었던 다인이 눈을 다시 반짝거렸다.

"강도우 꼬시기."

"꼬시긴 뭘 꼬셔."

너도 강도우 얼굴 보고 반한 거 아냐, 덧붙이는 혜주의 말에 다인의 입술이 꼼짝없이 달라붙었다. 얼굴 보고 반하기는. 굳이 따지자면 몸을 보고 반한 건데. 입술 안쪽을 깨물어 대는 다인에게서는 아까의 그 발칙한 다짐 같은 건 도통 찾아볼 수가 없다.

"네가 그러니까 난 좀 궁금해졌어, 다인아."

"하자 있는 물건이랄 땐 언제고."

"너도 궁금하잖아. 데이트라도 해 보란 거지."

"여자에 관심 없다는 남자가 나랑 데이트는 해 준대?"

"그러니까 시도해 보자는 거지."

"데이트는 해서 뭐 해. 곧 한국 뜰 텐데."

그러니까 더 유리한 거라고, 혹여나 쪽팔리게 차이더라도 미국 가서 더 몸이 잘난 사람들 보면 흑역사 생각도 안 나고 잊기 쉬울 거라는 혜주의 말이 제법 그럴듯하게 들렸다. 따지고 보면 그리 몹쓸 짓도 아니다. 다인은 어느새 혜주의 말에 홀려 버린 듯 조심히 물었다.

"넌 어디 걸 건데?"

"나는 세 번 안에 강도우가 기다인한테 넘어간다로."

세 번이라니. 웃기지도 않아. 제 매력을 대단히 칭송해 주는 친구에게 고맙다고 해야 하나 싶지만 다인도 알고 있다. 정혜주도 지금 따분하던 찰나에 장난이나 쳐 보고 싶다는 것을. 저 역시 따분한 건 마찬가지였기에 다인은 고개를 저으면서 말을 이었다.

"나는 안 넘어온다에 건다."

"콜. 대신 너 내가 시키는 대로 하기다."

"이상한 거 시키면 안 할 거야."

"그런 거 안 시켜. 그리고 너 약속해. 만약에 혹시라도 잘된다 하더라도 잠은 안 자기로."

"왜?"

애 좀 보게나. 소문이 사실이라면 강도우가 몸을 여기저기 굴린다는 건데 혹여나 성병이라도 있으면 어쩌려고. 그 점은 확실히 해 두자는 혜주를 보면서 다인은 알겠다면서 웃었다. 어차피 그럴 일은 있을 거 같지도 않았다.

그때까지만 해도 다인이 유리한 패를 가진 내기라고 생각했다. 남자가 제게 넘어오지 않게만 만들면 되는 그런 쉬운 판이 어디 있을까. 여자를 몰고 다니는 그 몸이, 심지어 여자한테 관심도 없다는 그 남자가 고작 세 번 안에 자신에게 넘어올 가능성은 거의 없다고 봐야 했다.

그렇게 말도 안 되는 줄 알면서도 시작했던, 배팅한 것은 시간뿐이던 그 장난과 다름없던 내기에서 그 강도우가 그렇게 나올 줄 누가 알았을까. 혈기 왕성한 때라고 치부하기엔 미친 게 틀림없었다. 그때의 강도우도, 기다인도.

한국국악문화진흥원. 직원들은 그냥 진흥원이라고 부르는 곳은 서울에서 빨라도 기차로 두 시간 거리의 혁신 도시에 자리 잡고 있다. 말은 혁신 도시지만 주위엔 논밭이 전부인 곳인지라 기차역에 도착해서도 30분에 한 대씩 다니는 버스를 타고 15분 가까이를 가야 진흥원에 도착한다.

고로 9시 반 회의를 위해서 다인은 6시 반 기차를 타야 한다는 말이다. 진흥원 측에서는 멀리서 오는 다인을 배려해 준다고 오후로 미룬 회의였건만. 어쩐 일인지 진흥원 일을 맡고 나서부터 밀려드는 계약에 도통 시간을 낼 수 없어서 마지못해 택한 새벽 기차였다.

꼭 제가 그 회의에 참석할 필요가 있나 싶다만 설치 작업을 위해서는 언제고 한 번쯤 진흥원에 내려가기는 해야 했다. 다인은 오늘은 부디 강도우와 마주칠 일이 없길 바라며 열차에 올랐다. 싸늘하게 제 몸을 감싸는 것이 새벽 공기인지 아니면 불길한 예감인지 모르는 채로.

5호 차 3A를 연신 되뇌며 제 자리를 찾아가던 다인이 자신의 옆자리에 이미 앉아 있는 남자를 보고 순간 얼어붙었다. 흰 셔츠만 입었을 뿐인데 단단한 상체 근육을 자랑하는 남자는 다인이 익히 아는 얼굴임이 틀림없었다.

"거, 좀 지나갑시다."

뒤따라오던 아저씨의 말에 멈춰 있던 다인이 통로에서 몸을 틀어 공간을 만들었다. 좌석에 한껏 붙었음에도 좁은 통로인지라 몇몇이 지나쳐 가며 볼멘소리를 내자 그제야 5호 차 3B 자리에 앉아 있던 도우가 눈을 떴다. 다인을 본 도우가 왼쪽 눈썹을 올리며 제 딴엔 알은체를 한 것도 같다.

"안쪽 자리?"

"······네."

다인의 뒤로 줄지은 사람들에 눈을 두던 도우는 그녀가 옆자리에 들어올 수 있도록 무릎을 이리저리 비틀었다. 하지만 그것도 마땅치 않자 자리에서 엉거주춤 일어나 길을 만들었다.

그는 정말로 체격이 굉장히, 다분히도 좋은 편이다. 키도 큰 데다가 몸통도 두툼한 도우를 지나서 들어가자니 여자의 굴곡진 몸이 필히 남자와 닿을 것만 같았다.

좌석 사이의 거리가 좁은 기차가 문제인 것인지, 남자의 몸이 문제인 것인지는 모르겠다. 다인은 가방을 제 자리에 우선 던져두고는 남자와 마주 보면서 몸을 최대한 납작하게 만들며 옆자리로 들어갔다.

도우가 큰 키를 조금 숙인 탓에 그의 무릎과 다인의 무릎이 스쳤다. 다인의 덜 마른 머리 위로 남자의 콧바람이 불었다. 스치듯 풍기는 향수 냄새에 인상을 살짝 찌푸린 다인이 그를 지나쳐 제 자리에 앉았다.

진흥원에 가기도 전에 강도우를 만나다니, 오늘 하루 시작부터 재수 한번 더럽게 없다.

"안녕하세요, 기다인 씨."

"네. 안녕하세요, 원장님."

정말이지 진짜 싫다. 다인은 참았던 숨을 작게 내뱉으며 그의 인사에 대꾸하고는 입술을 앙다물었다. 더 이상 말을 잇지는 않겠단 투였다. 그냥 알은체하면 편할 것을. 뭐 하러 저렇게 불편하게 구는지. 다인의 모습이 꽤 재미있다는 듯, 저도 모르게 웃음을 흘리던 도우가 금세 표정을 지우고는 말을 붙였다.

"진흥원 가는 길이에요?"

"네."

"회의는 오후로 미룬 걸로 알고 있는데."

뭐 그런 자잘한 스케줄까지 꿰고 있었대? 다인이 미간을 좁히며 실선을 만들었다가 차분히 주름을 폈다. 굳이 아침부터 강도우와 괜한 입씨름을 할 필요는 없었다.

"앞당겼어요. 오전으로."

"왜?"

"제 스케줄상 오전밖에 시간이 안 나서요."

"바쁜가 봐요, 보기보다."

"네."

다인은 한 음절 한 음절 힘을 꾹꾹 실어서 대답한 후에 창문으로 고개를 돌렸다. 그를 보며 짓던 지극히 비즈니스적인 웃음도 한순간에 사라졌다. 하지만 그것도 잠시, 창문에 비친 도우가 저를 향해 손을 흔드는 걸 보자 허깨비를 본 양 얼굴이 파리하게 질렸다.

정말 못 볼 것이라도 봤다는 듯 경악에 가까운 표정을 짓던 다인이 정면으로 고개를 홱 돌렸다. 진짜 웬일이야, 이 남자. 왜 갑자기 친한 척이야.

뻣뻣하게 굳은 모습에 피식 웃던 도우가 오히려 잘됐다는 듯 말을 붙였다.

"기다인 씨, 우리 예전에 본 적 있지 않아요?"

"……작업 멘트라면 좀 진부하네요."

하, 작업 멘트! 누가 누구한테 작업이라는 건지. 감히 또 강도우에게! 도우의 어이없는 웃음이 복식 호흡으로 크게 터지자 통로 옆 사람들이 목을 빼어 그를 쳐다봤다.

아, 그냥 가만히 있을 걸 그랬나. 괜한 벌집을 쑤신 것만 같아 되레 머쓱해진 다인이 그에게 목소리를 낮춰 속삭였다.

"조용히 하세요, 다 쳐다보잖아요."

"난 주목받는 삶에 익숙한 사람이라 이런 것쯤은 괜찮아."

별 지랄도. 저 나르시시즘은 나르키소스가 와도 못 말릴 게 분명하다. 다인은 도우를 흘기던 시선을 거두고는 작게 도리질을 하며 말을 삼켰다.

다인이 별 반응이 없자 도우도 전투 의지가 떨어진 모양이다. 다인의 옆얼굴만 빤히 쳐다보던 그의 시선이 드디어 앞으로 향했다. 잠을

청하려는 건지, 아니면 다른 꿍꿍이가 있는 건지 그의 눈이 웬일로 고이 감겼다.

아무튼 상대할수록 나만 기 빨리지. 다인은 옅게 한숨을 내뱉으며 간이 테이블 위에 올려 둔 가방을 뒤지기 시작했다. 뭐라도 챙겨 먹어야 그와 함께 하는 시간을 견딜 수 있을 것 같았다.

옆자리에서 사납게 부시럭거리는 소리에 도우의 미간이 점점 찌푸려졌다. 정확히 말하자면 아까부터 거슬리는 건 소리보다도 냄새다. 여자가 움직일 때마다 나는 저 샴푸 향 때문인가. 킁킁거리며 다시 맡아 보려는데, 어느새 여자의 손에서부터 시작된 다른 향이 도우의 코끝을 간질였다.

고소한 빵 냄새다. 견과류가 박힌 호밀 빵 사이로 토마토, 햄, 계란. 그리고 그 사이로 풍겨 오는 어딘가 익숙하고도 끔찍한 이 냄새는…….

"그거 당장 치워!"

설마 저한테 한 말인가. 가방에서 샌드위치를 꺼내어 비닐을 벗기고 막 한 입 베어 물려던 찰나였다. 귀를 때리는 난데없는 명령조에 다인은 그대로 고개를 앞으로 고정한 채로 눈동자만 옆으로 굴렸다. 오른손으로 코를 막은 그가 저를 혐오스럽게 쳐다보자 다인도 덩달아 인상을 찡그렸다.

자기가 뭔데 치우라 마라야. 기차 안에서 먹는 게 금지된 것도 아니고. 속에서 욱하고 올라온 걸 참아 낸 다인이 고개를 돌리고는 모르는 척 샌드위치를 입가에 가져다 댔다. 뺨에 닿는 시선이 어찌나 따갑던지 눈앞의 것을 차마 베어 물지도 못하고 또 멈춰 버렸지만은.

"치우라고, 그거."

입만 벌린 채 눈만 끔뻑거리는 다인에게 도우가 다시 강경하게 명령했다. 이번엔 다인이 고개를 홱 돌려 도우를 쳐다봤다. 여전히 미간은 잔뜩 구긴 상태지만 다인의 손에 든 샌드위치를 당장 내려놓으라고 눈짓하는 도우의 표정은 어딘가 애처롭기도 했다.

누가 보면 총이라도 든 줄 알겠네. 저런 같잖은 표정에 넘어가면 안 되지. 다인은 그의 앞에서 샌드위치를 무기처럼 휘두르며 말했다.

"이건 제 아침이에요."

"딴거 먹고 일단 치워."

"딴거 먹을 시간이 없어서 사 온 거고요."

"기다인 씨, 일단 그거 치우고 얘기해."

오른손으로 제 코를 더 틀어막으면서 애원하듯 말하는 도우를 보니 어쩐지 우위에 선 기분이다. 말간 얼굴에 스며든 웃음을 채 감추지 못한 다인이 어깨를 들썩이며 그에게 말했다.

"제가 왜 그래야 하는지 잘 모르겠어요."

도우는 거의 눈물이 날 지경이었다. 여전히 여자가 손에 소중히 붙들고 있는 저 샌드위치는 그에겐 가히 생화학 무기와도 다름없는 것, 바로 오이를 품은 샌드위치가 아니던가.

그렇다면 강도우에게 오이란 무엇인가. 같은 하늘 아래 있다는 것만으로도 기분 나쁜 존재가 아니던가. 게다가 자기애가 넘쳐흐르는 그마저도 제 입으로는 꺼낼 수 없는 증상까지 일으키던 그런 존재가 바로 오이였다.

난데없는 오이 알레르기는 행정 고시 2차를 끝낸 후에 처음 발현됐다. 특정한 신체 반응을 제외한다면 두드러기 같은 것도 없었기에 알레르기라고 하기에도 어폐가 있다만은.

어쨌거나 합격하고 나서는 더 이상 나타나지 않던 증상이었기에 그도 단순한 심리적 요인이라고 치부했었다. 그런데 이렇게 냄새만으로도 역한 걸 보면 또 시작이라는 것이다.

저 요망한 오이 따위가 또 이렇게 이 완벽에 가까운 몸을 지배하려 들다니. 감히 제까짓 게, 채소 주제에.

그러고 보니 그때도 지금도 그의 옆에는 기다인이 있었다. 하필이면 기다인 앞에서 오이 때문에 또 나약한 꼴을 보인 것 같아 머쓱해진 도우가 목소리를 가다듬었다.

"기다인 씨, 우리 제발 이성적으로 생각하자."

"샌드위치 하나 먹는데 이성까지 찾을 필요가 있을까요."

"나한텐 아주 중요한 문제라서 그래."

"저한테도 중요한 아침이에요."

"기다인 씨 눈에는 내가 지금 장난하는 걸로 보여?"

저, 저, 저 진상. 토씨 하나 안 틀리고 그 옛날에도 들었던 대사를 그대로 듣자 다인의 입술이 삐딱하게 위로 들렸다. 그때도 지금도 이 남자는 항상 이런 식이었다. 부탁하는 주제에, 뻔뻔하게.

그리고 다인은 예나 지금이나 그의 비논리적이고도 일방적인 부탁을 결국은 마지못해 들어주고 있는 꼴이었고. 맛을 뽐내지도 못하고 비닐에 고이 싸여진 샌드위치는 그렇게 오이를 품었단 죄악으로 다인의 가방 안에 다시 처박혔다.

진작 그럴 것이지. 오만하게 들렸던 도우의 입술이 다소 멋쩍게 제자리를 반듯하게 찾아갔다. 다인이 이제는 그가 시선에 걸리는 것도 싫다는 듯이 진저리 치면서 몸을 틀어 창가로 붙였다. 제 딴에는 그로부터 멀리 떨어진 것이지만 유리창에 비치는 강도우와 또 눈이 마주친 꼴이다.

"내가 오이 알레르기가 있거든."

"네."

"잘생긴 얼굴에 두드러기라도 나면 안 되니까."

"아무렴요."

"냄새만으로도 막……. 몸이 이상해진다고."

"네에. 그러시겠죠."

"기다인 씨도 잘 알지 않아?"

알기는 개뿔. 그를 향해 고개를 돌린 다인이 눈을 과하게 휘어 접고는 억지웃음을 보이면서 대답했다.

"오늘 처음 알았습니다."

다인은 전혀 죄송하지 않은 표정으로 죄송하다는 말까지 붙이면서 잽싸게 고개를 돌렸다. 어쭈 이것 봐라. 이래도 계속 모르는 척하겠다 이거지. 도우의 입꼬리가 얄궂게 휘었다. 뭔가 재밌는 걸 떠올린 듯하다.

"기다인 씨, 명함 하나 줘 봐요."

"얼마 전에 드렸잖아요."

"그건 내가 버려……, 잃어버렸어."

정말이지 진상, 개진상. 한숨을 크게 내쉰 뒤 명함을 찾던 다인이 제게 고개를 삐딱하게 기울인 도우를 쏘아보며 물었다.

"제 명함은 왜 또 필요하신데요?"

"말했잖아. 인테리어 맡기고 싶다고."

"생각해 본다고 했으면서."

"생각해 봤잖아 그래서."

"……."

이걸 넘겨 말어. 그러나 여기서 명함을 주지 않는다고 해서 전화번호를 모르겠는가. 어차피 직원들한테 물으면 어떻게든 알게 될 건데. 더 이상 말 섞기도 싫어 그냥 가방을 열었다. 제가 품은 맛있는 냄새를 뽐내지도 못하고 구석에 처박힌 샌드위치가 제 신세와 다를 바 없다.

다인이 입술을 삐죽였다. 오이 냄새는 무슨. 맛있게만 느껴지는 냄샌데.

"기다인 씨. 그 오이 냄새 좀 어떻게 해 봐."

"그냥 코를 막으세요."

"안 보여? 지금도 막고 있어."

코맹맹이 소리가 애교 섞인 아양 같아 더 끔찍해졌다. 그를 따라 코를 찡그린 다인이 샌드위치 비닐을 한 번 더 꼼꼼하게 감싼 뒤 명함 지갑을 꺼냈다. 가방 지퍼가 닫히는 소리에 맞춰 코에서 손을 뗀 도우가 흡족한 듯 잘했다며 말을 붙이자 다인의 미간이 한층 더 좁혀졌다. 별 감흥도 없는 칭찬이다.

"근데 원장님, 왜 자꾸 반말이에요?"

"내가 한 살 더 많은 거 너도 알고 있잖아. 잊었어?"

다인이 입술을 꾹 다물었다. 괜한 말을 꺼냈다 싶다.

"오이 알레르기 있다는 것도 이젠 까먹지 말고 알아 둬."

별…… 그걸 왜 알아 둬야 하는지 모르겠지만 대충 고개를 주억거리며 그에게 명함을 건넸다. 명함을 준대도 전화는 안 받으면 그만, 인테리어는 안 맡으면 그만이었다.

"아, 생각해 보니 명함은 딱히 필요 없겠네."

대체 이건 또 무슨 변덕일까. 다인이 얼굴을 구기며 저를 쳐다보자 도우가 싱긋 웃으면서 제 휴대폰을 들이밀었다.

"그냥 여기에 번호 찍어. 그게 편하지."

이 사람이 지금 누구 놀리나. 햇살을 받아 반짝거리는 남자의 얼굴은 해맑기 그지없다. 다인은 그를 위아래로 훑어보다가 할 수 없이 그의 손에 들린 휴대폰을 낚아챘다.

액정이라도 깨지길 바라면서 콱콱 화면을 찍어 대는 다인의 손에서 열한 자리 숫자가 완성되자마자 도우가 휴대폰을 채 갔다. 통화 버튼을 눌러 다인의 휴대폰에 벨소리가 울리는 것까지 확인한 그는 그때서야 번호를 저장했다.

"번호 뒷자리 그대로네?"

"아닌데요. 하나 바꿨……."

"그러니까. 역시 그렇지?"

"……."

걸려들었지. 도우가 몸을 틀어서는 빈 앞자리 시트에 팔꿈치를 대어 턱을 괴었다. 이제 본격적으로 이야기를 나눠도 좋을 것 같다.

눈을 질끈 감은 다인은 입술만 연신 잘근잘근 깨물면서 분노인지 무 엇인지 모를 감정을 삼켰다. 파르르 떨리는 속눈썹 위로 다인의 눈썹 사이 주름은 점점 더 늘어만 갔다.

그 난처한 꼴이 꽤 마음에 든 도우는 짙어진 다인의 미간을 손가락 으로 꾸욱 눌렀다. 깜짝 놀라 눈꺼풀을 들어 올린 다인이 모기라도 쫓 듯이 그의 손을 내리쳤다.

"뭐 하는 거예요? 남의 얼굴에."

"이제 장난 그만 치시지? 슬슬 재미도 없어지는데."

"장난친 적 없는데요."

"언제까지 모르는 척할 건데."

"……."

"너도 다 기억하잖아."

"……."

"기다인."

아아. 결국은 이렇게 될 일이었다. 다인이 숨을 크게 내쉰 뒤 중대한 결심이라도 한 것처럼 고개를 주억거렸다. 도우의 말대로 언제까지 이렇게 불편하게 지낼 수도 없는 거였다.

진홍원 일이야 곧 마무리될 일이고 그럼 강도우도 몇 주만 더 지나면 이제 안 볼 사람인데 굳이 숨길 것도 없었다.

"원장님."

"그 원장님 소리도 좀 그만하고."

"원장님이라고 안 부르면 뭐라고 해요."

"예전엔 오빠라고……."

"웃기지 마요. 나는 그때도 오빠라고 한 적은 없어요. 강도우 씨."

뭐, 이름 부르는 것도 나쁘지 않지. 도우가 계속 해 보라는 듯 질 나쁜 웃음을 보였다.

"우리 지난 얘기는 하지 말죠? 피차 서로 좋은 기억은 아닐 텐데."

"서로 좋은 기억이 아니라고?"

사뭇 충격받은 듯한 나르시시스트의 모습에 다인이 되레 몸을 뒤로 하며 눈을 깜빡거렸다. 그의 표정으로만 보자면 마치 소중하게 간직해 오던 추억이 산산이 부서져 버린 것만 같지만, 저것 또한 지독한 자기애에서 나오는 자기 연민일 테다.

이 와중에도 잘생기긴 정말 잘생겼다는 생각이 드는 스스로가 미친 듯이 짜증 난 다인이 고개를 양옆으로 흔들어서 잡생각을 날려 버렸다. 그러고는 또 한 번 숨을 크게 내쉰 뒤 잘 들어 보라는 듯 손을 들어 올리며 상황 정리에 들어갔다.

"잘 들어요. 우리는 그날 취해서 잠깐 정신이 나갔던 거예요."

"취하진 않았지."

"우리는! 그냥 비도 오고 분위기에도 취해서……."

"그래, 네가 홀딱 젖어서는 꼴리게 만들, 악!"

다인이 남자의 발을 사정없이 밟아 버렸다. 기차에 탄 사람들한테 둘이 잤다고 자랑하고 다닐 일도 아니고, 추잡스럽게. 이럴 줄 알았으면 뾰족한 구두를 신고 왔어야 하는 건데. 다인이 사정없이 부라리던 눈을 질끈 감았다 뜨면서 목소리를 낮추었다.

"실수였어요."

"누가 실수로 아파트 비밀번호까지 정확하게 한 번에 눌러서 들어가."

"실수가 아니면 뭐, 아니 그냥 설명하지 마요. 그건 중요한 논점이 아니니까."

"콘돔까지 비교해서 사서 씌우던 사람이 누구……."

"아무튼! 사적인 감정이 업무에 영향을 끼치진 않았으면 좋겠습니다."

중간중간 낯설게 튀는 단어들에 등 뒤로 식은땀이 흐르는 것 같았다. 앞뒤 좌석에 사람들이 아직 타지 않아서 얼마나 다행인지. 부디 통로 옆 좌석까진 제발 저 꼴렸니 마니 하는 소리는 들리지 않았기를 바랄 뿐이다.

"나는 기다인 씨가 책임감을 좀 가졌으면 좋겠어."

"진흥원 일은 저도 충분히 책임감을 갖고 하고 있어요."

"나 말이야 나."

이건 또 무슨 말일까. 오른쪽 입꼬리를 올리면서 비뚤게 웃던 도우가 다인에게로 몸을 더 기울였다. 귓속말을 할 것처럼 여자의 귀에 큼지막한 손을 붙인 그는 조금은 조심스럽다는 표정이다. 꼴린다느니 어쩌니 하는 말은 대놓고 잘만 말하다가 이제 와서 귓속말은 또 무엇일까.

다인이 마지못해 귀를 더 가까이 가져다 댔다. 그랬더니 고작 한다는 말이.

"네가 나 따먹었잖아."

"······뭐?"

자신에게 책임 전가하는 그 뻔뻔하고도 불손한 말에 경악하며 고개를 틀었다. 금방이라도 코끝이 닿을 것처럼 가까이 다가온 도우가 다인의 얼굴을 훑어 내렸다.

눈앞의 잘난 얼굴에 꼴깍, 침을 삼키자 다인의 입술에 향했던 도우의 서늘한 눈매가 곡선을 그렸다. 그는 제 입술에도 같은 웃음을 내걸면서 속삭였다.

"네가 책임져야지 끝까지."

아아, 이건 틀림없이 미친놈과 함께하는 지옥행 급행열차였다.

2화

혜주와 시작한 내기는 한마디로 엉터리로 어이없게 끝났다. 강도우가 다인의 이름을 먼저 묻고, 번호까지 물어 오면 끝나는 것이었던 그 단순한 내기가 세 번째 시도까지 가기도 전에 승패를 가릴 것도 없어진 탓이다.

─아직이야?

"응. 오늘 강도우 안 오는 거 아니야?"

─이상하네. 여태 한 번도 그런 적이 없는데.

"정혜주. 나 언제까지 네 카페 지켜야 해?"

─조금만 더 기다려 줘. 다른 손님들은 없어?

"없어. 강도우 보러 온 애들 다 가고는 아까부터 한 명도 안 와."

얘는 이렇게 하다가는 카페 망하는 건 아닐지, 손님도 주인도 없는 카페를 지키고 있는 다인은 볼일 끝내고 곧 오겠다는 혜주를 기다리면서 재생 목록을 바꿨다. 이왕 이렇게 된 거 듣고 싶은 노래나 듣자는 심산이었다. 카페와는 조금 안 어울리는 옛날 곡들이긴 해도 어차피 듣는 사람은 한 명이니까 상관없었다.

다인은 그렇게 볼륨도 조금 키우고 테이블에 턱을 괸 채로 창밖을 멍하니 응시했다. 고시촌에 자리 잡은 이 카페는 바깥 풍경마저도 따분하다. 오른손을 들어 확인한 손목시계는 벌써 5시를 가리키고 있었다. 아직 해가 질 시간은 아닌데 바깥이 컴컴해지는 모양새가 왠지 비가 쏟아질 것도 같았다.

왼쪽 눈을 접어 가며 하품을 하던 다인의 눈꺼풀이 점점 무거워졌다. 새벽까지 달리던 미드 때문인지, 아니면 강도우가 나타나지 않아 긴장이 풀려서인지 자꾸만 잠이 쏟아졌다.

딸랑, 종이 울리는 소리에 몽롱했던 정신이 급하게 자리를 잡았다. 혜주가 벌써 왔나 싶어 눈꺼풀을 힘겹게 들어 올렸다. 눈을 몇 번 깜빡이자 희미한 초점이 맞춰지면서 웬 남자의 윤곽선이 드러났다. 연이어 중저음의 목소리가 날카롭게 다인의 귓가를 울렸다.

"사장은?"

"……잠깐 밖에."

강도우였다.

강도우는 생각보다 규칙적인 사람이었다. 물건은 정해진 자리에 두어야 하고 사람을 만날 때도 계획을 세웠다. 그야말로 정해진 시간에 맞게 딱딱 규칙대로 움직이는 스타일이다. 옷도 요일을 정해 놓고 입고 신발도 옷에 따라 정해진 신발을 신는다. 집착이라면 집착이고 일종의 징크스라면 징크스다.

평소 생활에서 약간의 변수가 생기면 그게 줄줄이 꼬여서 나비 효과를 불러오는지라 강도우는 그 작은 규칙들을 굉장히 중요시했다. 물론 그 나비 효과들도 결과론적으로는 꽤 좋은 성과를 가져왔으니 도우가 운 좋은 사람이라는 건 여전히 사실이었다.

도우는 식당이나 카페도 일관성이 있게 규칙적인 맛을 내는 곳을 좋아했다. 그런 면에서 집에서 5분 거리에 위치한 혜주의 카페는 그의 마음에 쏙 들었다. 처음부터 지금까지 꾸준히 일관되게 맛없는 커피를 자랑하는 편이었으니까.

개업한 지 몇 개월이 지난 지금쯤이면 원두를 바꾼다거나 사람을 바꾼다거나 방법을 써서 맛을 발전시킬 법도 한데. 뭐 그렇다고 해도 도우가 크게 손해 볼 것은 없었다. 강도우에게 커피란 카페인을 얻기 위한 수단이었지 맛으로 마시는 건 아니었으니까.

그에 반해서 그 카페에서 직접 만들어 파는 샌드위치는 나름 먹어 줄 만도 했다. 처음부터 도우가 오이를 먹지 않았던 건 아니었다. 그냥 사장인 혜주가 그가 처음 주문했던 샌드위치에 오이를 빼 줬을 뿐인데, 처음을 중요시하는 도우에겐 오이를 뺀 샌드위치가 또 하나의 루틴이 되어 버렸다.

다시 말하자면 오이 알레르기 증상 같은 건 그날 이전엔 없었다는 말이었다.

그날도 도우는 언제나처럼 오후 4시 정각에서 오차 범위 5분 내외로 근처 카페로 간 다음, 오이를 뺀 샌드위치와 아이스아메리카노를 포장해서 스터디를 하러 갈 계획이었다.

첫 번째 변수는 엘리베이터였다. 노후화된 엘리베이터 교체 공사로 19층에서 계단으로 걸어 내려가느라 약간 시간이 걸렸다. 한 달이 좀 넘게 소요될 공사였기에 내일부턴 조금 더 일찍 나와야지, 별로 대수롭지 않게 생각하고 넘겼다.

그렇게 4시를 넘어선 시간에 카페로 향하는 길에 아파트 앞에서 폐지 줍는 할아버지를 마주쳤다. 솔직히 말하자면 평소 같았으면 모르고 지나갔을 일인데 할아버지의 움직임이 평소와는 좀 달라서 유심히 지켜보게 됐고, 결국은 할아버지가 쓰러지는 걸 보고 119에 신고 전화를 넣은 신고자이자 최초 목격자가 되었다. 그게 두 번째 변수였다.

그리고 세 번째 변수는 그 카페였다. 4시는커녕 5시가 다 된 시간에 찾았던 그 카페는 어쩐지 분위기가 사뭇 달라져 있었다. 아니, 이상하다고 해야 하는 게 맞다.

일단 노래가 상했다. 음악에 유통 기한이 어디 있겠냐 싶겠지만 도우에게는 그랬다. 상한 노래였다. 평소와는 다른 선곡에 조금 예민해진 도우는 제자리에 보이지 않는 카페 사장의 부재에도 날이 섰다.

"사장은?"

"……잠깐 밖에."

그리고 꿈이라도 꾸는 것처럼 자신을 몽롱하게 쳐다보는 이 여자도 묘하게 거슬리기 시작했다.

"주문."

꿈인가 싶었는데 아니었다. 눈꺼풀만 몇 번 접었다 올리던 다인은 테이블을 주먹으로 톡톡 두드리는 도우의 말에 엉덩이로 의자를 뒤로 밀고 일어나 서둘러 카운터로 향했다.

"아이스아메리카노랑 햄치즈샌드위치 맞죠?"

여전히 고막을 괴롭히는 상한 음악이 거슬린 도우가 인상을 한껏 찌푸리면서 고개를 까딱였다. 처음 보는 여자가 제 취향까지 아는 게 거슬릴 법도 한데 강도우는 강도우니까. 유명인에겐 이런 것쯤은 별로 놀랄 일도 아니다. 저 여자도 분명 자신을 좋아하는 게 틀림없다고 생각하던 도우는 오늘따라 더 조용한 카페를 가만히 둘러봤다.

그래도 한두 테이블은 손님들이 있었는데. 시간대가 달라져서 그런가. 이런 소소한 변화들은 영 달갑지 않다. 계산도 하기 전에 커피부터 준비하는 저 뚝딱거리는 손놀림도 전혀 규칙적이지 않은 것이 새로 온

알바생인 것도 같고. 그렇다면 이 선곡들도 저 알바생의 취향인 모양이다. 취향 한번 참 요상하기도 하지.

오늘 하루는 이상하게 돌아간다며 고개를 흔들던 도우가 지갑을 찾는데, 아뿔싸. 아까 119 부르고 정신없을 때 떨어뜨리기라도 한 걸까. 지갑이 보이지 않았다.

"주문 취소할게."

"네? 왜요?"

"지갑이 없네."

어디서 잃어버린 건지 좀 귀찮게 됐다. 도우는 아직도 잠이 덜 깬 듯 눈을 깜빡거리는 여자에게 고개를 까딱이곤 등을 돌렸다. 성큼성큼 왔던 길을 되돌아 카페를 나서려고 문을 열려는 순간, 상한 음악 사이로 '저기요!' 여자의 다급한 음성이 달라붙었다.

아, 역시 이놈의 인기란. 도우가 고개를 틀어 제 앞으로 다가오는 다인을 쳐다봤다. 제 딴에는 나름대로 우아하고도 잘생긴 각도를 유지하였으니 여자도 눈이 있다면 그 어떤 거절의 말도 달게 삼킬 것이다.

"뭐."

하지만 모두 괜한 걱정이었던 것 같다. 무작정 도우를 붙잡아 세운 다인이 건넨 것은 제 휴대폰 번호 따위가 아닌, 포장된 샌드위치와 아이스아메리카노였다. 물론 다인에게 별다른 의도는 없었다. 이미 뽑은 샷을 이대로 버리기엔 아깝기도 했고, 또 강도우라면 나름 신원이 확실한 단골손님 아니던가.

"내일 계산하세요."

다인이 안 받고 뭐 하냐며 손에 든 걸 그의 코앞으로 들어 올렸다. 얼떨결에 외상을 치르게 생긴 도우가 다인을 빤히 쳐다봤다. 공짜로 받았으면 받았지, 외상은 또 처음인데.

"공짜로 주는 게 아니고?"

"그럴 권한까지는 없어서."

그제야 도우가 몸을 돌린 채로 다인의 모습을 구석구석 훑었다. 느슨하게 팔짱을 낀 꼴이 다인이 건넨 호의를 순전히 받아들일 생각은 없어 보였다.

"내일 내가 안 올 수도 있잖아."

"올 거잖아요?"

"세상에 변수는 많아."

"그럼 모레 오겠지."

"모레도 안 오면?"

"고작 7천 8백 원 떼먹은 사람이 되는 거지."

아이스아메리카노 컵에서 흘러내린 물이 여자의 손을 타고 도우의 신발 위로 똑똑 떨어졌다. 도우의 입가가 묘하게 비틀렸다.

"너도 내일 나와?"

"나올 수도 있고 안 나올 수도 있고."

"알바생 아닌가."

"아닌데."

빨리 받기나 하지 지금 뭐 하는 건지. 다인은 슬슬 짜증이 몰려왔다. 가까이에서 본 강도우의 몸은 정말 당장이라도 구석구석 만져 보고 싶을 만큼 환상적이었지만 그와 말을 섞기 시작하자 그 욕구도 점점 힘을 잃어 갔다. 벌이라도 세우듯 계속 팔을 뻗고 있게 만드는 것도, 건방지게 끊어 먹는 말투도 다인의 이상형과는 점점 멀어졌다.

"근데 너 왜 반말이야."

"그쪽이 자꾸 반말하니까."

이렇게 뻔뻔하게 자기가 먼저 반말한 건 생각 안 하고 남의 말투나

지적하는 건 더더욱 마음에 안 들었다. 외모로 쌓은 점수 입을 뗄 때마다 깎아 먹는 줄은 모르고 도우가 또 뭐라고 하려는 찰나, 소나기가 쏟아지기 시작했다.

오늘 비 온다는 예보가 있었던가. 투둑투둑 내리다가 하늘이 뚫리기라도 한 것처럼 쏟아지는 장대비 소리에 둘의 시선이 밖으로 향했다. 날씨마저 변덕이라니. 정말이지 오늘은 이상하기 그지없는 날이다.

게다가 제작 연도도 언제인지 모를 이 옛 노래는 도대체 어디서 발굴해 낸 것인지. 도우가 짙은 눈썹을 치켜세우며 짜증이 섞인 목소리를 내뱉었다.

"노래 취향 하고는."

내 취향이 어떻든 자기가 무슨 상관이야. 딱 좋구먼 뭘. 다인은 도우를 흘겨보면서 휴대폰을 찾았다. 비가 제법 쏟아지는데 혜주에게는 우산은커녕 양산도 없을 것이다. 비는 잘 피하고 있으려나. 근처라고 했는데 데리러 가야 할까, 고민하던 그 순간 밖이 번쩍하더니 곧이어 천둥이 연달아 쳤고.

"으악!"

강도우가 고함을 질렀다. 카페를 울리는 남자의 고함 소리에 더 놀란 다인이 가는 눈으로 그의 얼굴을 훑었다. 아니라고 믿고 싶지만 나라를 지켜도 백번은 더 지킬 몸을 가진 그는 정말 천둥 따위에 놀란 것이 틀림없는 듯하다.

"······뭐 이런 걸로 놀라고 그래, 남자가."

제가 생각해도 그 덩치에 어울리는 행동은 아니었던지 도우가 목울대를 꿀렁거리며 멋쩍음을 삼켰다. 밖이 번쩍한 걸로 봐서 또 한 번 천둥 칠 게 분명했다. 그는 한심함이 깃든 여자의 시선을 애써 무시하며 다인의 곁으로 한 발짝 이동했다. 인정하기 싫다만 천둥소리에 놀란 건 사실이었으니까.

쫄보. 이상형은 무슨. 마이너스 200점이다. 속으로 혀를 차던 다인이 출입문을 등지고 테이블 쪽으로 돌아서자 도우도 빙그르르 몸을 돌려 서는 다인 옆으로 따라붙었다. 딱히 묻지도 않았는데 제 발이 저린 건지 그가 밖을 턱짓하며 말했다.

"우산이 없네."

"그럼 비 그칠 때까지 여기서 먹고 가든가요."

테이블에 샌드위치와 아메리카노를 놓아둔 다인이 그와는 적당히 떨어진 곳의 의자를 빼내어 앉았다. 다인의 옆까지 따라붙었던 도우가 또한 번 시끄럽게 울리는 천둥소리에 몸을 움찔거리더니 마지못해 의자를 뺐다. 끼익, 의자 끄는 소리가 어쩐지 더 괴이하게 들렸다.

번개가 쳤는지 밖이 또 번쩍거렸다. 저 여자는 천둥 번개가 무섭지도 않나 보다. 오히려 즐기는 것도 같고. 방금도 봐, 천둥이 쳤는데 웃고 있잖아. 그동안 알고 지낸 여자들과 너무나도 다른 듯한 여자에게는 선득한 분위기까지 맴돌았다.

게다가 아까부터 흐르는 이 노래들은 대체……. 아무튼 이 카페는 예전부터 조명이 너무 어두운 게 문제였다. 괜히 주위를 한 번씩 정신 사납게 둘러보던 도우가 제법 거리감이 느껴지는 위치의 다인을 불렀다.

"여기로 와서 앉지?"

"왜?"

"얘기 좀 하게."

비 좀 멎으면 오겠다는 혜주의 메시지를 확인한 다인이 고개를 들어 뻔뻔한 부탁을 해 대는 몸 좋은 쫄보를 가만히 쳐다봤다. 정말이지 하찮기 짝이 없었다. 마이너스 50점.

"거기서 하세요, 그냥."

"뭐라고? 잘 안 들려."

귀도 안 좋아. 마이너스 100점.

"너 나랑 이렇게 얘기할 수 있는 기회도 별로 없을 텐데."

별. 그냥 천둥 치는 게 무섭다고 할 것이지. 어쩌면 남자 구실 못한다는 소문은 이런 데서 생겨났는지도 모르겠다. 그런 걸 보면 안쓰럽기도 하고. 작게 한숨을 내쉰 다인이 마지못해 일어났다.

결국은 이렇게 옆으로 쪼르르 올 거면서. 괜히 튕기던 여자를 보고 도우는 피식 웃으며 아메리카노를 한 모금 들이켰다. 조금 전에도 천둥소리에 몸이 움찔거렸지만 아군이 생긴 듯 의기양양한 표정이다.

"카페 사장이랑은 무슨 사이?"

"친구."

"그럼 내가 오빠겠네?"

혜주 얘는 뭐 그런 신상까지 말하고 다녔지, 다인은 눈썹 사이를 좁히면서 그가 마시고 있는 아메리카노를 턱짓했다.

"오빠든 뭐든 내일 와서 까먹지 말고 7천 8백 원 내세요. 일단 내 돈으로 계산할 거니까."

"그럼 내가 너한테 바로 돈을 주는 게 낫지."

"내가 내일 여기 없을 수도 있으니까."

"번호 줘."

제 눈앞에 놓인 도우의 휴대폰을 쳐다보던 다인이 고개를 들었다.

이렇게 나오면 안 되는데? 이건 그런 식으로 번호를 따인다는 범주는 아니긴 하지만. 그리고 아직 혜주가 시킨 대로 뭘 제대로 해 보지도 않았는데. 아니, 그냥 이렇게 하면 안 되는데.

도우는 눈만 끔뻑거리고 있는 여자를 보며 남은 아메리카노를 마저

들이마셨다. 다른 사람이 내려서 그런가. 오늘은 어째 조금 더 맛이 없다.

"뭐 해. 번호 달라니까."

"……싫은데요?"

방금 뭐라고 했지. 내가 잘못 들었나. 다인을 향해 내민 휴대폰이 멋쩍어졌다. 앙칼진 다인의 눈매처럼 비뚤게 올라간 도우의 입가가 잘게 경련했다.

"싫어?"

"싫지. 내가 그쪽을 뭘 믿고 내 번호를 넘겨요?"

"너 나 몰라?"

"강도우라는 것만 아는데."

허, 이건 또 무슨 신종 수법인가. 도우의 헛웃음이 제게 닿자 그의 팔뚝에 잠깐 흘렸던 다인의 시선이 느릿느릿 그의 몸을 기어 올라갔다.

지지 않고 눈을 빤히 맞추는 여자를 보고 도우는 재밌다는 듯이 입꼬리를 길게 옆으로 뺐다. 타고난 여유가 묻어나는 움직임으로 느긋하게 턱을 들어 올린 그가 의자에 몸을 누이듯 기댔다. 하지만 불행히도 의자는 그의 너른 등짝을 받쳐 줄 생각이 전혀 없었나 보다. 물론 애초에 등받이 같은 게 있는 의자도 아니었지만은.

"으악, 씨!"

도우는 천둥소리보다 더 큰 소리를 내면서 뒤로 고꾸라지며 의자가 아닌 바닥에 몸을 기대고 말았다.

정말이지 점수를 잃는 방법도 가지가지였다. 얼굴값 하나 제대로 못하고. 고개를 절레절레 흔들던 다인이 그의 옆으로 가서 고개를 숙였다. 한심하기 짝이 없다는 눈빛에는 이제 제 이상형을 향한 열망도 없어 보였다.

"괜찮아요?"

"너 같으면 괜찮겠냐고."

"혜주가 이 의자 비싼 거라고 했는데 괜찮으려나."

"……난 머리가 깨질 뻔했다고."

그게 얼마나 큰 국가적 손실인지 알긴 하냐고. 바닥에 붙어서도 입만 살아서 나불거리는 그를 보니 딱히 머리에 이상이 생긴 것은 아닌 듯하다.

다인은 팔짱을 낀 채로 그의 얼굴을 천천히 훑었다. 위에서 내려다보는 강도우는 정말 공들여 만든 조각상이 따로 없었다. 그 조각이 입술을 뗀 순간 돌덩어리에 불과해지는 게 참으로 통탄스러웠을 뿐.

다인이 그만 닥치고 일어나기나 하라는 듯 손을 내밀었다. 7천 8백 원은 그냥 적선한 셈 치고 혜주한테도 내기고 나발이고 안 하겠다고 해야지. 한숨을 내쉬며 도우한테 어서 잡고 일어나라며 흔드는 팔은 정말이지 정나미가 다 떨어졌다는 몸짓이다.

여전히 바닥에 등을 기대 누운 채로 팔짱을 끼고 다인을 올려다보던 도우가 피식 건조한 웃음을 흘렸다. 아아, 알 만했다. 이건 필히 새로운 수작질이다. 세상이 변하면 작업 거는 방법도 바뀌는 법. 이 여자도 마찬가지다.

앙큼하기는. 그래도 꽤 참신했다. 절 보며 흔드는 손짓은 꼭 구애의 춤이라도 추는 듯하다. 이리도 제 손을 원한다니 뭐, 잡아 줄 수밖에. 그는 재밌다는 듯이 빙글거리며 다인에게로 손을 뻗었다. 도우의 눈에 번쩍 번개가 비친 건 그때였다.

"……너 뭐야?"

손끝에서 찌릿, 하고 번진 것은 유난스럽기 그지없는 감정이었지만 도우가 그 정체를 알 리는 만무했다. 그건 다인 또한 마찬가지. 하지만 그게 무엇이든 저와는 상관없는 일이라 생각한 다인은 그와 맞잡은 손에 힘을 주며 물었다.

"뭐가 뭐야?"

그는 믿을 수 없다는 눈을 하곤 다인의 손을 잡아당겼다. 균형을 잃고 남자 위로 넘어지던 다인이 도우의 가슴을 짚으며 겨우 몸을 지탱했다. 일어나려고 누른 손바닥 밑으로 도우의 단단한 가슴이 팔딱거렸다. 은근슬쩍 더 만져 보고도 싶었지만 다인은 그래도 이성적인 사람이었다. 간신히 욕구를 짓누른 다인은 그의 가슴팍에 둔 손을 떼고 몸을 일으켜 세우려고 했다. 그것마저 남자의 다른 손에 제압되어 그에게 더 찰싹 달라붙을 줄은 미처 모르고.

"누구냐고 너."

도우의 잘난 낯짝을 훑던 다인의 시선이 제 입술을 뚫어져라 쳐다보던 도우의 시선과 부딪쳤다. 목울대를 꿀렁거리며 침이 꼴깍 넘어간 건 둘 다 거의 동시였다.

"기다인!"

이내 딸랑거리는 소리와 함께 혜주가 다인의 이름을 부르며 들어온 것도, 그들의 내기가 그런 식으로 허무하게 끝나 버린 것도, 강도우 인생 최대의 혼란 변수가 생긴 것도 바로 그때였다.

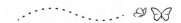

"내가 강도우 씨를 왜 책임져요?"

인간은 1초에 눈을 얼마만큼이나 깜빡일 수 있을까. 다인은 그 한계를 시험하려는 듯이 황당함에 눈꺼풀만 나부꼈다. 못 들은 것도 아니고 그게 무슨 의미인지 이해 못 하는 것도 아니었지만 도대체 왜 그렇게 해야 하는지는 다인의 상식적인 논리 회로를 벗어난 일이다.

"네가 나를 따, 악!"

"그러니까 그걸 내가 왜 책임까지 져야 하냐고."

그것도 끝까지. 또 한 번 발을 밟혀 까마귀 소리를 내던 도우가 다인에게로 숙였던 몸을 일으켰다. 시야를 가득 채웠던 그가 비켜나자 그제야 주변 승객들의 얼굴이 하나씩 눈에 들어왔다. 내가 못 살아, 정말.

그를 위아래로 흘겨보던 다인이 시끄럽게 해서 죄송하다는 의미로 고개를 숙였다. 정작 사과할 사람은 제 옆에서 팔짱을 끼고 눈을 감고 있는 것이 못마땅하기만 하다.

책임은 무슨. 강도우가 생각하는 그 책임은 대체 어떤 모양새며 어떠한 중간 과정을 거쳐서 나온 귀결인지도 모르겠다. 그렇다고 한 번 잤다고 제 인생을 책임지라는 것은 아닐 것이고. 다인이 도우의 첫 여자라거나 그렇지도 않을 거고.

그냥 잘못 걸린 것이다. 여자들한테 수도 없이 거는 개수작질 중에 하나겠지. 도우를 둘러싼 그 괴소문들의 대부분은 사실이 아닌 걸 다인은 알고 있다. 아랫도리에 대한 소문 역시도. 작고 안 서기는커녕 오히려 그 반대여서 몇 번이나 다인을 울게 만들었는지, 그 생각만 하면 얼얼한 기분인데.

여자에 관심이 없다는 소문 역시나 마찬가지였다. 관심 없다는 사람이 그렇게 미친 듯이 여자 몸을……. 다인은 물기를 털어 대는 강아지처럼 고개를 세차게 흔들면서 그날의 지독했던 기억을 털어 내 버렸다.

아무튼 이 미친놈은 그저 옛 원나잇 상대와 또 한 번 자 보려고 수작 부리는 것이 분명하다. 처음 진흥원을 방문했던 날 원장실에서 들었다시피 그에게는 사랑한다고 같잖은 말을 속삭이던 여자도 있지 않았던가. 도우의 말처럼 말 그대로 꼴리는 상대가 나타나면 아무한테나 그렇게 사랑한다고 하고 침대로 직행하는 여자들이 얼마나 많았을지 안 봐도 뻔했다.

아무리 9년 전 그 밤에 자신이 그렇게 좀 진취적인 모습을 보이긴 했기로서니 막무가내로 이러는 건 아니지. 기다인을 얼마나 쉽게 봤으면. 다인의 가늘어진 눈빛이 잠든 것처럼 평온한 도우의 얼굴을 할퀴고 지나갔다.

짜증 나게 잘생긴 주제에. 빳빳한 가슴팍을 훑던 다인의 눈길이 도우의 배꼽 부근까지 내려갔다. 그의 바지춤까지 힐끔 쳐다보던 눈은 한껏 커져서는 갈 곳을 잃고 표류했다.

세상에. 이 남자 미쳤나 봐. 강도우는 지금 발정이 난 게 틀림없었다.

"대례복 입는 동안 이렇게 문이 열리면 스크린에 영상이 따로 뜰 거예요. 그럼 C세트 들어갈 시간이 약간 세이브될 겁니다. 영상은 아마 다음 주쯤에는 나올 거 같은데, 지금 문제는 개구부 크기 때문에……"

"어, 잠시만요. 희진 샘이 여긴 왜?"

중극장 무대 중앙에서 손톱으로 도면 위를 두드리던 다인이 태블릿을 벗어난 태민겸의 시선을 따라 등을 돌렸다. 이제야 찾는 사람을 발견한 듯 빠른 걸음으로 다가오는 희진에게 다인도 꾸벅 묵례를 했다.

"설마 원장님 호출?"

"네."

민겸이 한숨을 크게 내쉬며 업무 수첩을 덮었다. 이번엔 또 무슨 트집일까. 그가 다인에게 양해를 구하며 발을 떼려는 순간 희진이 손을 저으며 말했다.

"아, 태민겸 선생님 말고 이쪽."

희진의 손가락이 제가 아닌 다인을 가리키자 민겸이 반색하며 고개를 돌렸다. 원장실에 가지 않아도 된다는 안도감과 그가 왜 다인을 찾는지에 대한 궁금증이 섞인 얼굴이다. 희진 역시나 조금은 궁금한 눈빛으로 다인을 보며 말을 이었다.

"원장님이 찾으세요."

"저요?"

"네. 전화를 안 받으신다고⋯⋯."

희진의 눈동자가 또르르 다인의 바지 주머니로 떨어졌다. 웃겨. 무슨 말이 남아서 전화를 해. 정말이지 지긋지긋하다며 휴대폰을 꺼내 든 다인이 제 얼굴을 사정없이 구기며 소리쳤다.

"이런 미친 인간이!"

저도 모르게 격한 말이 튀어나왔으나 다인의 말을 딱히 부정하는 사람은 아무도 없었을 것이다. 하지만 다인과 강도우와의 관계에 대해서는 충분히 의구심이 생기고도 남았을 터. 멋쩍어진 분위기에 다인은 고개를 들어 민겸과 희진과 눈을 마주치며 그저 하하, 웃었다.

잠깐 양해를 구하며 무대 저 끝 쪽으로 뒷걸음질 치는 다인을 보는 둘의 눈빛이 예사롭지 않게 변했다. 한쪽은 어쩌 다른 감정을 조금 더 담은 것도 같다. 그들 시선으로부터 대충 멀어졌다 싶었는지 어깨를 푹 늘어뜨린 다인이 도우에게 전화를 걸었다.

"왜, 왜, 왜!"

—내가 꼭 바쁜 비서를 시켜서 널 불러야겠냐고.

"일하는 중이잖아요. 왜, 뭐, 무슨 일인데."

—언제 올라가냐고.

고작 그걸 물어보려고 전화를 21통씩이나. 강도우의 미친 집요함은 진작에 알아봤어야 했는데. 대답을 안 했다간 더한 것도 할 인간이다. 다인이 혀끝까지 차오른 욕지거리를 겨우 삼키면서 말했다.

"1시 차요. 됐죠? 끊어요, 이제."

—같이 밥 먹어.

"내가 왜?"

—아침 못 먹었잖아.

"누구 때문인데, 그게! 바빠요. 끊어요."

지금 병 주고 약 주자는 건가. 신경질적으로 전화를 끊고 등을 돌리자 민겸과 희진의 시선이 갈피를 잃고 헤매다가 괜히 천장에 달린 조명으로 향했다. 불도 밝히지 않은 조명이 뭐가 그리 볼 게 있다고, 뭐라고 속삭이며 고개까지 끄덕이는 두 사람은 누가 봐도 다인만 쳐다보고 있던 게 분명하다.

숨을 크게 내쉰 다인이 속에서 올라오는 울분을 꾹꾹 누르며 그들에게로 다가갔다.

"어, 음……. 원장님이랑 연락됐어요."

다 알고 있는 얘기에 민겸과 희진, 둘의 고개가 끄덕끄덕 위아래로 진동했다. 더 듣고 싶은 말이 남은 걸까. 무언가를 갈구하는 뜨거운 시선들에 어떠한 보답을 해야 할 것도 같다. 다인은 어색한 웃음을 입매에 내걸며 말을 이었다.

"그…… 부탁할 게 있다고 하시네요."

끄덕끄덕.

"저랑 점심……을 먹으면서 얘기를 하자고……."

끄덕끄덕.

"제가 책……임을 질 것도 있고……."

다인은 자신이 지금 무슨 얘기를 하는지도 모른 채 21통의 부재중 전화에 대한 변명 아닌 변명을 하고 있었다.

"튕길 땐 언제고?"

도우 얼굴을 그대로 뚫기라도 하려는 듯이 다인의 눈이 뾰족해졌다. 그래 봤자 아프기는커녕 간지럽기만 할 뿐인데. 그래도 뭔가 뚫리긴 한 모양인지 그의 입가에서 실없는 웃음이 비죽 삐져나왔다.

도우와 점심을 함께 하기로 했단 얘기는 희진을 통해서 도우의 귀로 바로 전달됐다. 누굴 탓하겠어. 생각없이 아무 말이나 내뱉은 제 입이 문제지. 다인은 쓴웃음을 지우며 그의 차 조수석에 앉았다.

"운전이나 제대로 하세요."

기차역에 내려 주면 더 좋고. 이왕 같이 먹어야 할 점심이면 국밥 같은 거나 빨리 먹고 떨어졌으면 좋겠다. 행여나 그와 손이라도 스칠까 창문에 한껏 붙어서 업무 문자를 확인하던 다인의 미간이 또 비틀렸다.

"세상에, 전화도 모자라서 문자를 이렇게나 많이!"

"네가 아침에 대답만 제대로 했어도 안 그랬을 거야."

"거기에 내가 뭐라고 대답을 해요!"

오이 때문인지 뭔지, 역에 도착할 때까지 자는 척으로 일관하던 도우는 기차에서 내리자마자 어김없이 다인에게 달라붙었다. 그러고는 또 책임이니 뭐니를 운운하다가 다인의 팔꿈치에 배를 한 번 맞았고 가방으로 등을 한 번 맞고 왼쪽 정강이를 두 번 차였다.

흡사 치한 퇴치와도 같았던 행동에 근처에 있던 역무원이 화들짝 놀라서 다인에게 도움을 주려다가 오해를 풀어 준 것은 덤이었다. 물론 사과는 또 다인의 몫이었다.

"난 너 때문에 치한으로 뉴스에 나올 뻔했어."

"안 나왔잖아요. 그리고 따지고 보면 원장님이……."

"오빠."

"오빠는 무슨, 강도우 씨가 나한테 따먹……, 그랬다고 한 것도 엄밀히 말하면 성희롱이에요."

"따먹은 걸 따먹었다고 하지 뭐라고 그래."

"그 추잡한 소리 좀 그만하시고요."

"기다인. 우리는 추잡한 짓을 했어. 그것도 같이."

허! 참! 이렇게 치욕스러운 말은 난생처음이었다. 이 남자는 잘난 얼굴을 왜 이렇게까지밖에 못 쓰는 걸까. 다인의 못마땅한 시선이 제가 살면서 본 것 중 가장 완벽에 가까운 조각상을 훑어 내려갔다.

"추잡하게 침을 흘리고 다른 것도 흘……."

"앞에 봐요!"

"……리고 또 흘린 걸 빨아먹고. 우리 참 추잡하긴 했다 그래."

가장 완벽에 가까웠던 한낱 돌덩어리가 불경한 말을 쏟아 내고 있다.

"자꾸 우리라고 묶는데 그때 실컷 즐긴 건 그쪽이에요."

"그래서 넌 하나도 못 즐겼다?"

다인은 차마 거짓말은 하지 못한다는 듯이 입술을 눌러 다물었다. 즐기지 못했다기에는 아직도 그날 밤의 기억이 생생하긴 하지.

섹스가 좋아서 울어 본 적이 있는가. 불행히도 그날이 유일무이한 경험이었을지니. 몇 번이나 몸이 뒤집혔는지, 몇 번이나 절정에 오르고 몇 번이나 콘돔을 바꿔 씌웠는지 기억조차 못 할 정도다.

"원장, 아니 강도우 씨. 우리 성인이잖아요. 성인 남녀에게 그런 일

은근 흔해요.”

“난 그게 처음이자 마지막이었어.”

“……술 취하면 그런 일 어쩌다 한 번쯤은 일어날 수도 있고.”

“다시 말하지만 우리 그날 하나도 안 취했어.”

알고 있다. 그날 둘은 전혀 취하지 않았다는 것을. 취할 리가 없었다. 술은 한 모금도 마시지 않았으니까. 그리고 설사 취했다고 해도 19층이나 되는 그 계단을 걸어 올라가느라 다 깼을 게 분명하다.

다인은 그것이 그저 맨정신으로 벌어진 일이라는 게 아직도 납득하기 힘들 뿐이었다. 멀쩡한 정신으로 그렇게 남사스러운 자세를……. 어쩐지 볼이 빨갛게 달아오른 다인이 흠흠 목을 가다듬었다.

도우는 반듯한 제 머리 스타일만큼이나 깔끔하게 주차를 하고는 시동을 껐다. 그러고 보니 점심 먹으러 가는 길 아니었던가. 여기는 왜. 구겼던 몸을 펴면서 조수석에서 내린 다인이 제 생각이 틀린 것이길 바라며 불퉁하게 물었다.

“여기가 어딘데요?”

“우리 집.”

아, 역시. 아름다운 돌덩어리가 발정이 났다.

“안 타고 뭐 해?”

제게 손을 뻗어 태우려는 도우의 손을 거부한 채 다인이 마지못해 제 발로 엘리베이터에 올랐다. 버튼을 누르는 도우에게서 한 발 떨어졌던 다인의 발이 그로부터 또 한 발 크게 멀어졌다.

“난 밥 먹자고 해서 따라온 거예요.”

"그럼 넌 내가 뭘 할 거라고 생각하는데?"

입매에 시건방진 웃음을 건 도우가 옆으로 한 발 붙자 다인이 주춤 거리며 뒤로 한 발 더 빠졌다. 피해 봤자 거기가 거기지. 피식 웃던 도 우가 몸을 틀어 다인을 마주 보고는 다인의 어깨에 제 손을 올렸다.

웃겨. 어딜 만져. 예상치도 못한 수작질에 방어할 틈도 없이 엘리베 이터가 땡, 소리를 내며 5층에 도착했다. 그 소리에 맞춰 도우의 손을 쳐낸 다인이 빙그르르 몸을 돌리며 엘리베이터를 빠져나왔다.

대체 어쩌다가 여기까지 따라오게 됐을까. 제 뒤를 호위하듯이 따라 붙는 강도우를 보면 쉽사리 도망칠 수도 없을 것 같다. 그래, 점심 먹자 고 온 거니까. 그러니까 기껏해야 밥 한 끼…….

"내가 왜 고작 밥 한 끼 먹자고 강도우 씨 집까지 가야 하는지 모르 겠어요."

"들어가 보면 알게 돼."

도우가 비밀번호를 누르고 현관문을 열어 저를 먼저 안으로 들여보 낼 때까지도 다인의 의심스러운 눈초리는 지워질 줄을 몰랐다. 호신용 품이 가방 안에 있던가. 있을 리가 없지. 강도우가 제아무리 명예를 달 고 사는 인간이래도 면식범을 가장 조심해야 하는 건데.

"이상한 짓하면 진짜 뉴스 나오게 해 줄……."

어쭙잖은 협박을 하던 다인이 제 눈앞에 펼쳐진 풍경에 입을 쩍 벌 렸다.

"이게 뭐야……. 집이 왜…….."

남들이 봤을 때는 아무것도 없는 텅 빈 공간이지만 다인의 눈에는 그저 아름답기 그지없는 곳이다. 제가 마음껏 꾸며 볼 수 있는, 말하자 면 하얀 도화지 같은.

어쩐지 설렘 가득한 다인의 눈을 지그시 내려다보던 도우가 살짝 웃으며 말을 덧붙였다.

"사택이거든. 얼마 전에 들어왔고."

아. 고개를 주억거리던 다인의 눈이 구석구석 집 안을 훑었다. 눈대
중으로 견적을 매기는 버릇은 아마도 직업병인 듯하다. 그런데 이 집은
아무리 사택이라고는 해도 너무 뭐가 없는 게 아닌가. 침대도, 소파도,
TV도 뭣도 없는 이곳은 사람 사는 흔적이라고는 보이지 않는다.

심지어 냉장고도, 식탁도 없는. 도우를 쏘아보는 다인의 시선이 점점
더 가늘어졌다.

"처음부터 여기서 밥 먹을 생각 없었죠?"

"할 수 있으면 먹어 보든가."

등 뒤에 뭐가 있는지를 먼저 확인하는 것은 이제 또 하나의 습관이
된 듯, 뒤를 슬쩍 돌아보던 도우가 느긋하게 팔짱을 끼고 벽에 등을 기
댔다.

밥을 먹을 수 없는 집. 그렇다고 여기서 둘이 다른 걸 하기에도 애매
한 텅 빈 공간이다. 다인의 생각을 읽기라도 한 것처럼 도우가 음흉하
게 입매를 비틀었다. 저 살아 있는 음흉한 돌덩어리로부터 어떻게 빠져
나갈지, 빠르게 잔머리를 굴릴수록 다인의 낯빛에는 겹겹이 불안이 덮
였다.

"어떻게 책임질지 각이 좀 나왔나 모르겠네."

"나는 도무지 강도우 씨가 왜 나한테 책임을 지우는지 모르겠어요."

"말했잖아. 네가 나를……."

"여자 친구 있지 않아요?"

혹여나 도우와의 간격이 깨지기라도 할까, 다인이 현관문에 두었던
시선을 그의 얼굴로 돌렸다.

"내가?"

"왜, 그때 원장실에서 전화로."

"아."

"……사랑한다고."

현관문과 도우를 번갈아 보던 다인이 사랑을 말하는 그 순간만큼은 도우를 똑바로 응시했다. 그가 입술을 말아 웃으며 팔짱을 풀었다. 별 움직임도 아니건만 괜히 놀란 다인이 숨을 흡, 들이마셨다.

긴장하지 말자. 까딱하면 그냥 뛰쳐나가면 된다. 위기 상황에서는 강 도우처럼 건장한 남자도 충분히 물리칠 수 있다.

저를 두고 무슨 생각을 하는지 아는지 모르는지, 다인이 내뱉은 말을 곱씹던 도우가 히죽대며 실없는 웃음을 흘렸다. 지금 강지윤한테 사 랑한다고 말했다고 질투라도 하는 건가. 어쩐지 기다인에게 꽤 귀여운 구석이 있다. 물론 다인을 자극하려고 지윤에게 한결 다정하게 군 건 사실이었지만, 별 효과도 없는 줄 알았더니 역시.

도우가 팔짱을 푼 손으로 휴대폰을 들어 앨범을 뒤졌다. 여기 어딘 가에 사진이 있을 텐데. 늦둥이 동생 지윤의 사진을 찾아낸 도우가 다 인에게로 몸을 숙이자 다인이 기다렸다는 듯 현관문을 향해 달려 나갔 다. 하지만 그것도 찰나였을 뿐, 결승선을 앞둔 단거리 달리기 선수 같 던 기세도 도우의 단단한 몸 앞에서 금세 막혀 버렸다.

"너 뭐 해?"

그냥 그대로 있을 것을. 괜히 나댔다가 그와 더 가까워져 버렸다. 뒤 로 한 발 더 물러나려던 다인의 한쪽 어깨를 도우가 큰 손으로 살며시 움켜쥔 채로 눈앞에 뭔가를 들이 밀었다.

"잘 봐."

열 살은 됐을까. 눈앞에 내밀어진 여자아이 사진에 다인은 도통 영 문을 모르겠다는 표정이다. 설명을 해 줘야 하나. 귀찮다는 듯이 도우가 혀를 쯧 차고는 말을 이었다.

"내 친동생 강지윤."

"아."

"그러니까 애인 같은 건 없어."

"아아."

"너도 없었으면 좋겠고."

다인이 여전히 어깨를 잡힌 채로 도우를 올려다봤다. 조각가들은 조각상이 어떤 각도에서 보일지도 염두에 두고 작업한다지. 그런 의미에서 이 각도의 강도우란……

깜빡, 깜빡. 도우를 쳐다보며 접었다 올리는 눈꺼풀에 부점이라도 붙은 것 같다. 9년이라는 시간은 강도우에게 어떻게 녹아 든 것일까. 어찌된 것이 그때보다 더 완벽하게 제 스타일이 되어 버린 남자다. 그렇지만, 그렇대도……

이 아름다운 조각상이 제아무리 아래위로 완벽한 비율을 갖췄다고 해도 저마저 강도우와 똑같은 사람이 될 순 없었다. 다인은 눈을 질끈 감았다가 뜨며 현실을 직시했다. 이를 앙다문 표정은 제법 비장하기까지 하다.

"난 강도우 씨가 왜 그날 밤에 집착하는지 도통 모르겠어."

"처음이었어, 네가."

"……뭐가?"

"난 네가 처음이었다고. 여자로."

다인의 남은 어깨마저도 도우의 손에 잡혔다. 진짜 미친 건지, 그냥 미치게 아름다운 건지 모를 돌덩어리가 뻗은 손이 점점 무겁게 어깨를 짓누르는 것만 같다.

"그러니까 네가 책임져야 한다고."

아. 어쩐지 막중한 책임감을 느낀 탓에 다리에 힘이 풀렸다. 몸을 휘
청거리자 도우가 곧바로 여자의 허리를 감싸 안았다. 다인은 제 허리에
둘러진 그의 팔을 받침대 삼아 도우로부터 몸을 한껏 떼 내었다. 이 잘
난 돌덩어리가 뭐라고 나불댔는지 되짚는 눈이 느른하게 풀렸다. 그러
고는,

"개수작 부리지 마!"

도우의 정강이를 사정없이 걷어차 버렸다.

강도우는 속된 말로 개진상이었다.

"그러니까 지금, 환불을 해 달라고요?"

한 입 베어 문 것이 자명한 샌드위치에서 끌어 올린 다인의 시선은
도우의 가슴팍에서 아주 잠깐 멈췄다가 그의 눈과 마주했다.

"엄밀히 말하면 환불은 아니지. 내가 너한테 돈을 안 줬잖아, 아직?"

어제 짚어 봤던 강도우의 가슴 근육의 느낌이 되살아나 잠시 아찔해
진 것도 잠시, 다인은 의심스러운 눈빛으로 그의 가슴부터 머리 꼭대기
까지를 왕복해서 훑었다. 이 쓸데없이 몸 좋은 쫄보가 무슨 저의를 가
지고 이러는 건지 도통 모르겠다.

다인이 혜주의 전화를 받은 건 오후 1시쯤. 당장 카페로 와 달라는
전화에 뭔 일이라도 난 줄 알고 헐레벌떡 달려왔던 카페에서 저를 반긴
건 다름 아닌 강도우였다. 그것도 저를 기다리고 있었다는 듯 느긋하니
다리를 꼰 채로 제게 손을 흔드는 강도우. 물론 그것만으로도 뭔 일이
나긴 난 거였지만.

평소와 다르게 도우가 4시보다 훨씬 이른 시간에 카페에 들러 다인

을 찾은 이유는 하나였다. 어제 다인이 제게 건넨 샌드위치가 이상했기 때문. 평소와 다른 변수들이 여럿 생겨난 어제 하루였지만 신체적으로 이상하게 반응하게 만든 건 아무리 생각해도 평소와 다른 맛의 그 샌드위치밖에 없었다.

나름의 합리적인 추론 끝에 카페로 향한 그는 혜주에게 어제 그 친구를 불러오라고 전했다. 혜주는 문득 이 상황이 꽤 재밌게 돌아가는 것 같다는 생각에 약간의 연기를 섞어 다인에게 전화를 걸었다. 연극 동아리 회장 출신이 실력을 발휘한 모양인지 다인이 두 사람의 작당에 꼼짝없이 걸려든 것도 어쩌면 당연한 일이었다.

10분 만에 카페로 달려온 다인 앞에 내밀어진 건 샌드위치 두 조각. 테이블에 덩그러니 애처롭게 놓인 것들을 쳐다보던 다인은 그저 어이가 없을 뿐이었다. 그러니까 맛이 변했다고 환불이라도 해 달라는 거잖아, 지금. 지극히도 주관적인, 고작 그따위의 이유로.

"카페 사장은 따로 있는데 왜 날 찾아?"

"이걸 판 건 너잖아."

아, 그렇지. 나름 논리적인 답변에 딱히 할 말을 찾지 못한 다인이 남은 샌드위치 반쪽을 채 가서는 한 입 베어 물었다. 정작 7천 8백 원은 아직 받지도 못했으면서.

혹시나 미리 만들어 둬서 정말 상하기라도 한 걸까, 잠시나마 굳었던 다인의 얼굴에 이제야 안도감이 서렸다. 별것도 아닌데 생트집을 잡고 있어.

다른 건 몰라도 샌드위치 하나만큼은 자신 있었다. 제 손에서 탄생한 창조물을 입에 넣자마자 아무 이상 없다는 걸 바로 눈치챈 다인은 도우의 앞에 꽤나 당당한 표정으로 샌드위치를 내려놨다.

"맛있기만 한데 뭐가 문제야 대체."

허. 바람 빠지는 소리를 내던 도우가 그게 바로 문제라고 생각하는 걸 다인은 알 턱이 없었다. 일관된 샌드위치 맛이 다인의 손을 거쳐 맛이 좋아졌든 나빠졌든 변했다는 사실 자체만으로 도우에겐 이미 큰 문제였다. 그리고 그것이 어제에 이어 지금까지도 신체에 영향을 주는 것은 어쩌면 정말로 큰 문제일지도 몰랐다.

"그러니까. 맛이 변했다고. 그게 문제라는 거지."

치켜든 턱을 쓰다듬는 도우의 우아한 손길은 다인의 눈에는 하찮기 짝이 없다. 입술을 짓씹던 다인이 강 건너 불구경하고 있는 듯한 카페 사장이자 제 친구인 방관자 정혜주를 불렀다.

"정혜주. 너도 여기 와서 이거 먹어 봐."

"네가 만든 샌드위치 맛이야 내가 보장하지."

이렇게 두 사람이 마주 보고 앉아 있을 줄 누가 알았을까. 실없는 웃음을 흘려 대던 혜주가 슬쩍 다가와서 다인과 도우 사이에 자리 잡았다. 연극 무대 이후로 이렇게 뜨겁고도 냉철한 시선들은 처음이다. 묘한 희열을 느끼던 혜주가 다인이 베어 물었던 샌드위치의 다른 부분을 입에 넣었다. 그러고는.

"으음 역시 맛있…… 으엑!"

예상치 못한 혜주의 반응에 다인의 눈이 휘둥그레졌다. 그것 보라지. 우쭐해져서 몸을 부풀려 의자 뒤로 기대려던 도우가 또 넘어질 뻔한 걸 이번에는 긴 다리를 척 뻗어서 곧 균형을 잡았다.

"뭐야, 기다인! 여기 오이 들었네!"

혜주가 제 손에 든 샌드위치를 차마 던지진 못하고 테이블 위로 가볍게 툭 내려놓았다.

"오이?"

"……오이."

다인과 도우의 시선이 허공에서 빠르게 교차했다.

"그래, 오이!"

그래, 따지고 보면 정혜주부터가 문제였다. 오이를 멸종시킬 수만 있다면 멸종시키고 싶은 지독한 오이 혐오자, 정혜주.

혜주는 지극히도 개인적인 취향으로 손님들에게 오이를 뺀 샌드위치를 권유하곤 했다. 말이 좋아 권유였지 강요에 가까운 것이었고 그것은 하필이면 이 카페에서 선택한 강도우의 첫 메뉴가 되어 버렸다. 무엇이든 처음과 일관된 규칙성을 중요시하는 바로 그 강도우에게.

"그러니까 내가 오이 하나 넣어서 맛이 변했다고 지금……."

지금 이 지랄을. 그깟 오이 하나로 지금 집에서 바쁘게 누워 있던 사람을 불러내서 따질 일인가. 정말이지 보면 볼수록 마음에 안 든다. 다인은 속으로 입맛 까다로운 남자는 딱 질색이라며 도우를 두고 마이너스 500점을 매겼다. 오늘은 무엇 때문인지 특히 좀 더 잘생긴 것 같으니까 플러스 120점도 더해 가면서.

"야, 기다인. 너는 오이로 인해서 세상이 얼마나 악랄하게 변했는지 몰라."

그러니까 어제 몸이 이상해졌던 것은 다 오이 때문이었다 이거지. 오이가 얼마나 해로운 채소인지 말도 안 되는 궤변을 떠들어 대는 혜주 옆에서 도우가 그런 것 같다며 고개를 작게 끄덕였다. 어제 일만 돌이켜 보자면 오이는 카페 주인 말대로 악랄한 채소인 것이 틀림없었다.

"오이가 사람을 죽일 수도 있어, 다인아."

"……걔가 왜?"

"너 알레르기가 얼마나 위험한지 몰라? 호흡 곤란 오면 알레르기 때문에 사람도 죽어!"

혜주의 말을 진지하게 경청하던 도우가 어제의 그 미친 심장 박동

수와 답지 않게 현기증을 느꼈던 걸 떠올렸다. 듣고 보니 카페 사장 말이 맞았다. 그렇다. 그건 알레르기 반응이 틀림없다. 그렇게 강도우는 제게 오이 알레르기가 있단 걸 그때서야 비로소 깨달았다. 비록 엉터리이긴 했지만.

"그럼 내가 죽을 뻔했다는 거네."

"뭐?"

"네가 나를 죽일 뻔했어."

어처구니없이 놀란 다인의 눈이 도우에게로 향했다. 고작 샌드위치 한 입 먹어 놓고는 자신이 살인 미수범이라도 되는 듯이 삐딱하게 쳐다보다니. 정말이지 어이가 없었다. 불과 며칠 전까지만 해도 이상형이라고 여겼던 강도우가 한층 더 끔찍해진 다인이 제 얼굴을 사정없이 구겼다.

"도우 오빠, 오이 알레르기 있어요?"

이미 자신이 오이 알레르기가 있다고 확신한 도우는 근엄하고도 상처받은 표정으로 다인을 내려다봤다. 이게 대체 무슨 상황인지. 아무렇지도 않게 오빠 소리를 잘만 해 대는 혜주를 얼빠지게 쳐다보던 다인은 결국은 그렇게 어쩔 수 없이 도우에게 제 번호를 넘겨줄 수밖에 없었다.

이유는 단순했다. 강도우가 기다인이 건넨 오이 때문에 심장이 터져서 죽을까 봐. 말도 안 되는 것 같은 이 문장은 몇몇 단어만 지우면 말이 되기도 했다.

강도우는 타고나길 물질적으로나 정서적으로나 유복한 인생이었다.

갖고 싶은 건 자의로든 타의로든 어떻게든 가질 수 있었고 하고 싶은 건 법의 테두리 안에서 다 할 수 있었다.

따라서 좀처럼 열등감이라는 것이라곤 찾아보려야 찾아볼 수가 없던 강도우에게 사람들이 호의를 보내는 건 아주 당연한 일이었다. 작게는 붕어빵을 사 먹을 때 몇 마리를 서비스로 더 얹어 준다거나 많게는 아파트 계약금을 즉석에서 천만 단위로 깎아 준다거나.

그러니까 모든 것은 다 깎아 놓은 듯 잘난 제 외모 때문이었다. 그랬기에 합리적인 사고가 가능하고 눈이 제대로 달린 여자라면 자신을 좋아하는 건 지극히도 당연한 세상 이치였다. 어디까지나 그것이 외모일 뿐일지라도. 그것조차도 못하는 사람들이 태반이니 논점 외인 부분이다.

그러나 애석하게도 인간이 느낄 수 있는 호감이라는 감정은 다소 어긋난 방향으로도 파생되기 마련이다. 머리 좋은 도우는 자신의 첫 사회생활인 어린이집에서 그 사실을 스스로 깨쳤다. 사람들은 때때로 좋아하는 감정을 다른 방법으로 표출하기도 한다는 것을.

누군가가 도우에게 사탕이든 스티커든, 더 커서는 그럴듯한 명품이든 딴에는 물량 공세로 애정을 쏟아부었다면 누군가는 자신이 여자든 남자든 가리지 않고 질투와 시샘이라는 가면을 쓰기도 했고 도우의 관심을 이끌어 내고자 '무관심'이라는 카드를 쓰기도 했다.

키가 자라날수록 그 수법들은 다소 격해지는 경우도 많았는데 어떤 사람들은 질 나쁜 소문들을 일부러 뿌리고 다니기도 했다. 그 또한 이미 알고는 있었지만 다 제가 잘나서 그런 것이니 어느 정도는 눈감아 주고 넘어가는 미덕도 필요했다. 넓은 가슴팍만큼이나 제 딴에는 너른 마음씨를 가진 강도우였으니까.

그러니까 남자들은 그렇다손 치더라도 여자들이 일관된 태도를 유지

하지 못하고 제게 호감을 가졌다가 무관심으로 넘어가는 것 또한 아주 정상적인 절차였다. 자신을 쫓아다니다가도 어느새 식어 버린 척하는 여자들은 정말이지 얕은수가 훤히 보여서 웃길 따름이었다.

그런 면에서 다른 수법을 행사한 기다인의 그 발칙함에 대해선 칭찬해 주는 게 마땅하다. 기다인은 아주 영특했다.

어쨌거나 그런 규칙적인 행태들의 여자라는 존재를 정작 좋아하지도, 그렇다고 남자를 좋아하지도 않던 강도우는 스물다섯 인생 평생을 오직 자기 자신만을 사랑했다. 사랑하지 않을 이유가 없었다. 응당 사고할 수 있는 인간이라면 그러는 게 당연했다. 이 완벽한 인간을 과연 누가 싫어할 수 있을까.

그랬기에 자신을 사랑하기에 바쁜 도우는 당연히 누군가를 좋아해 본 적은커녕 누군가로 인해서 설레 본 적도 없었다. 설렌다는 감정은 새로운 유형의 문제를 풀 때나 느끼는 것이었고 자신이 아닌 다른 사람에게 함부로 쓰는 말이 아니라고 생각하고 살아왔다. 그런데.

"오이."

도우가 제 심장 박동을 불규칙적으로 만드는 요망한 채소의 이름을 제법 다정하게 불렀다. 아무리 생각해도 대답도 않는 이 초록색 덩어리에게 설렘 따위를 느낄 리는 없는데…….

역시 알레르기가 맞았다. 강도우가 스스로 내린 결론에 의하면 오이로 인한 알레르기 반응은 크게는 두 가지로 추려졌다.

하나는 비정상적인 심장 박동 수. 그리고 다른 하나는 오이만 생각해도 심장이 간질거리면서 손가락 발가락 끝까지 찌릿하게 만드는, 나아가선 그곳까지도 비정상적으로 흥분하게 만드는 그런 이상 증세.

도우가 오른손을 들어 제 왼쪽 가슴에 올렸다. 제게 오이를 먹인 기다인이 가느다란 손으로 얄궂게 짚었던 바로 그 자리다. 심장이 빠르게 두근거렸다. 파블로프의 개처럼 이제 오이를 보면 자동적으로 기다인이 연상되었다.

오이를 보면 극도의 방어 기제로 심장이 내달렸고 그와 동시에 기다인이 생각났다. 역시 카페 주인 말대로 아주 악랄하기 짝이 없는 채소다. 멸종되어야 할 게 마땅하다.

강도우는 기다인이 준 오이를 보기만 해도 심장이 뛰었다. 비정상적으로.

"개수작 부리지 마!"

도우가 깨금발로 정강이를 매만지면서 눈앞의 다인을 쳐다봤다. 그렇게 때려서 쓰나. 아프기는커녕 간지럽기만 하다. 도우의 잘난 입술에서는 눈치없는 웃음만 실실 새어 나왔다.

"웃어?"

저를 보며 파들거리면서 오르락내리락하는 다인의 속눈썹이 재밌다. 건방지게 들어 올린 다인의 입술이 예쁘다. 쉴 틈 없이 꿈틀거리는 눈썹과 자신을 한껏 노려보는 다인의 눈매는 귀엽기만 하다.

"지금 맞았는데 웃음이 나와?"

"귀여워."

이 미친 돌덩어리가 대체 뭐라는 거야. 저를 담은 시선에 아랑곳하지도 않던 그는 정말 귀여웠던 자신의 어린 시절 사진이라도 보는 듯이 기다란 손가락으로 다인의 볼을 툭 건드렸다.

어디 손을 갖다 대. 다인이 도우의 손을 잡아 비틀었다. 아악. 이번엔 제법 아픈 모양인지 인상을 잠깐 찌푸렸던 도우가 이내 또 웃기 시작했다.

강도우는 기다인이 건넨 오이를 보면 심장이 뛴다.

틀렸다. 오이 같은 건 허위 변수다. 강도우는 기다인을 보면 심장이 뛴다. 비정상적으로.

3화

기다인은 운이 없는 편이다.

남들은 다 휴지라도 받는데 혼자 꽝에 걸려 버린다거나 하는 소소한 경품 당첨 운부터 시작해서 크게는 사람을 만나는 운까지. 제가 가진 인연 운이라고는 부모 잘 만나 아낌없는 사랑과 지원을 받으며 자란 것과 정혜주를 비롯한 몇몇의 마음 맞는 친구를 만난 것, 딱 거기까지였다. 물론 그것만으로도 충분히 과분한 건 사실이다.

남자들은 어찌나 이상한 애들만 꼬이는지 남은 인생을 망쳐 버릴 수준까지 갈 뻔도 했다.

음, 물론 남자들의 남은 인생을 말이다. 다인은 순진하게 자라 왔던 것에 비해 발 버릇이 그다지 좋지는 못했으니까. 태권도를 무려 품띠까지 달았으니 그들의 끝은 말로 하지 않아도 알 거라 생각한다.

한 번은 다인이 유학 가기 며칠 전, 혜주가 다인을 데리고 제 엄마가 자주 가는 점집에 신점을 보러 간 적도 있었다.

비록 혜주네 언니가 언제 결혼을 하고 아이를 몇을 낳는지, 혜주가 어느 대학을 갈 건지는 전혀 맞히지 못했지만 정말 모르는 게 없는 용한 곳이라고. 그때 보라색 아이라인을 관자놀이까지 그렸던 그분이 뭐라고 했더라. 다인에게 더 이상 새로운 남자는 없을 거라고 악담을 했더랬지.

한번 두고 보자며 운명을 개척하는 마음으로 미국 땅을 밟았지만, 다인은 역시나 운이 없었다. 그 넓은 미국 땅에서 다인이 죽도록 본 것은 미친 과제 페이퍼들과 햄버거 가게 앞의 흰옷 입은 할아버지를 닮은 교수님뿐이었으니까.

운명 개척은 개뿔, 다인은 상상하던 걸 모두 실현할 수는 없다고 정신이 개척되어서 한국에 다시 돌아왔다.

그러니까 9년 전 그때 강도우를 만난 것도, 그리고 지금 그를 다시 만난 것 역시 자신이 운이 나빠서 그런 것이었다. 서울로 올라가는 기차에서 도우가 집요하게 보낸 문자들을 하나씩 삭제하면서 다인은 새삼 그 사실을 통감했다.

〈맛있었어?〉

삭제. 대체 뭐가 맛있었냐는 건지. 이 낯 뜨거운 문자들을 보낸 미친 인간은 다인의 두 손에 제압당해 놓고도, 물론 모양새는 그냥 두 손을 맞잡은 것에 불과했지만, 계속 엉뚱한 말로 다인을 소름 끼치게 만들었다.

결국 다인은 그 망측한 입술을 물리적으로 막아 버리고 나서야 귀여워 죽겠다느니 앙증맞아서 코를 깨물어 버리고 싶다느니 하는 황당하기 짝이 없는 말들을 멈출 수 있었다.

⟨네가 먼저 꼬신 거야⟩

삭제.

⟨어디 또 모르는 척해 보시지!?⟩

삭제.

⟨네가 먼저 키스한 거라고⟩

삭제!

⟨기다인 네가 내 입술을 먼저 물었다고⟩

하아. 다인은 정말로 운이 없었다. 하필이면 눈앞에 잘난 얼굴이 보였을 뿐이고 하필이면 그 돌덩어리가 얄궂은 말들을 떠들었을 뿐이다.

그러니까 어디까지나 그 주접들을 듣기 싫었던 다인은 그 말을 어떻게든 막을 필요가 있었고 가장 편한 방법이 그 입술을 물어뜯는 방법뿐이었다. 물론 입술로.

손이 잡혀서 어쩔 도리가 없었으니까. 머리로 박치기를 하면 아프니까. 피를 보는 건 싫었으니까. 그리고…….

말 같지도 않은 변명들에 다인이 끄응, 앓는 소리를 내면서 마지막 문자도 삭제했다. 마침 걸려 오는 도우의 전화도 열두 번째로 거절하면서 휴대폰을 방해 금지 모드로 바꾸었다.

강도우의 말은 곱씹을수록 한심하기 짝이 없었다. 귀엽다니 앙증맞다니. 그런 말은 초등학교 6학년 때부터 다인이랑 어울려 본 역사가 없는 말인데. 정말이지 짜증이 난 다인이 부풀어 오른 제 입술을 쓰다듬었다. 그냥 짜증이 나서. 진짜로. 정말. 진심으로.

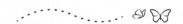

〈아직 죽지 않고 살아 있으니 안심해〉

이런 미친! 짐을 챙기던 다인이 도우의 문자를 보고 진저리를 치면서 휴대폰을 저 멀리 치워 버렸다. 강도우가 오이 알레르기를 핑계로 하루에 두 번씩, 아침저녁으로 저 이상한 생존 문자를 보내 온 것도 벌써 일주일째다.

하지만 이제 저 이상한 문자를 볼 날도 얼마 남지 않았다. 출국까지 남은 날은 겨우 이틀. 조금만 참으면 된다.

그 망할 오이 사건 이후로 강도우를 아예 만나지 않았던 건 아니다. 혜주의 카페에서 두어 번 스치듯이 마주칠 뻔도 했다. 그때마다 다인은 화장실로 쏙 들어가 숨었고 그가 오이 없는 샌드위치를 사서 떠난 뒤에야 주춤거리며 제자리로 돌아왔다.

혜주의 말에 따르면 강도우가 제가 끄적이던 드로잉 북에 관심을 갖는 것 같다고 했지만 알 게 뭐람. 미친놈의 관심 따위 받고 싶지는 않았다. 다인은 혹시 제가 유학 가고 나서도 그가 저를 찾는다면 갖은 핑계를 대서라도 모르는 척하라며 혜주에게 몇 번이나 신신당부를 했다.

다른 이유는 없었다. 그냥 싫었다. 본능적으로 느꼈다고나 할까. 강도우와 더 이상 엮여 봤자 제게 도움이 될 것 같진 않았다.

게다가 그 질이 좋든 나쁘든 갖가지 소문들에 둘러싸인 남자는 피하는 게 상책이다. 고등학교 때 다인이 슈퍼 모델 선발 대회에 나가려고 가슴 수술했다는 말도 안 되는 루머 때문에 얼마나 힘들어했는데.

역시 사람들 입에 자주 오르내리는 사람과는 엮이지 않는 게 좋았다. 다인이 고개를 주억거리며 남은 짐을 정리했다. 그리고 세뇌하듯이 계속해서 되뇌었다.

강도우는 빛 좋은 개살구다. 그것도 독이 든. 절대 따 먹어서는 안 될 열매였다.

그랬는데, 분명 그렇게 따서도 안 될 열매라고 다짐했는데. 다인은 자신의 순진함과 쓸데없이 착한 마음을 책망, 혹은 자찬하면서 강도우 옆에 섰다.

출국을 하루 앞둔 저녁, 쓰러질 것 같다는 도우의 전화로부터 시작된 바로 '그날'이었다. 다인의 찌푸린 표정과는 달리 저를 보고 입꼬리를 올린 채 손까지 흔드는 도우는 그날따라 기분이 좋아 보이는 것도 같았다.

"장난쳐요?"

도대체 자신이 왜 지금 여기에 있는지 이해할 수 없는 다인이었다. 이럴 줄 알았으면 본가에 안 오는 건데. 애초에 유학 가기 전, 본가로 와서 혜주의 카페에 들른 것부터가 잘못된 첫 단추였다. 혜주랑은 다른 카페에서 만났어야 했다. 커피도 아주 맛있게 내리는 곳에서 말이다.

"네 눈엔 내가 지금 장난치는 걸로 보여?"

다인의 의심스러운 눈초리가 도우의 단단한 몸을 느릿느릿 쓰다듬었다. 아프다고 하기엔 지나치게 멀쩡해 보이는데. 동네 맥줏집 바 테이블 옆에서 그를 쳐다보고만 있자 도우가 턱짓으로 제 옆자리를 가리켰다.

어서 앉지 않고 뭐 하냐는 투에 마지못해 옆에 앉은 다인이 도우 앞에 놓인 우삼겹 비빔국수를 보고 윗입술을 들어 올렸다. 설마! 또, 또 저것 때문에……!

"너 보여, 이거? 오이."

도우가 제 앞의 그릇을 손등으로 툭툭 쳐서는 다인 쪽으로 밀어냈다.

"어쩌라고."

오이가 올라간 우삼겹 비빔국수는 맛만 좋을 것 같은데. 오이 하나 때문에 이게 무슨 난리인지. 다인이 그 그릇을 손으로 쭉 밀어서는 다시 도우 앞으로 보냈다.

제 앞에 다시 놓인 그릇을 보던 도우의 한숨이 짙어졌다. 그는 정말이지 제가 오이 알레르기라고 믿는 모양이다. 다소 침울한 남자의 눈동자가 저를 담자 다인의 날 선 눈빛도 조금은 무뎌졌다.

"심장이 터질 것 같아."

"……오이 때문에요?"

다인이 대충 포털 사이트에 물어본 바에 의하면 오이 알레르기로 죽은 사람은 없었다. 하물며 세상에 오이 들어가는 음식이 얼마나 많은데 하필이면 그걸 지금 안다는 것도 이상했다.

아무리 운이 좋지 않은 다인이라고 해도 자기가 준 오이 때문에 멀쩡한 남자가 죽을 뻔했다는 건 벼락을 세 번 맞을 확률에 가까운 일이지 않을까. 그리고 설사 그게 진짜 알레르기 반응이라고 한들 도대체 왜 그걸 자신이 책임져야 하는지도 모르겠고.

"만져 볼래?"

누가 얼마나 믿어 줄지는 모르겠으나 도우는 후천성 오이 알레르기 원인 제공자를 눈앞에서 마주하니 정말이지 심장이 터질 것만 같았다.

맥이 관자놀이까지 뛰는 게 느껴졌다.

어딘가 열이 오르고 미칠 것 같은데 여전히 수상한 눈빛을 한 채 저를 못 믿는 다인을 보니 직접 확인이라도 시켜 주고 싶었다. 그렇게 3대째 한의사 집안의 차남인 도우는 다인에게 제 맥박을 짚어 보라고 손목을 내밀었는데 다인은.

"……너 뭐 해?"

"만져 보라며."

도우의 시선이 제 왼쪽 가슴팍에 뻔뻔하게 손바닥을 대고 있는 다인에게 내려앉았다. 다인을 향해 뻗은 손목이 무색해졌지만 뭐, 뛰는 건 심장이니 이렇게 확인해도 나쁠 건 없어 보인다. 도우가 어깨를 펴서 더 그럴듯한 자세를 만들었다. 마치 수컷 고릴라가 암컷에게 구애하듯 가슴을 부풀리는 모양새였다.

쿵쿵쿵. 빠르다. 다인의 손바닥 아래로 느껴지는 이 야생마 같은 기운은 점점 더 빨라지는 것만 같다. 정말 문제가 있는 것일까.

그러니까 오이 하나로……. 말도 안 되는 얘기지만 인체는 신비로우니까. 그렇게 얼마를 느끼고 있었을까. 도우의 심장 박동에 맞추기라도 했다는 듯 투둑투둑 유리창을 쳐 대는 빗소리가 들려왔다.

오늘도 비가 온다는 예보는 없었던 것 같은데. 잠깐 창밖을 보던 둘의 시선이 다시 중간에서 맞물렸다.

도우의 가슴팍이 다인의 손아래에서 빠르게 오르락내리락했다. 왠지 모르게 다인의 숨도 조금씩 가빠지는 것 같았다. 목이 타들어 가는 기분에 다인이 도우 앞에 놓인 맥주잔에 시선을 옮기며 물었다.

"저거 내가 마셔도 돼요?"

"아니."

"7천 8백 원 어치는 내가 마셔도 될 것 같은데."

"안 돼."

"왜?"

"따지고 보자면 너도 샌드위치 한 입 먹었어."

"……."

"네 친구도 먹었고."

"……."

"내가 정당하게 지불해야 할 건 아메리카노 한 잔 값이야."

"……."

"이 맥주는 그 커피보다 비싸고."

"……."

"그리고 애초에 나는 그걸 산 것도 아니지. 네가 강제로……."

"혹시 나랑 자고 싶어요?"

나불거리는 내내 한참을 다인의 입술에만 닿아 있던 도우의 시선이 그제야 다인의 눈으로 올라왔다. 여전히 도우의 가슴팍에서 손바닥을 떼지 않은 다인의 표정은 흔들림이 없다.

그에 반해 사정없이 눈동자가 흔들리던 도우는 관성적으로 다인의 입술에 시선을 뒀다가 천천히 끌어 올려서 다인과 마주봤다.

"너는?"

쿵쿵쿵. 이제 누구의 심장이 더 빠르게 뛰는지도 모를 정도다. 남자의 느긋한 시선이 제 가슴에 아직 손을 얹고 있는 다인의 손으로 향했다. 아직 거기에 손을 붙이고 있다는 걸 망각한 다인이 화들짝 놀라면서 떼려는 것을 도우가 붙잡아서 터질 것 같다던 제 가슴팍에 붙였다.

"물었잖아. 너도 나랑 자고 싶냐고."

다인은 대답 없이 마른침을 삼켰다. 자꾸만 갈증이 일었다. 제 얼굴을 모조리 핥기라도 하는 것처럼 질척거리는 저 남자의 시선이 부담스

러웠다. 옆에 앉은 이 남자의 향기에 질식할 것 같았다. 두 사람의 시선
이 교차되면서 서로의 입술과 눈을 왕복했다. 다인이 달싹거리던 입술
을 뗐다.

"어. 하고 싶어."

그러니까 그것은 내기 아닌 내기였다. 정혜주가 기다인은 절대 못
할 거라고 했던 것에 대한 반발, 혹은 오기에서 비롯한. 한마디로 미친
짓이었다.

다인이 밭은 숨을 내쉬며 그를 올려다봤다. 도우의 종아리 뒤로 9라
는 숫자가 보였다. 이제 절반밖에 올라오지 않았다는 말이다. 저 진상
이랑 섹스 한번 해 보겠다고 19층까지 계단으로 올라가는 꼴이라니. 스
스로가 어이없어서 웃음이 나왔다. 그렇다고 지금 와서 없던 일로 하자
고 물리자니 또 반은 걸어 내려가야 하는 꼴도 영 이상했다.

"업어 줘?"

이건 또 무슨 저의를 품고 하는 말일까. 대답 없이 눈을 찌푸리자 반
층 위에 있던 도우가 빠르게 내려왔다. 원한다면 정말 업어 줄 것 같은
다정한 눈빛이 어쩐지 멋쩍었다. 다인은 고개를 내리며 말했다.

"나 옷 젖었는데."

"마찬가지야. 비는 우리 같이 맞았잖아."

섹스하겠다고 맥줏집에서 비를 뚫고 도우의 집까지 같이 달려왔던
게 생각나자 순간 창피함이 몰려들었다. 정말로 미친 짓이 분명했다.
다인이 입술을 꾹꾹 눌러 씹었다.

"업힐래?"

"됐어."

그럼 뒤에서 밀어 주겠다던 도우가 다인의 뒤로 가서 등에 손을 붙이려다가 멈칫거렸다. 비를 맞아 달라붙은 다인의 티셔츠는 젖은 몸을 여실히 드러내 보이고 있었다.

충동적으로 다인을 데리고 여기까지 오긴 했으나 막상 눈앞에서 노골적인 여체를 보자니 정신이 번쩍 들었다. 손끝으로 다인의 티셔츠를 잡다 만 도우가 문득 뭔가를 떠올리고는 물었다.

"근데 너 콘돔 있어?"

"나?"

왜 자기가 그런 걸 갖고 다닐 거라고 생각하는지. 물론 어디까지나 만약을 위해서 하나 정도는 들고 다녔던 다인은 고개를 세차게 저었다. 비를 맞은 머리카락이 물기를 흩날렸다. 어딘가 또 번개가 친 모양인지 밖이 번쩍이자 도우가 잠깐 흐려졌던 시야의 초점을 바로 잡았다.

"여기 있어. 금방 사 올게."

젖은 몸을 흘끔거리던 도우가 계단을 몇 칸 내려가다가 등을 돌려 다인을 가만히 쳐다봤다. 이대로 몰래 가 버리면 어쩌지. 딱히 그럴 것 같은 표정은 아니지만 기다인이라면 왠지 그럴 수도 있었다. 도우는 젖은 티셔츠를 몸에서 떼어 내려고 애쓰는 여자를 보며 아래가 점점 뻐근해지는 걸 느꼈다. 그러니까 이건 다 오이 때문인 것이지.

우르르 쾅! 그 순간 도우의 생각을 비웃기라도 하는 것처럼 천둥이 내리쳤다.

옷의 물기를 짜내던 다인이 그 천둥소리에 재빨리 도우를 내려다봤다. 가던 길을 멈추고 가만히 저를 올려다보는 그의 눈빛이 심히 불안해 보였다.

불안하게 만든 게 정작 누구 때문인지도 제대로 모르고 하아, 작은 한숨을 내쉰 다인이 계단을 내려가 거대한 쫄보 앞에 섰다. 그러고는.

"같이 사러 가."

때로는 두려움이 좋은 핑계가 되기도 한다. 다인의 말에 피식 웃음 짓던 도우가 몇 칸 위에 있던 다인을 올려다보며 손을 내밀었다. 어느 애니메이션에서나 볼 법한 우아하고도 우스꽝스러운 손짓에 콧방귀가 절로 나왔다.

그러나 더한 것도 하려고 왔는데 손이라고 못 잡을까. 마지못해 쫄보의 손을 잡은 다인이 마치 무도회라도 온 신데렐라처럼 한 발 한 발 그와 맞추어 계단을 내려갔다. 쫄보의 탈을 쓴 짐승이었음은 전혀 상상도 하지 못하고.

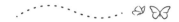

태민겸은 다인의 명함을 가만히 들여다봤다. 태율아트 기다인. 그러나 태율아트를 떠난 태율아트 소속 기다인. 민겸은 다인의 휴대폰 번호로 다시 전화를 걸어 봤지만 여전히 연결이 되지는 않았다.

흐음. 뭐 중요한 사안은 아니지.

아까 중극장에서의 다인을 떠올리던 민겸의 눈이 다른 의미로 빛났다. 그동안은 미처 신경 쓸 틈이 없어 몰랐는데 다인은 오밀조밀 예쁘게도 생겼다.

남자들과 작업을 많이 해서 그런지 다소 격한 언어를 행사하긴 했지만 타고난 우아한 기품이 느껴지기도 하고. 겉으로 보이는 이미지와는 다르게 낮은 목소리 또한 매력적이다. 다인과 함께 작업할 날이 얼마 남지 않지 않았다는 사실이 못내 아쉬워졌다.

아니, 어쩌면 다른 게 더 아쉬운지도 모르겠다. 민겸이 다시 다인을 떠올렸다. 중극장에서 전화를 받던 기다인. 원장의 전화를 받던 기다인. 원장. 강도우. 기다인. 둘은 대체 무슨 사이일까.

예상했던 것과는 달리 다인과 도우는 별 사이는 아닌 것 같기는 했다. 적어도 아직까지는.

좀처럼 공연에는 관심을 보이지 않던 원장 강도우가 점심시간까지 20분쯤을 앞두고 중극장에 친히 행차했을 때의 표정이 어떠했던가. 빌려준 돈이라도 받으러 오는 표정에 행동만은 고상한 선비 같았는데, 그걸 쳐다보는 다인의 표정은 별 잡놈 다 본다는 얼굴이 아니었던가.

어깨를 으쓱거렸다 내려놓은 민겸이 다인에게 다시 전화를 걸었다. 물론 딱히 확인이 더 필요한 일은 아니지만 괜히 목소리를 한 번 더 들어 보고 싶다는 핑계였다.

"……원장님?"

듣고 있다며 고개를 빠르게 끄덕거리는 도우의 시선은 여전히 제 휴대폰에 향해 있다. 누군가에게 전화를 하는 것 같기도 하고 문자 폭탄을 보내는 것 같기도 하다.

후우, 한숨을 옅게 내쉰 민겸이 끊었던 업무 보고를 다시 시작했다.

"리허설 날짜 다음 주로 잡으면 어떨까 싶어서요. 장악 과장님도 그때가 괜찮겠다고 하시고 다인 씨 말로는 영상도 다음 주쯤에 나온다고 해서 그때로 잡는 게……."

"……다인 씨?"

다인의 이름에 유난히도 날 선 반응이다. 그때서야 도우가 제 휴대폰 화면 속으로 들어갈 듯하던 고개를 빳빳하게 들어서는 민겸을 쳐다본, 아니 노려봤다.

"무디, 무대 디자이너요. 기다인 씨."

그걸 내가 몰라서 되묻냐는 눈빛이 민겸에게 내리꽂혔다. 비록 원장을 본 지 한 달 남짓이라지만 보던 중 제일 살벌한 눈빛이라 차마 피할 수도 없다.

제가 한 말을 제대로 듣기는 한 건지, 많고 많은 단어 중에 왜 거기에 꽂혔나 몰라. 체감으론 3분 같은 3초의 대치 상태를 끝내고 민겸이 바짝 말라붙은 입술을 뗐다.

"다인 씨가 개구부 세트 안 맞는 것도 해결될 거 같다고 연락……."

"연락이 왔어요?"

또, 또 중요한 건 안 듣고. 민겸이 짧게 숨을 뱉고는 고개를 두어 번 끄덕였다.

"연락이 왔다고?"

"네……. 제가 먼저 다인 씨한테 연락을 했고 다인 씨가 또 연락을 해 왔죠."

민겸이 손가락으로 허공 어딘가를 찔렀다가 다시 자기 쪽을 가리켰다. 그 찌른 부분 어딘가를 노려보듯 하던 도우는 이제 민겸을 찌를 듯이 쳐다봤다. 민겸은 차마 제 원장을 직시하지는 못하고 공허한 눈으로 그의 머리 위 허공을 헤엄쳤다.

"언제?"

"조금 전에요. 다인 씨 연락받고 바로 원장실로 왔으니까요."

허, 웃기지도 않지. 태민겸한테는 연락을 했다 이거지. 강도우는 기다인을 만나기 전까진 자존심 상해 본 역사가 없었다. 그것도 다인이 9년 전 저를 두고 하루아침에 떠나 버렸을 때 이야기지. 다인이 바로 조금 전까지 제 문자와 전화를 다 씹어도 이 정도로 기분이 나쁘지는 않았다.

도우의 눈썹 한쪽이 뒤틀려 올라갔다. 팽팽하게 당긴 활시위를 떠난 화살이 엉뚱한 곳에 닿았다. 제 앞에 서서 '다인 씨, 다인 씨' 잘도 떠들어 대는 민겸에게로.

태민겸 학예사. 몇 살이라고 했더라. 못마땅한 시선이 민겸의 허옇고 멀끔한 얼굴 곳곳을 벨 듯이 스쳐 지나갔다. 저런 얼굴을 어른들은 보통 이렇게 표현들 하지.

저 기생오라비 같은 게.

"그래서 기다인 씨는 또 언제 온답니까?"

이것 또한 도우로선 자존심이 꽤나 상하는 말이었으나 질문에 대한 답을 얻기 위한 최단 경로나 다름없다. 자꾸만 제 전화를 피하는 다인이 순순히 답을 내놓을 리가 없다는 걸 도우는 잘 알고 있으니까. 물론 답을 얻는 과정이 재미는 있겠지만 말이다.

"목요일이요."

천천히 고개를 끄덕이는 도우의 눈빛은 여전히 날카롭기만 했다. 평소와 다른 도우의 태도에서 어쩐지 묘하게 익숙함이 느껴졌다.

그동안 민겸이 30여 년 인생을 살아오며 수도 없이 봐 온, 그러니까 제 눈앞의 원장, 강도우는 지금 저를 두고 질투에 눈이 먼 것이 분명했다.

평생 기고만장하게 살 것 같던 강도우가 대체 왜. 강도우에게 기다인이 정말 어떤 존재라도 되는 것인가. 어쩐지 조금은 피곤해진 민겸이 아직 질투라는 감정을 다루는 데는 능숙해 보이지 않는 도우에게 차갑게 말을 건넸다.

"아까처럼 직접 전화를 하시면 되지 않을까요?"

나라고 전화를 안 해 봤겠냐고. 도움이라곤 하등 되지도 않는 민겸의 조언은 화를 돋울 뿐이다. 저게 지금 자기는 다인과 연락이 잘 된다고 자랑이라도 하는 건가. 어이가 없네. 손으로 책상을 두드리던 도우가 기가 막혀 엇박을 탔다.

"오전에 부탁하실 게 있다고 전화하셨던 것처럼요."

"부탁?"

여전히 조언 같지도 않은 말을 건네는 태민겸이 그저 꼴사납다. 저걸 자를 수도 없고. 뒤틀린 감정에 체한 듯 속이 메스꺼워졌다. 짜증을 삼키며 다시 집어 든 휴대폰이 반짝거리며 새 메시지 알림을 띄웠다.

기다리던 연락이라도 온 걸까. 어쩐지 미간의 주름이 펴진 도우가 느긋하니 한쪽 팔을 소파 등에 올렸다. 여유를 찾은 듯 비스듬히 끌어올린 입매에 웃음이 걸릴 듯 말 듯 하다.

"내가 기다인 씨한테 부탁할 게 있다고 했다고."

"네. 뭐, 다인 씨가 책임질 것이 있다고도 했고요."

"책임?"

책임이라. 입꼬리가 저절로 위로 올라갔다. 도우는 새어 나오는 웃음을 참기가 힘들어 혀를 빼내어 제 입술을 훑었다. 그것만으로도 힘에 부쳤는지 아랫입술을 말면서 윗니로 지그시 눌렀다.

콧구멍이 자꾸만 벌렁거렸다. 그렇게 질색을 해 놓고는 책임질 게 있다고 스스로 말했다니. 역시.

한결 편안해진 표정의 도우가 리허설은 장악 과장이랑 알아서 하라며 그만 나가 보라고 휘휘 손을 내저었다. 정말이지 별꼴이었다. 그 짧은 시간 동안 도우의 얼굴에는 사계절이 모두 흐른 것 같다. 그렇다면 지금은 벚꽃이 만개한 봄이라도 될까.

희한한 표정의 도우에게 민겸이 꾸벅, 묵례를 하고 원장실 밖으로 나갔다. 그제야 참은 웃음을 토해 내던 도우가 화면을 터치해서는 다인의 메시지를 다시 열었다.

〈닥쳐〉

답장이라고 받은 건 기껏해야 두 글자건만 이게 뭐라고 이리도 기꺼
울 일인지. 메시지를 엄지로 덧그리던 도우의 얼굴빛도 다시금 밝아졌
다.

"귀엽게 구네 자꾸."

정말이지 기다인은 귀여워 죽겠다.

"……그게 어떻게 처음이야."

"네?"

바닥재 샘플을 고르던 클라이언트가 의아한 표정으로 다인을 쳐다봤
다. 속에 있는 말이 나와 당황한 다인이 아무것도 아니라며 고개를 내
저으면서 설명을 이었다.

"에폭시가 가격 대비 고급스러운 느낌을 주면서 관리도 수월한 편이
에요. 다만 습기에 취약한 부분이 있어서 시공 전에 저희가 체크 먼저
나갈 거예요. 또 사후 관리도 중요하기 때문에 그것도 계약서상으로."

말하다 말고 정신없이 반짝이는 제 휴대폰으로 다인의 시선이 향했
다. 잠깐 미간을 찌푸리던 다인이 휴대폰을 뒤집어 놓으면서 다시 말을
이어 나갔다.

"그 부분은 계약서상으로도 미리 명시해 둘 거예요. 시공 전에 바닥
상태에 따라서 바탕면 처리 작업이 필요할 수도 있고요."

"어우, 뭐가 은근히 까다롭네요."

"아무래도 그렇죠. 소음이 걱정되신다면 쿠션감 있는 롤 카펫도 괜찮아요. 근데 빈티지 인테리어는 아무래도 에폭시를 많이 쓰긴 하고……. 아니면 빈티지 우드 데코 타일은 어떠세요? 여기 이 사진처럼요."

"오, 이게 그 뭐라고 하드라, 헤……."

"헤링본이요. 벽면을 어두운 단색으로 넣길 원하시니까 바닥은 헤링본으로 가셔도 포인트 되고 예쁠 것 같아요."

언제 해가 진 건지 밖은 벌써 어둑어둑 깜깜해졌다. 서울로 돌아와서도 클라이언트와의 미팅으로 정신없이 하루를 보낸 탓에 진흥원에서 있었던 일들은 조금은 희석되었다.

그나마 다행인 것일까. 긴장이 풀리자 허기가 밀려들었다. 종일 먹은 거라곤 미팅 때 마신 커피 몇 잔과 서울 올라오면서 먹은 샌드위치 하나가 전부. 그마저도 제대로 먹지 못했다.

그러니까 이게 다 강도우 때문이지. 다 말도 안 되는 걸로 개수작을 걸어 대는 강도우 때문에. 양반은 못 되는지 마침 휴대폰에 개진상이라는 이름을 띄우며 도우의 전화가 걸려 왔다.

이걸 받아, 말아? 받지 않으면 또 진상 짓을 할 게 분명했다. 한숨을 작게 내쉰 다인이 다소 성의 없이 엄지로 화면을 쓸었다.

"왜 자꾸 전화예요, 귀찮게."

―저녁 먹었어?

"이제 먹으러 갈 거니까 끊어요."

―나도 아직 안 먹었어.

어쩌자는 건지. 오른손을 들어 확인한 시간은 벌써 8시가 넘었다. 나야 그렇다고 쳐도 이 시간까지 저녁도 안 챙겨 먹고 뭐 하는 거야. 약간의 동질감을 느낀 모양인지 다인의 목소리가 처음보다 누그러졌다.

"그쪽도 챙겨 드세요. 이제 끊어."

—서울이야. 같이 밥 먹어.

"강도우 씨 친구 없어요?"

—밥 같이 먹을 친구는 없어.

"그럼 혼자 먹어."

—오늘 너 때문에 난 점심도 못 먹었어.

"그게 왜 내 탓이야?"

—그거야 네가 먼저 키스를 했…….

"아, 어딘데요! 지금!"

정말이지 지긋지긋하다. 하지만 이제 와서 누구를 탓하리. 이미 벌어진 일이거늘.

근처라며 데리러 오겠다는 도우에게 그러라고 해 놓고는 그가 보낸 문자들을 또 삭제하기 시작했다. 이쯤 되면 차단하는 게 편하지 않나 싶겠지만 강도우에게 그런 게 통할 리가 없었다. 차단하면 번호를 바꿔서라도 연락해 댈 인간임이 분명했다.

〈어떻게 감히 나한테 닥치라는 말을 하지!?〉

삭제.

〈귀엽게〉

미쳤나 봐. 삭제.

〈귀여워 죽겠어〉

삭제.

〈귀여움을 길게 늘이면 기다인 같을 거야〉

귀찮아 죽겠다던 다인의 입에서 피식, 헐거운 웃음이 흘러나왔다.

"웬일이야, 정말."

웃긴 왜 웃어. 미친 사람은 따로 있나 보다. 다인이 자기도 깜짝 놀라 손으로 제 입을 막았다. 동그랗게 뜬 눈이 다시 화면으로 향했다. 아무래도 피곤하면 웃음도 헤퍼지는 모양이지. 다인은 그가 마지막으로 보낸 문자를 지우려다 말고 그냥 휴대폰을 뒤집었다.

"감상이 어때."

"뭐가요."

팔팔 끓는 국밥에 고추와 부추를 넣고 다진 양념까지 넣자 뽀얀 국물이 금세 색을 붉게 바꾸었다. 도우의 손에서 건네받은 새우젓까지 추가하자 이제야 간이 맞는지 맛을 보던 다인이 만족스러운 듯 고개를 끄덕였다.

"아까 내 아파트에서."

"그 말도 안 되는 키스 어쩌고 얘기라면……."

"그거야 말할 것도 없어. 우린 이미 완벽한 조합이야."

한 숟갈을 들더니 싱거운지 소금을 더 추가하던 도우가 자신을 어이

없이 바라보는 다인을 보고는 입매에 싱거운 웃음을 걸었다.

"왜. 넌 못 느꼈어?"

"전혀요."

"그래? 뭐, 뭐든 반복 학습이 중요한 법이지. 한 번 더 해 보면 돼."

"……강도우 씨."

응? 생애 첫 출석 불린 애처럼 순진한 표정을 지으며 고개를 내미는 꼴에 실소가 나올 지경이었다.

됐다, 무슨 말을 해도 소용없을 일. 그냥 밥이나 먹고 나가야지. 코앞까지 다가온 도우의 반듯한 이마를 손으로 쳐서 밀어낸 다인이 묵묵히 숟가락을 들었다.

"아까 아파트 말이야. 거기 어땠냐고."

"어떻긴 뭐가 어때. 뭐가 있었어야 말을 하죠."

"그러니까. 거기 이제 채워 넣자고."

앗, 뜨……. 한입 가득 국밥을 떠먹던 도우가 뜨거운 모양인지 표정을 구기며 국물을 흘렸다. 정말 이 남자는 알고 보면 한심한 구석이 제법 많다. 역시 잘나 빠진 껍데기에 속아서는 안 될 일이지. 고개를 좌우로 흔들던 다인이 티슈를 두 장 뽑아 건넸다.

"모르시나 본데 나 생각보다 단가 높은 사람이에요."

"자신의 가치를 높이는 건 아주 좋은 일이지."

"강도우 씨한테는 추가 비용이 붙을 거고요."

"좋아. 특별 대우 받는 기분이야."

"……혹시 나랑 한 번 더 하고 싶어서 그래요?"

다인이 주위 눈치를 보더니 도우에게 몸을 숙이며 목소리를 낮추었다. 그런 말을 하는 게 이렇게까지 귀여울 일인가. 그는 다인과 이마를 맞댈 듯이 몸을 숙여 말했다.

"아니."

"그럼 왜 자꾸 수작질인데."

도우의 잘난 낯짝에 웃음기가 번졌다. 치켜든 턱을 쓰다듬는 손짓은 제법 여유로웠다. 느른하게 풀린 눈빛이 다인의 입술을 어루만지다가 발그레 달아오른 볼을 지나 강강한 다인의 눈과 마주했다. 그러고는.

"한 번 아니고 계속."

"뭐?"

"앞으로 계속, 쭉 하고 싶어서 그래. 평생."

미친 거 아냐? 다인이 테이블 밑으로 힘껏 발을 뻗었지만 이미 반응을 예상하고 옆으로 다리를 쩍 벌린 도우에게 닿을 리가 없었다.

제 어깨를 으쓱 들어 올린 도우가 깍두기를 다인의 뚝배기 쪽으로 붙였다. 사정없이 도우의 얼굴을 할퀴던 다인의 시선이 제 앞의 뚝배기로 내려오다가 문득 다른 접시에 고정됐다.

"이제 괜찮아요?"

"뭐가."

"여기 오이 있는데. 냄새 맡아도 되냐고."

다인이 고추와 함께 놓인 오이 그릇을 툭툭 건드리고는 아주 약간은 걱정된다는 눈으로 그의 안색을 살폈다.

아, 오이. 이까짓 오이 이제 별것도 아니지. 도우가 씨익 웃더니 오이를 하나 가져가 쌈장에 찍어선 제 입에 넣었다.

황당함에 벌어진 다인의 입은 쉬이 다물 생각이 없는 듯했다. 다인의 아래턱을 잡아 올리며 입을 닫아 주던 도우가 오이를 내려놓으며 끈적한 시선을 붙였다.

고농도의 개수작질이 틀림없었다. 단정한 얼굴에서 나오는 단정치 못한 저 눈빛하며 불량한 미소, 그 미소를 혀끝으로 핥아 삼킨 저 입술

까지. 이 모든 걸 완벽하게 조합한 그는 뻔뻔하기 짝이 없는 표정으로
다인을 보며 말했다.

"다 나았어."

"갑자기?"

"너 다시 만나고 다 나았나 봐."

"……."

"병 주고 약 주고 아주 너 혼자 다, 악!"

결국은 그렇게 또 한 번 정강이를 차였다. 한 번이면 다행이었을까.
수작질의 역사가 길었던 만큼 귀엽다느니 어떻다느니 하는 도우의 말
들은 몇 번의 발길질이 모조리 지워 버렸다.

하지만 다인의 발길질이 늘어날수록 더 커진 웃음 탓에 이거 혹시
맞을수록 흥분하는 변태 아닌가 하는 생각에까지 이르게 된 것도 덤,
그 무서운 생각에 도우의 말을 다 흘려들으면서 국밥을 들이마시듯 먹
을 수밖에 없었던 것도 모두 덤이었다.

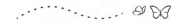

그날의 강도우와 기다인은 술에 취하진 않았지만 누가 봐도 무언가
에 홀린 듯한 이상한 사람들이었다. 그도 그럴 것이 동네방네 오늘 섹
스할 거라고 자랑하는 것도 아니고 둘 다 물에 빠진 생쥐 꼴로 손을 꼭
잡은 채 콘돔을 고르는 모양새라니.

전국구로 누리던 인기는 시간이 흐르며 시들해지긴 했다만 그래도
여전히 강도우는 강도우였고 이때 일 때문에 강도우가 진짜 여자 친구
가 있다고 소문이 돈 것도 지극히도 당연한 일이다.

그 소문은 사람들의 입을 거치면서 여자 친구가 키가 컸다, 그럼 모

델 출신 아니냐, 미스 코리아 출신이라고 하더라, 아니다 미스 춘향이
라고 들었다는 둥 살이 자꾸만 붙어 나갔는데, 소문의 주인공인 다인이
이 얘기를 전해 듣고 분노인지 기쁨인지 모를 것으로 흥분한 건 아주
나중이었다.

"딸기 향?"

"그런 거 싫어. 무향."

"이건 뭐야. 돌기?"

"됐어. 이걸로 가."

"초박형?"

"음, 거기 건 별로. 이거로 해요."

"그래 그럼."

"아, 잠깐. 이게 더 좋댔나. 좀 비싼가."

지금 가격 같은 걸 따질 시간이 있나. 도우가 제 옆의 합리적인 소비
자를 흘끗 쳐다보더니 손에 잡히는 대로 잡아서는 계산대로 걸어갔다.
아무래도 저게 더 낫지 않나 고개를 갸웃거리던 다인이 마지못해 도우
의 손에 이끌려 따라가자 비에 젖은 신발이 뽁뽁 소리를 만들어 냈다.

밖은 여전히 비가 내렸고 둘은 우산 없이 빗속을 뛰었다. 이 장면은
마음이 급한 도우에게는 삭제된 기억이었지만 다인은 나름 로맨틱했다
고, 영화 클래식에 나오는 여자 주인공 같지 않았냐고 반추하기도 했
다.

그렇게 또 지옥의 계단 오르기가 시작되었다. 7층 정도 올라갔을 때
쯤, 도우가 업히겠냐고 물어 왔다. 됐다면서 거절한 다인은 16층쯤 올
라갔을까, 조금 쉬었다 가자며 잡은 손을 당기면서 벽에 기댔고, 그녀
의 등 뒤로 벽을 짚으며 마주 보게 된 도우는 심장이 터질 것 같다고
나불거렸다. 또 오이 핑계를 대 가면서.

다인 역시나 갑작스러운 등산과도 같은 운동에 숨이 가쁜 건 마찬가지였는데 누구 맥이 더 빨리 뛰는지 보자며, 다소 불순한 의도로 도우의 가슴팍에 손을 올린 탓에 그만 그대로 입술이 먹혔다.

그러니까 도우의 말대로 처음부터 아주 합이 잘 맞는 키스인 건 분명했다. 아랫입술을 빨면 윗입술을 물고 입천장을 간질이면 혀뿌리까지 삼켰다가 치열을 훑고 얼굴 각도를 좌우로 비틀면서 모자란 숨을 들이켰다.

다인은 도우의 가슴에 둔 손을 어깨로 올리면서 단단한 남자의 몸을 마음껏 주물럭거렸고 도우는 큰 손으로 여자의 허리를 감싸며 허벅지를 붙였다.

그러고는 도무지 안 되겠는지 그때까지 잡고 있던 손마저 풀어서는 두 손으로 여자의 허리를 들어 올렸는데 다인은 기다렸다는 듯이 남자의 목에 팔을 두르면서 도우의 몸에 다리를 감아 안겼다.

그렇게 다인은 도우에게 안긴 채로 키스를 하면서 3층을 더 올라가 19층에 도달했고, 도우의 기억처럼 아주 멀쩡한 맨정신으로 비밀번호를 한 번에 누른 그와 집 안으로 들어갔다.

어쨌거나 그들은 술에는 취하진 않았지만 뭔가에 단단히 취하긴 했었다. 너무나도 당연한 소리겠지만 오이에 취한 것은 아니었다.

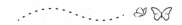

"밥만 먹기로 했잖아요."

"그런 적 없어. 그냥 밥을 먹기로 했지."

밥만 빨리 먹고 헤어질 생각이었던 다인은 택시에서 내려 집에 가는 길까지 따라붙은 강도우를 아래위로 쏘아봤다. 그래도 다인의 집에 내린 게 다행이라고 해야 할지. 국밥집에서 나와서 당장 택시를 잡아 태우던 도우가 혹시 어디 근처 모텔이나 호텔이나 그 어딘가를 말할까 봐 아주 잠깐은 맘 졸였던 게 사실이다.

"너 어떻게 하면 내 전화 바로 받을래?"

다인과 나란히 걸으며 은근한 미소를 흘리다가도 기생오라비 같은 태민겸이 생각나자 도우는 또 입술이 뒤틀렸다.

"용건 없는 전화를 내가 왜 받아요."

"우리 사이에 용건이 필요해?"

다인이 가던 길을 멈추고 도우를 올려다봤다. 발정난 돌에게 약간 화가 난 것도 같다.

"강도우 씨. 우리가 옛날에 한 번 잤다고 해서 어떤 사이가 될 거라고 생각한다면……."

"오늘은 키스도 했어."

"그걸…… 키스라고 하기엔 좀 그렇지 않나?"

물어뜯긴 것에 가까울 텐데. 물론 거기서 안 끝나고 도우가 제 입술을 빨았고, 그것도 모자라 혀가 들어와서 밀어내긴 했지만.

낮의 일을 곱씹던 다인이 입술을 잘근 씹으면서 도우 곁에서 황급히 한 발 떨어졌다.

"아무튼 나는 강도우 씨랑 더 이상 어떤 사이가 되고 싶지가 않아요."

"왜?"

도우가 다인의 곁으로 한 발 더 다가왔다. 가로등 불빛이 그의 얼굴에 내려앉으며 선명한 명암을 만들어 보였다.

"나는 강도우 씨가……."

"응."

확실한 거절 사유가 필요했다. 그동안 다인이 남자들을 거절할 때 뭐라고 했었더라.

못생겼는데 잘난 줄 알아서 싫다. 게을러서 싫다. 키가 비슷했는데 자기가 훨씬 더 크다고 우겨서 싫다. 옷을 못 입어서 싫다. 입 짧아서 싫다. 상식이 부족해서 싫다. 능력 없어서 싫다. 목소리가 가늘어서 싫다. 거기가 작아서 싫다. 배려 없는 섹스가 싫다. 밥 먹고 10원 단위까지 반으로 나눠서 싫다. 전화도 자주 안 해서 싫다. 관심이 없는 것 같아서 싫다. 그냥 네가 싫다.

애석하게도 강도우는 그 모든 걸 충족하지 않는다.

"강도우 씨가 음, 그러니까……."

"응."

도우가 한 발 더 가까워졌다. 뭐라고 하지. 잠깐 올려다본 도우의 머리 위로 하루살이들이 날아다녔다. 썩 좋은 모양새는 아니었다. 벌레 떼들을 보고 눈을 찌푸린 얼굴에 그림자가 지더니 도우의 입술이 다인의 입술에 닿았다가 떨어졌다.

"……뭐야 이거."

"오늘은 키스만 한 사이로 해, 그럼."

파들거리는 다인의 속눈썹이 위아래로 쉴 새 없이 움직였다.

귀여워. 도우의 입술이 다인의 눈두덩이에 한 번 더 내려앉았다. 어이없어. 남자를 밀어내리던 손이 잡히며 도우의 가슴팍에 붙었다. 쿵쿵. 도우의 심장 소리가 다인의 머릿속에서 대신 울리는 듯했다.

"어때."

"뭐가요."

"오늘은 키스만 하는 거."

도우가 코끝을 부딪치며 나지막이 속삭였다. 달콤한 목소리가 다인의 귀를 타고 머릿속으로 녹아드는 것이 당도 높은 음료수가 피를 타고 도는 기분이다. 뜨거운 숨이 자꾸만 다인의 입술을 간질였다.

"어차피 낮에도 했으니까 또 한다고 손해 볼 건 없잖아."

뭔가 말이 되는 것 같기도 하다. 악마의 속삭임이다. 애옹. 밤마실을 나왔던 길고양이가 겹쳐진 둘의 모습을 보고 다른 곳으로 달아났다. 모든 사고가 정지된 순간. 둘의 시선도 서로의 눈동자에 포박된 채였고 움직이는 건 오로지 달싹이는 다인의 입술뿐이었다.

"키스가 끝이야."

다인의 말을 끝으로 도우가 그녀의 입술을 물었다. 조금은 건조한지 달라붙으며 떨어진 아랫입술을 촉촉한 혀끝으로 간질이다가 윗입술을 물면서 늘였다.

오른손으로 여자의 목 뒤를 받치고는 고개를 틀면서 벌어진 입술 사이로 혀를 넣었다. 도망갈 듯 말 듯한 여자의 말캉한 혀를 붙들어서 얽었다.

어금니 옆쪽을 건드렸다가 그대로 입천장을 훑으면서 고개를 돌렸고 그때 새어 나온 여자의 달뜬 숨에 도우가 다인에게 몸을 더 붙였다.

머릿속이 전율했다. 행시 2차 시험을 치를 때도 이 정도는 아니었다. 물론 시험들은 시험 자체로 도우에게 짜릿한 감동을 주었지만, 기다인과의 키스는 차원이 달랐다. 한계를 모르고 짜릿함이 치솟았다.

한마디로 답이 없다. 애초에 기다인이라는 여자가 정해진 답이 없는 사람인 것을. 다른 사고는 모두 멈추고 여자를 탐하는 본능적인 감각만 남아 머릿속을 유영하고 있었다.

적나라하게 느껴지는 도우의 허리 아래 무언가로 손이 내려갈 뻔한 다인이 애써 정신을 부여잡고 그의 단단한 등판을 어루만졌다.

다인의 손이 자유롭게 오가는 것에 비하여 도우는 정말 키스 본연의 것만 즐기려는지 한 손은 다인의 목 뒤를, 한 손은 그녀의 어깨만 애처롭게 부여잡고 있다. 어쩐지 안타까운 마음에 다인이 제 가슴을 도우에게로 더 붙이면서 남자의 두툼한 몸을 제게로 끌어당겼다.

애옹. 또 다른 친구를 데리고 다시 나타난 고양이가 마치 '얘들 좀 보세요' 외치는 것만 같다.

애옹. 키스가 깊어질수록 구경꾼이 한 마리씩 더 늘었다. 멀리서 골목길로 들어오는 자동차가 헤드라이트 불빛을 비추자 귀여운 구경꾼들이 후다닥 달아났다. 덩달아 놀란 다인이 급히 입술을 뗐다.

아쉬운지 다인의 입가로 입술을 끊임없이 붙여 대던 도우가 제 몸에서 떨어지려는 다인의 머리를 옆으로 돌려 끌어안았다. 거친 숨이 다인의 머리 위로 내려앉았다. 다인 역시나 밭은 숨을 골라내기 바빴다.

"목요일."

건조한 도우의 목소리에 고개를 슬쩍 들어 올렸다. 무슨 말인지 묻는 다인의 눈빛을 제 품에 묻어 버린 그가 다인의 뒷머리를 쓰다듬으며 말을 이었다.

"목요일에 언제 내려와."

"오후에."

"언제 올라가."

"……왜 궁금한데요, 그게."

도우가 붙은 몸을 떼 내어 다인을 물끄러미 들여다봤다. 모르는 척하는 걸까, 모르고 싶은 걸까. 뭐, 지금은 아무래도 좋다. 그는 대답 대신 다인의 동그란 이마에 입술을 붙였다. 눈썹이 작게 꿈틀거렸지만 정강이에 발이 날아들 것 같진 않았다, 아직은.

"난 오늘 최선을 다해 참았어."

다인과 마주한 그의 눈에는 왠지 모를 뿌듯함까지 서려 있었다.

"칭찬받을 자격이 충분하지 지금."

히죽 웃던 그의 얼굴이 다인에게 다시금 가까워졌다. 코끝을 붙이면서 입술도 붙일 듯이 다가갔다가 눈꺼풀을 접자 여자의 짙은 눈동자에 잘난 제 얼굴이 비쳤다.

다인은 남자의 입술로 시선을 내렸다. 도우의 입술 주위로 립스틱이 조금 번졌다.

"참······ 잘했네요."

그 난잡한 꼴이 꽤 마음에 든 모양인지 다인이 입꼬리를 휘며 웃었다. 보상을 갈구하는 남자의 눈빛을 저도 모르는 게 아니었다.

어떻게 해 줄까.

사실 다인도 이대로는 아쉽기는 했다. 제 눈, 코, 입을 더럽게 핥아 대는 도우의 눈빛을 못 이긴 척, 다인이 도우의 셔츠를 끌어당겼다. 그러고는 더운 숨을 뱉는 남자의 입술에 제 입술을 붙였다.

하아. 신음 같은 건조한 한숨이 남자의 잇새로 빠져나왔다. 도우를 달래듯이 찬찬히 입술을 물고 혀끝으로 아랫입술을 훑자 짙은 콧바람이 얼굴을 간질였다. 촉촉해진 아랫입술을 부드럽게 빨고 남자의 윗입술에 입술을 옮긴 다인에게로 도우의 혀가 성급하게 길을 만들었다.

다인이 입술을 쪽 붙이고 떨어졌다. 도우의 입술이 노크라도 하는 것처럼 다인의 입술에 몇 번 따라 붙었지만 꾹 다문 여자의 입술은 다시 열릴 기미가 보이지 않았다.

"여기까지."

다인은 입술을 붙인 채로 떨어지지 않는 남자의 가슴팍을 살짝 밀어냈다. 남자의 입술에 한층 더 번진 립스틱이 재밌다. 손을 뻗어 입술 주위를 엄지로 닦았다.

느른하게 풀린 눈으로 다인을 보던 도우가 제 얼굴에 닿은 손가락에 흠칫한 것도 잠시, 고개를 움직여 여자의 엄지에 입술을 붙이더니 입에 넣고 빨기 시작했다.

혀로 손가락을 휘감았다가 쪽쪽 어린아이 젖병 물듯이 빨았다가, 이로 살짝 깨물기까지 하는 것이 딱히 싫지만은 않았다. 그저 가는 눈으로 그를 쳐다볼 뿐.

몇 번 더 여자의 엄지를 입속에서 갖고 놀던 도우는 다인이 별 반응을 보이지 않자 재미가 없어졌는지 엄지에 쪽 입술을 붙인 것을 끝으로 다인의 손가락을 놓아줬다. 다인이 남자의 옷에 축축해진 제 엄지를 천천히 닦으면서 말을 덧붙였다.

"목요일에 언제 올라올지는 안 정했어요 아직."

다인의 입술만 빤히 쳐다보며 미련을 뚝뚝 흘리던 도우가 그때서야 제 시선을 끌어 올렸다. 머릿속에서 누군가가 북을 둥둥 울리는 것만 같다.

"금요일 오전 스케줄도 없어. 아직까진."

"……."

"그러니까 그날, 저녁 같이 먹는 사이까진 해 줄 수 있어."

"너는 정말……."

"그때까지 귀찮게 전화하지 마."

시원하게 열린 입매에 웃음을 걸어 보이던 도우가 다인을 와락 끌어안았다. 그러고는 답답하다며 그의 품을 벗어나려는 다인의 머리로, 관자놀이로 입술을 붙였다.

아, 귀찮다. 엉겨 붙는 남자의 입술이, 자꾸만 두근거리는 심장이. 그만 좀 떨어지라며 발을 들었던 다인이 그냥 앞코만 콩콩 바닥에 찧었다.

"문자는 해도 되지."

"귀찮아."

"그럼 톡할게."

"더 싫어."

"그럼 전화."

이 고장 난 프로세스는 도대체 무엇인가. 어차피 하지 말라고 안 할 인간이 아니다. 분명히 전화도 뻔질나게 해 댈 게 뻔했다.

작게 한숨을 뱉은 다인이 도우의 등을 쓰다듬었다. 이왕 그의 품에 안긴 김에 근사한 몸이나 만져 보자는 생각이었다.

"그럼 열 번 보낼 거 한 번만 보내든가."

"그럼 답장 해 주게?"

"아니. 꼭 할 말만 스무 자 이상씩 써서 보내."

"왜 그렇게 계산적이야, 너는."

"그럼 보내지 마."

도우가 제게서 떨어지려는 여자의 뒤통수를 급히 부여잡으면서 제 몸에 다시 붙였다.

"알았어."

"답장은 생각해 볼게."

"좋아."

"이제 좀 떨어지죠. 이거 너무……."

아까부터 노골적으로 붙어 오는 남자의 허벅지로 시선을 내렸다. 입술을 비스듬히 올린 도우의 얼굴이 꽤 자신감 넘치는 것이 다인의 시선을 즐기는 것도 같았다.

"기다인, 네가 오이였어."

"오이라면 지긋지긋해 아주."

다인의 어깨를 잡았던 도우의 큼지막한 손이 팔뚝을 지나서 내려와 여자의 손에 겹쳐졌다. 그러고는 정작 잡지는 않고 다인의 손바닥을 간질간질 긁어 대기만 하는 남자의 손에 다인이 제 손가락을 얽으며 발걸음을 뗐다.

웃음이 비죽 비집고 새어 나오던 도우가 잡은 손을 살짝 흔들자 다인이 잠자코 가만있으라는 듯 손에 힘을 줬다. 에옹. 구경꾼들이 배웅이라도 하는 것처럼 그들이 머문 자리에 다시 나타나기 시작했다.

"여기예요. 이제 가 봐요."

한없이 느릿느릿 걷던 도우를 잡아당겨 가면서 집 앞에 도착한 다인이 잡은 손을 스르르 풀었다. 거머리처럼 달라붙으려는 도우의 손을 의식한 듯 스스로 팔짱을 꼈다. 땅에 뿌리라도 내릴 것 같던 도우의 얼굴에 아쉬움이 번졌다.

"쉬었다 가라고 안 해?"

"쉴 이유가 하나도 없어 보여요."

"너무 피곤한데."

"강도우 씨 지금 너무 씩씩해. 거기도 지금 아직까지……."

"너랑 키스하느라 다리 힘이 다 풀렸어. 못 걷겠어."

"진짜 못 걷고 싶으면 어디 계속 떠들어 봐."

그건 안 되지. 도우가 코를 찡그리면서 제게 날아드는 다인의 발을 피해 다리를 넓게 벌렸다. 이제야 좀 시선이 맞았다. 끈적한 시선이 다인에게 계속 달라붙었다. 씨익 능글맞은 표정을 짓던 도우가 다인의 턱 끝을 붙들고 입술을 가볍게 한 번 더 붙였다 뗐다.

뒤늦게 팔짱을 푼 다인이 두 손으로 도우를 한껏 밀었다. 균형을 잃고 뒤로 허우적거리던 도우가 허리 반동으로 몸을 일으켜서는 그대로 다인의 입술에 쪽 제 입술을 또 한 번 붙였다.

"오늘 아직 안 지났으니까."

정말이지 뻔뻔하기 짝이 없다. 다인이 제 입가를 닦아 내는 도우의 손가락을 물었다. 당연히 도우가 한 것과는 다른 행태였고 악, 소리를 내며 떨어진 도우는 또 변태처럼 웃기만 할 뿐이었다.

애초에 그가 계획한 건 다인과 저녁 같이 먹기까지였다. 이렇게까지 근사한 디저트를 맛볼 줄이야. 그런 걸 보면 역시나 강도우는 운이 좋았다. 반면 기다인은, 다인은 과연 어땠을까.

손가락에 힘이 빠져서 아무것도 못 하겠다는 도우를 내버려 둔 채로 다인은 쏜살같이 달려 집으로 들어왔다. 정말이지 강도우는 미친놈이 분명했다. 더 이상 휘말리지는 말아야지. 소파에 지친 몸을 털썩 기댔던 다인은 진동 소리에 휴대폰을 꺼냈다.

"아, 강도우 뭐야 정말."

그새 도우가 보내온 메시지를 확인하던 다인이 어이없다는 듯 눈을 휘었다. 볼 사람도 없건만 저도 모르게 새어 나오는 웃음을 들킬까 입술을 꾹 누른 채로 메시지를 다시 읽었다.

〈자아아아아아아아아알 자아아아아아아아아아〉

글쎄, 기다인도 운이 마냥 나쁜 건 아니었던 것도 같다.

4화

그러니까 강도우가 왜 싫어야 하지.

다인은 제 말문을 막아 버린 질문에 대한 시원한 답을 아직도 못 찾아내고 있었다. 스킨으로 얼굴을 닦던 다인이 거울 속 제 얼굴을 들여다보며 생각에 잠겼다.

9년 전, 다인은 도우에게 첫눈에 반했다. 그것만큼은 명백한 사실이었다. 그리고 그 강도우가 말도 안 되는 오이 타령을 하기 시작한 뒤로 빠르게 감흥이 식었다. 이것도 분명한 사실이었다. 그렇다고 하루에 두 번씩 생존 문자를 보내 대는 도우가 싫었느냐 물어본다면, 그건 또 아니었다. 그냥 좀 귀찮았을 뿐.

독이 든 개살구를 따 먹었던 그날 밤은 가히 인상적이었고 다인도 이따금씩 그 밤을 추억하기도 했다. 출국만 아니었으면 몇 개 남지 않은 콘돔들을 마저 써 볼 용의도 있었다.

그러나 그때의 기다인은 더 넓은 땅을 밟고자 하는 대의가 있지 않았던가. 아쉬운 마음을 겨우 접으며 잠든 도우의 몸을 눈으로, 그러다가 결국은 손으로도 한 번 더 만지고 몰래 그의 집에서 빠져나와 오른 비행기에서 다인은 그렇게 남은 미련도 탈탈 털어내 버렸다.

그렇다면 지금은 어떠한가.

도우는 세월이 지났음에도 여전히 훌륭한 껍데기를 자랑하고 있고 그것마저 다인의 취향에 쏙 들어맞는데, 키스 실력도 남다르다. 게다가 아랫도리는 아직도 너무나 건강한 것 같고 심지어 능력도, 사회적인 명예도 벌써 갖췄다. 그럼 도대체 무엇이 문제가 되는 것일까.

아니, 잠깐. 강도우가 왜 싫어야 하지.

다인이 움직임을 멈추고 거울 속 제게 질문을 던졌다. 외모가 문제 될 게 없다면 성격인가. 지금의 다인으로선 현재 진행 중인 도우의 집 착 어린 문자들마저도 약간은 귀엽게 보일 지경이다. 성격마저 포용 가 능한 범위라면 저 잘난 남자를 싫어해야 할 이유가 있나.

결국 답은 하나였다.

강도우가 잘나서. 그것도 너무 잘나서 문제라는 것.

〈왜 하필이면 스무 자야. 글자 세는 거 너무 귀찮아〉

〈하나 빠졌네〉

〈또 빠졌네 많이〉

그런데 정말 강도우가 잘난 것이 맞을까. 이 와중에도 계속 쉴 새 없 이 날아드는 문자를 확인한 다인이 고개를 절레절레 흔들었다.

가끔 만나서 밥 먹고 키스하고 뭐, 자는 것까진 할 수는 있었다. 욕 구를 채워 주기엔 눈도 몸도 황홀한, 완벽한 상대니까. 그러나 그 이상 감정적으로 얽히는 관계까지 가게 된다면 분명 피곤해질 게 뻔하다.

그렇게 내린 결론은 간단했다.

강도우는 안 된다.

왜? 그는 너무 잘났다.

잘난 남자는 너무 피곤한 법이었다.

탁 탁탁 타닥. 타카 핀이 목재에 박히는 소리가 작업장을 시끄럽게 채웠다. 무대 세트 작업이든 무엇이든 목공 작업장을 거쳤기에 이곳은 다인에게는 또 하나의 일터나 다름없다. 그럼에도 오늘따라 멍하니 딴 생각에 잠겨 있는 다인의 모습은 조금 의외다. 항상 조심하라며 종알종알 잔소리하던 버릇도 온데간데없다.

"정말 안 되나."

다인의 혼잣말에 작업반장 철호가 에어타카를 내려놓고는 끄응차, 허리를 두드리면서 다인의 옆으로 섰다.

"왜, 이것도 아니여?"

도면엔 별문제 없는데. 수정된 무대 세트 도면 위로 장갑 낀 손이 여기저기 분주히 움직였다. 다인이 틀을 잡은 각재들로부터 시선을 옮기면서 철호에게 물을 건넸다.

"아니에요. 번거롭게 해 드려서 죄송해요, 반장님."

"나야 뭐 꽁으로 일하는 것도 아니고. 우리 기 대표가 수정하느라 피곤했겠구먼. 근데 뭐가 또 안 되는 거여?"

"이대로만 해 주시면 완벽해요. 상단 몰딩만 사이즈 한번 신경 써 주시면 될 것 같아요."

그런 게 아닌 것 같은데. 물을 벌컥벌컥 들이켜던 철호의 시선이 정신없이 반짝거리는 다인의 휴대폰에 닿았다. 철호의 시선을 따라 화면을 쳐다보던 다인은 코를 찡긋, 윗입술을 들어 보이면서 인상을 쓴 채로 손가락을 재빠르게 움직였다.

"목공이 아니라 연애 사업이 잘 안 되는 모양이구먼."

전송 버튼을 대충 누른 다인이 눈이 동그래져서는 저를 보고 웃는 철호에게 그런 거 아니라며 손사래를 쳤다.

"펄쩍 뛰는 거 보니 맞구먼, 뭘."

"연애 그런 거 아니에요."

"그럼 썸 타는 게 잘 안 되는 거여?"

"반장님은 모르는 말씀이 없으셔."

우리 딸내미가 가르쳐 주더라고. 철호가 다인에게 휴대폰을 툭툭 두드리며 이번엔 전화가 왔다는 걸 알리고는 다시 틀을 잡은 각재 앞에 앉았다. 목공 본드가 합판에 물결치며 그려지고 다인의 휴대폰도 마치 그 손짓에 맞춘 듯이 징징 진동하며 울려 댔다.

제 손에서 요란 떠는 휴대폰을 그저 흐린 눈으로 쳐다보던 다인이 하아, 한숨을 내쉬었다. 전화를 받고 싶은 건지, 받기 싫은 건지. 제 마음을 아직까지 모르겠다.

"아, 받아 봐 얼른."

"안 받아도 되는 전화예요."

"끊어 버려 그럼. 작업하는데 정신 사나워."

거절 버튼으로 엄지를 가져다 댄 다인이 입술을 잘근 깨물고는 철호의 눈치를 보며 몇 발 멀어졌다. 그리 어려운 전화도 아니건만, 다인은 한숨을 크게 내쉰 뒤 제 마음처럼 징징 울려 대던 전화를 받아 들었다.

"네."

─너 왜 전화 받아?

"뭐야. 받아도 문제야?"

곁에서 들리는 탁 타닥, 총소리와도 같은 타카 소리에 다인이 휴대폰을 다른 손에 바꿔 들면서 아예 작업장 밖으로 이동했다.

타카 핀을 교체하면서 종종거리며 나가는 다인을 슬쩍 쳐다보던 철호의 얼굴에 빙그레 웃음이 번졌다.

"좋을 때지, 좋을 때야."

이내 작업장에 콧노래가 울려 퍼지기 시작했다.

"너는 내 전화를 거절할 수 있는 선택지가 있었어."

도우가 의자를 빙그르르 돌리다 다리를 벽에 척, 뻗어서 움직임을 멈췄다. 그리고는 기다란 손가락으로 쥐어 잡은 머그잔을 책상에 내려두었다. 이제는 제법 깔끔한 집무실의 모습을 갖춘 원장실이다.

—시끄러워서 받은 거야.

"넌 날 선택한 거라고."

—의미 부여하지 마. 고작 전화 하나에.

"고작 전화 하나에 그렇게 튕겨 대는 너는 뭐야."

다인의 앙칼진 목소리가 귀에 따라붙었지만 도우의 입꼬리는 한없이 올라가기만 했다. 여기가 이렇게 뷰가 좋았던가. 통화하면서 보는 원장실 창밖으로의 논밭 풍경이 제법 근사했다. 여전히 어디선가 가야금 반주가 흘러나왔지만 다인의 목소리가 합쳐지니 그것마저도 귀에 녹아들었다.

"아무튼 난 지금부터 바쁠 예정이야. 연락 기다리지 말라고."

—난 제발 강도우 씨가 바빠져서 그 이상한 문자들 좀 안 보냈으면 좋겠어.

"지금도 바쁘긴 해. 너랑 했던 거 복습도 해야 하고 머릿속으로 예습도 해야 하고."

도우가 마침 노크를 하고 들어온 희진을 잠깐 물리고는 의자를 끌어서 모니터 앞으로 다가갔다. 마우스를 끌어서 열어 둔 창 몇 개를 닫고 다른 창에서는 인쇄 버튼을 눌렀다. 프린터가 달그락거리면서 종이 몇 장을 뽑아내기 시작했다.

—무슨 예습을 어떻게 한단 말이야.

책상을 빙 둘러서 인쇄된 서류를 손에 집어 든 도우가 소파에 기대앉으며 비스름한 미소를 보였다.

"너 진짜 알고 싶어서 그래? 아니, 끊지 말고 잘 들어 봐. 일단 널 데리고 어디든 갈 거야. 거기엔 성능 좋은 침대가 있겠지. 쿠션감이 좋아야 할 거야. 왜냐면 넌 네가 위에서 하는 걸 좋……, 끊지 마! 여보세요, 기다인?"

진짜 끊었네. 어깨를 으쓱이던 도우가 예상 못 한 일은 아니라는 듯이 휴대폰을 내려놓았다. 어제 그렇게 헤어지고 나서 스물아홉 개의 문자를 보냈고 다섯 번의 통화를 시도했다. 그렇게 두 개의 답장을 받았고 전화 연결도 이렇게 한 번 되었다.

이쯤 되면 문자보다는 통화를 시도하는 게 더 승률이 높은 것 같은데. 뭐, 이건 나중에 생각하기로 하자. 도우는 눈썹을 꿈틀거리고는 소파에 기댔던 몸을 일으켰다.

찬찬히 서류를 훑어보는 도우의 미간에 실금이 가시질 않았다. 커피 테이블 위에 놓인 전화기를 집어 들어 행정 지원 과장을 호출하는 표정은 좀 전과는 달리 사뭇 진지했다.

도우는 반짝거리는 부명호의 머리를 내려다보면서 눈을 찡그렸다. 형광등 불빛을 반사하며 민머리 존재감을 자랑하는 그는 행정 지원 과장이다. 진흥원에 온 지는 올해로 9년 차. 진흥원이 생긴 것과 동시에 발령받은, 진흥원에 가진 애착도 큰 인물이자, 그만큼 진흥원의 생리를 잘 아는 고인 물이기도 했다.

"부 과장님."

"예? 예예."

"새파랗게 어린 기관장 상대하기 힘드시죠."

도우가 찻잔을 빙글 돌리면서 내리깐 눈꺼풀을 접어 올리자 시선을 어디로 둘지 모르는 지원 과장이 시야에 걸렸다. 어디서 제 욕을 하는 걸 듣기라도 한 건가, 단단한 음성이 귀에 내리꽂히는 느낌에 부명호가 침을 꼴깍 삼키며 마른 입술을 달싹였다.

"뭐 제가 눈엣가시인 것도 이해합니다."

"아이고, 아닙니다."

"나이도 젊고, 똑똑하고, 게다가 잘생겼고, 몸도 좋고."

에? 뻔뻔하게 자찬하는 도우의 태도에 당황한 것도 잠시, 제 턱을 느릿하게 쓰다듬으며 자신을 쳐다보는 눈빛에는 왠지 모를 한심함이 느껴져 황당함이 더해진다.

"그…… 무슨 말씀이신지……?"

"그래도 높으신 양반들이 이 국가적 인재를 여기까지 보낸 이유가 있지 않겠습니까."

도우가 벌떡 일어나자 순간 흠칫 놀라 어깨를 움츠렸던 부명호가 큼큼 목을 가다듬으면서 도우의 뒷모습에 시선을 붙였다. 책상 위에 놓인 서류를 집어 든 도우가 등을 돌려 지원 과장에게 제 손에 들린 걸 건네며 소파 팔걸이에 걸터앉았다.

"업무 추진비 구멍이 꽤 크던데요. 제가 들어 봐야 할 계약 관련 뒷 얘기도 많아 보이고."

도우가 입술을 비틀며 건조한 웃음을 날렸다.

한 달이면 많이 참았다. 이제 슬슬 하나씩 바로잡아 갈 시간이었다.

일이든, 무엇이든 강도우답게. 우아하게.

현장 실측을 마무리하고 나오던 다인이 실측기를 가방에 쑤셔 넣었 다. 예상보다 견적이 높게 뽑혀서 약간의 실랑이가 있었다. 현장에서 이런 일쯤이야 이제 아무렇지도 않다지만 여전히 심신이 피곤한 건 마 찬가지였다. 같이 일하는 동료가 저녁 먹고 맥주라도 같이 할까 물어 왔지만 다인은 지금 그냥 집에 들어가서 뻗고만 싶은 심정이었다.

동료를 먼저 보내고 보니 어느덧 저녁 7시에 가까운 시간. 가방에 넣 어 뒀던 휴대폰도 그제야 꺼내 보지만 진짜 바쁘긴 한 모양인지 강도우 의 연락은 문자 몇 개가 전부였다.

잘됐지 뭐. 다인은 서운함인지 후련함인지 모를 감정도 옷에 붙은 먼지를 털면서 털어내 버렸다.

운전석에 앉아서 몇몇의 클라이언트와의 대화 내용을 백업하고 대화 창을 정리하려는데 낯익은 이름이 보내 온 메시지가 다인의 눈에 들어 왔다. 업무 시간이 지났는데 괜찮으려나, 손가락을 핸들에 톡톡 두드리 며 잠깐 고민하던 다인이 메시지 발신자에게 전화를 걸었다.

"네, 안녕하세요. 태민겸 선생님."

몇 번의 신호음이 갔을까, 기다리기라도 한 것처럼 전화를 받는 민겸의 목소리를 들으며 지끈거리는 관자놀이를 엄지로 눌렀다. 유난히 길었던 하루에 그냥 맥주나 마시러 갈걸 그랬는지 갈증이 확 일었다.

"내일요? 아, 출장을요? 아니에요. 직접 확인하시면 좋죠. 네, 제가 주소 보내 드릴게요. 저도 내일 시간 될 것 같아요."

그럼 내일 뵙겠습니다, 라는 말을 끝으로 전화를 끊은 다인이 깊은 한숨을 내쉬었다. 내일은 좀 늦게 움직이려고 했는데. 마음대로 되는 일이 없다.

하품을 길게 하며 메시지 창을 열었다. 피로로 가득 찬 눈으로 민겸에게 작업장 주소를 보내 준 다인이 도우의 마지막 메시지를 확인했다.

오늘은 더 연락이 없으려나. 어쩐지 허전한 마음은 뭘까. 귀찮은 것이 떨어졌다는 후련함인지도 모르겠다. 신경 쓰지 말아야지. 거치대에 휴대폰을 내려 두던 다인이 때마침 날아드는 도우의 문자를 확인하고는 피식, 실없는 웃음을 흘렸다. 아무래도 양반은 못 되는 모양이었다.

잠깐 망설이던 다인이 헤드레스트에 머리를 기대고는 도우에게 전화를 걸었다. 이렇게 피곤한 날은 답장보다도 그냥 전화 한 통 하는 게 덜 귀찮을 것 같다.

—너 뭐야.

"뭐긴 뭐야."

기다인이지. 다인의 입꼬리가 슬며시 올라갔다. 너 누구냐며, 기다인은 어디로 납치됐냐며, 왜 자기한테 먼저 전화를 하냐는 도우의 목소리가 기분 좋게 온몸을 울려 댔다. 관자놀이를 꾸욱 눌러 대던 엄지도 떼어 냈다. 그의 목소리를 들으니 어쩐지 두통이 가시는 듯도 하다.

정말 강도우는 안 되나. 답 없는 질문에 다인이 제 손을 왼쪽 가슴께에 가져다 댔다. 심장이 간질간질한 게 한 번 맛본 빛 좋은 개살구의 독이 이제야 몸에 퍼지는 것 같았다.

강도우는 혼전 순결 주의자다. 물론 입 밖으로 꺼내 본 적은 없지만 아무도 믿진 않았을 거다. 도우를 둘러싼 갖가지 추문들은 대부분 열등감에 가득 찬 남자 놈들이 만든 것들이었으나 어찌 된 일인지 도우를 제외한 모든 이들이 반쯤은 믿고 살았는데, 심지어는 도우의 부모님들마저도 아랫도리 단속을 잘하고 다니라는 말을 눈만 마주치면 할 정도였다.

그러나 확실한 건 도우는 그날이 정말 처음이었을 정도로 여자에 관심이 없었다. 그런 강도우 인생에 혼전 순결이 전제가 되는 결혼이란 과연 존재할까 싶었지만 의외로 도우는 언젠가는 제 맘에 드는 인연을 만날 거라는 왠지 모를 확신에 차 있었다.

백마 탄 왕자님을 기다리는 공주처럼, 아니 도우 입장에서 보자면 백마를 나란히 타고 다닐 또 다른 백마 탄 공주를 기다리던 셈이었을까.

어쨌거나 도우는 스스로에게 쏟을 애정을 분산할 상대가 생기면 그 여자와는 틀림없이 분명히 여생을 함께하리라는, 첫사랑이 곧 마지막 사랑이 될 거라는 생각만큼은 분명했다. 처음을 중요시하는 도우에겐 당연한 얘기였다.

물론 그 사람과의 첫날밤이 결혼 후여야 한다는 것에 대해서는 내적 갈등이 있었기에 혼전 순결 주의자라고 하기엔 말의 어폐가 있었지만, 아무튼 확실한 건 그날까지 강도우는 동정이었다.

그런 강도우에게 기다인이란 과연 어떤 존재였을까.

어쩌면 오이 같은 건 처음부터 구색 좋은 핑계에 불과했을지 모른다. 그날의 시작은 애초에 다인을 처음 만난 그 순간부터였을지니. 애초에 카페 문을 열고 들어섰던 그 순간부터 스멀스멀 도우의 마음에 변수가 생겨나고 있었다.

상한 노래에 맞춰서 눈을 감고 턱을 괴고 있던 기다인.

거기서부터가 진정한 시작이었다.

한낱 욕정에 눈이 멀어서 그 일을 저질러 버린 것도, 허위 변수로 인해 이미 생겨난 감정을 철저하게 배제한 채로 벌어진 일이었다. 그날의 도우는 여자의 몸을 다루는 데는 타고난 동물적 감각을 보였으나 감정을 다루는 데 있어서는 너무나도 서툰 남자였다.

강도우는 기다인을 보면 가슴이 뛴다. 그 간단한 명제를 깨닫기까지 너무나도 오랜 시간이 걸렸다. 어쩌면 처음이어서 인정하기 힘들었을지도 모르겠다. 따지자면 단계를 건너뛰고 순서가 뒤섞이긴 했지만, 모로 가도 서울로 가면 된다는 말도 있지 않던가. 의도한 길과는 달랐을지언정 틀린 길도 아니었음을.

강도우의 목적지는 기다인이면 되었다.

그랬기에 이렇게나 답지 않게 인고의 시간을 보내고 있는 도우였다. 안 되면 되는 걸 하라. 그러나 도대체 되는 게 무엇이란 말인가. 전화도 안 돼, 문자도 이제는 50자 이상을 채워야 해, 귀엽다는 말도 해선 안 돼. 도우의 짙은 눈썹이 잔뜩 찌푸려졌다.

오늘도 다인에게 보낼 문자를 꾸역꾸역 채우느라 고생인 도우의 손놀림이 애처롭기 짝이 없다. 도대체 왜 전화는 하지 말란 건지. 물론 그렇다고 당연히 전화를 아예 하지 않은 건 아니다.

심지어 어제 저녁엔 다인이 먼저 전화를 걸어 오지도 않았던가. 비록 진짜 기다인이 맞는지 그럼 내 옆구리에 점이 어디에 있는지 말을 해 보라고 입을 나불대는 바람에 비록 참담하게 끊기긴 했지만 말이다.

아무튼 그것이 나름의 청신호라고 생각한 도우는 오늘 아침에도 전화를 한번 시도했었다. 안 받을 거라고 생각했는데 웬일인지 한 번에 받은 다인에게 괜히 심통이 나서는 잘못 건 전화라고 둘러댔고, 그럼 당장 끊으라는 말과 함께 전화가 바로 끊기기도 했다.

왜 오늘은 아직도 수요일인 것인지. 휴대폰에 띄운 다인의 이름을 검지로 톡톡 두드리던 도우의 입술이 휘어졌다.

용건 없는 전화가 싫다면 용건을 만들면 되지.

도우가 사무실 전화기를 집어 들었다.

—네, 원장님.

"태민겸 씨 좀 불러 주세요."

—어, 오늘 태민겸 선생님 서울 출장이요.

"출장?"

—네. 무대 세트 때문에 기다인 씨랑 미팅 있다고요.

아. 태민겸. 비틀린 심기처럼 도우의 입술이 뒤틀렸다. 다인에게 줄곧 내리박혔던 기생오라비 같던 놈의 눈빛이 생각나자 헛웃음이 퍼져 나갔다.

도우는 찡그린 얼굴로 담배를 찾다가 멈칫한 손으로 다시 휴대폰을 꺼내 들었다.

〈점심은? 나는 오늘 참깨 빵 위에 순 쇠고기 패티 두 장 특별한 소스 양상추 치즈 피클 양파까지 넣은 햄버거를 먹고 싶어. 너는.〉

꼼수 쓰기는. 삭제.

〈내 친동생 지윤이는 초록꿈 유치원 소나무반이었는데 소나무반 선생님 이름이 예진이었어. 손예진 나오는 영화 같이 보러 갈래?〉

뭔 소리야 이게. 삭제.

〈넌 가끔 잊어버리나 본데 강도우가 얼마나 잘난 사람인지 똑똑히 기억해 둘 필 요가 있어. 네가 지금 누구 문자를 씹고 있는지 잘 생각해 봐.〉

음, 너무나도 잘 알고 있으니 삭제. 이제 문자는 끝인가 싶을 무렵 기다렸단 듯이 또 도우의 문자가 날아들었다.

〈얼굴 허옇고 키만 멀대 같이 큰 놈 별로잖아 너〉

누가 뭐랬나. 이건 대뜸 무슨 소리인지. 작업장 근처 벤치에 앉아서 도우가 보내온 문자들을 정리하던 다인이 다리를 바꿔 꼬자 청바지가 스치면서 스걱, 소리를 만들었다.

〈근데 네가 그런 게 좋다면 나도 허옇게 칠해 볼게〉

다인이 고개를 가벼이 흔들었다. 이건 또 무슨 신종 수작질일까. 갑 자기 왜 허연 얼굴에 꽂힌 건지 도통 모르겠다.
역시 강도우 성격이 좀 이상하긴 하지.
뭐라고 답장을 쓰던 다인이 차에서 내려 작업장으로 걸어오는 민겸 을 보고는 여기라며 손을 들었다. 양손 가득 커피를 들고 오던 민겸이 다인을 보고는 싱그럽게 웃으며 발걸음을 빨리한다. 햇빛을 받아 반짝, 찰랑이는 머리카락에 민겸의 얼굴이 더 하얗게만 느껴진다.

음, 역시 저렇게 예쁜 남자 얼굴은 다인의 취향은 아니었다. 다인이 도우에게 보내려던 문자를 마저 써서 전송하고는 민겸을 맞이하러 벤치에서 일어났다.

"어때요? 예쁘죠."

완성되어 가는 세트 가벽을 자랑하며 다인이 제 옆에 있는 민겸 쪽으로 시선을 돌렸다. 보라는 세트는 보지도 않고 다인의 얼굴에 닿아 있던 민겸의 시선이 바로 다인과 맞물렸다. 피하지 않고 민겸을 빤히 올려다보며 동조를 구하는 다인의 눈빛은 꽤나 당당하다.

"네. 예쁘네요. 기대 이상이에요."

"아까 말씀드렸던 부분 살짝 수정 들어가면 더 예쁠 거예요."

"고생 많으셨어요. 다인 씨가."

"저희 반장님께서 다 만들어 주신 거예요. 엇, 이제 오시네. 반장님 잠깐!"

자재를 가지러 갔다가 이제야 돌아온 철호에게 다가가 커피를 건네는 다인의 표정에는 뿌듯함이 서려 있었다.

"아이고, 무겁게 뭐 이런 걸 우리 거까지 다 사 오시고."

"고생 많으신데 이런 건 아무것도 아니죠."

손이 더러워서 악수를 꺼리던 철호에게 괜찮다며 민겸이 먼저 손을 붙들었다. 민겸의 쌍꺼풀진 눈이 예쁘게 접히자 거기에 홀린 철호의 눈도 휘어졌다.

"이 잘생긴 청년이야? 기 대표 사업 파트너가?"

"아뇨. 이분은 태율아트 건으로 진흥원에서 오신……."

"연애 사업 말이야."

어머, 그런 거 절대 아니라며 다인이 손사래를 해 가며 제 미간을 좁혔다.

저리 발끈하는 걸 보니 잘못 짚었나. 철호가 가는 눈으로 다인과 민겸을 훑으며 장갑을 벗어 주머니에 끼워 넣었다. 흐음, 아닌 게 아닌 것 같은데. 다인에게 닿는 민겸의 은근한 미소는 딱 봐도 감정이 한 스푼 들어갔는데.

목이 탔는지 얼음이 반은 녹은 아이스커피를 벌컥벌컥 입에 털어 넣으며 민겸과 다인을 쳐다보는 철호의 눈동자가 바빠졌다.

"잘해 봐요. 기 대표 괜찮아."

"반장님, 자꾸 그러시면 저 다음부터 반장님께 일 안 맡겨요."

"그럼 나야 편하고 좋지 뭘."

허허, 사람 좋은 웃음으로 다인의 투정을 받아치던 철호가 민겸에게 그럼 얘기 나누고 가시라며 다른 작업 중인 동료들에게로 멀어졌다. 곧이어 들려오는 탁 타닥, 시끄러운 목공 작업 소리에 다인이 민겸을 데리고 작업장을 빠져나갔다.

"진짜 다음부터 안 맡기실 건 아니죠?"

"당연하죠. 반장님 실력이 얼마나 좋은데."

벤치에 앉으며 오늘따라 차려입은 민겸을 흘끗 쳐다본 다인이 제 옆자리를 턱짓으로 가리키자 민겸도 그제야 큰 키를 내렸다. 저녁에 비가 내릴 모양인지 하늘에 짙은 구름이 잔뜩 끼어 있었다.

"반장님 말씀 신경 쓰지 마세요. 젊은 사람들 엮는 게 취미예요."

"신경 안 쓰이던데요."

그럼 뭐. 다리를 꼬면서 바짓단에 묻은 먼지를 툴툴 털어 내던 다인의 시선 끝에 잘 닦인 민겸의 구두가 눈에 들어왔다.

"오늘 서울 오신 김에 어디 좋은 데 가시나 봐요."

"벌써 왔잖아요."

바로 여기. 민겸이 손가락으로 제가 앉은 곳을 가리켰다. 정말이지 진흥원 남자들은 왜 다들 이 모양이야. 민겸을 보던 다인의 눈이 가늘 어졌다. 다정치 않은 여자의 눈빛이 익숙지만은 않은지 어깨를 으쓱이 며 웃던 민겸이 휴대폰을 들어 시간을 확인했다.

"곧 있으면 저녁 시간인데 같이 저녁 어떠세요."

"어, 저녁은 제가 약속이……."

"아까 안에서 저녁 약속 없다고 말하시던 거 다 들었는데."

그걸 또 언제 들었지. 피곤하게 됐다. 난감한 표정을 보이는 다인의 눈에 해사하게 웃는 민겸의 얼굴이 허옇게 빛났다.

때마침 손에 들린 휴대폰이 징징 울렸다. 보나 마나 뻔했다. 강도우 전화겠지. 하아. 피로가 실시간으로 쌓여만 가는 게 아무래도 진흥원 터가 좋지 못한 모양이다.

〈그러기만 해 봐. 다신 안 보는 수가 있어〉

도우가 다인의 문자를 다시 열어 보며 입술 끝을 당겼다. 그러니까 이 말은 바꿔 말하자면 앞으로 계속 볼 거라는 뜻이며, 그 기생오라비 같은 얼굴은 마음에 들지 않는다는 말이 아닌가. 강도우 얼굴이 허옇게 변한대도 다시 안 볼 정도로 이상할 리는 없으니까.

그는 뭘 발라 놔도 훌륭한 얼굴을 쓸어내면서 기차 창밖을 쳐다봤 다. 전화하지 말랬지, 찾아오지 말란 말은 안 했으니까. 지금 서울 올라가는 중이라는 문자에 여전히 답장 없는 휴대폰을 보며 도우가 빨리 연락하라는 듯이 손가락으로 톡톡 화면을 두드렸다.

질투로 똘똘 뭉쳐진 마음이 벅차올랐다. 여자 때문에 이런 감정을 느끼는 건 처음이었다.

9년 전 그날 밤 이후로 도우가 여자를 만나지 않았냐 하면 그건 또 아니었다. 처음을 망쳐 버리긴 했으나 일을 하기 시작하면서 몇 번의 소개팅 자리에도 나갔고 나름의 데이트도 했다.

그러나 어디까지나 만나 보기만 한 것일 뿐, 그녀들과는 가슴 뛰는 연애도, 짙은 애정 행각도 뒤따르진 않았다. 자의든, 타의든. 물론 도우는 아직도 모두 자의라고 굳게 믿고 있긴 하지만.

모든 게 다 기다인 때문이라고, 배신감에서 파생된 감정들이라고 믿었다. 다인에 대한 어긋난 감정은 달리 표출되어 강도우 인생에서 여자라는 존재를 완전히 지워 버리는 듯했다. 한 번 틀어진 첫 단추가 강도우의 규칙을 바꿔 놓은 것이다.

몇 주 전, 햄버거 가게에서 그렇게 다시 마주쳤다가 서둘러 나가는 다인을 놓쳤을 때도, 진흥원에서 다인을 다시 마주쳤을 때도. 심장이 찌르르 반응하는 것 또한 배신감으로 점철된 심리적인 현상이라고만 생각했다.

배신감의 탈을 뒤집어쓴 설렘 그 이상의 감정이라는 것을 알게 된 건 그래, 바로 이 기차에서부터가 아니었을까.

열차 안에서 북적이는 소리와 함께 낯설고도 익숙한 향이 코끝을 감싸 와 눈을 떴을 때 저를 보고 있던 기다인. 몸을 스치면서 안쪽 자리로 들어가던 기다인. 거기서부터 뒤늦게 자각하기 시작한 감정이었다.

모로 가도 기다인에게로만 가면 된다.

도우가 다시 휴대폰을 확인했다. 여전히 다인의 대답은 없었다. 문자를 제대로 읽기는 한 건지. 뭐, 아무래도 상관없었다. 강도우는 운이 좋으니까.

어떻게든 다인을 만나게 될 것이었다. 어떻게든.

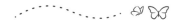

"덕분에 저녁 잘 먹었어요."

"더 근사한 데 가고 싶었는데 말이죠."

"아니에요. 저 수제비도 좋아하고, 또 이런 차림으론 그런 곳은 좀."

현장 다닐 때는 비싸고 예쁜 옷은 사치인지라 늘 청바지에 프린팅이 반쯤은 닳은 티셔츠만 입는 다인이었다. 봐 둔 레스토랑이 있다는 민겸의 제안을 옷을 핑계로 거절하면서 데려간 곳은 작업장 근처 수제비집이었다. 차려입은 민겸의 모양새에 비해서 허름한 식당이어서 다소 민망하긴 했으나 마침 이렇게 비까지 추적추적 내리니 정말 탁월한 메뉴 선정이었다며 민겸도 다인을 따라 희미하게 웃었다.

그러나 수제비와는 궁합이 맞았던 그놈의 비 때문에 그 이후부터는 다 꼬여 버릴 줄 누가 알았을까. 저녁을 먹고는 그럼 내일 뵙겠다고 민겸과 헤어지려던 찰나 장대비가 쏟아졌고 우산이 없었던 다인은 집까지 데려다주겠다는 민겸의 차에 마지못해 올랐다.

다인의 집 근처에 다다랐을 무렵엔 다행히 빗줄기가 약해졌는데, 그럼 조심히 내려가시란 말과 함께 민겸의 차에서 내리던 순간 또 다시 빗방울이 굵어져 버렸다. 그래서 결국은 이렇게 도우와도 같이 걸었던 길을 민겸과 한 우산을 쓰고 걷게 돼 버렸다.

타닥타닥. 우산에 부딪혀 떨어지는 빗방울 소리에 맞춰 다인이 발걸음을 재촉했다. 현관문이 제대로 닫히지 않았을 리는 없고. 밥도 제대로 해 먹지 않는 집에 가스 불을 걱정할 일도 없었건만 어딘가 모르게 마음이 조급해졌다.

옆에 있는 민겸이 불편해서 그런가. 아니다, 그냥 피곤해서 그럴지도 모른다. 빨리 집에 가서 마음 편히 눕고만 싶었다. 게다가 방전된 휴대폰도 얼른 충전해서 도우에게서 온 문자를 확인해야 했고. 음, 그러니까 어디까지나 일의 연장선의 일환으로 말이다.

그렇게 민겸과 팔을 스치고 걸으며 시답잖은 얘기에 대충 웃어 가며 집 앞에 도착했지만 여전히 마음이 불안했던 건 여자의 직감이었을까. 이쯤에서 들어가 보겠다며 민겸과 인사를 나누던 다인은 어디선가 괴수가 포효하는 듯한 환청에 고개를 돌렸다.

"기다이이이이인!"

그 목소리의 주인공이 누군지 파악할 시간도 없이 비에 젖은 강도우가 주인 만난 유기견처럼 달려오다가 빗물에 미끄러지면서 계단을 데굴데굴 굴렀다. 아니, 세 칸 정도니까 데굴데 정도가 맞겠다.

덩치에 맞지 않게 으아아, 다소 경박한 소리를 내면서 계단을 세 칸 구른 도우는 아무렇지 않은 척, 착지 자세만은 우아하게 소화해 냈다. 꼴사나운 광경에 나지막이 원장님이라고 외치던 민겸은 되레 자신이 민망해져 차마 뒷말은 잇지 못했다.

왜 쪽팔림은 매번 자신의 몫인지. 다인은 눈앞에서 펼쳐진 그 애잔하고도 경이로운 몸짓에 이대로 그만 시간이 멈췄으면 좋겠다며 눈을 질끈 감을 수밖에 없었다.

뜻밖의 서커스였다.

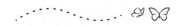

태민겸을 보고 질투와 분노로 불타오르던 도우의 눈동자는 다인의 손에 이끌려 그녀의 집에 들어온 순간부터 다른 빛으로 불타올랐다.

얼굴 다친 곳은 없냐며 근심 어린 표정을 내비치던 다인에게 어디 자세히 좀 봐 달라고 고개를 내밀다가도, 감히 제 연락은 씹어 놓고 태민겸과 단둘이 우산을 쓰고 걸어오던 다인을 보자니 약간의 앙금은 남아 도우는 입을 꾹 다물었다.

그렇게 나름의 반항으로 시작한, 그 누구도 시키지 않았던 도우의 묵언 수행은 어서 씻고 오라며 갈아입을 옷까지 건네는 다인의 말에 5분 만에 끝나고 말았는데, 그 시간은 기다인과 강도우와의 시간 중 가장 조용했던 시간으로 기록될 5분이었다.

샤워하는 동안 무슨 심경의 변화가 생긴 것인지 농염하게 바뀐 도우의 눈동자는 소파에 앉은 다인에게로 끈질기게 달라붙었다. 제 손을 붙들어 상처 난 부위에 약을 바르고는 입술을 둥글게 만들어 후후 불어 대는 다인의 입술은 도우 눈에는 마냥 귀엽기만 보였다. 그 입술에 제 입술을 갖다 붙이려다가 다인의 손에 턱이 돌아간 도우가 이제는 다인의 귀에 대고 바람을 불어넣었다.

"가만, 가만히 좀 있어요."

간지러워서 몸을 움찔거리던 다인의 턱에 집요하게 도우의 입술이 달라붙었다. 하아. 고개를 틀면서 피하던 다인이 남자를 못 이기고 마지못해 도우에게 제 입술을 한 번 쪽 붙였다가 떨어졌다.

"됐지."

"넌 날 너무 과소평가하는 경향이 있어, 기다인."

"아니. 내가 강도우 씨를 그동안 과대평가했어."

조금 전의 정말 하찮기 그지없던 꼴을 생각하자니 다인은 한숨이 절로 나왔다. 동네 창피하게 그 꼴이 대체 뭐야.

이 잘난 코라도 다쳤어 봐. 도우를 흘겨보던 눈이 이제는 고개를 숙여 무릎 쪽 상처를 살펴보기 시작했다. 심하진 않아도 이 정도면 꽤나 쓰릴 상처였다.

이 상처가 얼굴에라도 생겼어 봐. 약을 발라 주는 다인의 미간에 주름이 졌다. 흡사 국보급 도자기에 금이 갔을까 걱정하는 학예사 같기도 했다.

"도대체 왜 거기서 기다려요. 비까지 맞아 가면서."

"우산 사러 가는 동안 네가 올까 봐."

"전화를 하면 되잖아."

"네가 안 받아 주잖아. 내 전화를."

그건 또 맞는 말이다. 별 대꾸를 하지 못하고 잇새로 끄응 앓는 소리만 내보낸 다인은 제 허벅지에 있던 구급상자를 바닥에 내려놓았다.

이 남자는 정말 쪽팔린 것도 없을까. 다인이 아까부터 실실대며 웃고만 있는 도우의 얼굴을 다시 아래위로 훑어봤다. 정말이지 저 얼굴은 안 다쳐서 천만다행이었다. 몸에 남는 상처는 벗겨 놓지 않는 이상은 잘 모르니까. 그 참에 남자의 몸도 슬쩍 훑는 다인의 시선이 아주 꼼꼼했다. 집요했던 시선이 흩어지고 이 정도면 됐겠다며 몸을 일으키려는 다인의 옆구리가 도우의 손에 잡히더니 남자 쪽으로 당겨졌다.

"어딜 가려고."

옆구리를 쓸던 큼지막한 손이 순식간에 다인의 티셔츠 안으로 들어왔다.

"하으!"

맨살에 닿는 낯선 손길에 다인이 몸을 웅크리며 손을 떼어 내려고 하자 도우의 다른 손이 다인의 몸을 들어 올려서는 제 허벅지 위에 앉혔다.

"뭐, 뭐 하는 짓이에요."

"우리 이제 뭐 해."

그러게, 이제 뭘 해야 하는 거지. 멍하니 도우를 쳐다보던 다인이 목이 건조해진 듯 꼴깍, 마른침을 삼켰다. 아무래도 강도우를 집까지 끌고 들어오는 건 성급했나 보다.

손바닥 살갗이 까진 걸 보고 죽을 것 같은 표정을 짓던 도우에게 상처 치료 정도는 해 줘야겠다 싶어서 일단 집으로 같이 들어왔다. 약만 발라 주자니 비를 맞고 젖은 꼴이 안쓰러워서 샤워하고 오라며 새 칫솔까지 쥐여 줬고, 옷을 말릴 동안 집에서 입고 있을 옷도 찾아 줬다.

제대로 씻기는 한 건지 화장실에 들어가자마자 튀어나오다시피 한 도우를 어르고 달래 소파에 잘 앉혀서 약도 발라 줬다. 그리고 그 다음은 아직 다인도 생각해 보진 않았는데.

"그래서 오빠랑 뭐 할 건데 이제."

조금 전 일을 떠올린 듯 도우의 매끈한 입술 사이로 어이없는 웃음이 비죽 새어 나왔다. 오빠라는 단어에 다인이 눈을 크게 굴렸지만 황당한 정도를 따지면 어디 도우만 할까. 도우로서는 도통 이해가 되지 않는 부분이지만, 태민겸을 사이에 둔 다인이 기껏 머리를 쓴다고 둘러댄 말은 이거였다.

"사실 원장님은 제 친척 오빠예요!"

친척 오빠라니. 나 참 기가 막혀서. 제 변명이 멋쩍은 것은 다인도 마찬가지였는지 입을 꾹 다물었다. 도우가 다인의 코끝을 손가락으로 튕기며 물었다.

"응? 친척 오빠랑 뭐 할 거냐고."

"태민겸 선생님이 오해할까 봐 그런 거잖아요."

"태민겸이 너 안 바래다줬으면 그런 일도 없었지."

아까부터 따박따박 선생은 얼어 죽을. 도우가 제 몸에서 떨어지려는 다인을 양팔로 꼭 안으며 붙들었다. 그러고는 여자의 얼굴선을 끈적한 눈빛으로 훑으며 부드러운 목덜미로 입술을 가져다 댔다. 혀로 목덜미를 길게 핥자 다인이 몸을 움찔거리며 도우 쪽으로 쓰러지듯 몸을 기댔다.

"태민겸이랑 뭐 했어."

"일했지. 아, 그렇게 하지 마, 잠깐."

"일만 하는데 그렇게 늦어?"

"밥 먹었어. 이제 그만……."

"뭐 먹었어."

온몸을 타고 흐르는 간지러움에 다인이 몸을 떨었다. 도우가 아이 어르듯이 허벅지를 위로 튕기며 여자를 더 끌어안아 제 품에 가두었다.

태민겸이랑 딱히 별걸 하진 않은 것 같다. 우산 같이 쓰는 건 저랑도 해 본 적이 없으니 속이 쓰리긴 하지만 계속 그 얘기를 해 댔다간 또 정강이를 차일 게 분명했다.

"이제 놔줘."

"뭐 할까 우리."

"뭐 하긴, 이제 그만…… 아, 혀로 그렇게 하지 마!"

"네가 시킨 대로 씻고 옷 갈아입고 약도 발랐어."

"아, 깨물지도 마!"

"응? 오빠랑 뭐 할까."

목덜미에 입술을 붙인 채로 움직이는 그가 한 마디씩 내뱉을 때마다 다인의 몸도 같이 진동하는 듯했다. 그걸 놓칠 리가 없는 도우가 일부러 더운 숨을 다인의 목덜미에 불며 낮게 웃었다. 다인의 여린 살갗에 제 입술이 다녀간 흔적을 보란 듯이 다 새겨 넣고 싶지만 그랬다간 정말 정강이뼈가 남아나지 않을 것만 같다. 그는 아쉽다는 듯 혀로 가는 목선을 할짝대면서 다인의 표정을 살폈다.

"내일, 아…… 우리 내일 만나기로 했잖아요."

여긴가. 다인이 숨을 크게 들이쉬면서 남자의 어깨에 고개를 묻자 도우가 그 자리를 입술로 한 번 더 빨았다. 혀끝을 내밀어 간질이니 하아, 여린 숨을 내뱉던 다인이 남자의 가슴을 짚었다.

"어째 하루, 읏, 를 못 기다리고."

"내일 할 건 내일 하고. 오늘은 오늘 할 거 하고."

오늘 할 거 같은 건 없어. 뒷말은 고스란히 도우에게 삼켜졌다. 그를 밀어내려던 손은 그대로 잡혀 손가락이 얽혔고 혀마저 입속에서 더럽게 얽혔다. 도우가 오른손으로 다인의 뒷목을 받치면서 혀를 집어넣자 으응, 여자의 비음이 절로 귀에 내려앉았다.

한참을 다인의 입속을 휘젓던 혀를 빼면서 입술을 가볍게 붙였다 뗐다. 고개를 뒤로 한껏 젖힌 채 누구의 타액인 것인지도 모를 것을 받아 삼키던 다인이 느른하게 풀린 눈으로 도우를 올려다봤다. 왠지 아쉬운 듯, 다인의 시선이 남자의 입술에 멈췄다. 다인의 입술로 가볍게 붙인 도우의 입술 사이로 피식 웃음이 흘러나왔다.

"이래도 오늘 할 게 없다고."

"없어."

"좋아."

도우가 여자의 입술을 다시 물었다. 다인의 숨이 점점 차올랐다. 다른 손마저 도우의 큰 손에 의해 붙잡혀 가지런히 포개어졌다. 목울대가 꿀렁, 다인은 솟아나는 타액들을 삼켜 대기 바쁘다. 숨이 모자라 고개를 틀려고 하자 도우가 다인의 윗입술을 한 번 빨고는 입술을 붙인 채 말을 덧붙였다.

"할 게 없어?"

"내일로 미뤄. 강도우 씨도 내려가서 출근해야, 하아……."

숨을 채 들이마시지도 못하고 입술이 다시 삼켜졌다. 아아, 다인의 머릿속이 아득해졌다. 독이라도 퍼지고 있는 모양이었다. 다인의 목을 받치던 도우의 손이 등줄기를 타고 내려가자 다인이 흐응, 비음을 삼켰다. 다인의 두 손을 부여잡았던 한 손에도 힘을 풀어 그 손으로 다인의 뺨을 감쌌다.

도망갈 수조차 없는 공간에서 꼼짝없이 잡혀 버리고 말았다. 놓아줬다가 다시 잡았다가 끈질기게 희롱하면서 남자는 여자의 혀를 천천히 얽어맸다. 코끝이 부딪치면서 타액이 섞이는 소리가 거실을 농밀하게 채웠다.

하아, 누군가의 한숨과도 같은 신음이 머릿속을 교란시켰다. 이게 아닌데. 이러면 안 되는데.

다인의 생각을 비웃듯 그녀의 등을 훑던 도우가 티셔츠 안으로 손을 집어넣었다. 옆구리를 부드럽게 쓰다듬자 다인의 가는 허리가 오목하게 말렸다. 그곳을 한 번 더 스치자 옅은 숨소리가 입안에서 퍼졌다. 아, 이대로는 더 이상 안 되겠다. 도우가 몸을 틀어 다인의 머리를 받치면서 그대로 뒤로 뉘었다.

그의 무게에 의해 점점 몸이 뒤로 눕혀지다가 어느새 티셔츠가 돌돌 말려 드러난 다인의 등에 소파 가죽이 닿았다. 다리 사이로 도우의 다리가 교차되자 흥분한 그의 것이 적나라하게 느껴졌다. 마치 벌써 삽입이라도 한 듯 남자가 옷 위로 허리 짓을 몇 번 하자 다인의 아랫배가 찌르르 울렸다.

괜히 부끄러워져 고개를 돌리니 도우가 얽었던 혀를 빼고 여자의 아랫입술을 살짝 깨물면서 놓았다. 그제야 다인이 밭은 숨을 내쉬며 눈꺼풀을 접어 올려 도우와 눈을 마주쳤다. 도우의 왼쪽 가슴을 어루만지던 다인의 오른손이 다소 민망해지는 순간이었다.

"나는 오늘 할 일은 오늘 다 끝내야 하는 성격인데."

다인의 입술 주위로 제 입술을 불규칙적으로 붙여 대던 도우가 두 손으로 제 몸을 지탱한 채 다인을 빤히 내려다봤다.

쿵쿵. 다인의 심장이 터질 것 같다. 술도 마시지 않았는데 뭘 먹고 취했나. 잘난 낯짝에 취하다 못해 절여진 심장이 쿵덕쿵덕 갈피를 못 잡고 있다.

"미루는 건 취미 없고."

도우의 왼손이 다인의 아랫배를 지나 돌돌 말린 티셔츠를 더 들어 올렸다. 느릿느릿 다음 동작으로 이어질 때마다 허락이라도 구하는 것처럼 다인을 느긋하게 쳐다봤다. 제 몸을 녹여 버릴 듯한 도우의 뜨거운 눈빛에 다인의 말문도 같이 녹아 버린 것 같았다.

무언의 긍정인가. 도우가 얼굴을 내리며 다인의 목에 입술을 묻었다. 여기쯤이었는데. 아까 다인이 반응하던 곳을 이로 긁자 하아, 어깨를 오그리며 달뜬 숨을 내뱉던 다인이 도우의 얼굴을 떼어 내 눈을 마주쳤다.

내일 하나 오늘 하나 뭐가 달라질까. 눈을 몇 번 깜빡이던 다인이 달싹이는 제 입술로 다시 찾아오는 도우의 뺨을 붙들었다. 볼이 눌려진 도우의 얼굴은 이리 보니 나름 귀엽기도 하고.

"……씻고 할래."

"괜찮아. 내가 씻었어."

"아니. 씻을래요 나도."

다인이 제 위에 있던 도우의 몸을 살짝 밀어내자 그가 마지못해 겹친 몸을 일으켰다. 다인을 일으켜 주고자 팔을 내민 도우는 그녀가 상체를 들자마자 다인의 허리를 잡아 올리며 가뿐히 엉덩이를 떼 일어났다. 남자의 몸에 안긴 다인이 버둥거리면서 제 팔과 다리로 도우의 몸을 감쌌다.

"씻을 거라고."

"알겠다고."

욕실 앞에 선 도우가 몸을 숙여서 다인을 조심히 내려 주었다. 관성적으로 붙어 오는 도우의 입술을 마지못해 받아 주던 다인이 등을 돌려서 칫솔에 치약을 짰다. 팔짱을 끼고 문간에 기댄 도우가 거울 속의 다인에게 히죽거리며 뜻 모를 웃음을 날렸다.

"안 나가?"

"너 씻는 거 보게."

"그걸 왜 봐."

"여기서 잠든 척하고 안 나올까 봐."

별걱정을 다 하네. 칫솔을 문 다인이 거울 속 도우를 흘겨보고는 손목에 걸려 있던 고무줄로 머리를 질끈 묶었다. 이렇게 보니 다인에겐 넉넉하던 티셔츠가 남자의 몸에 앙증맞은 게 제법 꼴사납다. 저를 보고 피식피식 웃음을 내뿜는 것 같은 다인이었건만 그녀의 행동 하나하나를 쫓는 도우의 눈빛은 자못 아련해졌다.

"난 무서워. 너 그때처럼 도망갈까 봐. 내가 그때 얼마나 상처받았는지 너 모르지."

그는 정말로 크게 상처받은 양 시무룩하게 입술을 내밀었다. 하지만 그것도 아주 찰나의 순간이었을 뿐.

"나는 네가 처음이었다고. 감히 강도우를 따먹고 말이야."

어떻게 해서든 책임을 묻고자 하는 강한 의지가 선연하다.

"맘 같아선 너 어디다 묶어 두고 싶어. 혹시 묶이는 거 좋아해?"

돌았나 진짜. 물로 입을 헹궈 낸 다인이 문간에 서서 모노드라마를 찍던 도우를 밀어내고 문을 쾅 닫았다.

그냥 강도우를 묶어 버려? 눈동자를 크게 굴려 보던 다인이 고개를 갸웃거리고는 옷을 하나씩 벗고 샤워기 물을 틀었다.

문밖에서 우리에겐 시간이 얼마 없다느니 빨리 안 나오면 문 부수고 들어갈 거라느니 하는 남자의 외침이 계속 들려왔다.

아아, 정말 시끄럽다. 문득 오늘 잠이나 제대로 잘 수는 있을까, 괜한 짓을 시작한 건 아닌지 다인은 벌써부터 피곤해졌다.

거품을 내어 몸을 닦아 내고 따뜻한 물로 헹궈 내니 오늘 쌓인 피로가 풀리는 기분이었다. 노곤해지는 것이 어쩌면 도우 말대로 여기서 잠들었을 수도 있겠다 싶었다. 제 생각을 읽기라도 한 것처럼 도우가 밖에서 똑똑, 쾅쾅 욕실 문을 두드려 대자 다인이 서둘러 물을 잠갔다.

"나갈 거야. 기다려."

왜 저렇게 보채는지. 밖에서 무어라고 자꾸 웅얼거리는 소리에 작은 한숨이 흩어졌다. 타월로 몸에 남은 물기를 닦던 다인이 잠깐 입술을 잘근 깨물었다. 도우에게 들린 채로 오느라 갈아입을 옷을 안 들고 들어왔다. 현장을 다녀온지라 이대로 입던 옷을 다시 입기엔 찜찜한데. 그렇다고 배스 가운 같은 것도 없는 다인이다. 타월로 가리고 나가자니 다 가려질 것 같지도 않다.

뭐, 그렇지만 크게 고민할 것은 없었다. 다인이 욕실 문을 벌컥 열었다. 딴에는 멋있는 자세로 문 앞에 서 있던 도우가 갑자기 열린 문에 화들짝 놀란 것도 잠시, 눈앞의 헐벗은 다인을 보고는 입을 쩌억 벌렸다.

"너, 너, 너 뭐야!"

"기, 기, 기다인이잖아."

입꼬리를 올리며 웃던 다인이 도우를 흉내 내며 침실로 향했다. 뒷걸음치는 도우를 지나 어느 향수 광고처럼 우아하게 걸어가는 다인의 탄력 있는 뒷모습은 부끄럽지도, 외설적이지도 않다. 그 모습을 넋 놓고 쳐다보던 도우가 홀린 듯이 여자의 뒤로 쪼르르 따라붙었다.

"너, 너 누가 그렇게 벗고 나오래?"

"시간 없다며. 벗길 시간 벌어 줬잖아."

"기가 막혀서……."

얼굴에 미스트를 대충 뿌리고 톡톡 두드리던 다인이 등을 돌려 도우를 마주 봤다. 도우의 시선이 중력에 의해 여자의 얼굴 밑으로, 더 밑으로 내려가다가 간신히 끌어 올려져 배꼽에 멈췄다. 그러나 열린 입은 여전히 닫힐 생각이 없나 보다.

볼 거 다 봐 놓고 새삼스럽게 놀라기는. 다인이 입매를 휘며 숨 쉬는 것도 잊어버린 것 같은 도우의 아래턱을 잡아 올렸다.

"강도우 씨. 이제 내 얼굴 봐."

겨우 끌어 올린 도우의 시선이 다인의 이마부터 훑고 내려갔다. 다인이 도우의 목에 제 팔을 두르자 여자의 탐스러운 가슴이 남자의 몸에 닿았다. 도우의 귓등이 다인의 입술 색만큼이나 붉어졌다.

"허리에 손 올리고."

다인의 지휘 아래 도우가 얼떨결에 여자의 허리에 손을 둘렀다.

쿵쿵. 누구의 가슴이 이렇게 뛰는 걸까. 아무런 말 없이 서로 눈만 마주치고 있자 괜스레 다인의 얼굴도 발그레 달아올랐다. 다인이 눈을 느리게 깜빡거리며 그를 올려다봤다. 그는 이제 눈을 깜빡이는 방법도 잊은 듯했다. 강도우는 지금 고장 난 게 분명했다.

"뭐 해. 빨리 키스해 줘."

정말 기가 막혀서. 그렇다고 다인의 말을 듣지 않을 이유는 전혀 없었다. 도우가 다인의 입술을 살짝 물었다가 떨어졌다. 생각보다 짧은 입맞춤에 다인의 눈썹이 꿈틀거렸다. 여전히 작동 버튼을 눌러야 구동하는 도우가 조금 성가셨다.

이제 보니 시간이 없는 건 강도우뿐만은 아니었던 것 같다. 다인이 도우를 잡아당겨 남자의 입술을 가르고 혀를 넣었다. 그 말캉한 혀가 도우의 입속을 샅샅이 훑으며 그의 머릿속까지 헤집어 놓았다. 어이없는 웃음이 입안에서 터졌다. 기가 막혀서 진짜.

기다인은 미쳤다. 예상 문제를 다 벗어났다. 기출 변형도 안 먹혔다. 생전 처음 본 문제를 어떻게 어디서부터 풀어야 할지를 몰라 도우의 머리에 쥐가 올랐다. 풀어내려고 할수록 복잡하게 꼬여만 간다. 어떠한 규칙도 존재하지 않는다.

그러나 난제를 만나면 강도우는 더 흥분하는 법. 어차피 규칙 같은 건 중요치 않아진 지 오래였다. 허리를 잡았던 도우의 손이 여자의 엉덩이를 움켜쥐었다.

흡, 다인이 눈을 떴다. 붙었던 입술도 떨어졌다. 씨익 웃던 도우가 팔을 교차시키며 티셔츠를 벗고는 다인의 몸을 제 몸에 당겼다. 단단한 것이 몸에 붙어 오자 다인이 눈을 질끈 감았다.

아아, 벌써부터 감이 온다. 오늘 자는 건 글렀다. 강도우가 제대로 고장 났다.

5화

아무리 현장에 관리자로 나간다고는 해도 자재며 뭐며 같이 끌다 보면 여자의 평균적인 기초 체력으로는 버텨 내기가 힘들기 마련이었다.

그래서 시작한 운동이었고, 그렇게 또래보다 더 기른 근력이었건만 건장한 남자, 그것도 강도우의 앞에서는 다인도 속절없이 무너졌다.

잡아먹을 듯이 달려드는 도우의 입술을 겨우 받아 내며 뒷걸음질 치던 다인의 발뒤꿈치가 침대에 부딪혔다.

남자의 무게를 이기지 못하고 다인의 몸이 뒤로 넘어졌고 도우가 다인의 무릎을 제 다리 사이에 가두면서 그 위로 올라탔다.

다인의 입술을 사정없이 빨아 대던 도우의 입술이 여자의 턱선을 지나 귓불을 물었다. 다인의 입술이 조금 더 벌어지고 그 사이로 옅은 숨이 새어 나오자 도우의 입꼬리가 보기 좋게 휘었다.

도우가 쪽쪽 빨아 대던 다인의 귓불을 살짝 깨물고는 차근차근 목선을 타고 입술을 붙이며 내려가며 다인의 표정을 살폈다. 미묘하게 미간을 찌푸리면 그 부분을 이로 긁었다가, 코를 찡그리면 다시 돌아가 혀로 간질였다. 꼼꼼한 검산에 바르작거리는 다인의 가슴이 도우의 맨몸을 간지럽힌다.

도우가 왼손으로 다인의 가슴을 움켜쥐었다. 말랑말랑, 여자의 신체는 신비하기도 하지. 도우의 큰 손에도 넘치게 들어차는 가슴은 어떻게 이런 걸 옷으로 숨기고 다녔나 싶을 정도다.

가슴을 마구잡이로 주물러 대던 도우의 손에 빳빳하게 일어선 유두가 손가락에 걸렸다. 작은 사탕 같기도 한 그것을 손가락 사이에 넣고 굴렸다가 비틀면서 꼬집으니 다인의 잇새로 흐응, 간신히 참던 소리가 삐져나왔다.

"너 왜 소리 안 내고 참아."

"……부끄럽잖아."

하지만 정말 부끄러운 건 맞는지. 다인은 하나도 안 부끄러운 표정으로 눈을 풀고 도우의 팔뚝을 주물럭거렸다. 벗고 나와서 얼빠지게 만든 사람이 누군데 지금 와서 부끄럽다는 건지. 어이가 없어서.

도우가 얼굴을 내려 다인의 가슴을 베어 물었다. 허리를 말면서 작게 숨을 들이마신 다인이 유두에서부터 퍼져나가는 찌릿함에 발끝을 오므렸다.

"너 예전엔 소리 잘 냈어."

"원래 애들은, 흐으……, 소리 잘 내."

"애라고 하면 내가 쓰레기가 되는 것 같잖아."

"아웃, 거기 물고 말하지 마."

왜 물고 말하면 안 되는데. 비뚤게 웃던 도우가 다인의 한쪽 가슴을 손에 넣어 놀리면서 다른 쪽 유두를 혀로 할짝거렸다.

으응, 도우의 팔을 잡은 다인의 손가락에 하얗게 힘이 들어가면서 몸이 비틀린다.

"이럴 거면서 결국. 센 척하지 마, 너."

"무슨. 하아, 강도우 씨가 지나치게 센 거야."

그러니까 살살 대해 줘. 다인이 제 가슴에 묻힌 그의 머리를 쓰다듬으며 덧붙이자 도우가 고개를 들어 다인을 쳐다봤다. 눈동자가 출렁이는 것이 조금은 놀란 기색이었다.

"아팠어?"

뭐야. 무슨 일이지. 오늘따라 강도우가 귀엽게 느껴진다. 피곤한 탓일까. 그래, 뭐 하루쯤은 그렇게 느껴도 상관은 없었다. 다인은 고개를 가로저었다. 작은 미소를 머금은 다인이 두 손으로 도우의 뺨을 감싸 그의 얼굴을 들어 올려 입술을 포갰다.

촉촉한 입술이 다소 질척이는 소리를 내며 떨어졌다. 눈을 내리깐 도우의 숨이 까슬까슬하게 다인의 얼굴에 닿았다. 짙은 눈썹 사이에 금을 만들던 도우가 다인의 눈동자를 응시했다.

"하, 너만 보면 자꾸 멍청해지는 기분이야."

"기분 탓하지 마."

"……뭐라고?"

황당해하는 도우에게 다인이 웃으며 또 제 입술을 붙였다. 얼떨결에 다인의 입맞춤을 받아주던 남자는 여전히 멍청한 표정이었다. 어쩐지 더 귀여운 표정이라 다인이 쪽쪽 입술을 붙여댔다.

도우로선 도무지 갈피를 잡을 수가 없었다. 저녁에 먹었다던 수제비에 태민겸이 약이라도 탄 건가. 그럴 리도 없을 테지만 만약 그랬다면 지금은 너무나 고마울 지경인데.

도우가 도망가려는 다인의 혀를 붙들어 매고는 제 혀를 깊숙하게 집어넣었다. 유두를 손가락으로 굴리자 흐응, 다인이 가소로운 신음을 흘리면서 턱을 위로 들었다. 이제야 만족스러운 듯 도우가 겹쳐진 몸을 일으키면서 다인의 가슴 아래로 천천히 입술을 붙이면서 내려갔다.

유난히 간지럼을 많이 타는 다인이었다. 그의 손가락이 옆구리를 스치고 지나가자 새살거리면서 허리를 비틀던 다인이 팔꿈치로 침대를 짚고 무릎을 세워 몸을 일으켰다.

어느새 도우의 시선이 벌린 다리 사이에 있다는 걸 알게 되자 그래도 조금은 민망해졌다. 다인이 입술을 잘근 씹는 걸 보고 입꼬리를 걸어 올린 도우가 그녀의 허벅지를 휘어 감으면서 제 얼굴 쪽으로 붙였다.

"그거 알아? 너 벌써 젖었어."

"……키스했으니까."

"키스만 해도 젖나 보네."

하긴, 그때도 그랬지. 그때 다인은 비에 젖은 거라고 말도 안 되는 뻔한 대답을 하긴 했지만. 하지만 이제는 다인의 대답 같은 건 궁금하지도, 중요하지도 않았다.

도우가 다인의 아래를 길게 쓸었다. 까슬한 혀가 애액을 고루 펴 발르자 부푼 살점이 미끌거리는 것이 혀를 놀리기 딱 좋다.

"내가 그렇게 좋아 죽겠나 봐. 아주 질질 흘리고 난리도 아닌데."

"지금 누가 할 소리를, 하으, 으응."

클리토리스에서 몽글몽글 피어나는 쾌감에 뒤로 침대를 짚었던 팔에 힘이 풀려 그대로 누워버렸다.

아으, 강도우는 왜 혀까지 잘 쓰게 빚으셨나요. 남자가 집요하리만큼 한곳을 공략하자 왈칵, 아래가 또 여자의 것으로 젖어 들어갔다. 현실을 부정하는 듯한 다인이 고개를 좌우로 흔들면서 시트를 움켜쥐었다.

"이대로 그냥 박아도 잘 먹어 치우겠어."

"콘돔 저기 서랍, 에…… 아아!"

145

다인이 아는 공부 잘하는 사람들은 늘 그렇다. 성실하고 집중력이 좋으며 응용력도 좋고 호기심이 강하다. 강도우 역시 그렇다. 그걸 왜 애무하는 데까지 쓰고 있는지는 모르겠지만.

여자의 턱이 들리고 숨이 가빠 가슴이 오르내리지만 도우의 혀는 멈출 줄을 모른다. 시트를 잡은 양손에 도우의 손가락이 얽혀 들어왔다. 그 작은 안정감에 안도한 것도 잠깐, 엉덩이가 들리면서 남자의 혀가 촉촉하다 못해 축축한 질구로 들어온다.

아아, 더 크고 좋은 걸 원하던 질구는 이러한 부드러운 침입도 그럭저럭 마음에 드는 듯하다.

도우의 혀가 점막을 희롱하면서 잘 뻗은 콧날이 클리토리스를 비비자 환영인지 무엇인지 모를 물세례가 이어졌다. 벌름거리는 곳에 쪽쪽 입을 맞추던 도우가 드디어 얼굴을 들고는 혀로 제 입술을 훑었다.

불량한 입술이 다시 다인의 얼굴로 쏟아져 내렸다.

두 손으로는 좌우 위치라도 바꿀 것처럼 손에 넣은 가슴을 비틀었다. 그러고는 제 입술이 닿지 않는 곳은 있으면 안 되기라도 하는 듯 남자는 여자의 살갗에 이를 박을 듯이 한 곳씩 정복해 나갔다.

깃발 대신 꽂아 넣은 벌건 흔적이 도우 눈에 꽤나 자랑스럽다.

근육이 예쁘게 잡힌 여자의 허벅지에 남자의 입술이 타고 올라가자 달뜬 숨을 내뱉던 다인은 더는 못 참고 도우의 얼굴을 들어 올렸다. 전희는 이만하면 충분할 것 같다. 도우를 보채는 다인의 입술이 질구만큼이나 달싹거렸다.

"나 빨리……."

아직 오늘 맛보지 않은 곳이 많이 남았지만 도우 역시 다인의 마음을 모르는 것은 아니었다. 하지만 남은 밤은 충분히 길었다. 도우는 애원하듯 저를 쳐다보는 다인의 눈썹에 입을 맞췄다. 9년간 기다려 왔던

이 두 번째 밤은 과정 하나하나가 소중한 법. 정해진 규칙도 증명을 해 가면서 풀이해야 한다.

도우의 가운데 손가락이 다인의 작은 구멍을 채웠다. 원하던 건 아니었지만 그 삽입만으로도 아랫배가 오목하게 들어갔다. 기다리던 손님은 아닐지라도 이대로 보내는 건 예의가 아닌지라 여자의 내벽이 남자의 손가락을 쥐어 물었다. 따뜻한 환대에 도우의 눈썹이 꿈틀거렸다.

"너 이래서 내 건 어떻게 받아먹으려고 그래."

"아니, 아니야, 흐응, 빨리……."

"빠르게 해 달라고?"

살짝 구부러진 남자의 손가락의 움직임이 빨라졌다. 고개를 절레절레 흔들던 다인이 흐읍, 숨을 들이마시며 상체를 일으켰다. 도우가 움츠러든 다인의 어깨를 한 팔로 감싸 안고는 여자의 입술을 물었다.

빨리 어떻게 좀 해 달라니까. 무슨 말인지 다 알면서 놀리듯이 비뚤게 웃으며 입을 맞춰 대는 도우가 얄밉다. 손가락이 하나 더 들어오면서 내벽을 넓히자 원망 같은 신음이 입속에서 퍼져나간다. 위아래를 가릴 것 없이 다인이 몸이 휘저어졌다.

어디에서 시작된 것인지 모를 소용돌이가 온몸을 휘어 감아서 온전한 이성만 외딴 어딘가로 보내 버린 것 같다. 본능만 남은 다인의 몸이 야릇한 소리를 흘리면서 제 아래를 흔드는 도우의 손을 간절히 붙들었다.

"아웃, 제발……, 강, 하으……."

"강하게 해 달라고?"

다인의 짧은 손톱이 도우의 팔뚝에 강하게 내리박혔다. 아파서 웃는 건지 좋아서 웃는 건지 아니면 아프니까 좋은 것인지 손톱이 세워질수록 잘난 남자의 얼굴에 비뚠 웃음이 걸렸다.

입술을 말아 문 다인의 눈빛이 도우의 얼굴을 할퀴듯이 스쳐 지나갔다. 하지만 그것도 잠시, 목적지를 찾은 듯한 손가락 두 개가 질꺽이는 소리에 남자를 붙잡던 다인의 손에도 힘이 풀리기 시작한다.

다인의 잇새로 아아, 으으 단모음들이 널을 뛰며 삐져나왔다. 이내 곧 곱은 발등도 펴지더니 쾌락에 잠식된 몸이 전율했다. 이제야 목적을 달성한 듯 도우가 입술 끝을 거만하게 들어 올렸다. 제 품에 안긴 다인의 이마에 입을 맞춘 도우가 여자의 아래에서 빼 올린 손가락을 제 입에 넣고 핥았다.

"쓰네, 너."

"……보통은 달다고 해."

"달아야 달다고 하지. 그리고 난 단 거 안 좋아해."

참으로 낭만적이다. 밭은 숨을 몰아쉬던 다인이 여전히 제 아래를 어루만지는 남자의 손을 빼고 턱짓으로 침대 옆 작은 서랍장을 가리켰다.

"뭐."

"저기 콘돔 있어요."

빨리 하고 와. 침대에 쓰러지다시피 옆으로 누운 다인의 시선이 남자의 얼굴을 지나서 드넓은 어깨와 군살 없이 탄탄한 상체를 탐닉했다. 제게 주어진 공간을 우아하게 채우고 있는 근육들이 아름답다.

저 몸은 왜 나잇살도 안 붙는 거지. 단 걸 안 좋아해서 그런가. 쓸데없는 생각이 남자가 드로어즈를 벗고 껄떡이는 그것을 꺼내어 콘돔을 씌울 때까지 끈질기게 달라붙었다.

근데 저게 9년 전에도 저랬던가. 저 혼자 3차 성징이라도 한 게 아닐까. 다인의 입매가 미세하게 떨렸다.

기억의 왜곡이란 얼마나 자연스러운 일인지. 좋았던 기억은 부풀려지기 마련이라지만 저걸 실제로도 부풀릴 이유가 있었을까. 핏줄이 불 거진 저 남자만의 것을 받아들일 생각에 머리가 아찔해졌다.

"왜 그러고 있어."

제법 다정한 음성이 다인의 귀를 녹였다. 몸은 동하지만 마음까지 움직여선 안 된다고 생각했는데, 도우의 목소리를 들으면 저 깊은 곳부 터 울림이 시작된다.

그게 좋으면서도 짐짓 겁이 났다. 그를 보고 떨리는 건 본능만 남은 육체 하나로 족했다.

"응? 다리 벌려야지."

쓸데없이 다정한 건 남자의 목소리뿐만이 아니었다. 오므린 다인의 다리를 부드럽게 벌리고 도우가 그 사이에 자리 잡았다. 어찌나 다정한 지 별이라도 따 줄 듯한 도우의 눈빛이 다인의 눈동자에 고스란히 담겼 다. 정말이지 별일이 아닐 수가 없었다.

도우가 다인의 달뜬 뺨을 감싸면서 입을 맞추었다. 강강하던 눈이 차츰차츰 음란하게 풀려서는 제 손짓에 몸을 바르르 떨면서 안기던 다 인은 더없이 사랑스럽기만 했다.

할 수만 있다면 그 장면을 제 눈에 모조리 박아 넣고 싶었다. 휘발될 기억들을 흡수하기라도 하는 것처럼 여자의 입술을 강하게 빨아들였 다.

정말 키스만으로도 이렇게나 젖어 드는 건지, 다인의 갈라진 아래를 파고드는 도우의 손이 아까보다 더 크게 찰박거린다. 물기로 얼룩진 손 가락으로 여자의 가슴을 한껏 움켜쥐던 도우가 발름거리는 입구에 페 니스를 갖다 대면서 몸을 내렸다.

"너 마를 걱정은 안 해도 되겠다. 미끄러지겠어 아주."

"흐응."

"키스해서 넘긴 침이 아래로 새는 건가."

"……추잡스러워."

"네가 흘린 거야."

아윽. 뭐라고 대꾸할 틈도 없이 도우가 다인을 꿰뚫었다. 예상보다 덩치 큰 손님에 경악하던 질구가 곧 안정을 찾고 깊숙한 곳으로 적극 안내하기 시작했다.

아아, 저절로 벌어진 입술 틈 사이로 도우의 혀가 파고들었다. 다인이 꽉 붙든, 잘 짜인 도우의 등 근육이 그가 허리 짓을 할 때마다 선명해졌다.

"아웃!"

"하아……."

고통인지 쾌락인지 모를 소리들이 둘의 공간을 밀도 있게 채워 나갔다. 서로의 입술을 물던 것도 저절로 터져 나오는 교성에 떨어져 나갔다. 도우가 집요하리만큼 다인의 성감대를 찾아내 이로 긁자 흐윽, 아래가 진동하는 듯했다.

아아, 하아, 교신하는 듯한 음성을 주고받으며 다인이 남자의 몸에 다리를 둘렀다. 넣고 있는 것만으로도 충분히 미칠 것 같은 것이 왔다 갔다 애를 태웠다.

페니스가 빠져나갈 때마다 질구가 그를 붙잡으려고 갖은 애를 쓰며 조여 댔다. 여자의 허벅지를 붙들어 다리를 더 넓게 벌린 도우가 크흣, 미간을 찌푸렸다.

"좁아터질 것 같아 너."

"그쪽이 큰, 하웅, 아아…… 거기 좋아."

"하아…… 퇴근 시간 사당역 같아."

"그런 말 들으면, 으웃, 내가 흥분, 하아, 할 거라고 생각해?"

"아니라는 거야? 너 방금도 조였잖아."

"돌았어, 흐응."

"맞아. 하아. 너 때문에 돌아 버릴 거 같아."

그러나 정작 돌아 버린 건 다인의 몸이었다. 그의 손에 의해 몸이 돌려진 다인이 침대 헤드를 붙잡으면서 엎드렸다. 퍽퍽 살이 부딪치는 소리가 음란했다.

다인의 가는 허리를 붙잡던 도우의 손이 엉덩이를 움켜쥐고 벌렸다. 쑤걱대면서 들락거리는 제 것과 그걸 놓치지 않으려는 벌건 점막이 도우의 눈에도 심히 만족스럽다.

이런 모습을 지금 혼자만 봐야 한다는 것이 안타까우면서도 한편으로는 소유욕이 들끓었다. 허튼 생각을 읽은 양 여자의 내벽이 뜨겁게 쥐어짜듯 페니스를 물었다.

크흣, 도우가 여자를 한 손으로 안으며 제게 끌어당겼다. 헤드를 짚은 여자의 손이 떨어지고 등과 가슴이 닿았다. 뒤에서 들어온 손에 다인의 가슴이 마구잡이로 뭉그러졌다. 그 손이 유두를 꼬집자 아아, 소리 없는 비명을 지르며 다인이 침대 시트로 제 얼굴을 묻었다.

살이 부딪치는 소리가 빨라졌다 느려지기를 반복했다. 도우가 다인의 두 손목을 등 뒤로 교차시키면서 한 손으로 잡았다. 결박하는 듯한 자세에 다인이 몸을 움찔거렸으나 아래를 꽉 채운 것에 의한 움직임에 비하면 아무것도 아니다.

"너 진짜 묶이는 거 좋아하나 봐. 하아, 지금 엄청 조여."

"말도 안, 돼, 하으, 아응!"

"방금도 너 그 말 하니까 조였어."

아아. 저 요망한 입을 당장이라도 막아 버리고 싶은 다인이 눈을 질끈 감으면서 시트를 대신 입에 물었다. 도우가 제 몸을 위로 누르면서 여자의 입에 든 시트를 빼내고 입술을 붙였다.

잔인하게 부드럽다. 손목을 잡았던 것이 풀리자 다인이 팔을 벌려 서둘러 시트를 부여잡았다. 다인의 손등 위로 도우의 손이 포개어졌다. 그러고는 마치 둘의 몸이 겹쳐진 것처럼 다인의 손가락 사이사이에 남자의 손가락이 파고들어 얽혀 들어갔다.

하아, 하아. 달뜬 숨에 머리가 어질어질했다. 좋아, 거기, 응, 세게, 응, 응. 긴 단어도 문장도 필요치 않다. 쾌락에 젖어 버린 몸은 쉬이 멈춰지지 않았다.

독이 든 열매를 따먹은 대가는 참으로 지독했다. 온몸에 퍼져 흐르는 독 기운에 다인이 또 한 번 몸을 떨었고 그 떨림을 추스를 새도 없이 또 다시 시야가 뒤집혔다.

강도우의 입술이 얼굴로 쏟아져 내렸다. 다인의 입술 주위에 끈적거리면서 붙어대던 것은 여자의 턱을 한 번 깨물고는 귓불을 물었다. 그 야살스러운 남자의 입술이 다인의 귀에 대고 무어라고 낮은 음성으로 속삭였다.

깜짝 놀란 다인이 도우의 얼굴을 떼 내어 눈을 맞추었다. 그러고는.

"왜?"

다인의 질문이 둘의 공백을 길게 늘였다.

기가 막혀서. 서로가 서로를 어떻게 그런 말을 할 수가 있냐는 표정으로 쳐다봤다. 어이없는 와중에 잠깐 멈추었던 도우의 허리 놀림이 계속되었다.

'어떻게, 네가, 감히, 거기서, 왜라고' 라는 박자에 맞춰서 박아 대니 '어떻게, 나한테, 지금, 벌써, 그런 말을' 이라는 박자로 다인의 몸이 흔들렸다.

강도우가 사랑한다고 나불거렸다.

섹스 중에 할 수 있는 더할 나위 없이 로맨틱한 말이었음에도 둘 사이에서는 부적절한 말이었다. 그런 말은 강도우에게 절대 들어서는 안 될 금지라고 생각하던 다인은 정말 그 세 글자에 담긴 진의가 궁금할 뿐이었다.

왜. 정말로 왜. 왜 날 사랑해, 벌써.

순수한 궁금증은 의구심으로 변했다. 9년 전, 그날 밤에도 강도우는 똑같이 사랑한다고 건조하고도 형식적인 음성을 내뱉긴 했다. 물론 다인도 그때 반강제적으로 '오빠, 오빠' 하면서 쓸데없는 말을 정신없이 쏟아 냈기에 특별히 부여할 의미는 없었다.

게다가 그는 강도우가 아니었던가. 마음만 먹으면 여자 하나 꼬셔 침대로 데려가는 것쯤은 가뿐할 인물이었고, 뭐 그건 지금도 마찬가지일 것이다.

그러니까 사랑한다는 말은 일종의 화대라도 되는 것인지. 자신이 처음이라는 말도 다 개수작질 단골 멘트가 아니었을까. 도우를 올려다보는 다인의 시선에 퍼렇게 날이 섰다.

어떻게 감히 내 사랑에 토를 달아. 다인의 날선 시선을 똑같은 눈빛으로 받아 튕겨 내면서 도우가 다인을 일으켰다.

남자와 마주 보며 그의 허벅지 위에 앉은 다인의 손이 도우의 어깨 위에 손톱을 세웠다. 제 아래에서 분노로 똘똘 뭉쳐 더 커진 것이 짓쳐 올리자 손톱만큼이나 여전히 뾰족한 시선을 보내던 다인의 눈도 점점 무뎌지기 시작했다.

다인의 가슴을 주물럭거리면서 목덜미에 입술을 붙이던 도우가 고개를 틀어서 다인의 표정을 살폈다. 감히 제 고귀한 사랑에 의문을 제기해 놓고는 혼자 앙앙대며 느끼고 있는 꼴이 너무 괘씸했다.

가슴을 쥐어짜며 유두를 꼬집자 아웃, 치켜든 다인의 턱이 내려와

도우와 눈을 마주친다.

"거기서 왜라는 말이 왜 나와, 너."

"그러니까 왜 사랑한다고 그러냐고, 아아⋯⋯."

"진짜 이유가 알고 싶은 거야, 객기부리는 거야 뭐야."

"흐응, 궁금하잖아."

답을 알고 싶으면서도 듣기 싫었다. 다인에게 사랑이란 어느 정도의 숙성 과정이 필요한 감정이다. 적당량의 설렘을 쬐고 그리움을 뿌려서 정성껏 공들여서 키워야 하는. 그런데 무슨 사랑한다는 말을 이따위로 쉽게 나불거려. 원나잇 상대에게 하는 일회용 사랑 같은 건 애초에 원하지도 않았다. 않았는데⋯⋯.

아니, 잠깐. 뭐가 문제야. 그동안 수도 없이 거쳐 갔을 다른 여자들과 다른 취급이라도 받기 원했던 걸까. 강도우에게 특별한 존재가 되고 싶지도 않으면서.

모순된 감정에 다인이 남자의 어깨를 꽉 붙들어 제게 당겼다. 아무래도 도우의 얼굴을 안 보는 편이 나을 것 같았다. 아무래도 저 잘난 얼굴에 홀린 게 분명했다.

가슴을 쥐어 잡은 남자의 손이 다인의 엉덩이를 움켜쥐었다가 찰싹, 소리를 내며 가볍게 치자 질구가 움찔거리며 페니스를 더 조였다.

하아, 하아, 달라붙은 두 사람이 각자의 높낮이로 신음했다.

"너는 사랑 없는 섹스가 가능해?"

"으웃, 지금 하고 있잖아."

"하⋯⋯ 어이가 없어서."

"9년 전에도 사랑, 홋, 해서 섹스한 거, 으흥⋯⋯, 아니잖아 우리."

도우가 여자의 허리를 잡아 제 몸에서 떼어 내 눈을 맞추었다. 둘의 허리 아래 움직임이 멈추고 간헐적으로 질구만 달싹이며 그의 것을 오물거렸다.

사랑 없는 섹스 같은 건 다인도 생각해 본 적이 없었다. 적어도 9년 전 강도우를 만나기 전까지는 전무후무한 일이었다. 지금까지도 그 하룻밤이 유일하게 본능에만 맡겼던 밤이었다.

어떤 감정 같은 건 존재하지 않았다, 확실히. 아마도.

도우의 시선을 지지 않고 받아 내곤 있었지만 요동치는 다인의 가슴을 숨길 수는 없었다. 색색대는 숨을 비집고 쿵쿵 심장 소리가 들릴 것만 같아 다인이 입술 안쪽을 잘근잘근 씹었다.

허리에 있던 도우의 손이 올라와 여자가 입술을 깨물지 못하게 엄지로 쓸었다. 손이 지나간 자리에 제 입술을 붙이던 도우가 또 한없이 다정한 목소리로 다인에 귀에 대고 속삭였다.

"지금 와서 생각해 보면 그때부터 사랑한 거 같아."

말도 안 돼. 이거 순전히 개소리 아니야.

되돌아온 도우의 끈적한 시선을 다인의 눈동자가 포물선을 그리며 외면했다. 휘말리지 말자. 저 목소리에 속지 말자. 꺼진 눈빛도 다시 보자.

"아니야."

"뭐가 아니야."

남자가 다인의 머리를 받치면서 여자를 뒤로 뉘었다. 자꾸만 아니라고 외치는 입이 이제 조금은 짜증이 나서 그대로 입술을 삼켰다. 고개를 틀면서 얽어 대는 혀를 빼내고 도우를 올려다보는 다인의 시선이 흔들렸다.

"강도우 씨가 나를 사, 흐읏, 아⋯⋯!"

"집중해. 나한테."

퍽퍽, 살 부딪치는 소리가 거세질수록 다인의 입술 사이에서 스스로 세뇌하는 듯한 아니라는 부정어들이 응응 긍정어로 바뀌어 갔다. 빨라진 도우의 허리 짓이 다인의 머릿속을 텅 비운다.

지금은 사랑이니 뭐니 그 진정성에 대해서 따질 때가 아닌 것 같다. 아니, 그 속 모를 사랑한다는 말이 오히려 다인의 몸을 흐물흐물하게 녹여 버린 것 같았다.

달콤함에 취해 절정으로 향해 가는 그 순간, 어쩌면 남자의 마음을 약간은 이해할 것도 같아서 도우의 등을 붙들었던 다인이 그를 꽉 끌어안으며 정신없이 키스했다.

바르르 몸을 떨던 다인의 눈에서 눈물이 흐르고 반만 겹친 입술 사이로 뜨거운 숨이 빠져 나왔다. 엉덩이 근육을 마지막으로 쥐어짠 도우가 후우, 메마른 숨을 토하듯 내뱉었다. 여운을 즐기는 듯, 다인의 의지와는 다르게 달싹이던 질구에서 남자의 것이 빠져나갔다.

달뜬 숨이 제 얼굴을 간지럽히자 입꼬리를 걸어 올린 도우가 여자의 얼굴 곳곳에 입술을 내렸다. 발그레 달아오른 다인의 볼에 붙이던 입술이 여자의 귓불을 물고는 사랑해, 또 한 번 낯간지러운 세 글자를 잘도 속삭였다.

강도우는 돌았다. 악마의 속삭임이 분명했다. 흐려진 시야를 다잡으며 눈을 크게 뜬 다인이 도우의 가슴팍을 손바닥으로 찰싹 두 번 내리쳤다. 손바닥 자국이 빨갛게 도우의 몸에 새겨지자 흠칫 놀란 다인이 흔적을 지우기라도 할 것처럼 남자의 가슴을 제 손으로 쓰다듬었다.

뭐하자는 건지. 한쪽 눈썹을 올리며 피식 웃음을 흘리던 도우의 입에서 또 들어서는 안 될 세 글자가 튀어나왔다.

"사랑해."

"그러지 마. 지금 그거 사랑 아니야."

"너 사랑한다는 말 또 듣고 싶어서 계속 이렇게 귀엽게 굴지."

꿈틀거리는 다인의 눈썹에 입을 맞춘 도우가 여자의 볼을 한 번 튕기고는 몸을 일으켰다. 옆으로 돌아누워 남자의 뒤처리를 확인하던 다인의 눈이 다시금 선 그의 것을 보고 딱딱하게 굳어 버렸다.

"그렇게 섹스하고 싶은 거랑 사랑하는 거랑은 달라요. 방이 다르다고."

"난 그 방 하나로 뚫어 버렸어. 원룸이야."

티슈로 제 것을 닦아 낸 도우가 콘돔을 꺼낸 서랍을 다시 열었다. 이렇게 복잡하게 다 쑤셔 넣고 살면서 무슨 인테리어 사업을 한다는 건지.

서랍 안의 이것저것을 툭툭 만져 보던 긴 손가락에 보란 듯이 새 콘돔이 걸려 들렸다. 하아, 다인의 작은 한숨에 비뚤어진 웃음을 내건 도우가 콘돔을 씌우고는 침대 위로 올라온다.

"넌 사랑 없는 섹스를 아주 즐기셨나 봐 그동안."

"나는 건전하게 살았어. 강도우 씨랑은 다르게."

"건전하게 콘돔도 종류별로 구비해 놓고."

"그건 남자 친구 있을 때 쓰던 거고."

"그 새끼들이랑은 아주 사랑이 넘치는 섹스를 했겠네?"

그건……. 사랑이 넘쳤던가. 다인의 눈동자가 돌연 흔들거리며 조각난 지난 기억들을 더듬어 본다.

그들과의 잠자리는 그냥 데이트 코스 중 하나였을 뿐, 섹스라고 말하기에도 아까웠던 그 무성의했던 밤들은 강도우와의 섹스와는 비교할 것도 없었다.

그렇게 따지고 보니 섹스에 굳이 사랑이라는 감정을 가미해야 할 이유가 없다. 섹스라는 행위 그 자체만으로도 이렇게 황홀하게 합이 잘 맞는 파트너가 있는데, 뭐 하러 감정 낭비를 해.

제 몸 위에 다시 자리 잡으려는 도우를 보고 다인이 몸을 틀어 남자가 들어오기 좋게 더 편한 자세를 만들었다.

감히 저를 앞에 두고 옛 남자들과의 추억에 잠긴 다인을 보자 도우의 얼굴이 일그러졌다. 하지만 그것도 잠시, 과거는 과거일 뿐이니까. 강도우에게 다인의 지난 과거는 중요하지 않다. 이미 끝난 일을 붙들고 있는 건 시간 낭비였다. 다인과 함께할 남은 인생이 훨씬 길었다.

"네가 그동안 어떻게 살았는지는 모르겠는데 난 아니야."

도우의 낮은 목소리가 둘 사이의 간격을 좁혔다.

"난 네가 처음이었고, 너여서 처음이었던 거야."

어려운 문제를 풀 때는 늘 그랬다. 질문을 되짚어 보고 꼬아서 생각하지 않는다. 그럼에도 답을 모를 땐, 그냥 떠오른 느낌을 믿고 간다. 물론 당연히도 그건 항상 정답이었다. 강도우는 늘 운이 좋은 편이니까. 도우는 이번에도 정답을 확신한 얼굴로 말했다.

"난 내 감정에 확신이 있어."

"그걸 어떻게 확신해요."

"너 6 곱하기 9가 뭐야."

"36."

"……진심이야?"

"54. 갑자기 물어보면 헷갈릴 수 있어요."

아무렴 그렇겠지. 뻔뻔하게 깜빡이는 다인의 눈에 붙이던 남자의 입술이 목을 타고 내려간다. 그의 머리카락에 손을 넣던 다인이 간지러워서 몸을 꿈틀거리며 웃음 지었다. 그 입술에 돌아와 제 입술을 붙인 도우의 시선이 뜨겁다.

"아무튼 내 감정은 구구단 같은 거야."

"헷갈린다는 거지."

"⋯⋯안 헷갈린다고. 머리에, 입에 인이 박인 규칙이라고. 그게 맞는지 틀렸는지 생각할 시간조차 필요 없어, 나는."

끄응. 뭐가 이렇게 자신만만할까, 이 남자는. 정말이지 잘났다. 그래서 싫다. 구설수에 같이 오르는 것도, 잘난 남자의 곁에서 비교 대상이 되는 것도 싫다.

다인은 어디까지나 제 존재를 더 돋보이게 해 주는 그런, 어딘가 하나쯤은 모자란 남자가 좋다. 물론 그것은 얼굴이어서도 안 되고 몸이어서도 안 되지만.

"강도우 씨. 전에도 말했지만 나는 그쪽이랑, 으응, 어떤 사이가 되고 싶. 아아⋯⋯, 지가 않아요."

"왜. 너도 나 좋아하잖아."

"아니, 흐읏, 안 좋아해."

"키스만 해도 좋아서 질질 흘리는 주제에."

"쓸데없이 목소리 깔고, 아으, 그런 말 하지 마."

남자의 손가락이 질구를 벌릴 듯 말 듯 아래를 훑고 지나가자 절정의 여운에 벌써 흐느끼기 시작했다. 부푼 곳을 엄지로 살짝 눌러 돌리니 절 보는 여자의 속눈썹이 파르르 떨리는 게 귀엽다는 듯 도우의 입술이 휘었다.

"그리고 그쪽이, 흐응, 키스를 잘해."

"키스 잘하는 강도우를 이제 사랑해 보는 건 어때."

"아니, 으응, 아니."

"싫다는 거야, 좋다는 거야."

아아, 클리토리스를 희롱하는 남자를 붙든 손끝이 하얗게 변한 건 물론이고 발끝까지 힘이 잔뜩 들어갔다. 다인이 널뛰는 심장을 제어하지 못하고 그대로 튀어 오르며 허리를 말았다.

그를 올려다보는 눈에 물기가 어리고, 비집고 나오는 가쁜 숨에 입술이 붉게 물들었다. 도우의 품에서 한참을 바르작거리던 다인이 제 코끝을 깨물던 남자의 턱을 잡아 시선을 마주쳤다.

"그냥 우리 이렇게 섹스만 해요."

"뭐?"

 비틀린 눈썹 밑으로 가늘어진 눈이 제 얼굴에 닿자 다인이 꼴깍 침을 삼켰다. 남사스러운 제안임을 알고 있다. 그렇지만 이미 온몸을 열어 보여 준 사이에 부끄러울 것도 없었다.

"나도 어차피 남자 친구 없고 그쪽도 여자 친구 없고. 우리 그냥 몸이 내킬 때 만나서……."

"그게 가능해?"

"음, 아무래도 거리가 있으니 요일을 정해 놓고 만난다거나……."

"아니. 넌 나랑 그게 가능하냐고. 감정 없는 섹스가."

 무슨 말도 안 되는 소리인지. 제 질문에 고개를 끄덕이는 다인의 표정이 제법 비장한 것이 어이가 없다. 그러니까 기다인은 정말로 섹스만, 제 몸만 취하겠다는 것이다.

 계속 그렇게 평생 따먹기만 하겠다고.

"너 나랑 자면서 평생 감정이 하나도 안 생긴다고 장담해?"

 평생까지 갈 일인가. 하지만 어쨌든 할 수 있냐고 물어보면 일단 할 수 있다고 말하는 것이 다인의 인생철학이었다. 못 먹을 감이라도 찔러나 보자. 지금 중요한 건 강도우와의 남은 밤들이니까.

"응. 지금처럼 하면 돼."

 하, 지금처럼! 이토록 뻔뻔하고 괘씸한 말이 어디 있을까. 도우의 서슬 퍼런 시선이 다인의 단호하디단호한 얼굴을 느릿하게 훑고 내려갔다.

제 눈빛을 견뎌 내는 다인의 눈동자가 잔물결을 이루었다. 도우의 입꼬리가 미세하게 올라갔다. 다인이 도톰한 제 입술을 씹어 댔다. 도우의 입술 사이로 왠지 모를 웃음이 비죽 비집고 나왔다.

다인의 가슴을 움켜쥔 손바닥 아래에선 콩콩 정신없이 뛰는 심장이 느껴진다. 말아 문 아랫입술을 윗니로 누르는 도우의 눈이 은근하게 휘었다.

기다인은 이미 틀렸다. 기다인은 분명 저를 벌써 좋아하고 있음이 틀림없었다. 직진하면 될 것을 도대체 뭐가 그렇게 다른 길이 궁금한 건지. 도우로선 굳이 먼 길을 돌아가려는 다인이 답답할 따름이었다.

그럼에도 이렇게 발칙하게 귀여운 내기를 걸어 온다면, 그리고 그 내기가 시작도 전에 승패가 명확하게 보이는 거라면,

"좋을 대로 해 봐. 어디."

기꺼이 응할 수밖에.

도우가 다인의 입술을 부드럽게 물었다. 키스만으로 젖어 들어가는 여자는 이미 다른 감정으로도 젖어 들어가고 있을 것이다. 알 수 없는 감정이 엮이듯 혀가 얽히고 다리가 설켰다.

그러니까 결국은 어차피 이길 게임이었다. 결과를 의심할 것도 없었다.

왜? 강도우는 운이 좋으니까.

태민겸이 대금을 선택한 이유는 단순했다. 소금, 중금보다 대금이 크니까.

국악 신동이라는 소리를 듣고 자란 누나 밑에서 가족들의 관심을 끌

고자 뒤늦게 시작한 대금은 생각보다 민겸과 상성이 맞았고 얼떨결에 전공까지 하게 됐다.

물론 대금 자체의 매력도 충분했다. 대금은 소리를 내는 것은 기본이고 그 소리를 좋게 다듬어가는 과정이 아주 더뎠다. 호흡 조절이 중요한 악기면서도 대금 자체의 몸집이 다른 것보다도 크기 때문에 그 울림을 끝까지 밀어내는 데 체력 소모도 크다.

한마디로 질을 들이기 어려운 악기였다. 그렇게 오랜 공을 들여 음을 다스린 대금에서는 연주자가 주무르는 대로 깊은 소리가 나왔다. 그것은 마냥 구슬픈 것도 아니며 서늘하면서도 힘이 느껴지는, 그야말로 다양한 색채를 소리 낼 수 있는 우아한 악기가 바로 대금이었다.

민겸의 눈에는 기다인도 그렇다. 크고, 그러니까 키가 크고 선뜻 다가가기엔 어렵지만 다인에게서 나오는 저 소리들은 듣는 대상이 누구냐에 따라서 시시각각 변화한다.

멋들어진 말투였다가도 가끔 조용히 내뱉는 욕지거리는 대금의 청 소리만큼이나 매력적이었다. 대금을 다스리듯 다인을 주물러 다른 소리도 만들어 내고 싶었다.

그래도 어제 저녁을 같이 먹었다고 왠지 다인과 조금은 친해진 기분이 들었다. 물론 다인의 옆에 딱 달라붙어서 저를 경계하고 있는 강도우만 없다면.

무슨 친척 오빠랑 저 정도로 친한 건지.

민겸으로서는 여전히 이해가 안 가는 부분이긴 했다. 도우를 보면 둘 사이가 진짜 친척은 맞는 것인지 의심쩍다가도 한 번씩 그를 향해 뭐 이런 게 다 있나 하는 표정을 짓는 다인을 보자니 또 고개를 갸웃거리게 된다.

그래도 둘을 지켜볼수록 친척이라는 다인의 말에 점점 무게감이 실렸다. 그것도 그럴 것이 도우를 향한 다인의 표정은 제 누나가 저를 보고 짓던 표정과 아주 흡사했으니까. 하찮기 짝이 없다는 저 표정. 그러다가도 한 번씩 마지못해 웃는 것은 누나가 치킨 배달을 종용할 때와 비슷했다.

이렇게 보니 둘이 길쭉길쭉한 것이 분위기도 닮은 것도 같고. 여전히 원장이 저를 보고 질투 어린 눈빛을 보내는 게 좀 수상하긴 하지만 뭐 아끼는 동생이면 그럴 수도 있을 것 같다. 나름 둘만의, 굳이 따지자면 셋만의 비밀도 생긴 것이 나쁘지만도 않았다. 무대 끝 쪽에 있는 둘을 향했던 시선이 다인과 맞물리자 민겸은 쌍꺼풀진 눈을 접어 웃어 보였다.

"떨어지라고요. 직원들 보잖아."

"보라고 있는 거잖아."

특히 저 태민겸 보라고. 멀찍이서 민겸을 향해 노여운 시선을 보내던 도우가 제 곁에서 떨어지는 다인에게 한 발 옆으로 따라붙었다. 한 발 움직이면 한 발 따라붙고, 그렇게 두 사람은 게처럼 벌써 열 걸음째 옆으로 걸어가는 중이었다.

"이상하게 생각한다고."

"친척이라고 개뻥쳐 놓곤 뭐가 이상해."

"그것도 태민겸 선생님만 알고 있으라 했던 거고요."

도우의 턱 근육에 힘이 잔뜩 들어갔다.

다인의 입에서 자꾸 나오는 태민겸의 이름이 마음에 들지 않는다. 다른 이름은 다 괜찮은데 왜 태민겸 이름만 나오면 머리가 그 낯짝처럼 허옇게 변하는지. 이 와중에 그 이름의 주인이 다인을 보고 갸륵한 눈웃음을 날리자 다인도 어색하게 눈을 접으며 웃었다.

어쭈, 이것들 봐라.

헛웃음을 날리던 도우가 다인을 보고는 귀를 내어 달라는 듯 손가락을 까딱거렸다. 왜, 뭐. 작게 삥긋대던 다인이 결연한 그의 표정을 보고는 마지못해 귀를 붙였다. 사뭇 진지한 이야기라도 할 것 같던 그는 귓속말 대신 후우, 바람을 불어 넣었다.

이 미친놈이! 기겁하면서 도우를 올려다보는 다인의 눈이 어찌 퀭하다. 그에 반해 신경 쓰지 말고 하던 거 하라며 팔을 툭툭 치며 웃는 도우의 얼굴은 한숨도 제대로 못 자고 내려온 것에 비해 지나치게 멀쩡해 보였다.

새벽까지 내내 시달리다가 이러다간 기차 시간 놓친다며 겨우 도우를 내쫓고 눈을 붙인 다인이었다. 오히려 잠을 더 잔 건 다인인데 왜 그의 낯빛이 더 좋은 건지. 의심이 가득한 다인의 시선이 도우의 머리끝에서부터 아래로 떨어졌다.

머리는 언제 저렇게 깔끔하게 하고 어느 틈에 새 옷으로 갈아입은 건지. 제가 쓰던 샴푸향이 은근히 전해지자 욕실에서 마지막으로 했던 게 떠올라 머쓱해진 다인이 빙그르르 몸을 돌려 객석으로 발을 뗐다.

다인이 움직이자 그림자라도 되는 양 같이 몸을 돌린 도우가 객석으로 와서 다인의 옆자리에 자리 잡았다. 스케치 업 화면과 무대를 번갈아 응시하던 다인의 고개가 그를 보고는 잘게 흔들렸다. 정말이지 귀찮아 죽겠다.

"오늘 저녁 같이 먹어."

"싫어요. 어제 했잖아."

"누가 뭐래? 밥 먹자니까."

너무 밝히는 거 아닌가. 입꼬리를 올리면서 본인은 순진한 척 구는 도우의 표정이 한없이 얄밉다. 다인은 작게 한숨을 내쉬며 신경질적으로 태블릿 화면을 넘기며 대답했다.

"밥 먹고 할 생각이었잖아. 어차피."

"섹파 제안한 건 너야."

"그러니까 우리는 그것만 하자고요. 밥 같은 거 같이 먹지 말고."

제 얼굴에 닿는 도우의 시선이 따갑지만 그러거나 말거나. 디자인했던 대로 설치되는 무대를 보고 있자니 굳었던 얼굴에도 뿌듯함이 절로 번졌다.

이 맛에 무대 일 했던 건데. 씁쓸한 것도 잠시, 태블릿에 둔 검지를 감싸 오는 도우의 손가락에 언제 그랬냐는 듯 다인이 제 얼굴에서 웃음기를 지웠다.

"밥은 먹여 줘. 그래야 내가 힘을 쓰지."

"각자 알아서 먹어요."

"뭐 하러 그런 시간 낭비를 해. 밥 같이 먹으면 뭐 나한테 설레고 그래?"

도우의 손에서 손가락을 겨우 빼낸 다인이 그를 흘겨보자 내가 뭐, 틀린 말 했냐는 듯 그의 어깨가 위로 솟았다가 내려왔다.

"물론 난 너만 보면 설레는 건 사실이야."

"주식을 하세요. 눈 뜰 때마다 설레 죽겠어."

"너만 보면 빨딱빨딱 서서 미치겠어."

그건 정말이었다. 9년 전 그때 이후로 다인과의 밤을 생각하면서 분노인지 무엇인지 모를 감정에 휩싸여 자위도 했었지만 오래 가진 않았다.

세종에 있을 땐 일이 많아서 정신이 없기도 했었고, 알고 보니 무성욕자가 아닌가 싶을 정도로 그 어떤 여자를 봐도 반응하지 않았건만. 다인을 다시 만나고부터는 그 생각만으로 가득 차는 것이 아무래도 이것은 운명인 것이다.

도우의 바지춤으로 또르르 떨어졌던 다인의 눈동자가 사정없이 흔들렸다. 미쳤나 봐. 떨리는 눈동자를 부여잡으려는 듯 힘을 잔뜩 줘 겹쌍꺼풀이 생긴 다인의 눈이 도우를 향했다. 비뚤어진 웃음을 내건 도우가 다인의 손을 잡아 제 허벅지 위에 올렸다. 빠져나가려는 여자의 손은 남자의 손아귀 힘에 의해 점점 위로 올라만 갔다.

"수치도 모르고 지금! 신성한 직장에서!"

"표정 풀어. 저기 태 씨가 너 쳐다본다."

무대 쪽을 쳐다본 다인이 입술을 말아 물었다. 민겸을 포함한 다른 직원들은 무대 설치에 정신이 없다. 객석 조명이 아직 밝혀지지 않아서 망정이지 목소리를 한껏 낮추고 속닥거리고 있는 둘은 누가 봐도 수상했다.

"너 여기서는 나 못 때려. 내가 여기서 제일 높은 사라아아악!"

남자의 허벅지를 꼬집으면서 손을 뺀 다인이 소리를 죽인 도우를 흘끗 쳐다보고는 제 쪽으로 향한 사람들의 시선에 별일 아니라는 듯 웃어 보였다.

"알겠으니까 제발 여기선 조용히 떨어져."

직원들과 스태프들의 시선이 흩어지자 조용히 읊조리던 다인이 저리 가라는 듯 도우의 허벅지를 툭툭 쳤다. 아직도 아프다며 입을 벌리고 엄살을 부리던 도우가 앞좌석에 머리를 기대며 다인을 쳐다봤다. 여전히 제 시선을 받아 줄 생각이 없다는 듯 새침하게 구는 다인의 얼굴이 도우 눈에는 재밌기만 했다.

"뭘 알겠다는 건데."

"오늘 저녁 먹자고요."

"저녁 먹고는 나 따먹으려고?"

"그 입, 입 좀!"

그제야 도우에게로 고개를 돌린 다인이 남자의 입술을 손가락으로 잡았다. 꾹 누르는 손가락에 오리 입이 된 도우가 제 볼을 빵빵하게 만들며 눈썹을 내렸다.

"귀여운 척하지 마요. 안 어울리게."

"네가 날 귀엽게 보고 있는 거겠지."

뭐야, 나 미쳤나 봐.

이러려고 잡은 게 아닌데. 가슴 속 깊은 곳에서부터 우러나오는 감정에 잠깐 굳었다가 화들짝 놀라 뗀 다인의 손이 그대로 도우의 손에 잡혔다.

"괜찮아. 저기서는 여기 잘 안 보여."

꿈틀대던 여자의 길쭉한 손가락 사이사이로 남자의 손가락이 얽혀 들어왔다. 귀찮아, 귀찮아. 어디까지나 남자의 손을 뿌리치지 못하는 건 귀찮아서다. 잡힌 손은 내버려 두고 다른 손으로 태블릿 화면을 넘기던 다인이 손톱으로 화면을 톡톡 두드리고는 곁눈질로 도우를 쳐다보며 입을 뗐다.

"근데 그 아파트에 아무것도 없잖아요."

"뭐가 없어."

"침대도 없고 하다못해 소파도 없고."

목적이 분명한 다인의 말에 도우가 피식 웃었다. 침대랑 소파만 있으면 되는 건가. 애초에 사택에 들어가서 살 계획은 없었다. 좀 피곤하긴 하더라도 서울에 있는 집에 왔다 갔다 하면 될 거라고 생각했다.

좋지 않게 나간 전임자가 살던 곳에 들어가는 건 아무래도 찜찜했기에 기꺼이 비워 둔 사택이었지만 다인과 함께할 공간이 생긴다면야, 뭐.

"그러니까 인테리어 맡아서 같이 채워 넣자고 했잖아."

"가구 같은 건 고객님이 알아서 구입하셔도 충분한데요."

"난 네 고객 될 생각 없어."

이건 또 무슨 소리인지, 동그랗게 커져서 깜빡거리던 다인의 눈이 곧 가늘어졌다. 또 무슨 소리를 하려고 이런 밑밥을 까는 것인지 안 들어봐도 헛소리일 것이 분명하다.

"네가 나한테 빚을 갚아야지."

"무슨 빚?"

"내가 귀한 시간을 할애해서 너랑 자 주는 건데."

"자 주는 거라니, 내가 졸랐어요?"

"네가 섹스만 하자며. 그게 조르는 거지."

뻔뻔하게 직장에서 자꾸 섹스, 섹스거리는 저 패기는 무엇인가. 도우의 입에서 나오는 단어 하나하나가 남사스럽다.

다인이 태블릿을 허벅지 위에 엎어 두고 깍지 낀 손도 겨우 풀어서 두 손을 공손히 포개어 얹었다. 둘의 관계를 확실히 해 둘 필요가 있다.

"강도우 씨도 그게 편하고 좋잖아."

"하나도 안 편해. 난 그런 발정 난 관계는 싫거든."

지금 발정 나서 세우고 있는 게 누군데. 허리를 꼿꼿하게 세운 다인이 제 옆자리의 남자를 가소롭게 쳐다보았다. 그렇다면 뭐 나랑 연애하고 결혼이라도 하자는 건지.모난 곳이라곤 한 군데도 없는 도우의 얼굴을 훑어 내려가다가 남자의 벨트 아래까지 시선이 닿은 다인이 또 진저리치면서 눈을 질끈 감았다 떴다.

"너도 나 좋아하는 거 알아."

"아니에요."

"좀 솔직해져 봐."

솔직해진다고 달라질 게 뭐가 있을까. 강도우는 강도우고 기다인은 기다인일 텐데.

감정의 줄다리기 같은 건 이제 지긋지긋한 다인이었다. 무대 일을 왜 그만뒀는데. 다 그 쓰레기 같은 감정놀음 때문이었는데.

입술 사이로 작게 한숨을 내보낸 다인이 마침 저를 찾는 듯한 민겸을 보고는 자리에서 일어서려 하자 도우가 다시 손을 잡아 왔다.

"가 봐야 해요. 보시다시피 내가 좀 바빠서."

"나도 한가해서 여기 있는 거 아니야."

"이거 놓고 올라가든가 그럼."

잡은 손을 뿌리치고 일어선 다인이 무대 쪽으로 걸어 나갔다. 저 같은 건 거들떠도 보지 않고 어느새 태민겸 옆에 붙은 다인은 태연하기만 하다.

질투 유발 작전인가. 진부하지만 나름 귀엽다. 그저 상대가 태민겸인 것이 짜증 날 뿐.

도우의 혀가 제 볼 안쪽을 찬찬히 쓸고 지나가자 불룩하게 튀어나온 볼이 불량하게 움직였다.

중극장을 벗어나 위층으로 올라가는 도우의 구두 소리가 점점 거칠어졌다. 계단을 한 칸씩 디딜 때마다 태민겸, 태민겸 소리가 저절로 나온다. 그 자식이 뭐라고. 하! 그래 봤자 상대도 안 되는 놈인데.

그럼에도 자꾸만 신경 쓰이는 이유는 도대체 무엇인가. 얼굴이 반반하고 허여멀건해서? 아니다. 분명히 다인도 그런 얼굴이 취향이 아니라고 돌려서 말했다.

태민겸이 저보다 어려서? 아니, 그런 단순한 생물학적인 이유라면 따져 볼 것도 없다.

　아무튼 상대도 안 되는 놈이다. 비록 우산도 다인과 같이 썼지만, 그래 우산을 씌워 줬지. 감히 저도 안 해 본 짓을 눈앞에서 버젓이. 얼굴도 허연 주제에.

　연신 태민겸의 이름을 뇌까리던 도우가 원장실로 들어가려다 희진을 보고 뭔가 생각났다는 듯 그녀의 데스크로 다가갔다.

　"양희진 씨."

　"네, 원장님."

　오늘따라 진지한 표정의 도우가 적응이 되지 않는 희진이 침을 꼴깍 삼키며 안경을 추어올렸다. 요즘 원장 노릇을 해 보려는 듯 부쩍 일다운 일을 하는 것 같더라니 무슨 심각한 문제라도 생긴 것인가.

　속으로는 재밌는 일이 벌어지길 바라던 희진이 도우의 다음 말을 기다렸다.

　"양희진 씨 생각에는……."

　"넵!"

　미간을 찌푸리며 골똘히 생각에 잠긴 것이 아무래도 원장이 무슨 일을 계획 중인 것이 분명하다. 무엇일까. 지원 과장과 저번에 좀 안 좋게 마무리한 것 같았는데 2차전이라도 하려는 걸까. 이번엔 장악 과장과 붙는 걸까. 무슨 지시든 떨어지기만을 기다리는 희진이 고개를 빠르게 끄덕이면서 눈을 반짝거렸다.

　"오늘 비가 올 것 같습니까?"

　"……네?"

　희진이 저도 모르게 실망한 기색을 내비치며 눈썹을 찡그렸다. 기상청도 잘 모르는 걸 희진이라고 알 리가 없을 터. 겨우 그런 걸 가지고 이토록 심각하게 굴 일인지 모를 노릇이다.

하지만 도우에게 지금 그것보다 중요한 일이 어디 있을까. 희진의 의견은 애초에 상관도 없었다는 듯, 우산을 같이 써야 한다고 중얼대면서 원장실로 들어가는 도우의 발걸음은 무겁기만 했다.

다인의 마지막 연애는 최악이었다. 상대는 무대 작업을 하면서 만난 구지훈이라는 이름의 연극배우로, 가끔은 은행 광고도 찍을 만큼 준수한 외모였다.

그는 1년 정도 다인에게 끈질기게 들이댄 끝에 다인의 마음을 열었고, 힘들게 얻은 그 마음의 열쇠로 남자는 자신의 추한 열등감까지도 같이 열어 버렸다.

지방에서 상경해서 연극 생활을 하던 그는 형편이 좋지 못했다. 연극 페이는 얼마 되지도 않았고 그마저도 체불되는 게 일상이었다. 그의 얇은 지갑 사정을 고려한 둘의 데이트는 대학로 인근을 배회하는 것으로 족할 뿐이었다.

그러나 다인은 남자가 가진 무대 위에서의 열정이 좋았고, 그가 흘린 땀을 사랑했다. 제가 만든 무대에서 눈빛이 빛나는 남자를 보는 게 더없이 자랑스러웠고 행복했다. 그럼에도 돈 문제는 한 번씩 둘 사이를 삐걱거리게 만들었고 상대적으로 넉넉했던 다인이 지고 들어가면서 일단락되었다.

사귄 지 1년이 좀 넘었을까. 새벽에는 편의점 알바라도 뛰면서 작은 선물이라도 하던 그는 다인의 부모님 두 분이 의사라는 걸 알게 된 이후로는 티가 나게 천박해졌다. 넌 집에 돈이 많으니까, 너네 엄마 아빠는 병원 하시니까, 말끝마다 돈돈거리던 그는 각종 모임 자리에서 다인을 소환해 놓고는 다인의 지갑을 털어 가면서 정도 같이 털어 갔다.

그때 바로 헤어지지 못한 것은 일종의 연민이었을지도 모른다. 상황이 상황이니까. 남자를 둘러싼 상황들이 그의 마음을 좁게만 만들고 있다고 생각하면서 참았다.

그리고 그 상황이 조금 더 나아진다면, 다인도 미련 없이 떠날 수 있을 것 같았다. 지금까지 제가 겪어 온 이별이 그래 왔듯이. 깔끔하게.

일과 얽힌 사랑은 생각보다 복잡했다. 가끔은 일 때문에 그와 마지못해 만난다는 생각이 들 정도였으니까.

그렇게 서서히 닫혀 버린 다인의 마음을 남자라고 몰랐을까. 그는 다인의 자존심을 무너뜨리려는 것처럼 동료 여자 배우와 연기를 가장한 불필요한 스킨십을 하고, 팬 서비스 차원이라며 예쁜 팬들 몇 명과 개인적인 연락을 주고받았다.

처음에는 미친 듯이 싸웠다. 그때마다 그는 배우로서의 사회생활을 운운하며 다인을 질투에 눈 먼 여자로 매도했다. 여자의 자존심을 짓밟고 후려쳐 가며 다인을 옭아매려는 그의 갈급은 노력은 침대 위에서는 더 잔혹했다. 그나마 다인에게 그런 게 통할 리는 없었다는 것이 불행 중 다행이었다.

그가 운 좋게 드라마 단역 몇 개를 따오자 다인은 비로소 때가 왔다고 생각했다. 프러포즈랍시고 중고 거래한 목걸이를 내밀던 그에게 다인은 그냥 조용히 웃으며 말했다.

"정말 잘됐다. 축하해, 우리 이제 헤어지자."

그와의 헤어짐은 다인의 생각과는 달리 깔끔하지 못했다.

다인이 늘 칭찬했던 그의 근성은 이별할 때도 마찬가지로 발현됐다.

어떤 날은 잘못했다며 사람들 많은 곳에서 대뜸 무릎을 꿇었다. 그 다음날엔 모멸감을 느꼈다며 다인에게 손을 들었다가 되레 발로 차였고 어떤 날은 저 같은 건 죽는 게 낫다며 쇼를 벌이기도 했다.

그리고 또 어떤 날은……

사랑이란 감정은 늘 그렇게 언젠가는 시들어서 썩기 마련이었다. 악취가 진동했던 지난 연애의 결말은 다인이 무대 업계를 떠나 새 사업을 시작하는 것으로 겨우 갈무리되었다. 영원한 사랑 같은 건 존재하지 않았다.

"좀 치사하지 않아요, 누나?"

정훈이 무대 설치 장비를 정리하고는 다인의 어깨 너머로 그녀가 보고 있던 연예면 기사를 흘끔거리며 옆으로 붙어왔다. 인기척도 못 느끼고 놀란 것도 잠시, 다인이 정훈을 의식하며 별 거 아니라는 듯 입을 꾹 다물고는 엄지로 재빨리 스크롤하며 화면을 내렸다.

"다 봤는데요, 뭘."

"그냥 우연히 본 거야."

인터뷰 답변 하나하나 꼼꼼히 읽어 보던데. 눈썹을 위로 추어 올린 정훈은 제가 또 다인의 심기를 건드린 것인가 불안해졌다. 큰 눈을 굴리며 곁눈질로 다인의 표정을 살피던 정훈이 은근슬쩍 제 딴에는 위로의 말을 건넸다.

"아직도 누나 얘기 팔고 다니고 싶은지 몰라. 그 형 인터뷰만 보면 자기가 무슨 비련의 남자 주인공이에요. 그래도 이 바닥 사람들은 누나가 그 형이랑 어떻게 사귄 줄 다 아는데……."

"쓸데없는 소리 그만하고 일 끝났으면 얼른 가."

구지훈과의 연애는 업계에선 심심풀이용 안줏거리였다. 시작부터 떠들썩했던 그와의 만남은 헤어질 때까지도 유명세를 떨쳤다. 케이블 드라마 단역으로 나간 게 반응이 오면서 무대를 완전히 떠나 버린 그였기에 이별의 뒷감당은 오롯이 다인의 몫이었다.

무대는 떠났지만 그는 영악했다. 도대체 그 혀를 어찌 놀렸는지는 몰라도 그들의 결별 사유는 어느새 기다인이 어쩌니 저쩌니 하는 더러운 헛소문으로 변질되어만 갔다.

진위 여부를 가리는 건 사람들에게 중요하지 않았다. 구지훈이 드라마 배역을 하나씩 따내고 이름을 알릴 때마다 소문들에 살이 하나씩 붙었고 뒤에선 다인이 하지 않은 말들이 기정사실화 되어 갔다. 업계 사람들의 거침없는 시선들도 다인이 혼자 견뎌 내야 할 과제였다.

뭐, 어찌 보면 새삼스러울 것도 없었다. 다인은 늘 그렇게 운이 없는 편이었으니.

"누나 다시 태율에 들어올 생각은 없어요?"

"있겠니, 내가."

그래도 태율 사람들은 그나마 다인의 편에 남아 줬으니 그것만으로도 다행이라고 해야 할지. 정훈의 남은 짐을 같이 옮기던 다인이 손을 탈탈 털자 먼지가 풀럭 날렸다.

"누나 새로 일하는 거 저도 같이하면 안 돼요?"

"어. 안 돼."

"에이, 그래도 저는 누나 편 많이 들어줬는데."

"당연하지 않아? 내가 너네한테 가르쳐 준 게 얼만데."

말은 그렇게 해도 다인은 정훈이 뒤에서 정정 보도를 얼마나 해 줬는지 뻔히 알고 있었다. 업계 사람들에게 다인이 쌍년에서 그래도 나쁜 년 정도까지 평판이 순화된 데는 정훈의 공이 컸을 터. 그런 것 보면 후배 하나는 잘 키웠지. 다인의 얼굴에 그제야 웃음이 비쳤다.

"준섭이는 다리 다쳤다며. 괜찮대?"

"누나는 그 얘기를 그렇게 웃으면서 무섭게……. 암튼 그 새끼 근데 그거 일부러 그런 거 같아요. 여기 안 내려오려고."

"살신성인 납셨네, 아주."

"저도 뭐 내려오기 싫었던 건 매한가지여서 딱히 할 말은 없지만요."

자랑이다. 다인이 눈을 흘기자 정훈의 시선이 제 몸처럼 굼뜨게 천장으로 향해 올라갔다.

그래도 여기 진흥원에 내려오지 않았다면 강도우를 다시 만날 일도, 그렇게 또 한 번 밤을 같이 보낼 일도 없었을 것이다. 그걸 운이 좋았다고 해야 할지 나빴다고 해야 할지는 아직 잘 모르겠지만 말이다.

"앞으로 남은 작업은 제가 내려와서 할게요. 누나도 바쁘신데."

"아니. 남은 것도 내가 해."

왔다 갔다 귀찮아 죽겠다고 태율 대표님한테 뭐라고 하던 사람이 누구였더라. 정훈이 고개를 갸웃거리자 엘리베이터에 먼저 오른 다인이 한결 밝은 얼굴로 말을 이었다.

"뭘 그렇게 봐. 내가 벌인 일은 끝까지 책임져야지."

희한하네. 분명 죽을 상을 하고 있을 게 분명하니 밥이라도 맛있는 거 사 먹이라고 대표님이 특별히 부탁까지 했는데. 다인의 표정만 보자면 여기에 꿀이라도 발라 둔 것만 같아 얼떨떨했다.

"누나 시간 되면 오늘 저녁이나 같이 할까요."

"나 약속 있어."

"바로 서울 올라가는 거면 같이 차 타고 가요, 그럼. 기차표 취소하고."

으응. 다인이 정훈의 말을 반은 흘려들으면서 어딘가로 문자를 보냈다. 엄지로 화면을 쓸면서 지난 문자를 확인하는 다인의 입술 사이로 피식피식 영문 모를 웃음이 새어 나왔다.

엘리베이터는 금세 주차장으로 내려와 문을 열었지만 다인은 영 내릴 생각이 없는 모양이다. 정훈이 닫히려는 문을 잡아 멈추고는 다인에게 의아한 시선을 던지며 물었다.

"누나?"

"어, 그래. 뭐라고 했지?"

"차 같이 타고 서울 올라가자고요."

아아. 그렇게 말했었지 참. 다인의 시선이 다시 휴대폰으로 향했다. 몇 개의 짧은 문자가 날아들더니 답장을 기다릴 시간도 없다는 듯이 이내 전화 벨소리가 울리기 시작했다. 다인의 입꼬리에 작은 웃음이 걸렸다.

"정훈아. 먼저 가."

"뭐 놔두고 왔어요? 저 그럼 여기서 기다릴게요."

다인이 정훈을 향해 고개를 옆으로 흔들고는 전화를 받아 들었다. 그러고는 정훈을 쳐다보며 휴대폰 건너의 상대방에게도 같이 전하려는 듯 입술을 뗐다.

"나 오늘 서울 안 올라갈 거야."

정훈을 두고 문이 닫힌 엘리베이터 안으로 다인의 웃음소리가 간간이 흩어졌다.

6화

다인은 어수선한 거실을 둘러보고는 한숨을 크게 내쉬었다. 도우의 아파트는 며칠 전에 왔을 때와 별반 다를 게 없다. 몇 가지 소품들이 거실에 자리 잡고 있다는 것만 뺀다면 말이다.

그래도 채광은 좋았다. 걸리적거리는 앞 동도 없고 시야가 탁 트여서 넓은 하늘과 푸르른 논밭을 만끽할 수 있는 자연 친화적인 공간이다. 뭐, 그래서 강도우와는 조금 어울리지 않는 것도 같긴 하지만.

실측은 밥 먹고 제대로 해 봐야겠다며 어림짐작으로 사이즈를 잡아가던 다인의 시선이 도우에게로 닿았다. 다인을 쳐다보는 도우의 눈동자에 노을로 물든 하늘이 가득 담겼다.

"새삼 잘생겼어? 왜 그렇게 쳐다 봐."

"강도우 씨가 새삼 무슨 생각하고 사는지 궁금해서."

다인이 겨우 눈동자를 옆으로 돌리며 도우 뒤에 놓인 텐트를 턱짓으로 가리켰다. 가구를 들이랬지 누가 텐트를 들이랬나.

피자 먹고 싶다고 문자한 건 다인이었지만 텅 빈 거실에 텐트 하나치고 그 앞에 퍼질러 앉아 피자를 먹는 꼴이 조금은 궁상맞았다.

"무슨 대답이 듣고 싶은 건데."

"그냥 먹어요 어서."

피클을 잡아서 입에 넣고 휴지에 닦으려던 다인의 손가락이 도우의 손에 붙잡혔다. 이건 또 무슨 수작인가 커졌던 눈은 도우가 다인의 손가락을 빨기 시작하자 한없이 가늘어졌다. 됐지, 하면서 놓아주는 손가락은 피클을 잡았을 때보다 어째 더 축축하기만 하다. 뭐가 됐다는 거야 정말…….

"강도우 씨는 내가 왜 좋아요?"

잔뜩 찡그린 얼굴로 제 손가락을 쳐다보던 다인이 휴지를 찾아서 손가락을 닦아 냈다. 자신의 흔적을 없애 버리는 다인을 못마땅하게 지켜보던 도우가 다인의 질문에 반색하며 히죽 웃어 보였다.

"내가 너 사랑하는 건 절대 아니라면서 좋아하는 건 인정하나 봐."

"말 돌리지 말고."

한 입 베어 물었던 피자에서 올리브가 흐르며 다인의 가슴 쪽으로 떨어졌다. 에잇, 다인이 황급히 휴지로 옷에 묻은 소스를 닦아내 봤지만 더 번질 뿐이었다.

다인을 따라 굴곡진 가슴으로 시선을 내렸던 도우가 입술을 끌어 올렸다.

"가슴이."

"뭐?"

"가슴이 뛴다고 너만 보면."

"……부정맥인가."

부정맥 같은 소리하네. 바람 빠지는 소리를 내던 도우가 몸을 일으켜 싱크대로 가더니 주머니에 든 제 손수건을 꺼내 물을 적셔서는 다인의 옆에 앉았다.

"그러는 너는 내가 왜 싫은 건데."

갑자기 옆에 붙은 도우에게 놀랄 틈도 없이 도우가 물 묻힌 손수건으로 다인의 옷을 닦아 냈다. 제 가슴 쪽에 닿는 손길에 다인이 입술을 말아 물었다.

오늘 새벽까지도 살 비비던 사인데 갑자기 왜 이런 거에 부끄러워지는지. 심지어 옷도 다 입고 있는데. 다인이 옆으로 고개를 돌리며 멈추었던 숨을 내보냈다. 흠. 부정맥 검사를 같이 받아 봐야 하나. 제 심장도 어딘가 모르게 이상하다.

"싫은 건 아니에요."

"알아."

뭐야. 고개를 다시 돌려 도우를 쳐다보자 입술이 가볍게 닿았다 떨어졌다. 다인이 미간을 찌푸리자 남자의 입술이 한 번 더 붙었다.

"이러려고 내 옆으로……."

"먼저 흘린 건 너야."

한쪽 눈썹을 치켜든 도우가 어서 먹으라는 듯 다인의 손에 들린 피자를 쳐다보더니 몸을 돌려 벽에 등을 기댔다. 나란히 앉아서는 도우의 옆모습을 멍하니 쳐다보던 다인이 그와 시선이 맞물리자 입술을 잘근 씹었다.

"기다려. 피자 다 먹고 해 줄게."

"뭘 해 줘요."

"뭐든. 키스든 섹스든."

하아. 그런 게 아닌데. 다인이 바짝 붙은 도우의 옆에서 엉덩이를 멀찍이 떨어뜨리자 도우가 손등으로 다인의 허리를 붙들어 제 옆에 찰싹 붙였다. 버둥거려 봤자 소용도 없을 걸 알기에 다인은 작은 한숨으로만 의사 표현을 해 본다.

"그냥 난 좀 믿음이 안 가서 그래요."

"뭐가, 내가 널 좋아한다는 게?"

"우리 다시 만난 지 얼마 안 됐잖아."

"시간이 중요해?"

"난 중요해."

도우의 시선이 다인에게로 집요하게 따라붙었다. 눈을 내리깔고는 피자를 한 입 베어 물고 오물오물 씹는 볼, 목을 꿀렁이며 삼키는 것까지. 제 시선을 알면서도 피자 먹는 데만 집중하는 다인이 앙큼했다.

도우 역시나 제 감정이 빠르다는 생각을 안 해 본 것은 아니다. 그러나 지난 9년을 허투루 보낸 것만 생각하면 더 이상의 시간 낭비는 하고 싶지가 않았다.

9년 전 무슨 일로 다인이 떠났는지는 모르겠지만 그것 역시나 차차 알아갈 일이었다.

"난 시간 같은 건 중요하지 않아."

"강도우 씨가 날 얼마나 안다고."

"왜 모른다고 생각해."

"그럼 뭘 아는데요."

그제야 제게 주는 다인의 시선을 포박하듯이 붙들었다. 왜 좋냐고 물었을 때 이렇게 피하지 않는 시선이 좋다고 그럴 걸 그랬나. 도우의 시선이 다인의 눈을 지나 피자를 든 여자의 오른손까지 흘러내려 갔다.

"넌 왼손잡이는 아니면서 손목시계는 항상 오른손에 해."

"그건 누구나 보면 아는 거야."

"8을 쓸 땐 아래 동그라미부터 그려 올라가."

그랬던가. 다인의 손가락이 미세하게 움직이며 눈동자도 같이 8을 그리는 듯 흔들렸다.

"올드 팝을 즐겨 듣고 운동화 끈 매듭은 감춰 신어. 고양이는 좋아하는데 막상 다가가는 건 무서워하지. 좋아하는 색은 보라색. 맞지?"

"……."

"너 계단 올라갈 때는 오른발부터 내딛고 내려갈 땐 왼발부터 디뎌. 손을 포갤 땐 오른손이 위로 가고."

다인 스스로도 미처 생각해 본 적 없는 버릇들이었다.

"그리고 넌 하얀 얼굴은 싫어해."

"대체 왜 하얀 얼굴에 꽂힌 건데."

"웃을 땐 왼쪽 입꼬리부터 먼저 올라가고, 지금처럼."

"……스토커야 뭐야."

"관찰력이 뛰어난 거지. 난 강도우잖아."

넌 기다인이고. 제 흉내를 내며 덧붙이는 말에 다인의 입술 새로 피식 건조한 웃음이 삐져나왔다. 도우 말대로 왼쪽 입꼬리가 먼저 올라갔다.

"더 말해 줘? 너 키스할 땐 혀를……."

"아니, 아니. 그만! 됐어요."

다인이 제 손에 들린 피자를 입에 욱여넣고는 한참을 씹었다. 저도 잘 모르는 버릇들을 언제 다 파악한 건지 모르겠다. 도우와 눈을 마주치긴 싫다는 듯 다인이 눈동자는 베란다에 고정한 채로 눈만 깜빡였다.

다인의 손가락을 하나씩 휴지로 닦아 주던 도우가 다인의 턱끝을 잡아 돌리며 눈을 맞췄다. 허공을 방황하던 여자의 눈동자가 마지못해 도우의 눈에 정착했다.

"인생 짧아. 복잡하게 생각하면 더 꼬여 버려."

"그쪽은 쉽게 살아서 참 좋겠네요."

"좋은 게 좋은 거니까."

안 그래? 나직이 읊조리던 도우가 다인의 입가를 제 엄지로 닦았다. 묻은 것도 없는데 한참을 입가를 문지르던 남자의 손가락은 이제 다인의 입술을 눌러 천천히 쓰다듬었다.

엄지 아래로 다인의 더운 숨이 전해졌다. 입꼬리를 당겨 웃던 도우의 코끝이 다인과 닿았다.

밖에서 불어오는 바람 때문인지 내리깐 속눈썹이 파들거렸다. 노을 진 하늘은 어느새 캄캄한 어둠으로 뒤덮인 지 오래. 불빛이라고는 욕망이 드글드글한 남자의 눈동자뿐. 둘의 입술이 겹쳐지고 메마른 숨이 젖어 들기까지는 그리 오래 걸리지도 않았다.

그러니까 강도우와의 키스는 수면 위에 닿을 듯 말 듯 간신히 떠 있는 솜사탕 같은 기분이었다. 물에 닿는 족족 사르르 녹아내리는 것처럼 그의 혀가 훑고 지나갈 때마다 이성도 같이 녹아 흩어져 날아가는 것만 같았다. 지나치게 달고 빠르게 흡수되어 버렸다.

아으응, 다인이 도우에게 매달리며 신음을 흘렸다. 그 소리가 꽤나 만족스러웠는지 슬며시 눈을 접은 도우가 곧게 뻗은 여자의 무릎 뒤에 손을 넣어선 제 허벅지 위로 다인을 올렸다.

얽혔던 혀가 풀리고 입술이 질척한 소리를 내며 떨어졌다. 남자의 단단한 허벅지에 올라 탄 다인이 어둠에 익숙해진 눈으로 도우의 얼굴을 찬찬히 음미했다. 맞붙은 아래로 느껴지는 묵직한 것은 굳이 확인하지 않아도 그가 얼마나 흥분했는지 알 수 있었다.

다인이 도우의 목에 손을 휘감고는 그의 아랫입술을 물었다. 길게 빨았다가 혀끝으로 입술을 훑고 그를 놓아주자 애가 타는 남자의 입술이 입가로 따라붙는다.

"그쪽은 키스도 어디 가서 배워 오나 봐."

"내가 원래 하나를 가르쳐 주면 천을 알거든."

천까지야……. 유치한 허세에 피식 날린 웃음이 도우의 입술 새로 먹혀들어 갔다.

숨을 새로 들이마실 새도 없이 빨려 들어간 입술이 한참 만에 겨우 떨어졌다. 도톰한 다인의 입술을 엄지로 쓸던 도우가 올라간 다인의 입술 끝에 제 입술을 한 번 더 붙였다.

"그래도 복습을 꼼꼼하게 해 줘야 안 까먹을 텐데."

"자습하세요."

자습이 가능한 부분인가. 입속에서 제 혀를 굴려 보는 도우의 눈빛이 사뭇 진지해졌다.

"너 그거 알아? 방금 고등학교 때 교생 선생님 같았어."

그때 애들이 왜 그렇게 발정 난 것처럼 굴었는지 이제야 약간은 이해가 됐다. 근의 공식도 제대로 못 외우는 변태 새끼들이 교생 샘 전화번호는 잘만 외우고 다니더라니. 여자의 코에 붙었던 남자의 입술은 이제는 턱선을 타고 내려가 목덜미를 파고들었다.

"그래서…… 아, 좋았다는 거야?"

"물론. 그래서 선생님은 좀 젖으셨나요."

난데없는 호칭에 남자의 어깨를 짚고 쳐다보는 다인의 표정이 일순간 복잡해졌다. 도우가 제 입술을 쓰다듬을 때부터 이미 아랫배가 찌르르 하고 울렸건만 방금은 뭔가 달랐다.

허리가 묵직하게 뻐근한 것이 단순한 근육통이라기엔 너무도 익숙한 것이고 뾰족한 것이 자궁을 긁어 대는 듯 아래가 불쾌하게 젖어 들어가는 이 느낌은.

설마, 아직 멀었는데!

"나 잠깐 화장실 좀 갔다 올게요."

헐, 도우를 내팽개친 다인이 급하게 가방을 챙겨서는 화장실로 들어
갔다. 어딜 내빼시냐는 늙은 제자의 외침이 들려오지만 쾅 닫히는 욕실
문소리가 나머지 소리들을 지워 버렸다.

아아, 혹시나가 역시나였다. 옷 정리를 끝낸 다인이 열어 둔 생리대
파우치 지퍼를 닫으면서 이마를 짚었다. 왜 얘는 이렇게 눈치도 없이
찾아오는 건지. 게다가 아직 예정일도 며칠 남았는데.

작게 한숨을 내뱉으며 손을 씻는 다인의 미간에 실금이 몇 개 생겼
다. 이제 생리통도 본격적으로 시작된 것만 같다. 밖에 있는 강도우가
이 상황을 두고 어떻게 얘기를 할지, 또 그걸 핑계로 뭘 요구할지 지레
겁부터 났다.

"원래 주기로 따지면 며칠 더 남았는데……."

도우의 아파트에 내렸던 어둠도 가시고 환한 불빛이 둘의 모습을 비
추고 있었다.

"가끔 그렇게 빨라지는 경우 있어요. 호르몬 때문에."

가방을 정리하던 다인이 제 입술을 말아 물고는 눈을 깜빡거리면서
말없이 저를 쳐다보는 도우를 힐끔거렸다.

"그…… 어제 우리가 너무 무리하기도 했고……."

생리 앞두고 섹스하면 더 빨리 터지긴 했는데 오랜만이어서 망각했
던 걸까. 따지고 보면 강도우도 일정 부분 책임이 있었다.

"몸이 그런 게 내 잘못은 아니잖아요? 내가 조절할 수도 없는 건데."

"누가 뭐래?"

팔짱을 끼고 벽에 기대어 다인의 동작을 따라가던 도우의 눈빛이 반

짝하고 빛났다. 이 상황을 어떻게 유리하게 굴려 볼까, 이미 네가 세운 건 어떻게든 책임을 지라고 해 볼까. 손으로라도 풀어 달라고?

아니. 생리하는 여자에게 그런 걸 시킬 만큼 막돼먹진 않았다.

"그럼······."

본의 아니게 목적을 잃어버려 난감해진 다인이 눈동자를 하염없이 크게 굴렸다. 어차피 섹스는 글렀고 여기 더 있다간 아직도 저렇게 벌떡 세우고 있는 강도우가 뭔 짓을 요구할지 모른다. 그냥 집에 간다고 해야지 이제.

"······이왕 여기 온 김에 실측이나 해 볼까요."

생각과는 다르게 말이 따로 나온 다인이 제 입을 원망하면서 가방에서 레이저 줄자를 꺼냈다. 그래, 실측은 원래 해 보려던 거였잖아. 처음부터 그러려던 계획이었던 것처럼 벽에 붙은 강도우로부터 멀찍이 떨어져서는 레이저 줄자의 기준점을 잡았다.

"좋을 대로."

안 하겠다고 우길 땐 언제고. 여전히 벽에 기대서는 다인을 느릿하게 따라가던 도우의 시선이 순간 음흉해졌다. 레이저 줄자를 쥔 여자의 손이 한없이 야해 보인다면 제 눈이 잘못된 걸까.

"특별히 원하는 스타일 있으면 말해 줘요."

"없어. 네가 원하는 대로 해 봐."

"그쪽이 살 집이잖아."

"아, 침대는 튼튼하고 편안한 걸로."

소파도 그러는 게 좋을 것 같고. 덧붙이는 말에 다인의 뒷모습이 잠깐 굳었다. 당당하던 기색은 어디로 간 건지, 겨우 침대 소파 얘기에 쑥스러운 모양이었다.

"내가 절대로 강도우 씨가 좋아서 이러는 게 아니고요. 그냥 빈 공간이 아쉬우니까."

"그럼. 당연하지."

벽 곳곳에 닿는 빨간 레이저 포인트를 확인하던 도우가 팔짱을 풀고는 성큼성큼 발걸음을 옮겨 다인의 뒤에 섰다.

"수리는 필요 없을 것 같은데 그냥 가구만 같이……, 아."

"그래. 네 말이 다 맞아."

다인이 팔을 올린 틈을 타서 도우의 손이 여자의 허리를 붙잡았다. 갑작스러운 손에 놀란 다인이 그의 손을 떼어 내려고 하지만 레이저 줄자와 휴대폰을 각각 그러쥔 양손은 별 효과가 없었다.

"아, 잠깐만. 오늘 못 한다니까?"

"알아."

허리를 감쌌던 남자의 손이 슬금슬금 위로 올라왔다. 그러고는 여자의 블라우스 단추를 하나씩 풀어 나가기 시작했다.

"아는데 왜 이래요."

"진짜 모르는 건 아닐 거고. 너도 책임질 게 일정 부분 있을 거 아냐."

잔뜩 기대하게 해 놓고서는. 도우가 다인의 아랫배를 잡아 제게 더 붙이며 귓바퀴를 살짝 깨물었다. 그렇다. 뒤로 느껴지는 것의 존재를 모른 척하는 것도 한계가 있었다. 남자의 손에 속수무책으로 열리는 블라우스를 내려다보던 다인이 달싹이던 입술을 뗐다.

"입으로라도 해 줘요?"

"뭐?"

"그 말 아니야?"

손까진 생각해 봤지만 입은 아니다. 눈썹을 비틀던 도우가 다인의 바지 안에 넣은 블라우스를 꺼내 마지막 단추까지 풀었다.

"그딴 건 안 시켜."

뒤에서 껴안으며 목에 입술을 붙이자 다인이 숨을 크게 들이마셨다. 도우가 그 자리에 한 번 더 입술을 붙이고는 브래지어 겉으로 제 손을 올려 가슴을 감쌌다.

"그냥 가슴만 만지게 해 줘."

"벌써 만지고 있잖, 아아……!"

브래지어를 아예 위로 들어 올리자 갑갑했던 가슴이 쏟아지듯 도우의 손에 안겼다. 간지러워 몸을 버둥거려 보지만 그럴수록 되레 도우에게 유리해졌다.

"너 이렇게 큰 거 달고 다니면 안 무거워?"

"그쪽도 밑에 하나 달고 다니잖아."

"난 하나고 넌 두 개야."

앞섶은 열어놓은 채 가슴이 반죽되듯 움직이는 걸 쳐다보던 다인도 이내 체념한 듯 그의 손에 몸을 맡겼다. 엄지로 유두를 건드리자 참아 둔 신음이 말아 문 입술을 비집고 삐져나왔다.

"하아, 너 가슴 만지는 건 마치."

"또 이상한 비유 하려거든 그만둬요."

"응."

하여간 대답은 잘하지. 고개를 젓던 다인의 몸이 반 바퀴 돌아갔다. 얼굴을 마주 보자마자 입술이 따라붙었다. 한숨까지 앗아갈 것처럼 입술을 붙이던 그는 바쁘게 손가락을 놀리며 다인의 겨드랑이 사이로 손을 넣어 후크를 풀었다.

헐렁해진 브래지어가 팔에 겨우 걸렸다. 아래에서 받치듯 가슴을 감싼 손이 느릿하게 움직이니 도우의 손바닥 아래에서 다인의 가슴이 헐떡거렸다.

슬슬 옷이 걸리적거렸다. 거추장스러운 옷을 벗기려던 도우의 손이 멈칫하더니 손가락으로 옷을 튕기면서 다인을 쳐다봤다.

"네가 벗어."

한쪽 눈썹을 치켜 든 도우의 표정은 불량하기 짝이 없다. 다인이 손에 들고 있는 것 때문에 스스로는 못 벗겠다는 듯 미적거리자 도우가 여자의 손에서 휴대폰과 줄자를 뺏어 들고는 텐트 안으로 던져 버렸다.

"그렇게 던지면 망가져요!"

"새로 사. 내가 사 줄게."

도우를 흘겨보던 다인의 손끝에서 투둑, 블라우스와 브래지어가 하나씩 바닥으로 떨어졌다. 어쩐지 다 벗었을 때보다 반라 상태의 몸이 더 창피하다. 다인이 한쪽 팔로 가슴을 가리자 피식 웃던 도우가 다인의 손을 잡아 내렸다.

"벗고 나올 땐 언제고 왜 갑자기 내외해, 기다인."

"그냥. 부끄럽잖아."

"일관성이 없지 아주."

붙든 여자의 손등을 제 엄지로 어루만지던 도우가 느른하게 풀린 눈으로 다인의 내리깐 눈부터 코, 달싹이는 입술을 지나 아래로 훑었다. 그 시선만으로도 몸이 달아오르는지 다인이 내뱉는 숨이 점점 열이 찼다.

"기다인."

달콤한 목소리가 귀를 간지럽히자 순간 숨을 멈춘 다인이 고개를 들었다. 맞잡은 손이 닿는 곳은 전기라도 통한 듯 찌릿찌릿했다. 다인의 입술 언저리를 훑던 그가 느릿하게 시선을 끌어 올리며 물었다.

"네가 나한테 원하는 게 진짜 그냥 섹스 맞아?"

"맞아."

"그럼 내가 몸 대 주면 넌 나한테 뭘 줄 건데."

"몸을 대 주긴 누가 대 줘요!"

다인의 속눈썹이 황당하기 짝이 없다는 듯 파르르 떨렸다. 누가 누굴. 지금 누가 누굴! 할 때마다 힘들어 죽겠는 게 누군데 누가 누굴!

"네가 지금 날 딜도 취급하니까 하는 말이야."

"뭐? 내가?"

"감정 있는 딜도는 적당량의 사랑이 충전되어야 하거든."

그렇다기엔 방전된 채로 잘만 움직이던데. 어디선가 완전 충전돼서 나온 고스펙 딜도가 다인의 왼쪽 가슴을 움켜쥐었다. 빳빳하게 도드라진 유두가 남자의 길쭉한 손가락 사이로 걸려들었다.

"너도 아무나한테 이렇게 꼭지 세우진 않을 거잖아."

"벗겨 놓으니까 추워서 그렇잖아……."

누가 누굴 무슨 취급한단 거야. 미간을 한껏 찡그린 다인이 제 가슴에 향했던 남자의 시선을 올리려는 듯, 도우의 아래턱을 쥐어 잡아 위로 올렸다. 서늘한 저녁 바람에 아무것도 걸치지 않은 살갗이 돋아나지만 쿵쿵대며 뛰는 심장은 한없이 더운 공기를 만들어 냈다.

"물론 나도 강도우 씨가 좋은 건 사실이야."

더운 숨과 함께 내뱉은 다인의 말에 눈꺼풀을 접어 올린 도우의 눈이 살짝 휘었다. 남자의 턱을 부여잡았던 다인의 손가락이 그의 널찍한 어깨를 천천히 쓰다듬었다가 가슴팍으로 스르르 흘렀다.

"따지자면 강도우 씨 몸이 좋은 거지만."

손바닥으로 가슴팍을 어루만지던 다인이 공평하게 남자의 셔츠 단추를 하나씩 풀어 나갔다. 진짜 웃기지도 않아서. 여자가 제 셔츠 단추를 푸는 걸 가만히 내려다보던 도우가 입술을 비틀었다.

"내 몸만 좋다는 거야?"

"얼굴도 훌륭해."

"넌 가끔 당연한 소리를 칭찬처럼 해."

"목소리도 좋고요."

하아. 다인이 남자의 맨 가슴에 제 입술을 붙이자 절 붙들었던 남자의 손에 힘이 빠졌다. 그러게 왜 가만히 있는 기다인을 건드려서는. 입술을 붙인 자리를 톡톡 두드리던 다인이 미소를 지우고는 꽤나 진지한 눈빛으로 남자를 올려다보며 눈을 맞췄다.

"근데 거기까지이고 싶어요. 전에도 말했듯이 나는 강도우 씨랑 진지한 관계가 되기 싫어."

"진지한 관계가 뭔데."

"미래를 약속한다거나……."

"그런 건 관심 없어. 현재만으로도 복잡해."

어차피 현재가 모이면 미래가 된다. 사탕발림 같은 말일지라도 이미 지금의 기다인을 파악하는 것만으로도 머리가 터질 것만 같았다. 다인을 붙들었던 손에 힘을 줘 제게 당긴 도우가 여자의 입술에 제 입술을 붙여 댔다.

"나는…… 아, 감정적으로 종속되는 게 싫단 말이야."

끈질기게 붙어 오는 입술에 마지못해 응답했던 다인이 고개를 틀어 버리자 이번엔 목덜미를 타고 도우의 입술이 내려왔다.

"아웃, 보이는 자리잖아 거긴!"

"예를 들면?"

다인이 어깨를 비틀며 제 목을 깨물어 대는 도우를 밀어냈다. 그러자 다인의 등줄기를 타고 내려가던 도우의 손이 여자의 머리카락 사이로 엉켜들어 가면서 다인을 제 가슴팍에 붙였다.

"그냥 그런 거지. 마음의 크기를 이렇게 줄자로 측정해 가면서 누가 더 큰가 눈치 보고, 줄어들진 않았을까 맘 졸이고."

마지못해 도우의 몸에 얼굴을 기댄 채로 그의 몸이나 주물럭거리는 다인의 손이 바쁘게도 움직였다. 언제 부끄러워했는지 모를 정도로 도우의 몸을 좋아한다는 말에는 더없이 충실한 여자의 손놀림이었다.

"그런 거라면 간단해. 내가 항상 너보다 클 거야."

"다들 처음에는 그렇게 말해요."

"난 처음부터 끝까지 일관성 있는 사람이야. 강도우잖아."

어쩜. 본인 입으로 뻔뻔하기도 해라. 남자의 팔뚝을 쥔 다인의 손에 힘이 더 들어갔다.

"연애하는 것도 싫어."

"크게 다른 것도 없잖아. 지금 우리가 하는 거랑."

연락 주고받고, 밥 같이 먹고, 섹스하고. 자잘한 데이트가 없을 뿐이지 그렇게 따지고 보면 지난 연애와 크게 별반 다를 것도 없는 건 사실이었다.

"아무튼 난 귀찮은 건 딱 질색이야."

"넌 하지 마 그럼. 귀찮은 건 내가 다 할게."

이미 연락이며 뭐며 귀찮은 건 다 하고 있는 쪽은 강도우인 것은 맞지만. 뭐라고 할 말이 없어진 다인의 눈이 힘을 잃은 듯도 했다.

"난 사랑 같은 거 안 믿어."

"그런 거 믿지 마. 날 믿어."

도대체 이 남자는 어디에 꽂혀서 이렇게 들이대는 걸까. 알고 보면 진짜 그 오이 때문에 미쳐 버린 게 아닐까. 유전자 변형 오이라거나 어디 연구소에서 실험 재배하던 오이가 시중에 불법 유통되어서 강도우를 미치게 한 거라면!

그럴 리가 없다. 강도우는 그냥 원래부터 미친놈이 분명하다. 그리고 그 미친놈 몸에 찰싹 달라붙은 저 역시나 제정신은 아니겠지. 다인의 작은 한숨이 도우의 단단한 가슴팍을 간지럽혔다.

"난 너한테 몸도 주고 마음도 줄 거야. 너는 그냥 흘리지 말고 잘 받아먹기나 해."

그래봤자 이 감성팔이 딜도도 결국 언젠가는 수명을 다 하게 되어 있다.

"어때."

"그쪽도 나한테 원하는 게 있을 거 아니에요."

"딜도의 매력을 열 개만 찾아봐."

"딜……, 아무튼 그걸 다 찾으면."

"그럼 날 사랑하게 되겠지."

별 지독한 마케팅 다 보겠네. 다인이 어이없단 듯이 웃자 맞붙은 남자의 가슴이 같이 떨렸다. 머리로 이마로 내려오던 도우의 입술까지는 거부하지 못하던 다인이 남자의 허리를 껴안고는 눈을 감았다.

오후에 봤던 구지훈의 같잖은 인터뷰 기사가 다인의 머릿속을 헤집었다. 그래, 그런 쓰레기랑도 해 봤던 게 연앤데.

어차피 인생이란 계획대로 흘러가지 않는 법. 그런 거라면 강도우를 제 무대에 세워 봐도 괜찮을 것도 같다. 따지고 보면 강도우가 제일 훌륭한 껍데기를 가진 배우가 될…….

"너 근데 선생님 흉내 한 번만 내 주면 안 돼?"

"……."

"난 선생이고 넌 학생이야. 이거 한 번만 해 보자."

대체 언제적 대사를 하는 거야. 역시 미친놈이지. 한숨과 함께 고개를 잘게 흔들던 다인이 도우를 끌어당겨 입을 맞췄다. 발로 까는 것보다는 이 편이 더 확실히 조용해질 것을 이제 아니까.

물론 도우에게 그 키스가 긍정의 의미로 와닿았다는 것은 다인에게
는 조금 안타까운 일이었지만.

결국은 텐트 안에서 약간의 체벌과 훈육도 있었던 수업을 끝내고 나
서야 다인의 밤도 조용해졌다.

또 한 번의 아쉬운 밤이 그렇게 도우의 아파트 속 작은 마가리에서
흘러갔다.

희진은 좀처럼 눈물을 흘리지 않는 편이었다. 슬픈 영화를 볼 때도,
이별 노래를 들을 때도 어지간해선 쉽게 감동받지도 않는다. 그럼에도
이렇게 눈물이 고이는 것은 장악 과장의 잔소리가 10분을 넘겨 조금 따
분해진 탓. 희진이 속으로 하품을 삼키면서 촉촉이 젖어 들어가는 눈을
느리게 끔뻑거렸다.

"어? 양희진 씨가 원장 밑에 있다고 우리 소속이 아닌 게 아니야. 엄
밀히 말하면 장악과 밑에, 내 밑에 있다고 양희진 씨는."

"네……."

"원장실에서 장악과 오는 게 뭐가 그리 힘들다고. 매일 와서 인사 정
도는 할 수 있잖아? 오는 김에 커피도 좀 타 오고. 과장님 뭐 필요하신
건 없나, 미리미리 살펴봐야지. 나 찾는 손님 많은 거 뻔히 알면서. 그
리고 그 안경은 내가 저번에도 쓰지 말라고 하지 않았나?"

"네……."

"거 봐, 했지? 여자가 안경 쓰고 있는 거 보기 안 좋아. 비서면 옷도
좀, 그런 바지 같은 거 입지 말고. 비서는 원장의 대표 얼굴이야. 양희
진 씨가 그렇게 원장 얼굴에 먹칠을 해서 되겠어? 사람이 눈치껏 일을

해야 할 거 아냐. 양희진 씨는 그런 눈치도 없어?"

"네……."

아, 실수다. 기계적으로 한 대답에 끝나려던 잔소리가 다시 시작될 것만 같다. 오늘은 아무래도 잘못 걸렸나 보다. 희진이 마음속으로 새로운 노래를 부르기 시작했다.

장악 과장이 이러는 건 놀랍지도 않은 일이었다.

학예 연구관인 그는 고위 공무원단 역량 평가에 미끄러진 이후로는 트집이 부쩍 더 늘었는데, 난데없이 연구관 출신도 아닌 도우가 기관장으로 발령받은 후부터는 그 빈도가 확연히 증가했다.

장악 과장의 입장에서 보면 당연한 일이기도 했다만 그래도 기관장은 기관장이거늘. 죄 없는 희진만 중간에서 고생 중인 것은 다소 억울했다.

"뭐? 네? 가만 보니까 양희진 씨 젊은 원장 믿고 뻐기나 본데 그 원장이 여기 있어 봤자 얼마나 있겠어?"

"3년."

"그래, 3년만 있으면 다시 올라갈 양반, 이잉?"

언제 온 것인지 물 흐르듯 그들 대화에 끼어들었던 도우가 뒷짐을 풀고는 장악 과장을 향해 싱긋 웃어 보였다. 때아닌 등장에 장악 과장이 깜짝 놀라 튀어 오르자 무게 중심을 잃은 의자가 뱅글거리는 꼴이 경박했다.

"회의 시간이 지났는데 깜깜무소식이라 젊은 원장이 친히 행차했습니다."

발을 들어 의자를 멈추곤 여전히 저보다 한참 아래에 있는 과장을 내려다보는 도우의 표정이 싸늘하다. 도우로서도 썩 우아하지 않은 등장이긴 하다.

"젊은 원장이 늙은 과장님 배려를 해야 했는데 죄송하네요. 그리고……."

저를 보는 장악과 직원들을 느릿하게 훑어가던 도우가 태민겸을 보고 순간 찌푸렸던 미간도 금세 펴고는 장악 과장을 향해 시선을 돌렸다.

"이왕이면 젊고 잘생긴 원장. 그편이 더 듣기 좋습니다."

"에?"

"제 얼굴은 먹칠해 봤자 잘생겼단 본질은 안 변하니 너무 걱정은 마시고."

"아니, 제 말은 그게 아니라……."

더 이상의 말은 필요 없다는 듯이 제 입술에 검지를 갖다 대며 소리 없이 쉿을 외친 도우가 고개를 살짝 비틀어 그의 얼굴을 찬찬히 뜯어봤다. 입술에 갖다 댔던 검지로 허공에서 과장의 얼굴을 훑는 것이 마치 견적을 내 보려는 것도 같았다.

"그래도 과장님은 시대착오적인 얼굴이랑 사상이 동기화가 잘되니 참……."

다행이라고 해야 하나. 그는 쯧, 혀를 차고는 긴 다리를 들어 과장 옆자리의 의자를 발로 빼냈다.

"앉으시죠?"

다소 건방진 태도로 의자에 앉은 도우가 여전히 얼빠진 표정으로 서 있는 장악 과장에게 턱짓으로 제 앞자리 의자를 가리켰다. 슬슬 짜증이 치밀어 오르는지 도우의 미간에 잔뜩 힘이 들어갔다.

"회의 하셔야죠."

"여기서요?"

회의 자료를 훑어보는 것으로 대답을 대신하는 도우의 표정에 점점 그늘이 졌다. 자료를 한 장 한 장 넘겨볼수록 그의 얼굴에 내린 어둠의 명도가 짙어져만 가는 것을 장악 과장이라고 못 느꼈을까. 그제야 큼큼 목을 가다듬으며 의자에 앉으려던 그가 괜히 희진에게 날 선 시선을 보냈다.

"양희진 씨. 또 왜 가만히 서 있어. 여기 커피 좀 내와요."

"과장님."

슬쩍 뒤를 확인하고는 등받이에 몸을 기댄 도우가 긴 다리를 꼬면서 턱을 치켜들었다. 느른하게 장악 과장을 훑어보던 도우의 눈이 휘었다. 단정한 입술 사이로 웃음이 새어 나온 것도 같다.

"양희진 씨가 저처럼 젊고 유능해서 장악과에서도 탐내는 건 이해합니다만."

진짜 웃는 것인지 무엇인지, 이율배반적인 한심한 시선이 장악 과장 얼굴에 내리꽂혔다.

"내 비서 데려가서 잡일 시키려거든 나한테 미리 결재를 받으셔야지."

바쁜 사람 오라 가라 하지 말고. 저에 대한 불만을 제 비서에게 표하는 걸 도우라고 몰랐을 리가 없었다. 어느 정도는 스스로 감수해야 할 부분이라고 생각했다만, 제 사람에게까지 유치하게 선을 넘어서는 안 될 노릇이었다. 그게 같은 사무실을 공유하는 비서든, 가족이든, 여자든.

"희진 씨, 돌아가서 오전에 부탁했던 거 계속 해 주세요."

물론 당연하게도 원장으로부터 부탁받은 것은 따로 없었다. 눈치껏 알겠다며 장악과를 빠져나가는 희진의 어깨가 약간은 가벼워진 듯 보였다.

"커피는 제가 타 드리죠."

도우가 자리에서 일어나 장악과 사무실 한편에 마련된 탕비실로 이동하자 파티션 위로 삐져나왔던 시선들이 일사불란하게 제자리로 돌아갔다. 성큼성큼 닿는 걸음마다 도우의 눈썹이 한없이 뒤틀렸다.

겨우 타협한 3년간의 유배 생활이 이제 겨우 두 달 정도 지났을 뿐이다. 남은 날들은 까마득하고 진홍원은 여전히 마음에 들지 않는 것들로만 가득했다.

그중에서도 제일 거슬리는 건 아무래도.

"저, 원장님."

바로 태민겸. 언제 왔는지 제 옆에 붙은 민겸의 얼굴을 흘끔거리는 도우의 시선이 곱지는 않다.

"뭡니까."

"전화가 계속 오는데요."

아. 그제야 귀가 열린 듯, 주머니에서 휴대폰을 꺼내 든 도우의 손이 머쓱해졌다.

"네. 강도우 맞습니다만."

커피를 따르던 도우의 손이 허공에서 멈추었다. 옆에 서서 도우에게로 시선을 올렸다 내리던 민겸이 그의 손에서 커피포트를 뺏어 테이블로 내렸다. 머그잔이 넘칠 듯 찰랑거리던 커피가 겨우 움직임을 멈췄다.

"안 본다고 말씀드렸을 텐데요. 근데 제 번호는 어떻게 아셨죠."

저를 의식한 듯 급히 탕비실을 떠나 자리를 옮기는 도우를 보고 민겸이 제 입매를 아래로 내렸다. 어디서 걸려온 전화기에 저리도 급하게 나간 건지. 분명 여자 목소리 같았는데. 다인은 아닌 것 같고. 고개를 갸웃거리던 민겸의 표정은 그저 해맑기만 했다.

다인에게는 별반 달라진 것은 없는 일상이었다. 일을 하고, 또 일을 하고 또 일을 했다. 그러니까 모든 것이 다인에게는 일이었다. 도우로부터 일방적으로 쏟아지는 문자를 추려서 지우는 것도 일이었고 도우의 집을 어떻게 꾸며야 할지 홀로 고민하고, 콘셉트 사진을 보내주고 그의 대답을 하염없이 기다리며 독촉하는 것 또한 일이었다.

"또 씹어?"

분명히 보내 준 사진을 읽었다는 표시로 숫자 1이 없어졌건만 30분이 지난 아직도 답이 없다. 강도우는 며칠 동안 계속 이런 식이었다. 바빠서 그렇다기엔 메시지를 보내는 족족 확인은 1분 내로 하니 꼭 바쁜 것만도 아니다.

마음대로 꾸며 보라고 했던 사람이 누군데. 그는 다인이 보내주는 사진마다 줄줄이 퇴짜를 놓더니 이제는 읽고도 답장 하나 보내지 않는다.

제 집 꾸미는 데는 도통 관심이 없는 강도우 덕분에 아무것도, 정말 아무것도 진행되지 않은 집에는 텐트만 하나 덩렁 존재할 뿐이다. 심지어 그는 텐트 생활을 은근히 즐기고 있었으니 다인으로선 답답할 수밖에.

대답 없는 채팅창을 노려보다가 답답함을 못 이기고 통화 버튼을 누르려던 찰나였다. 테이블을 똑똑 두드리던 소리에 다인이 고개를 들었다.

"다인 씨? 아까부터 계속 불렀는데."

"아, 죄송해요. 빨리 오셨네요."

앞자리에 자리 잡은 민겸의 눈이 테이블 위로 번쩍거리는 휴대폰으로 옮겨 갔다. 이것도 집안 내력인가, 고개를 갸우뚱대던 민겸이 손을 들어 다인의 휴대폰을 가리켰다.

"다인 씨 전화 오는데요."

"괜찮아요."

"계속 오는데……."

휴대폰 진동은 쉽게 멈출 생각은 없어 보였다. 다인 또한 저 전화를 쉽게 받아 줄 생각은 없었다. 지금 민겸의 앞에서 전화를 받아 봤자 말 실수할 확률도 높아질 것이다.

도우의 이름을 저장하지 않은 게 얼마나 다행인지. 만약 도우의 이름을 봤다면 민겸이 또 오해를 했을 게 뻔했…….

"근데 그거 원장님 뒷번호 아니에요?"

웬일이니. 쓸데없이 기억력이 좋은 직원을 마주한 다인이 뭐라고 둘러댈 말을 찾지 못한 채 눈을 내리깔았다. 앞에 둔 커피만 빨대로 휘이 저으니 얼음이 달그락거리며 정신없는 소리를 내는 것이 꼭 제 머릿속 같다.

"근데 다인 씨는 원장님이랑은 어떤……."

"저희 그런 사이 아니에요!"

"예?"

"네?"

도둑이 제 발 저린다는 게 이런 걸까. 다인의 외침에 되레 놀란 것은 민겸이었다.

"왜, 다인 씨가 저번에 친척이라고 하셨잖아요."

"아아. 제가 그랬……더랬었죠."

꼬인 기억만큼이나 혀도 꼬인 것 같다. 고개를 갸웃거리는 민겸의 시선을 피하면서 '맞아요, 우리는 친척이었어요'를 나직이 내뱉는 다인의 눈동자가 하염없이 흔들렸다. 이보다 더 불편할 수는 없었다.

"많이 가까운 친척인가 봐요. 사촌?"

"아, 사촌은 아니고 그 비슷한 어떤……."

잘게 떨리던 눈동자가 크게 포물선을 그렸다.

사촌이랑 비슷한 건 대체 뭐람. 이웃사촌? 그러니까 왜 거기서 그딴 거짓말을 해서는. 이게 다 강도우 때문이다. 강도우가 그날 재주 부리며 계단을 구르는 바람에.

그렇다고 지금 와서 굳이 바로잡기엔 늦은 감이 있다. 바로잡는다고 해도 둘의 관계를 아직 뭐라고 정의할 수도 없고 민겸에게 사실대로 밝힐 이유도 없었다. 뭣보다 진흥원 일도 끝나가는 마당에, 민겸과는 더 볼 일도 없을 것이니까.

거짓말에는 도통 소질이 없는 다인의 눈, 코, 입이 따로 놀며 어색하게 굳어만 갔다.

"원장님이 다인 씨를 많이 아끼는 것 같아요."

"……네."

아끼긴 개뿔. 제 몸의 유연성을 시험해 보는 듯이 이리저리 종이접기해 대는 건 도무지 아낀다고는 볼 수 없는 행위들인데. 머릿속에 떠오르는 망측한 기억들은 뒤로한 채 입꼬리를 의식적으로 당겨 올린 다인은 긍정도 부정도 하지 못하고 그저 눈을 접으며 웃었다.

"그래도 겪어 보니 원장님 소문이랑은 좀 다른 거 같더라고요."

"소문이 있어요, 또?"

"여기 오실 때 좀 안 좋게 내려오셔서. 근데 뭐 그런 스캔들이야 뻔하죠."

아아. 스캔들이라니, 굳이 캐묻지 않아도 무슨 상황인지 대충 짐작이 갔다. 저 역시도 강도우를 둘러싼 소문들의 진위 여부를 가리고 싶을 때가 있었으니까.

고개를 끄덕이며 시선을 내린 다인이 작게 한숨을 내쉬었다. 역시 강도우는 저와 엮이기엔 피곤한 상대다.

"그래도 인기 많으셨죠, 원장님."

"뭐…… 많았겠죠."

저도 모르게 시무룩해진 다인의 입꼬리가 추욱 처졌다. 겨우 그 정도로 자존심이 상한 건 아니다만 9년 전만 해도 강도우를 따라다니는 여자들을 제 눈으로 확인하지 않았던가.

그런 걸 보자니 수작질에 능한 도우에게 자신이 정말 처음이었는지도 모를 노릇이었다. 몽글몽글 그 어떤 감정으로 차올랐던 마음에 의심이 슬그머니 스며들었다.

어색한 침묵 속에 민겸이 제 손에서 징징대던 진동 벨을 들고 픽업 대로 향하자 다인이 그제서야 다시금 걸려온 도우의 전화를 받아들었다.

—너 왜 전화 안 해.

"장난해요? 내가 보낸 거 씹은 게 누군데."

—그러니까. 15분 동안 답장 없으면 바로 전화해 놓곤 오늘은 왜 안 하냐고.

"설마 일부러 씹어 놓고 내가 전화하기를 기다린 거예요?"

—당연하지.

정말이지 악취미가 따로 없다. 징그럽다, 징그러워. 그러나 말로만 징그러운 듯 연신 그를 타박하던 입매에는 은근한 미소가 번졌다.

"앞으로 씹지 말고 읽었으면 답장부터 해."

—하, 너 자꾸 씹는다고 하지 마. 꼴리니까.

"미쳤나 봐. 왜, 왜. 그게 뭐, 왜."

—네가 내 걸 밑으로 오물오물 잘 씹어 먹잖아.

이런 씹……. 도대체 왜 저따위 말을 목소리를 깔고 그럴듯하게 하는지 모르겠다. 벌겋게 달아오른 얼굴에 손부채질을 하던 다인도 이마를 짚고는 그저 실없는 웃음을 날렸다.

"끊어요. 나도 바빠."

—너 중극장에 없던데?

"잠깐 진흥원 밖에 나왔어."

—어딜 나가.

"태민겸 선생님이 잠깐 얘기할 거 있대서. 끊을게요."

뒤따르는 도우의 말은 가볍게 무시한 채로 전화를 끊었다. 그래도 그와 연락이 되니 마음이 놓였다. 다인은 휴대폰을 뒤집어 놓으려다 말고 잠깐 고민하는 듯 입술을 꾹 말아 물더니 손가락을 재빨리 놀리며 문자를 하나 전송했다.

곧장 무음 모드로 바꾸면서 저를 보며 다가오는 민겸을 향해 그저 예의 바른 미소를 지어 보내는 다인은 어쩐지 홀가분해진 것도 같았다.

"미친 거지."

태민겸 태민겸 태민겸. 아아. 부르다가 죽여 버릴 이름이여. 연신 태민겸의 이름을 뇌까리면서 다인이 보낸 사진들을 대충 훑던 도우의 입꼬리는 끝을 모르고 올라가기만 했다.

처음부터 이렇게 다짜고짜 거절해 댈 계획은 아니었다만 다인의 의도야 뻔할 노릇이었다. 보내준 사진이 마음에 든다고 했다면 곧장 그 길로 한꺼번에 주문해서는 연락할 이유를 없애 버렸겠지.

다소 불퉁한 말투로 다인이 먼저 걸어 오는 전화였지만, 도우가 몇 마디만 하면 어느 순간 풀어져서는 그녀 스스로 이러저러한 얘기를 재잘거리기 시작했다는 것은 아직 눈치채지는 못한 것 같다.

어쨌거나 그렇게라도 전화를 주고받는 것은 꽤나 눈에 보이는 관계의 발전이었다. 게다가 텐트 생활을 하는 덕에 발전된 관계, 그러니까 다른 관계를 가지는 것 또한 나름의 즐거움이기도 했다. 비록 야외에서 하는 기분이라는 말에 다인에게 몇 번 발로 차이긴 했지만.

〈기다려. 원장실로 데리러 갈게〉

도우가 다인에게서 온 문자를 다시 한번 읽고는 피식 웃음을 흘렸다. 아무튼 여전히 센 척이지.

휴대폰을 내려 둔 그는 책상을 흘깃 훑고는 서류를 정리했다. 시간 낭비는 딱 질색, 오늘도 퇴근 이후로는 오롯이 다인을 위한 시간들이었다.

7화

강도우의 생애 최초의 기억은 거울 속에 비친 제 얼굴을 보고 웃던 것이다.

아마도 그때는 네 살 정도쯤이었는데 두 살 터울인 형이랑 옥신각신하면서 놀다가 형을 한 대 때리고 형에게 세 대를 얻어맞고는 거울을 보고 같이 벌을 섰던 것 같다.

그 와중에도 제 얼굴이 얼마나 귀엽던지, 벌을 서면서도 히죽댔던 그 기억만큼은 선명하게 남아 있다. 그러니까 한마디로 강도우에게 거울이란 얼마나 중요한 존재냐, 이 말이다.

"잠깐만. 도대체 침실에 전면 거울이 왜 필요해요?"

처음엔 전신 거울이라고 흘려듣고 넘겼던 걸 굳이 전면이라고 정정해 주는 도우를 다인이 어이없단 듯이 쳐다봤다. 허공에 멈췄던 젓가락 사이로 새우튀김도 황당한 듯 툭하니 떨어졌다.

"잘 생각해 봐. 왜 필요할 것 같은지."

새우튀김으로 내려갔다가 다인의 얼굴로 향한 도우의 눈빛도 한 층 더 기름진 것만 같다. 그 시선에 주르륵 미끌리 듯 멀리 달아났던 눈동자를 도시락에 고정한 다인이 나직이 대답했다.

"아니. 생각 안 할래."

"이미 넌 생각했어. 그리고 그게 정답이야."

"아니! 나는 강도우 씨가 생각하는, 그런 이상한 거 생각 안 했어!"

고개를 핵 돌려서 옆자리의 도우를 쳐다봤다. 너무 발끈했나. 되레 저를 놀리는 듯한 그의 표정에 멋쩍었던지 입술을 짓씹은 다인이 도시락으로 시선을 떨구었다.

"내가 뭘 생각했는데."

"굳이 내 입으로 말하고 싶진 않아요."

다인은 새우튀김을 다시 잡아 들고는 마른침을 꼴깍 삼켰다. 눈앞에 있는 먹을 것에 침이 고인 것은 아닌 게 분명했다. 제게 일부러 시선도 주지 않는 다인을 보며 기름진 웃음을 짓던 도우가 다인의 옆구리를 잡아 제 품으로 끌어당겼다.

"내 입으로 듣고 싶어서 그러지 너. 그렇게 원한다면 해 줄게."

"아니, 아니, 아니!"

미친 사람. 귓속말을 하려는 듯, 아니면 더 엄한 짓을 하려는 듯 제 귀에 입술을 가져다 대는 도우의 얼굴을 황급히 붙들었다.

거의 볼을 쥐어짜듯이 눌러선 툭 튀어나온 도우의 입에 새우튀김을 욱여넣은 다인이 그를 흘겨보고는 한숨을 내쉬었다.

다인은 요즘 계속 이런 상태였다. 어디 가서 딱히 말로 져 본 적은 없는데 강도우와 있으면 자꾸 다음 말을 잇지 못하게 된다.

"기가 좀 허해졌나. 요즘 왜 이렇게 자꾸 말리지."

도우의 볼을 잡았던 손을 놓으며 다인이 아무래도 이상하다며 나직이 읊조렸다. 그 말에 입에 든 새우튀김을 끊어 낸 도우가 물티슈에 손을 대충 닦고는 다인의 손목을 당겼다.

또 어딜 만지게 하려고! 눈을 크게 뜨며 손목을 빼려던 다인이 도우를 보곤 덩달아 조용해졌다. 다인의 손목을 가져다 맥을 짚는 도우의 모습은 지금까지 봐 온 강도우의 모습 중 제일 진지한 것도 같다.

"뭔데요."

"내가 한의원 집 손자이자 아들이자 동생이거든."

"그래서?"

"서당 개 삼 년이면 풍월을 읊는다잖아."

그렇게 따지면 비뇨기과 원장을 부모로 둔 자신은 뭔데. 다인의 의심 가득한 눈초리가 도우의 얼굴을 쓸고 지나갔다.

"진짜 알고 싶은 거 맞아?"

"그럴 리가."

피식 웃던 도우가 다인의 손목을 확 잡아당겨서는 입술을 겹쳤다. 놀라 벌어진 입술 사이로 재빨리 혀를 넣어서 휘젓는 것이 어딘가 급박해 보였다. 그는 떨어지려는 다인의 입술을 붙들어서 빨고 큼지막한 한 손으로는 다인의 머리를 받치며 제게 더 당겼다.

정신없이 휘몰아치는 키스에 다인의 손이 어쩌지도 못하고 도우의 가슴팍에 갇혀 버렸다. 몸을 떼려고 다리를 움직이자 그것마저도 제 다리를 감아오는 도우에게 막혔다.

숨이 막혀 도우의 가슴팍을 꼬집자 그제야 입술이 떨어졌다. 번들거리는 저 입술이 튀김으로 인한 기름인지 타액인지 모를 노릇이다.

손바닥에 힘을 줘 도우를 밀어낸 다인이 아직도 제 입술만 쳐다보는 도우의 입을 손으로 찰싹 때렸다.

"아!"

"밥 먹을 때 건드리지 마. 더럽게!"

자기도 즐겨 놓고는 이제 와서 튕기기는. 입술을 삐죽대던 도우가 다인의 몸을 들어서는 제 앞에 앉혔다. 버둥거리길 몇 번, 소용없다는 걸 깨달은 다인이 그의 품 안에서 젓가락질을 다시 시작했다. 이 정도쯤은 봐주겠단 말이다. 하지만 그것도 잠시, 그의 손이 뒤에서 스멀스멀 뱀처럼 제 아랫배를 감싸 안아오자 다인의 눈이 까칠해졌다.

"건드리지 말랬지."

"밥 먹어, 너는."

"직원들 오면 어떡해."

"다 퇴근했어. 그리고 내가 부르는 거 아니면 여기 잘 안 와."

흐응. 목덜미에 닿는 도우의 입김에 다인이 눈을 질끈 감았다. 정말 밥 먹을 때는 개도 안 건드려야 하는 건데. 한의원 개는 뭘 잘못 얻어먹었나.

다인의 손가락에서 젓가락을 뺏어 든 도우가 반찬을 대신 집어서 다인의 입에 넣어 줬다.

"그래서 태민겸 그 새끼가 뭐래."

"왜 가만히 있는 사람더러 새끼래."

"새끼로 끝나는 걸 다행인 줄 알아야지."

별것도 아닌 걸로 질투야. 반찬에 이어 도우가 떠먹여 주는 밥까지 마지못해 입에 넣은 다인이 볼을 오물오물 움직였다. 그 볼에 남자의 입술이 달라붙자마자 예상했다는 듯 찰싹, 남자의 허벅지를 때리는 소리는 경쾌하기만 했다.

"그냥 전시장 작업 하나 의뢰받았어요."

"그래서."

"생각해 본댔지."

물을 마시는 것까지 도우의 손으로 해결한 다인이 테이블에 둔 티슈를 향해 손을 뻗었다. 제 손은 거기까지 닿지 않는다는 걸 뻔히 알면서 결국 도우에게 뽑아 달라는 뜻이다.

"할 거야?"

"조건은 괜찮아서."

"그 새끼 너한테 수작 부리는 거야."

수작은 무슨. 어른 된 지가 언젠데 입가를 닦아 주는 호사까지 누려 보던 다인의 입술 새로 긴 한숨이 빠져나왔다.

"강도우 씨만 할까."

"난 수작 부린 적 없어. 너라면 모를까."

"내가 언제?"

동그랗게 커진 다인의 눈이 도우에게로 향했다.

"네가 먼저 나한테 자고 싶냐고 물었잖아."

"그거는……."

"그리고 네가 먼저 나랑 자고 싶다고 했고."

그렇다고 강도우가 지금 해 대는 수작질만 했을까. 다인이 그를 훑던 가는 시선들을 거둔 채 도시락을 정리하면서 애써 다른 말로 돌렸다. 더 이상 말려들면 안 된다.

"아무튼 거울 그런 거 그렇게 두면 사람들이 강도우 씨를 이상하게 생각해."

"이미 이상하게 생각하고 있어."

"더 보탤 거까진 없잖아요."

그러니까 자꾸 이상한 말이 따라다니지. 아니 땐 굴뚝에도 연기가 나는 법이건만. 도우의 손이 엉덩이를 떼고 일어나려던 다인을 붙들었다. 이제 그놈의 밥도 다 먹겠다, 방해될 요소들은 없다.

"내가 내 얼굴 보는 게 좋아서 거울 달겠다는데 누가 뭐라 해."

목덜미에 닿는 남자의 입술을 어깨를 움직이며 털어 내고, 배를 감싸던 남자의 손가락을 하나씩 떼어내는 다인은 이제 거의 남자의 가슴에 드러눕다시피 한 상태였다.

다른 손으로 다인의 몸을 감싸서 제게 바로 붙인 도우의 손은 위로 가야 할지 아래로 가야 할지 재밌는 고민에 빠진 것도 같다.

"진짜 본인 얼굴 보려고 그러는 거 아니잖아요."

"왜 아니라고 생각해."

도우는 물티슈를 집어 들어 오른손을 닦아 내면서 다인의 귓불을 살짝 물었다. 그의 표정은 정말이지 진심으로 가득했다.

"난 섹스할 때 내 모습이 좀 궁금하거든."

너는 아니야? 한없이 낮고 야한 목소리가 메아리처럼 귀를 타고 온몸에 흐르자 다인이 눈을 질끈 감으며 몸을 움츠렸다. 뭐라고 대꾸할 힘도 없어졌다. 귀에 닿았던 남자의 입술은 목선을 타고 내려앉으며 머릿속까지 헤집어 놓았다.

다인의 머릿속 어딘가, 텅 빈 침실 가운데에 큰 침대 하나가 놓였다. 그 침대를 마주본 전면 거울 속의 강도우. 그리고…….

진짜 또라이 아니야, 이거? 상상도 잠깐, 톡 하고 바지 단추가 열리는 소리에 눈을 번쩍 뜬 다인이 남자의 손등 위로 제 손을 겹쳤다.

"아니 잠깐만. 여기 사무실이잖아."

"내 사무실이기도 하지."

미쳤나 봐. 다인의 얼굴이 하얗게 질렸다. 원장실 문을 정면에 둔 자리였다. 기겁한 다인은 엉덩이를 들썩이며 일어나려고 했으나 오히려 그렇게 움직인 탓에 바지 지퍼까지 속수무책으로 열리고 말았다.

"제 발로 여기 들어온 건 너야."

뒤에서 감싸 안은 그의 오른손이 배꼽 주위를 맴돌다가 열려진 바지 사이로 들어갔다. 다인의 숨이 가빠졌다. 팬티 위를 만지작거리는 남자의 손을 붙든 다인의 두 손도 긴장감에 달달 떨리는 것 같다.

"아으, 하지 마……."

"너 젖었잖아."

"아, 진짜 미쳤나 봐."

"난 너 여기서 다시 봤을 때부터 꼴렸는데."

역시 너도 그랬나 봐. 도우가 몸을 일으켜 돌리자 순식간에 다인의 몸이 소파에 파묻혔다. 두 손으로 소파를 짚고 일어나려는 여자의 무릎이 도우의 다리 사이에 갇혔다.

찬찬히 다인을 내려다보는 강도우는 또 고장 난 것이 분명했다. 비뚤게 웃으며 셔츠 단추를 하나 더 풀고 손목시계를 풀어 던진 도우의 그림자가 다인의 몸 위로 서서히 드리웠다.

"아니, 강도우 씨. 우리 이성적으로, 응?"

"이성적으로 생각하면 이런 짓 못하지."

"그러니까……, 하아."

"근데 난 지금 굉장히 감성적인 상태라서."

엄마야. 놀랄 틈도 없이 다인의 바지가 벗겨졌다. 이런 짓 하려고 넉넉한 바지 입고 다닌 게 아닌데. 이럴 줄 알았으면 딱 달라붙는 청바지를 입는 거였는데.

"미쳤어. 술 마신 거 아냐 혼자?"

"글쎄. 술보다는 다른 걸 마셔야 할 거 같은데."

한쪽 다리로 다인의 다리를 벌려 고정한 도우의 눈빛은 정말이지 동물의 그것이었다.

"미쳤나 봐. 혹시 오이 먹었어?"

"이제부터 먹어 보려고."

그렇게 잡아먹을 듯한 키스가 다시 이어졌다. 남자의 가슴을 두드리던 다인의 손도 어느 순간 힘이 빠졌다. 자연스레 그의 목을 감싸는 두 손은 언제 거절을 했나 싶다. 아무튼 일관성이 없지. 아랫배를 간질이던 그의 손이 다인의 팬티 위를 길게 쓸고 지나갔다.

"흡!"

숨을 멈췄던 다인의 볼이 발그레 달아올랐다.

"너 진짜 웃긴 거 알지?"

"나는 진짜로 불안하다고요."

도우가 자꾸 원장실 문을 바라보는 다인의 턱을 잡아 돌리며 눈을 맞추었다.

뭘 믿고 이리도 자신만만한 걸까. 그는 불안감에 잘근 씹어 대던 다인의 입술을 진정하라는 듯 가벼이 감쌌다가 혀끝으로 훑고 떨어졌다. 그러나 역효과가 난 것일까. 밭은 숨을 내쉬던 다인의 호흡이 더 거칠어졌다. 짧게 떨어졌던 입술을 다시 붙인 도우가 메마른 숨을 불어넣듯 속삭였다.

"나만 믿어."

정말이지 심장이 터질 것만 같았다. 이런 경험을 해 볼 거라곤 상상조차, 아 상상은 해 봤지만. 어쨌든. 그게 현실이 될 줄이야. 젖은 팬티 위를 움직이는 남자의 손가락에 머리가 다시 아득해졌다.

다인의 상상이 현실이 되는 순간, 저 어딘가에서 무슨 소리가 나는 것도 같았다. 멀리서 들리던 소리는 제 귀에는 점점 가까워지는 것 같은데 왠지 그에게는 들리지 않는 듯하다.

잘못 들었나. 온통 밖으로 쏠린 신경도 서서히 흐려지던 와중에 원장실 바깥 복도 쪽에서 원장님을 외치는 소리에 다인이 눈을 번쩍 떴다.

미친 거 아니야 진짜. 아연실색한 다인이 재빨리 벗겨진 바지를 잡아 들고는 도우의 책상 밑으로 숨어들었다. 그대로 놀라 쓰러질 뻔한 다인과는 달리 도우는 어쩐지 재밌게 됐다는 얼굴이다.

다인이 숨는 걸 슬쩍 확인하고는 다인의 한쪽 신발을 옆으로 치운 도우가 웃음을 머금고 원장실 문을 반쯤 열었다.

"어? 원장님 계셨네요?"

"무슨 일이시죠?"

"이 시간까지 불이 켜진 게 영 이상해서 순찰 돌았습니다."

"아, 오늘 할 일이 좀 남아서요. 아주 중요한 일."

책상 아래에 숨은 다인이 손톱을 뜯으며 귀를 쫑긋 세웠다. 수치스러워서 정말. 도대체가 남의 회사 사무실에서 팬티 바람으로 쪼그리고 앉아 숨어 있는 사람이 세상 어디에 있을까.

소란 떨었던 것과는 달리 다행스럽게도 경비원은 별 의심 없이 돌아 갔는지 몇 마디의 인사 뒤로 철컥, 문이 잠기는 소리가 났다. 여전히 불안한지 책상 밑에서 빠져나가지도 못하고 있자 도우가 저벅저벅 걸어와서 다인의 앞에 섰다.

"나와."

"강도우 씨 때문에 도대체 이게 무슨 망신이야."

누가 들을세라 목소리를 낮추고는 책상 밑에서 쪼그린 채로 나오던 다인이 다리에 힘이 풀려 주저앉아 버렸다. 아 정말. 무릎을 꿇고 도우를 올려다보는 다인의 눈빛은 쓸데없이 촉촉하다.

하, 씨발. 그렇게 쳐다보면 어쩌자고. 뭘 생각했는지 다인을 내려다보던 도우의 턱 근육이 크게 움찔거렸다. 그는 뭔가를 참는 듯 목울대를 꿀렁이더니 재빨리 시선을 올리며 다인을 향해 손을 내밀었다.

"너 진짜 사람 돌게 만드는 재주가 있어, 알아?"

"본인이 돌아 버린 걸 왜 나한테 책임 전가, 으아!"

도우의 손을 잡고 일어나던 다인의 몸이 빙그르 돌려졌다. 뒤에서 껴안으면서 다인을 한 손으로 옭아매고 여자의 엉덩이를 꽉 움켜쥔 도우의 다른 손이 젖은 곳으로 파고들었다.

"왜, 왜 이래요."

"문 잠갔어."

"아으, 그래도 사무실에서 누가 이딴……."

"또, 또 입만 방정이지."

아! 엉덩이를 찰싹 때리자 왈칵, 팬티가 더 젖어 들었다.

"밑으로는 어서 뭐라도 넣어 달라고 시위 중이면서."

"아니거든, 하아."

"그럼 넣기 전에 빨아 달라는 건가."

다인의 몸이 다시 돌려지고 입술이 집어삼켜졌다. 흡착기라도 붙인 양 입술을 거칠게 빨아 대며 몸을 밀어붙이자 책상에는 눕지 않겠다는 듯 다인이 절박하게 도우의 옷깃을 잡아 매달렸다.

축축하게 달라붙은 팬티 위를 지분거리던 남자의 손가락이 얇은 천과 함께 질구 근처를 배회했다. 위로는 서로의 타액을 삼키는 소리와 아래로는 손가락을 뗄 때마다 질척이는 소리가 원장실을 야릇하게 채워나갔다.

아웃, 미처 절정까지는 이르지 못했지만 그 어딘가에 닿았던 다인이 남자의 팔뚝을 급히 잡았다. 입술을 떼고 헐떡이는 가슴을 내려다보던 도우가 제 입술을 여자의 입가로 잘게 내리며 물었다.

"어때."

"으응, 뭐가."

"너도 하고 싶잖아."

코를 지나 다인의 입술에 닿았던 도우의 입술이 반쯤 떨어지고 아래를 살살 어루만지던 도우의 손놀림도 멈췄다. 도우를 올려다보며 침을 꼴깍 삼키자 목울대에 입술이 따라붙었다.

"싫으면 싫다고 해."

"이렇게…… 흐읏, 사무실에서 해 본 적은 없단 말이야."

다인의 골반을 감싸며 속옷을 조금씩 내리던 도우가 한쪽 눈썹을 들어 올렸다. 눈썹과 반대 방향으로 올린 입꼬리 사이로 뜻 모를 웃음이 번져나갔다.

"내가 처음이라는 거네."

"……사무실이 처음이라고."

"어쨌든 나랑 처음이잖아."

여태 비 한 방울도 뿌리지 않았던 하늘을 원망했던 게 무색하다. 그깟 우산 따위.

"비 맞으면서 해 보는 건 어때."

"변태."

"변태 보고 환장해서 팬티 다 젖을 정도로 질질……."

망측한 뒷말은 듣기 싫다는 듯 다인이 남자의 입술을 물어 삼켜 버렸다. 도우의 목덜미를 잡아당겼던 손이 도우의 손에 잡혀 얽히고 책상에 걸터앉았던 몸도 점점 뒤로 눕혀졌다.

어느새 아래로는 아무것도 입지 않은 몸이었다. 그 허전함에 어색한 것도 잠시, 말캉한 것이 아래를 헤집고 들어왔다.

아아, 정말이지 미친 사람. 그렇지만 미친 건 정작 누굴까. 긴장감에 더 흥분되는 자신을 외면하고만 싶은 다인이었다.

"내가 살다 살다 별짓을⋯⋯."

두 손으로 가린 얼굴을 소파에 묻고 엎드린 채 도리질을 하고 있는 다인은 여전히 아랫도리를 다 벗은 상태였다. 부속실에 마련된 탕비실에서 차 두 잔을 내오던 도우가 그 모습을 보고 피식 웃으면서 원장실 문을 다시금 잠갔다.

"일어나. 차나 마셔."

도우가 다인의 허리께에 엉덩이를 들이밀고 앉으며 찻잔을 테이블로 내렸다. 소파가 조금 밀린 것 이외에는 원장실에서 몸을 섞은 흔적이라곤 어디에도 없었다. 어느새 멀끔한 상태로 돌아온 강도우 역시나 그러했다. 오로지 다인만 아직도 엉덩이를 홀렁 깐 채로 엎드려 있었다.

"계속 엎드리고 있을 거면 또 하자는 걸로 간주할 거고."

하아. 그제야 얼굴을 빼꼼 내밀어 든 다인의 시선이 도우에게로 꽂혔다. 왜, 뭐. 눈썹을 들어 올리며 빙긋 웃는 걸로 도우가 제 얼굴에 날아드는 뾰족한 다인의 시선을 튕겨냈다.

"재밌었잖아. 너도 오늘 빨리 느꼈어."

안 그래? 엉덩이를 움켜쥐었다가 찰싹 때리자 다인이 기겁하면서 몸을 틀었다. 요즘 들어서 한 번씩 엉덩이를 만져 대는 게 아무래도 수상하다.

"혹시 그런 쪽 성향이에요?"

발끈하여 톡 쏘는 목소리가 제법 앙칼졌다. 저 역시도 어떤 페티시를 가지고는 있지만 그런 것에 있어서는 당사자들끼리 충분한 합의가 필요한 부분이다. 손에서 더 나아가서 채찍이 될 수도 있을 노릇이 아니던가.

"난 남자 혐오해."

생뚱맞게 뭔 소리인지. 다인의 의심을 한순간에 집어삼키는 대답에 눈꺼풀만 빠르게 오르내리며 접혔다가 펴지기를 반복했다.

"종종 그런 말 듣거든."

보아하니 게이라는 말까지 달고 다닌 모양이다. 이걸 안쓰럽다고 해야 할지, 도우를 보는 다인의 마음은 어수선한데 정작 갖은 소문의 집약체인 인물은 더없이 담담하기만 하다. 혀를 쯧, 차던 다인이 몸을 일으켜서 바로 앉았다.

"강도우 씨 따라다니는 소문 되게 많은 거 알아요?"

"대충은."

강도우에게 대충의 범위는 어디까지일까. 지금도 이렇게 저만 엉망인 꼴인데. 다인의 시선이 대충이라곤 없을 것 같은 멀끔한 남자의 머리끝에서부터 흘러내렸다. 그나마 흐트러진 것은 머리카락뿐.

불과 10분 전까지도 한없이 가볍게 입을 나불거리던 제 눈앞의 남자는 어디서 세수라도 하고 온 건지 청초하기까지 하다.

"근데 왜 해명 같은 거 안 해?"

질문의 의도를 파악하는 듯, 가늘어졌던 남자의 시선이 훵한 다리로 내려앉자 여자의 눈동자도 같이 도르르 굴러떨어졌다.

으응, 내 바지가 어디 있더라. 고개를 돌려 가며 블라우스를 애써 밑으로 잡아당기는 꼴이 진심으로 부끄러운 모양이다. 앉아 있으라는 듯 다인의 어깨를 꾹 누르며 일어난 도우가 발걸음을 곳곳에 옮겼다.

"글쎄. 꼭 해명을 해야 하나."

"억울하지 않아요? 내가 한 말도 이리저리 와전되고."

말 같지도 않은 소문들에 둘러싸이는 것은 정말이지 너무나도 억울한 일이다.

구지훈의 세 치 혀를 생각하자면 아직도 이가 바득바득 갈리지만,

그렇다고 그걸 하나하나 바로 잡을 생각도 없었던 것은 그저……

"시간 아까워."

그랬다. 시간 낭비였으니까.

제 맘과 똑같은 말을 내뱉은 도우가 다인의 앞에 한쪽 무릎을 꿇으며 앉았다. 기다란 손가락에 돌돌 말린 다인의 속옷을 건 그가 가랑이 사이를 턱짓하며 훑었다. 다시 입을 거냐는 듯 물어보는 망측한 시선에 다인이 눈썹을 크게 꿈틀거렸다.

어차피 곧장 도우네 집으로 갈 거니까 다시 속옷을 입을 필요는 없을 것 같다. 다인이 발그레 달아오른 얼굴을 좌우로 흔들고는 그의 손에서 제 속옷을 낚아챘다. 한 번 더 말아 문 입술이 빨갛게 익었다.

"그런 거 하나하나 해명해 봤자 결국 또 다른 오해를 낳아."

소파 끝을 짚은 손가락을 괜히 꼼지락거리고 있자 낮은 목소리가 다인에게로 날아와 흩어졌다.

도우가 제 옆에 둔 여자의 바지를 입기 좋게 몇 번 말고는 다인의 한쪽 발을 들어 끼워 넣었다. 남자의 호의가 부끄러운 양 나머지 발을 마저 넣고 급히 바지춤을 추스르자 건조한 웃음이 흩날렸다.

"가십거리들도 시간이 지나면 다른 걸로 뒤덮이기 마련이고."

채 잠그지 못한 바지 단추를 채우고 블라우스 단추를 바로 하던 그의 손이 쇄골을 지나면서 다인의 어깨를 덮었다. 움찔거리며 흔들렸던 시선이 그의 입술로 따라붙었다. 다음 말을 기다리는 시간들이 엇박을 타며 흘러갔다.

"강도우는 그냥 강도우로 증명하면 돼."

다른 건 필요 없어. 어깨를 덮은 손에서 비죽 튀어나온 엄지가 다인의 쇄골을 덧그리듯 훑었다.

"그러니까 너도 뒤에서 무슨 소리를 듣든지 간에 그냥……"

미미한 웃음이 번졌던 남자의 표정이 일순간 흐려졌다. 외따로 놀던 엄지도 제자리를 찾아가고 제 흔적을 남기지 못해 아쉬운 시선이 느릿하게 목선을 타고 올라가서는 여자의 것과 부딪쳤다.

미소 대신 자리한 남자의 짙은 눈동자에 빨려 들어갈 것만 같았다. 숨을 내쉬는 것도, 눈을 깜빡이는 것도 잊어버린 채 그저 두 사람 사이의 공기가 데워지는 것만 온몸으로 체감할 뿐.

"날 믿어 봐, 다인아."

쿵. 누군가 큰 북이라도 울린 게 아닐까. 그와 눈을 마주한 다인이 어딘가 먼 곳에서 들려온 것 같은 그 북소리에 멍해져서는 저도 모르게 고개를 한 번 끄덕였다.

가끔은 이대로 닳아 버릴까 겁이 났다. 입매에 웃음을 매단 도우가 입술을 붙이는 대신 다인에게 찻잔을 쥐어 건넸다.

잔을 건네준 손가락도, 감아쥔 손가락도 어디에 덴 것처럼 화끈거렸다. 차가 뜨거워서 그런 것만은 아닐 터.

목이 말라 침을 꼴깍 삼키자 얼른 마셔 보라는 눈짓이 뒤따랐다. 일부러 뜨겁지 않게 내렸다는 말에 시선을 내리깔고 고개를 주억거리던 다인이 차를 한 모금 입에 머금었다.

강도우는 참……. 고소한 맛이 입안을 감싸고 돌면서 하고 싶은 말을 그대로 삼켰다. 혀끝에 남은 단맛은 조금 전까지 무슨 생각을 하고 있었는지도 지워 버렸다.

"맛있네요."

"수국 차야."

아, 수국 차. 옆자리에 붙어 앉는 도우를 의식하며 차를 한 모금 더 들이켰다. 한 모금씩 머금을 때마다 색색깔의 감정이 둥그렇게 피어나는 것이 수국 같기도 하다.

"너 근데 수국 꽃말이 뭔 줄 알아?"

"아니."

뭘까. 다인의 눈에서 괜한 기대감이 샘솟았다.

두근두근. 영원한 사랑 뭐 그런 걸까.

"뭔데요?"

"몰라."

"뭐야."

"뭐가. 나도 몰라서 너한테 물어본 건데."

에레이, 낭만은 개나 주라지. 다인이 코를 찡긋거리며 윗입술을 들어 보이고는 남은 수국 차를 한입에 털어 넣었다. 달큰한 생각들도 밑바닥을 보인 찻잔처럼 홀라당 사라진 것 같다.

밀려났던 소파를 바로 하던 도우가 허리를 세우고 다인의 손에서 빈 찻잔을 빼들었다. 얼마 안 가 철컥, 잠겼던 문이 열리고 도우의 뒷모습이 사라졌다.

설거지라도 하는 모양인지 반쯤 열어 둔 원장실 문밖으로 물소리와 컵 부딪히는 소리가 적막한 공간을 채웠다. 그의 뒷모습을 좇던 다인이 원장실을 쓰윽 훑었다. 피로가 켜켜이 쌓인 눈이 그와 몸을 겹쳤던 곳곳에 닿았다.

책상만 보자면 언제 책상에서 뒹굴었냐는 듯싶다. 뭐, 그렇다고 애초에 그렇게 어질러진 것도 아니었다만. 옷을 매무시하며 책상 가까이 발걸음을 옮긴 다인은 채 지워지지 않은 유리 위 지문을 문질러 닦아 냈다. 문득 책상 위에 둔 그의 명패가 눈길을 사로잡았다.

강도우. 가느다란 손가락이 검은색 명패 속 그의 이름을 한 획 한 획 쓸고 내려갔다.

다인의 눈꼬리가 슬그머니 접혔다. 어쩌면 강도우의 매력 하나를 더 찾은 것도 같다. 외모나 능력을 제외한 그저 강도우라는 사람 자체의 매력을.

"갖고 싶어?"

언제 다가왔는지 바로 뒤에서 들려오는 목소리에 '우'를 따라가던 손가락이 흠칫 놀라며 떨어졌다. 손에 물기를 닦아 내며 다인의 몸을 돌려 마주 본 도우가 제 명패를 턱끝으로 가리켰다.

"남의 명패를 뭘 그렇게 사랑스럽게 쳐다봐. 날 그렇게 볼 것이지."

"……내가 좀 감투에 약한 편이라서."

"듣던 중 제일 반가운 소리네, 그건."

도우의 말에 피식 삐져나온 웃음이 겹쳐진 입술 새로 스며들었다. 입술만 붙였다가 짧게 떨어지는 키스였지만 그것도 몇 번이고 반복되자 그것만으로도 숨이 뜨거워졌다.

그의 손이 블라우스 단추 언저리를 맴돌자 서둘러 그를 떼어낸 다인이 유리창으로 시선을 던졌다. 토독토독, 언제부터 시작됐는지 모를 빗줄기가 창문을 타고 흘러갔다.

"비 오나 봐. 우산 있어요?"

아랑곳하지 않고 여자의 얼굴 곳곳에 입술을 내리던 도우가 우산이라는 말에 고개를 틀었다. 우산이라면 보라색 계열로 다양하게 구비해 뒀지만, 오늘 같은 날은 우산보다는 아무래도…….

"없는데."

"나도 없는데. 오늘 강도우 씨 차도 없다며."

"그냥 같이 비 맞을까, 오랜만에."

어차피 진흥원에서 집까지는 걸어서 10분가량이다. 누가 볼까 데면데면하며 내려온 두 사람은 로비에서부터 손을 잡고 내달렸다.

어둠이 내린 빗속의 거리를 뛰어가는 둘의 몸짓은 학춤을 추는 듯

우아했다가도 막춤을 추는 듯 우스꽝스러워졌다. 비에 젖고 사랑에 물
드는 여름의 끝자락이었다.

제법 선선해진 밤공기를 귀뚜라미 소리가 채웠다. 텐트 안에서 도우
의 앞에 앉아 제 머리카락을 맡긴 다인의 모습이 이제는 아주 익숙해
보인다. 있을 건 있고 없을 건 여전히 없는 그들의 아파트 속 텐트 생활
은 벌써 일상이 되었다.

"왜 이렇게 머리를 잘 땋아요?"

"내가 말했잖아. 강지윤 머리 내가 해 줬다고."

요즘은 컸다고 오빠 취급은커녕 사람 취급도 안 해 주지만. 기나긴
경력과는 달리 투박한 손길이 도령 머리를 만들어 놨지만 다인은 휴대
폰에 비친 제 모습에 제법 만족하는 듯하다.

"아, 난 내일 낮에 서울 올라갈 거예요."

"왜."

"친구 만나기로 했어."

"너 친구도 있어?"

저기요. 등을 돌린 다인이 그대로 도우 품에 안겨서 뒤로 넘어갔다.
도대체 수작질은 누가 하고 있는 건지. 할 수 없이 그의 품에서 가슴 근
육을 꾹꾹 눌러 보는 다인의 모습도 그리 낯선 그림은 아니다.

"그 친구가 이탈리아에 커피 배우러 갔다가 남자랑 눈 맞아서, 아 맞
다. 혜주. 정혜주 기억나죠? 옛날에 그 카페."

"아, 그 맛 더럽게 없던 커피."

"웃겨. 그 맛 더럽게 없던 커피 매일 사 먹던 사람은 뭐야."

"소상공인을 도와야지."

하아. 자꾸만 붙어 오는 그의 입술이 슬슬 귀찮아져 등을 돌렸다. 그러자 그걸 바란 모양인지 배 위로 올라온 손이 기다렸다는 듯 가슴을 움켜잡았다.

"아무튼 이번에 혜주가, 아 잠깐 그렇게 자꾸……."

"응. 계속 얘기해."

"혜주가 오랜만에 한국 들어온대서 만나야 해."

"아직도 연락하나 보네."

"연락이야 계속 하고 살았지."

"왜?"

뭐가 왜긴 왜야. 어깨를 틀어 마주한 서로의 얼굴은 정말 물음표가 가득한 얼굴이다. 가슴을 주무르던 손이 다인의 찌푸린 미간을 꾸욱 눌렀다.

"옛날에 너 찾으러 갔을 때 걔가 울고불고 그랬거든."

"혜주가?"

"네가 걔 돈 떼먹고 날랐다고. 기다인 얘기도 꺼내지 말라고. 그래서 연락 끊긴 줄 알았지."

아아, 정혜주라면 알만했다. 무슨 수를 써서라도 어떻게든 찾지도 못하게 하랬더니 그런 방법을 쓰다니. 다인이 킥킥대며 웃자 제 아랫배에 붙인 그의 손까지 들썩였다. 아니, 강도우는 그 소리를 진짜 믿은 거야 뭐야.

"왜 웃어, 너."

"우리 처음 한 날, 나 그 다음 날 바로 미국 갔었어."

다인이 제 위로 겹쳐 오는 도우를 올려다보면서 그의 얼굴에 손을 가져다가 눈썹을 찬찬히 쓸었다.

강도우의 외모가 어디가 잘났냐고 물으면 머리끝부터 발끝까지 읊을 거리는 셀 수 없이 많겠지만, 이 눈썹까지도 잘난 건 반칙이 아닐까.

"미국을? 갑자기?"

"원래 예정된 유학이었어. 그때 말없이 간 건……."

미안. 다인의 말 뒤로 눈치 없이 시끄러운 음악 소리가 깔렸다. 도르르 눈동자를 굴리자 도우의 휴대폰이 번쩍거리는 것이 보였다.

"전화 오는데요?"

"됐어."

"난 괜찮아. 받아 봐요."

"안 받아도 돼."

"……누구 전환데 안 받아? 아니, 이 시간에 누가 전화해?"

"이 시간이니까 안 받지."

뭐야, 수상하잖아. 도우를 밀치고 일어난 다인이 손을 뻗어 남자의 휴대폰을 들었다. 저장은 해 두었지만, 이름은 알 수 없는 자음들로만 되어 있다.

"받아 봐요."

휴대폰을 건네는 다인의 눈빛이 제법 강강하다. 이건 지난 연애 때 수도 없이 되풀이해 온 경험이다. 여자의 직감이란 왜 이런 상황에 적중률이 높아지는지. 제 손에서 징징대는 휴대폰처럼 머릿속이 뒤죽박죽 시끄러워졌다.

휴대폰 화면을 슬쩍 쳐다본 도우가 시선을 느릿하게 끌어 올렸다. 밖에서 서늘한 바람이 불어오자 느른하게 풀렸던 눈이 매서워졌다.

"뭐 해요. 받으라니까."

"싫다면."

도우의 한 마디에 둘 사이의 공기도 어쩐지 싸늘하게 식어 버린 듯했다.

3초 정도는 공기의 흐름도 멈췄던 것 같다. 왜 싫지. 수상한 이름으로 밤에 걸려 오는 전화를 받기도 싫다는 건 무슨 이유지. 거기다가 받아 보라고 좋게 권유까지 했는데. 뭘 숨기고 싶은 거지. 헛웃음이 차마 터지지도 못하고 입 근처를 떠돌았다.

그러니까 이것은 시답잖은 강도우의 공격이다. 평화주의자 다인에게 맥락 없는 폭력은 없다. 그저 상대방이 공격을 해 오면 방어를 할 뿐. 휴대폰을 쥔 다인의 손이 부들부들 떨렸다. 진동으로 떨리는 것은 아닌 게 확실하다.

"싫다면?"

"싫다면."

다인의 질문을 맞받아치며 싫다면을 외치던 도우가 입꼬리를 불량하게 휘었다. 건방지게 잘빠진 얼굴이 제게 가까워지자 다인의 왼손에 든 휴대폰이 스르륵 바닥으로 떨어졌다.

"하, 싫다면?"

"응. 싫다면."

강도우는 지금 장난이라도 치는 줄 아는 모양이다. 사냥감을 발견한 재규어처럼, 아니다, 재규어는 무슨. 그저 주인보고 헤벌레 좋아 죽는 똥개처럼 꼬리를 흔들며 그는 다인의 위로 점점 제 몸을 겹쳤다.

정말이지 어이가 없어서. 다인으로선 분명 몇 번이고 기회를 준 것이었다. 기회를 잃은 자에겐 적당한 응징이 필요한 법.

휴대폰 벨소리에 박자라도 맞춘 듯 다인이 오른손을 바닥에 내린 뒤 연이어 왼손으로도 바닥을 짚었다. 어깨 뒤로 둔 양팔에 체중이 실리고 거의 동시에 오른쪽 다리가 도우의 활배근으로 쭉 뻗어나갔다. 그리고 그렇게 결국은,

"싫다면 같은 소리하고 자빠졌네!"

악, 다인의 발차기에 도우가 외마디 비명을 텐트 속에 흩뿌리며 진 짜로 자빠졌다.

누가 뭐래도 기다인의 태권도 품띠에 대한 자부심은 실로 어마어마했다. 검은띠도 아니고 내세울 만한 유단자도 아니면서 왜 고작 품띠로 그러냐 하겠지만, 초등학교 시절 나름의 혹독한 태권도장 생활을 견뎌내야만 했던 다인에게 품띠란 자신감의 원천 그 정도쯤은 되는 것이었다.

간만에 그 자신감을 발끝으로 표현할 수 있어 다행이라고 해야 하나.

저도 놀란 모양인지 그때까지도 징하게 울리던 휴대폰 벨소리도 뚝 끊겼다. 들리는 건 오직 다인의 거친 숨소리뿐. 강도우는 기절이라도 한 것처럼 옆으로 쓰러져서는 꼼짝도 않고 있었다.

"……싫다면 좋아하시네."

웬일로 조용한 강도우가 낯설다. 발끝으로 조심스레 남자를 툭툭 건드렸다. 발차기에 죽은 사람도 있나. 명치를 찬 것도 아닌데. 다인이 도우 쪽으로 슬그머니 다가갔다.

"강도우 씨. 일어나 봐요."

"……."

"괜찮아?"

많이 아팠……. 그럼 그렇지. 도우를 슬쩍 흔들던 손목이 잡히면서 빙글 돌려진 다인이 남자의 품에 그대로 안겨 버렸다.

가지가지한다 정말. 등 뒤로 붙은 그의 가슴팍이 큭큭 소리와 함께 들썩이자 한숨이 절로 쏟아졌다.

"놔요. 이럴 기분 아니야."

"싫다면."

"또 차이고 싶어?"

"네가 때리는 거 하나도 안 아파."

진짜 짜증 나. 유치한 장난에 저항할 힘도 사라졌다. 그렇게 그에게 안긴 채로 몇 분은 있었을까. 다시 벨소리가 요란히 울려 대자 도우가 어쩔 수 없다는 듯 다인을 제 앞에 안은 상태로 몸을 일으켰다.

아무리 강도우라고는 해도 전화를 받지 않으면 이 휴대폰으로 네 머리를 깨 버리겠다는 눈빛까지 달게 받아칠 수는 없었으니까. 액정 속 이름을 확인한 그는 마지못해 통화 버튼을 엄지로 쓸었다.

—야! 강도우!

스피커폰으로 바꾸기도 전에 카랑카랑한 여자 목소리가 휴대폰을 뚫고 튀어 나왔다.

—야! 듣고 있어?

"앞에 두 글자가 빠졌잖아, 지윤아. 오빠라고 오빠."

—왜 이렇게 전화를 안 받아!

"오빠 일하느라 바빠."

지윤이라면 저번에 사진까지 본 적 있는 강도우의 막냇동생이다. 별 것도 아닌 걸 왜 숨기려고 들어서 괜한 의심을 샀을까. 이것도 수작질 중 하나였다면 굉장한 정성이다. 슬금슬금 제 가슴께로 올라오는 도우의 손을 가만히 내려다보며 다인이 한숨을 내쉬었다.

—네가 무슨 일을 아직까지 해?

그러니까 내 말이. 하는 일이라곤 가슴 만지는 일밖에 없으면서. 도우의 손을 떼어 내리던 손이 되레 붙잡혀서는 제 가슴에 붙었다. 졸지에 스스로 가슴을 만지는 꼴이 되어 버린 다인의 눈이 더없이 커다래졌다.

"작은 오빠는 대단한 사람이거든. 넌 이 밤에 무슨 일인데. 내일 학교가려면 일찍 자야지."

—내일 토요일인데 무슨 학교를 가?

"토요일에는 학교를 안 가? 나 때는 다 갔는데."

—히익. 공부를 얼마나 못한 거야?

지윤의 말에 무심결에 웃던 다인이 입술을 꾹 눌러 다물었다. 그의 손이 포개진 채로 제 가슴에 둔 손은 이제 될 대로 되라는 식이다.

"지윤아, 오빠는 공부를 못한 역사가……."

—됐고, 할머니가 집에 한 번 오래.

"그 양반이 왜."

—그 양반, 응? 뭐라고 할머니? 갈 날? 갈 날 받아 났다고 하라시는데.

"할머니 드디어 돌아가시겠대?"

세상에, 이게 무슨 패륜이야. 어깨를 틀어 마주한 얼굴에 남자의 입술이 쪽, 달라붙었다.

하, 귀찮다. 고개를 흔들던 다인이 몸을 돌려서는 도우의 가슴팍에 등을 기대어 반쯤 누웠다. 언젠가부터 다인에게도 이 자세가 아주 익숙하고도 편안한 자세가 되어 버렸다.

—모르겠고, 오빠. 나 귀찮게 좀 하지 마. 나도 3학년이라서 바쁘단 말이야.

"네 오빠가 더 바빠. 서울 갈 시간도 없다고 전해 드려."

—할머니. 강도우 서울 올 시간도 없대요.

휴대폰 건너로 들려오는 목소리를 들으며 도우가 다인의 목덜미에 입술을 붙였다. 지윤을 스피커 삼은 제 할머니의 통화 목적을 모르는 게 아니다. 노인네의 뻔한 의도에 미간에 주름이 졌다.

"지윤아, 오빠 지금 아주 중요한 일을 해야 하거든."

—나도 중요한 일 할 거 많아. 오빠가 3학년의 인생을 알아?

"오빠는 다 알아. 모르는 거 없어. 너 지금 옆에 할머니 계시지? 할머니한테 괜한 에너지 낭비하지 말라고 전해 드려."

—할머니, 강도우가 에너지 낭비하지 말래. 불 끌까, 우리?

며칠 전부터 걸려 오던 뚜쟁이들 전화도 어디서부터 시작됐는지 알 만했다. 형이 짧았던 결혼 생활을 끝내고 온 이후로는 부쩍 결혼 타령이 심해진 양반이다.

"할머니한테 오빠 번호도 좀 아무 데나 뿌리지 마시라고 전해 드리고."

—할머니, 강도우 번호…… 아이 참. 할머니도 다 들었지?

"다 들으셨어. 나보다도 건강하셔."

스피커 너머 작게 할머니의 찰진 욕지거리가 들렸다. 어떤 모습일지는 안 봐도 뻔하다.

"둘째 손자 어디 다리 하나 부러지는 거 보고 싶으면 계속 번호 뿌리시면 된다고도 말씀드려."

—아, 직접 말해!

"그래, 오빠도 사랑해."

할 말만 끝낸 뒤 서둘러 전화를 끊고 그대로 전원도 꺼 버렸다. 툭하니 멀리 던져진 휴대폰을 가만히 쳐다보던 다인이 입술을 떼었다.

"그러게 진작 받았으면 좋았잖아요. 괜히 쓸데없는 소리나 해서 얻어맞을 건 뭐야."

"할머니한테서 오는 건 안 받는 편이야."

"왜?"

"받으면 피곤해. 안 받아도 피곤하지만."

가슴을 감쌌던 도우의 손이 스르르 허리께로 떨어졌다. 괜히 미안한 마음에 입술을 불룩 내민 다인이 남자의 엄지를 잡아 튕겼다.

"미안하지, 너."

"내가 오해를 안 하게 생겼냐고."

"무슨 오해를 했는데?"

"……."

"응? 무슨 오해를 했을까."

입꼬리를 한껏 당겨 올렸던 도우가 다인의 배를 당겨 제게 더 붙였다.

"……나는 의심도 많고 질투가 많은 사람이에요. 그렇게 안 생겼겠지만."

입술을 삐쭉거리는 다인의 모습은 누가 보더라도 질투로 가득 찼던 얼굴이다.

"어릴 때부터 그랬어. 나 예쁘다고 해 줬던 선생님이 다음날엔 다른 친구보고 예쁘다고 하면 괜히 심술 나고."

"너 예뻐."

"알아. 근데 어릴 때도 진짜 예뻤거든요."

아무렴 그랬겠지. 불퉁스러운 볼에 붙여 대는 입술 새로 웃음이 멎질 않았다.

"아무튼 나는 남자 친구한테 괜한 의심 갖는 것도 진짜 싫고……."

"뭐가?"

"전화 안 받고 숨기고 하는 거 말이야."

"아니, 누가?"

"뭐가 누가야. 강도우 씨가 방금 전에 했듯이."

"내가 너 남자 친구야?"

"……."

"언제부터 내가 너 남자 친구가 됐지, 나도 모르게."

그러고 보니 그랬다. 어떤 사이가 되고 싶지 않다고 말했던 게 무색하게도 언젠가부터는 강도우를 당연하게 남자 친구 취급해 오고 있었다. 그렇다고 지금 와서 아니라고 바로잡기에도 담백한 사이는 아니었다.

"……아니에요?"

"아니지. 사귀잔 말을 안 했잖아, 아직."

"그게 뭐가 중요해."

"중요하지. 나는 처음인데?"

강도우는 정말이지 버스 하차 버튼 누르는 기회를 뺏겨 버린 서너 살 애처럼 너무나도 억울한 표정이다. 이걸 어쩌나. 사탕이라도 쥐여 줄 수도 없고. 사탕 대신 가슴을 쥐여 줘야 할까.

"그럼 우리 오늘부터 사귀는 걸로 해요. 됐지."

"글쎄. 난 생각을 좀 더 해 봐야겠어."

새치름한 도우의 말에 허, 격한 코웃음이 뿜어져 나왔다. 손가락으로 다인의 코끝을 튕긴 그가 자못 진지한 목소리로 말을 이었다.

"어디 철학관이라도 가서 날을 제대로 잡고 시작해야지."

"……무슨 결혼할 날 잡아요?"

"그럴까 그럼."

그는 잘 알지도 못하는 철학관을 떠올려 보려는 듯 머리를 바삐 굴렸다. 흐음, 할머니가 잘 아는 곳이 있다고 들었는데. 아무래도 한 번쯤은 본가에 가야 할 것도 같다.

"앞서가지 마. 사귀자고 했지, 남편 해 달라고 안 했어."

"우린 이미 한참을 아주 급진적으로 앞서갔어."

"한참까지야……."

애라도 먼저 가졌다간 혁명가로 이름날 기세다. 발끝으로 다인의 종아리를 감으면서 서서히 다리를 벌리는 강도우의 꼴은 퍽이나 온건적이기도 하겠다. 여전히 그의 가슴에 등을 붙인 다인이 고개를 살짝 돌리며 물었다.

"지금 이거…… 뭐예요, 이거?"

"파티 해야지."

"뭔 파티를 해."

허벅지를 쓰다듬던 손이 긴 티셔츠를 들어 올리고 어느새 가랑이 사이로 들어왔다. 뒤집어진 개구리 꼴로 앞에 잡혀 안긴 꼴이 어쩐지 창피해졌다.

"설마, 아니 설마 또 할 건 아니잖아."

"왜 아니라고 생각해."

"아니, 아얏, 아니…… 그걸 왜, 왜 잡아 뜯어!"

미쳤나 봐. 따끔거리는 것보다도 황당함에 어안이 벙벙했다. 이 와중에도 속옷이 젖어 드는 게 더없이 수치스러워 눈물이 핑 돌았다.

파티는 무슨, 눈물의 파티를 할 셈인가. 활짝 벌어진 채 고정된 다리는 아무리 버둥거려도 빠져나갈 구석이 없다. 도우가 축축이 젖어 든 팬티를 옆으로 젖혀서는 그곳에 다인의 손을 가져다 댔다.

"잡아."

"……싫다면?"

"까불지 또."

진짜 싫다. 싫다면서 강도우가 시킨 대로 하고 있는 자신은 더 싫다. 숨을 크게 내쉰 다인이 눈을 질끈 감았다.

다음엔 제대로 된 잠옷을 갖고 와서 겹겹이 입고 있어야지. 그럼 강도우도 벗기느라 진땀을 빼기는 개뿔, 지금까지의 강도우로 미루어보건대 그러면 스트립쇼라도 해 보라며 더 좋아할 게 뻔했다.

고개를 절레절레 흔드는 다인의 입에 불쑥 도우의 손가락이 들어왔다. 타액으로 범벅된 손이 순식간에 빠져나가더니 입속을 헤집듯 아래를 헤집기 시작했다.

"아니, 아니⋯⋯, 잠깐."

엉덩이를 붙였다 떼며 허리를 들썩거리자 남자에게로 몸이 찰싹 달라붙었다. 엉덩이 뒤로 느껴지는 그의 것은 이미 무서울 기세로 솟아나 있다.

손이 몇 번 스치지도 않았건만 부풀어진 살점은 여자의 몸도 흥분했음을 여실히 보여 준다. 으응, 클리토리스를 뭉개듯이 돌렸다가 손끝으로 긁듯이 만지자 도우의 손을 붙든 손에 점점 힘이 빠진다. 더운 숨을 내뱉는 다인의 얼굴은 이제 다홍빛으로 물들기 시작했다.

"하아, 아으!"

"어때. 내가 준비한 파티가."

"아. 이런 파티는, 흐웃, 초대받은 적이 없⋯⋯!"

그럼 얘도 그럴까. 애액을 왈칵왈칵 토해 내는 곳으로 가운데 손가락이 들어가자 기다렸다는 듯 붉은 속살이 그를 쫙쫙 빨아 당겼다.

이대로라면 금방일 것 같기도 한데. 손가락을 하나 더 넣어서 내벽을 긁어 내려가던 움직임이 돌연 멈추었다. 그러고는 다인의 손을 제 손 위에 겹치고서 한다는 말이,

"내 손 잡아서 네가 움직여 봐."

"흐응, 그런 건 싫어."

"네 손가락 넣어 볼래, 그럼?"

고민하는 시간만큼 질구가 달싹였다. 중요한 선택의 순간. 이런 망

측한 행위들을 놓고 진지하게 고민하게 될 줄을 누가 알았을까. 하지만 나름의 합리적 판단으로 질구에 반쯤 걸쳐진 남자의 손으로 제 손을 겹쳐 보는 다인이다.

"움직여야지, 다인아."

정말이지 온몸으로 딜도가 되어 볼 참인지, 제 몸을 기꺼이 내어 주는 남자의 희생정신에 아주 감동의 눈물이 다 날 지경이다.

그러나 그것도 잠시, 똑똑한 손가락이 예민한 지점을 알아서 눌러주자 찔꺽이던 소리가 금세 참방거리는 소리로 바뀌고 늘어졌던 목소리도 성대에 착 달라붙는다.

"으응, 하아……, 아……."

"고작 내 손가락 몇 개 넣었다고 이렇게 응? 좋아 죽으면서."

아아, 그래 거기, 하아.

"정작 나는 너 얼굴 제대로 보지도 못하고. 억울하잖아."

아아, 시끄러, 정말 시끄러워.

"그러니까 전면 거울이 필요한 거라고. 알겠어?"

하아, 좋아, 거기 너무 좋아. 입 밖으로 채 나오지도 못하고 머릿속을 유영하던 생각들이 펑 하고 터짐과 동시에 허벅지가 경련하듯 잘게 떨렸다. 흥건하게 젖은 손가락을 애타게 붙드는 질구의 몸부림은 가련하기 짝이 없다.

맥 빠진 몸을 뒤로 기대자 밭은 숨을 내뱉는 입술 주위로 남자의 입술이 달려들었다. 길고도 화려한, 영문 모를 파티의 서막이었다.

8화

"기다인, 너 내 말 듣고 있어?"

"으응."

반쯤 올린 눈꺼풀 사이로 혜주의 얼굴이 어른거렸다. 잠이라곤 서울로 올라오는 기차 안에서 잠시나마 눈을 붙인 게 전부.

갑작스레 공식화되어 버린 남자 친구는 손끝이라도 떨어지면 큰일이라도 난 것처럼 어찌나 정신 사납게 굴어 대는지, 결국은 성가신 마음도 몸도 그에게 모두 다 맡겨 버릴 수밖에 없었다.

모유 대신 한약을 먹기라도 했는지 날 때부터 남달리 좋았던 도우의 체력은 지난 밤 그 진가를 톡톡히 발휘했다. 체력이라면 남부럽지 않았던 다인도 그렇게 꼼짝없이 그의 품에 갇혀서는 해 뜨는 것까지 같이 봐야만 했다.

어지간해서는 놓아줄 줄 알았던 강도우에게 도무지 끝이란 존재하지 않는 것 같았다. 자꾸만 내려오는 눈꺼풀이 도우의 손가락에 의해 벌어지는 건 덤이었다.

그는 아주 집요하게 쾌락만을 좇았다. 마치 그들의 첫날을 기념하기 위해선 이 정도 피로쯤이야 기꺼이 감수해야 한다는 것처럼.

"시차 적응 안 된 나도 쌩쌩한데 너는 밤새 뭘 했길래 다 죽어 가는 꼴이야?"

"으응……, 파티……."

누구 하나 죽어야 끝나는 파티. 아직도 파티의 여흥에서 벗어나지 못한 모양인 것인지 화려한 미사여구로 포장된 외설스러운 문자들을 외면하곤 다인이 제 뺨을 톡톡 두드렸다.

멀리 달아나지도 못하고 다시금 찾아오는 졸음들에 하품만 연달아 하더니 그제야 제 선물들에 관심을 가져 보던 눈이 동그랗게 커졌다.

"그래서 이게 다 나 갖다 주라고 라울이 사 준 거라고?"

"그렇다니까? 우리 라울 정말 섬세하지 않니."

아모레 미오, 내 사랑 라울을 외치는 혜주의 낯간지러운 모습에 다인이 조금 민망하다는 듯 코를 쓱 훔쳤다. 저도 연애할 땐 저랬던가. 지난 연애를 떠올리던 얼굴이 삽시간에 구겨졌다.

그래, 도우의 말대로 지난 과거 따윈 이제 중요하지도 않다. 현재가 중요할 뿐.

"내가 완전 좋아하는 친구한테 갖다줄 거라고 했거든. 이것도, 이것도 다 내 아모레 라울이 골라준 거야. 완전 멋있지."

트러플 오일이며, 커피, 초콜릿, 와인 등등 보부상처럼 끝없이 짐을 풀어 놓는 혜주의 손은 어지간해서는 멈출 기미가 보이지 않았다.

"……정혜주 네 아모레한테 완전 그라찌에라고 전해 줘."

도무지 멈출 생각이 없어 보이는 건 혜주의 입도 마찬가지다. 한국에 들어간다니 제 라울이 얼마나 많은 눈물을 흘렸는지, 그가 얼마나 저를 사랑하는지. 톡으로도 전화로도 수도 없이 전해 들었던 얘기들이 혜주의 입을 타고 다시 흘러나오기 시작했다.

도대체 이탈리아 그 땅엔 무슨 기가 흐르는 것일까. 돌연 사랑꾼이 되어 나타난 혜주는 급기야 라울의 사진을 찾아서 쪽쪽쪽 짧은 키스를 끝내고는 다인의 앞에 내밀었다.

세상 모든 행복들이 자기들만의 것인 양, 웃고 있는 수영복 차림의 둘의 모습에 다인의 입꼬리에도 은근한 미소가 걸렸다. 어쨌거나 울고 불고 너 죽니 나 죽니 하는 모습보다는 이렇게 행복한 모습이 훨씬 보기 좋으니까.

얘가 이렇게 웃기도 했었나, 사진 속 혜주의 모습을 쳐다보던 시선이 옆에 붙은 라울에게로 옮겨 갔다.

구릿빛 근육질인 라울의 몸은 강도우의 것과 비슷하다. 음, 아니다. 강도우가 좀 더 낫지. 강도우 가슴팍은 털도 없고 깔끔하잖아. 팔도 강도우가 더 길고. 강도우는 이렇게 한 손으로 절 감싸면 팔이 여기까지는 닿는데…….

"자, 이제 내가 한국 왔으니까 이 언니한테 다 털어놔 봐."

"……뭘 털어놔."

눈을 한껏 키운 혜주가 테이블을 쾅 내리쳤다. 유리잔에 든 얼음들이 서로 눈치를 보며 달그락거렸다.

"기다인! 너 자꾸 이럴래? 빨리 말해. 그동안 나 많이 참았어."

아무리 머나먼 나라에 있대도 그들의 수다는 막지 못했건만. 최근 한 달 사이에 한국 시간으로 저녁 시간 이후로는 연락이 드물어진 다인은 수상하기 짝이 없었다.

기다인이 제아무리 애써 봤자 정혜주 눈은 못 속이지. 이건 필히 남자가 생긴 게 분명한데. 아직까지도 입술이 얼어붙은 걸 보면 얼마나 변변치 못한 놈이길래 이러는 건지.

가늘어진 혜주의 시선을 피하는 눈동자가 데구루루 사정없이 굴러가다가 쓱, 들이마시는 혜주의 숨소리에 할 수 없이 포박되고야 말았다. 뭐라고 설명해야 할까. 한참을 망설이던 다인이 조심스레 입술을 뗐다.

"그게 있잖아. 혜주야. 나 남자 친구 생긴 것 같아."

"생겼으면 생겼지 생긴 거 같다는 건 뭐야."

"……그러게."

"어떤 사람인데."

턱을 살짝 치켜들고 다음 말을 기다리는 혜주의 표정은 반 정도는 이미 충격 받을 각오를 한 듯도 하다. 쉬어 버린 목소리를 가다듬은 다인이 커피를 한 모금 들이키곤 어깨를 살짝 들었다 놓으며 말했다. 강도우라면 혜주도 크게 반대할 것 같진 않다.

"정혜주 너도 아는 사람이야."

"미쳤니, 기다인? 너 그 또라이 새끼 다시 만나?"

"아니야. 그런 거!"

강도우가 또라이도 맞고 그와 다시 만난 것도 맞지만, 혜주가 말하는 이는 강도우가 아닌 건 확실하다. 뭣보다 강도우가 새끼 소리까지 들을 사람은 아니니까.

어디서부터 말을 꺼내야 하나. 9년 전 그날부터 되짚자니 차가운 음료를 급히 들이켠 듯 골이 찡하니 울렸다.

"정혜주 너 강도우 기억나?"

강도우, 강도우를 되뇌던 혜주가 자신의 데이터망에서 지난 기억을 불러온 모양인지 옥타브가 한층 더 높아졌다.

"강도우?"

"응."

"아니, 그 강도우?"

맞다며 위아래로 끄덕이는 고개가 어쩐지 수줍다.

"그, 옛날에 그, 그 도우 오빠?"

케케묵은 그 9년 전 하룻밤 기억으로 비롯된 지금의 인연이자 제 연인을 어떻게 설명해야 좋을까. 급기야 팔짱을 풀고 제 눈앞에 성큼 몸을 당겨 온 혜주를 보는 얼굴이 발그레 물들어간다.

토요일의 대학로는 늘 그렇듯 공연을 즐기러 오는 사람들과 각종 만남을 위한 사람들로 가득한 곳이었다.

오랜만에 한국 들어온 혜주가 원한 약속 장소의 조건은 딱 두 가지. 한국말이 쉴 틈 없이 들려오는, 젊은이들로 가득한 곳.

지금은 다른 일을 한다곤 해도 무대 일을 했던 다인에게는 그 조건에 딱 들어맞는 곳은 첫째도 대학로, 둘째도 대학로였다.

대학로는 다인의 삶의 터전이자 지난 연애의 터전이었다. 발길 닿는 곳곳마다 쓰리고 아픈 기억들이 솟아났음에도 다인이 혜주와의 약속 장소로 망설임 없이 대학로를 선택한 것은 이제 더는 더러워서 피할 이유도 없어졌다는 데 있었다.

고개를 돌릴 때마다 아는 얼굴을 마주할 정도로 좁은 바닥이었지만, 그리고 그들 사이에서 제 소문이 어떠한 형태로 도는지도 알고 있었지만 이제는 그런 것 따위에 흔들리고 싶지는 않았다.

뭣보다 자신이 가장 사랑했던 곳이 아니던가. 사랑하는 것을 다른 이유로 놓칠 순 없었다. 강도우 말대로 누가 뭐라고 하든 기다인은 기다인으로 증명하면 되니까.

한결 홀가분해진 마음으로 바깥 풍경을 훑던 다인의 눈동자가 얼빠진 얼굴의 혜주에게로 도르르 굴러가 멈추었다. 감정은 제외한 채 최소한의 팩트, 그러니까 그 원나잇의 시작부터 지금까지의 만남까지만 나

열했음에도 정혜주는 여전히 제가 들은 이야기들을 소화하는 데 시간이 필요한 모양이다. 그렇게 한참을 곱씹던 혜주가 내뱉은 말은.

"미쳤다. 기다인."

정말이지 기다인은 미친 게 틀림없었다. 그러니까 그 비 홀딱 맞고 손 잡은 채로 콘돔 쓸어 갔다는 여자가 기다인이었다는 거잖아. 세상에, 어머나.

혜주에게는 다인이 9년 동안 그 사실을 숨긴 것보다도 그 소문의 당사자를 직접 마주한 게 더 충격인 것 같다.

그럴 줄 알았으면 미국 간 다인에게도 그 콘돔 소문을 들려주는 거였는데. 강도우라면 질색해서 입도 뻥긋 안 한 건데. 어머머, 웬일이야. 몸도 섞고 마음도 섞어 버리다니⋯⋯. 초 단위로 변하는 혜주의 얼굴을 마주한 다인은 그저 가시방석에 앉은 것만 같다.

"있지. 내가 너한테 그동안 말 못한 건, 혜주야."

"됐어."

"나도 강도우랑 이렇게 될지는 몰랐거든, 진짜."

"가만있어 봐. 따지고 보면 내가 너네 커플 이어 준 거잖아?"

으응? 강도우와 커플로 묶이는 것에 어색한 것도 잠시, 얼굴색을 바꾸며 꺅꺅, 박수를 쳐대는 혜주의 모습에 허허 실없는 웃음이 튀어나왔다.

오늘로 오이에 대한 반감을 한 칸 정도는 내려 보겠다는 혜주에게 고맙다고 말하는 다인은 이제 강도우의 여자 친구 자리를 당연히 차지한 것도 같다.

"그건 그렇고 구지훈 요즘 인터뷰 입 잘 털고 다니더라."

"하아, 그러게."

구지훈, 구질구질한 그 구남친의 이름을 들으니 보송보송 설레던 마음이 물에 젖은 휴지처럼 착 가라앉았다.

"도대체 왜 그런데. 기다인 너한테 미련이라도 남았나?"

그럴 리가 없다. 다인은 물론이고 구지훈 역시도 미련이랄 게 남을 수가 없는 관계다. 그때 그 발차기가 조금 더 정확하게 조준됐어야 했는데.

혜주의 어깨 너머를 응시하던 다인의 눈썹이 꿈틀, 가늘어진 눈이 남자와 마주쳤다.

아무래도 저렇게 멀쩡하게 움직일 수 있게 내버려 두는 것이 아니었다. 점점 제게로 다가오는 남자를 보던 다인의 얼굴이 싸늘하게 굳었다.

"미련이 아니라 복수하는 거지, 나한테."

이래야 기다인이지. 하필이면 이렇게 마주칠 줄이야. 정말이지 지지리도 운도 없었다. 제 곁에 멈추어 선 남자에게서 가식적인 목소리가 날아들었다.

"기다인. 오랜만이다?"

"혜주야. 일어나자."

"우리 이게 얼마만이지?"

"밥은 혜주 네 집 근처로 가서 먹자. 뭐 먹을까."

짐을 챙겨 일으킨 다인의 몸이 지훈에게 막혔다. 하아, 한심하기 짝이 없다는 긴 한숨이 구지훈 몸에 부서졌다.

"사람 개무시하는 건 여전하네. 기다인."

"저기요, 구지훈 씨."

나서지 말란 듯, 혜주에게 작게 도리질을 한 다인이 허리를 꼿꼿하게 세워서는 그제야 뻐딱하게 선 지훈을 마주했다. 그 시꺼멓고 교활한 속내는 잘도 감추고 오늘도 여전히 겉모습만 번지르르하지.

"구지훈 네가 애초에 사람답게 행동하면 개무시당할 일도 없어."

"야, 기다인."

"목소리 낮춰. 여기 너 알아보는 사람 많아."

차디찬 다인의 눈길은 익숙하다는 듯 아무렇지도 않게 받아 낸 지훈의 얼굴에 피식, 오만하기 짝이 없는 웃음이 겉돌았다. 그러다가도 삽시간에 아무것도 모른다는 듯 순진한 얼굴을 만들어 내는 그는 과연 배우는 배우다.

"다인아. 모르겠어? 알아보라고 이러는 거잖아."

"······뭐?"

"난 제발 누가 알아봐 줘서 어디 동영상이라도 찍혔으면 좋겠거든."

어, 마침 저기서 찍는 거 같은데. 주위를 둘러보던 지훈이 입꼬리를 시원하게 당기자 한쪽 보조개가 쏙 드러났다.

"내가 말이야, 다인아. 딴건 몰라도 요즘 이거 하나만은 기가 막히게 통감하는 게 있는데."

표정을 바꾼 지훈이 이번에는 한없이 처연한 기색으로 다인을 내려다보면서 다인만 들을 수 있게끔 옆으로 붙어서 뱀같이 속삭였다. 표정만 보자면 가슴 절절한 첫사랑을 만나기라도 한 것처럼 영악하게 연기까지 하면서.

"유명한 사람들, 잘나가는 사람들 말이라면 뭐가 됐든 바로 믿어 준다는 거야. 사람들 참 웃기지."

"······."

"그동안 내가 왜 인터뷰에서 같잖은 순정파 흉내 내가면서 기다인 네 얘기를 했다고 생각해?"

다인의 눈이 제게 닿은 지훈의 손으로 매섭게 내리꽂혔다. 이제 시작인데 그런 표정 지어서 어디 쓰나, 눈썹 끝을 내린 지훈이 남들이 보자면 한없이 다정한 손짓으로 여자의 머리카락을 넘겼다.

"건드리지 마."

"다 너 유명해지라고."

어쩌다가 이런 쓰레기랑 엮이게 된 건지. 화가 끓다 못해 승화된 웃음이 구지훈의 몸을 꿰뚫고 지나갔다. 상대할 가치도 없다는 혜주의 말에 등을 돌려 나가던 다인의 손목이 지훈에게 그대로 억세게 붙들렸다.

"너 이거 안 놔?"

"너 듣자 하니 다른 사업 시작했다며. 우리 같이 유명해지면 좋잖아, 다인아."

불행히도 잘못 자리한 연기 재능이 구지훈 얼굴에서 쓸데없이 발휘되고 있었다. 자신은 잘못이라곤 하나도 없는 척, 불쌍한 척, 다 잃어도 좋은 척, 사람들 눈치 따윈 안 보는 사랑꾼인 척.

"나는 유명해져서 더 높은 곳까지 올라가고."

"놓으라고 했어."

"너는 유명해져서 더 밑바닥까지 추락하고."

"미친 새끼."

"왜, 또 때리게? 난 그럼 여기서 무릎 꿇고 울 거야. 그럼 사람들이 뭐라고 할까. 구지훈이 인터뷰에서 말한 그 똥차 같은 여자 아직도 못 잊었나 보다. 불쌍하다 이러지 않을까. 레퍼토리는 차고 넘쳐, 다인아. 결국 동정받는 건 구지훈이야."

"……."

"재밌겠지?"

손목을 붙든 손에 힘이 풀리는 순간, 다인의 시선 끄트머리에 익숙한 몸이 걸려들었다. 그 사람이 누구인지 파악할 새도 없이, 전에도 들어봤던 괴성이 귀에 내리꽂혔고 어떻게 말릴 틈도 없이 그렇게,

"기다이이이인……!"

언제부터 위에 있었던 건지 모를 도우가 포효하며 카페 계단에서 데굴데굴 굴러 떨어졌다. 이번에는 진짜로 글자 수의 갑절만큼을 구르고는 머리를 바닥에 쿵 부딪혔는데, 그 소리가 어찌나 컸던지 순식간에 카페에 침묵이 내려앉았다.

"강도우 씨!"

미쳤나 봐. 얼굴이 하얗게 질린 다인이 구지훈의 정강이를 힘껏 걸어차고는 도우에게로 달려갔다. 계단 밑의 두 사람에게로 집중되는 시선들의 움직임이 고스란히 느껴졌다.

"강도우 씨! 일어나 봐요! 눈 떠!"

축 처진 남자의 몸을 일으켜 안은 다인이 제 곁에서 뭐라고 웅성대는 소리에 도우의 뺨을 붙들고 흔들었다. 여전히 눈을 뜨지 못하는 남자의 벌건 뺨을 매만지면서 119를 외쳐 대는 다인의 눈에 눈물방울이 매달리기 시작했다.

그의 뺨을 붙든 손이 달달 떨렸다. 다행인지 뭔지 그의 눈썹이 크게 꿈틀거렸다. 천천히 눈꺼풀을 들어 올린 도우의 눈에 다인의 얼굴이 담겼다.

"……너 뭐야?"

"뭐가 뭐야? 정신이 들어요? 괜찮아?"

눈을 몇 번 깜빡이던 도우가 제 뺨에 닿은 다인의 손을 성가시다는 듯 쳐 냈다. 그러고는.

"누구냐고 너."

익숙한 듯 낯선 대화. 품에 안은 남자를 급히 떼어 내는 다인은 그저 당황스럽기만 할 뿐인데.

"기다인이잖아……."

그것이 그들의 첫 번째 이별이었다.

기다인은 정말로 운이 없었다. 제 눈앞의 하얀 가운을 입은 의사가 하는 말의 반은 귓등으로 튕겨져 나갔다. 그 와중에도 귀에 쏙쏙 들어오는 몇 가지의 단어를 조합해 봤을 때 이건 틀림없이 진부하기 짝이 없는 그 얘기였다.

"잠깐만요. 그러니까, 그게 단기 기억 상실증 뭐 그런 거잖아요."

"예. 뭐. 환자 분 말씀에 따르자면요."

의사는 어쩐지 의심스럽다는 눈빛으로 도우를 보며 단어 하나하나에 힘을 주어 말했지만 다인에게 그런 것 따위를 구별해 낼 정신은 없었다.

그러니까 그게 왜 하필 이 순간에, 고작 계단에서 좀 굴러서 머리 한 번 바닥에 부딪혔다고 일어날 일인가 이 말이다. 그것도 심지어 선택적으로.

이런 건 현실에서 일어나자면 적어도 비행기 사고 정도의 충격을 받아야 일어날 일이 아니던가.

"근데 왜 저만 기억 못 해요?"

"보호자님 관련해서 정신적으로 큰 충격을 받은 일이 있다거나 하면 뭐…… 가능한 일이죠."

"말도 안 돼요. 그런 건 드라마에서나 나오는 일이잖아요?"

"그러게요. 가끔은 현실이 더 드라마틱한 법이니까요."

정말 어이가 없어서. 이거 돌팔이 아니야? 의사의 얼굴을 훑어 내려가던 시선이 도우에게로 향했다. 의사 말이 거짓말이라기엔 지금의 강도우는 조금 낯설게 보이기도 하다.

"혹시 뇌를 다친 건 아니죠? 바보가 된다거나."

그래도 똑똑한 사람인데. 저에 대한 기억을 잃은 것에 분노하다가 문득 걱정이 되어 물어본 다인이건만. 제 맘을 아는지 모르는지, 강도우의 잇새로 피식대는 웃음이 새어 나왔다.

"예, 뭐. 멀쩡합니다."

"저를 기억 못하는데 그게 어떻게 멀쩡해요?"

도우를 살피던 미심쩍은 눈이 뾰족하게 변해서 의사에게 날아들었다. 그마저도 대부분은 권태로운 의사의 안경에 맞고 무뎌졌지만.

"뭐, 일시적인 증상이니 금세 회복될 겁니다. 짧으면 몇 시간일 수도 있고요."

"그걸 어떻게 장담하시죠?"

"장담은 못하죠. 세상엔 다양한 변수들이 있는 법이니까요."

그랬다. 인생에도 수많은 변수들이 존재한다. 강도우가 저렇게 저를 한순간에 잊어버릴 거라는 건 전혀 예측하지 못했던 것처럼.

제가 만든 무대에 남자 친구랍시고 도우를 올려놨지만 그렇다고 이런 극적인 이야기까지 원한 건 아니었는데. 정말 기다인은 이대로 평생 운이 없는 것일까.

병원 건물을 빠져나간 다인이 도저히 이대로는 못 가겠다는 듯 가던 방향을 틀어서 자판기로 다가갔다. 콜라라도 마셔야 이 답답한 마음이 해소가 될 것만 같다. 가방을 열어 천 원짜리를 찾는 다인의 옆에서 이 답답함의 원흉인 강도우가 툭, 제 카드를 대어다 줬다.

"뭐 마실 건데."

흘겨보던 시선을 거두고 대답 없이 누른 버튼에 콜라 캔이 달그닥 소리를 내며 떨어졌다. 다인보다 빠르게 허리를 숙여 캔을 집어 든 도우가 제 손수건을 꺼내서 캔 입구를 쓱쓱 닦고는 딸깍, 열어 든 캔을 다인에게로 건넸다.

이건 또 뭐하자는 행동인지. 저를 기억도 못하면서 이러는 거라면 그건 그거대로 참으로 대단한 사람이다.

"정말 기억 안 나요?"

"안 난다니까."

"어디까지가 안 나는데."

"너. 아예 초면."

하아. 별 거지같은 하루 다 보겠다. 구지훈에 이어 강도우까지. 어이가 없어서 웃음이 다 나왔다. 하하하, 건조하게 날린 웃음에 도우의 한쪽 눈썹이 출렁거렸다.

"재밌나 보네. 내가 널 기억 못하는 게."

"재밌을 리가 있겠어요?"

"글쎄. 난 좀 재밌어서."

히죽 웃으며 어깨를 슬쩍 부딪쳐 오는 강도우는 다인의 눈에는 암만 봐도 멀쩡하기만 하다. 아까 그 의사가 돌팔이라거나 강도우가 지금 장난을 친다거나 둘 중 하나인 것 같은데. 끝없는 의심이 강도우의 얼굴을 타고 맴돌다가 혹이 난 이마에 잠깐 머물렀다.

그러게 곰도 아니고 거기서 왜 굴러 내려 와. 하체가 부실한 것도 아니면서.

"강도우 씨. 장난치는 거면 지금 그만둬요."

"왜, 너 또 울려고?"

"울긴 누가 운다고!"

"아까 강도우 죽지 말라고 울었던 거 같은데."

하아. 이 말도 안 되는 상황은 어떻게 헤쳐 나가야 하나. 땅이 꺼질 듯한 한숨에 키가 줄어드는 기분으로 벤치에 앉았다. 옆자리에 같이 키를 내린 도우가 팔꿈치를 벤치 등받이에 붙이며 다인에게로 몸을 틀었다.

"그래서 우리가 무슨 사이였다고?"

"사귀는 사이라고요."

"믿을 수가 있어야지."

뭐라고? 발끈하는 다인과 달리 어깨를 으쓱 들어 올리곤 싱글싱글 웃어 대는 도우의 꼴은 정말이지 여간 수상한 것이 아니었다.

"여자들은 다 나한테 그런 식으로 접근해 오거든."

"난 그쪽한테 접근한 적이 없고요."

"이것 봐. 누가 사귀는 사이에 그쪽, 그쪽 하냐고."

아아. 머리를 박은 건 강도운데 왜 자신의 머리가 깨질 것 같은 것일까. 머리카락을 쓸어 올리는 다인의 손짓에 짜증과 분노가 잔뜩 섞였다.

"그건 우리가 다시 만난 지 얼마 안 되어서 호칭 정리가 아직이에요."

"처음 만난 건 언젠데."

"9년 전."

"그때부터 만난 거라고?"

말아 물었던 아랫입술이 튕겨져 나왔다. 진짜로 기억을 잃은 것이 맞다면 제대로 상기시켜 줄 필요가 있다. 적어도 먼저 의도적인 접근 같은 걸 하지는 않았으니까. 물론 계획을 가지고는 있었지만, 그 계획은 제대로 실행되지가 않았으니까. 그리고 그날 밤이 정말 강도우의 처음이 맞다면 기억을 찾는 데도 도움이 될 것이니까.

"아니. 우리 그때 만나서 하룻밤만 그냥 같이 잤어."

다인의 말에 벤치에 등을 기댄 도우가 입꼬리를 미미하게 끌어 올렸다. 그 어디에도 놀란 기색이라곤 보이지 않는다. 원나잇 이야기에 새삼스럽게 부끄러워진 것은 오히려 다인일 뿐.

"그래서."

"난 그 다음날 유학을 가서 연락이 끊겼고요."

"그런데."

"그러다가 최근에 일 때문에 진흥원에서 만났고."

다인을 느릿하게 훑어보던 도우가 바람에 날린 여자의 머리카락을 귀 뒤로 넘겼다. 찰나의 다정함에는 왠지 모를 익숙함이 깃들었다. 남자의 손가락으로 따라 붙은 다인의 시선도 조금씩 가늘어지기 시작했다.

"만났고?"

"……어쩌다 보니 또 잤어."

다인의 귓바퀴를 어루만지던 그가 이제는 귓불을 만지작거렸다. 행동으로만 보자면 지금의 강도우는 다인의 말에도, 자신의 지난 과거에도 별 관심은 없는 것 같다. 그저 귓불을 만져 대며 다인이 귀걸이를 하는 건지, 안 하는 건지 궁금해할 뿐.

"아무튼 그래서 우리는……"

갑작스레 뺨에 닿는 그의 손길에 다인이 말을 하다 말고 침을 꼴깍 삼켰다. 달아오른 얼굴의 열을 식혀 주려는 듯, 제 손등으로 여자의 볼을 슬쩍 눌러 주던 도우가 다인의 턱끝을 잡고는 얼굴을 더 가까이했다.

내리깔았던 눈꺼풀을 들어 올리자 장난스럽게 휘어진 도우의 눈이 다인의 시야에 가득 찼다.

"그래서 넌 날 사랑해?"

"……."

"나는 사랑하지도 않는 사람이랑 섹스하는 건 싫어하는데."

쿵. 어딘가 깊이 숨겨 둔 감정의 끈이 끊겨서 더 밑바닥으로 떨어졌다. 강도우에게 향했던 제 마음도 갈피를 잃어버린 듯 사르르 녹아내린 것만 같다.

지금의 강도우는 도대체 뭘까. 제가 아는 강도우와 지금 눈앞의 남자는 그 어떤 괴리감도 없어 보인다. 그러니까 역시. 강도우는 강도우였을 뿐.

"……나는 있잖아요."

"응."

"제일 싫어하는 게 사람 진심 갖고 노는 건데."

고개를 돌린 다인이 제 무릎을 내려다보면서 크게 숨을 내쉬었다. 안도의 한숨일까, 다른 의미의 한숨일까. 어느덧 제 손을 가져다가 주물럭거리는 것이 제 진심이 남자의 손에 유린당하는 기분이다.

"지금 강도우 씨가 딱 그런 거 같아."

"무슨 말이야."

"언제부터야."

의사 앞에서부터? 처음부터?

쌀쌀맞은 질문에 옆으로 당겨 올린 남자의 입꼬리가 움찔 떨렸다. 제 손아귀에서 빠져나가는 다인의 손을 가만히 내려다보던 도우가 살짝 굳었던 얼굴을 누그러뜨리며 말했다.

"이제야 들켰네."

"뭐라고?"

"그래도 내 걱정은 많이 됐나 봐. 너 눈이 퉁퉁 부었어."

제대로 보긴 한 건지, 아니면 저도 다인을 속인 게 민망한 건지. 그는 다인을 쳐다보지도 않은 채로 여자의 손만 끌어다가 벌겋게 변한 손목을 엄지로 쓸었다.

"어떻게 그런 걸로 사람을 속일 생각을 해?"

"처음엔 잠깐 기억 안 났던 것도 사실이니까."

한 7초 정도? 다인을 바라보며 접혔던 눈이 다인의 손목으로 내리깔리면서 다시금 싸늘해졌다. 차라리 아까 그 카페에서의 일은 기억 못하는 편이 나았으려나.

아니다. 모양새야 어찌됐든 기다인이 절 위해 눈물을 보였으니 그것만으로도 큰 수확이긴 했다. 옆에 붙었던 그 태민겸보다도 못한 벌레의 처리 방법은 일단 나중에 생각할 일이었다.

도우는 그저 태풍의 중심점처럼 고요한 다인의 눈동자를 지그시 바라보며 말문 트인 사람처럼 쉴 새 없이 입을 나불거리기 시작했다. 다인의 마음속에 어떠한 폭풍이 휘몰아치는지는 예상조차 못한 채로.

"나도 혹시나 싶어서 병원 따라온 거고. 너도 알다시피 내 머리가 깨지면 국가적 손해니까."

"……."

"난 네가 그렇게 속을 줄은 몰랐지."

"……."

"내가 어떻게 널 몰라 봐. 나는 강도우고 너는 기다인인데."

"……."

"너 아까 의사한테 발끈해서 화내던 거 얼마나 귀여……."

"강도우 씨."

얼마만큼의 시간이 지났을까. 한없이 가라앉았던 다인의 목소리가 그때서야 도우에게도 내려앉았다. 물끄러미 그를 응시하던 다인이 휘었던 눈썹을 바로하고 표정도 같이 지우고는 혀끝에 맴돌던 말을 조용히 내뱉었다.

"우리 만나는 거 다시 생각해 봐요."

그들의 첫 번째 이별은 그렇게 시작된 것이었다.

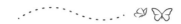

물론 강도우도 처음부터 그럴 계획은 아니었다.

다른 볼일이 있다며 다인과 같이 서울에 올라왔지만 사실 핑계였을 뿐. 서울역에서 다인과 헤어졌다가, 그대로 몰래 다인의 뒤를 밟았다. 어차피 얼굴도 아는 다인의 친구였으니 기회를 봐서 등장했다가 밥 한 끼 같이 하는 것도 나쁠 것 같진 않아 보였다.

약속 장소로 이동하는 동안 중간중간 나 좀 알아봐 주라는 식으로 눈에 들려고 노력했으나 휴대폰만 들여다보는 다인에게 도우가 들어올 리는 만무했고, 그렇게 어설픈 미행은 다인이 혜주를 만나 카페에 들어갈 때까지도 놀랍도록 성공적이었다.

그래도 이제는 남자 친구니까 나름의 체면을 차리고자 기다인의 뒷모습이 잘 보이는 2층 자리에 자리 잡고는 오랜만에 아주 우아하게 커피를 즐기고 있었는데, 대뜸 변수가 나타났다.

아, 세상엔 얼마나 많은 변수가 있던가. 아무런 영향이 없었음에도 인과 관계를 만들어 보였던 오이라는 허위 변수를 포함하여 효과의 정도를 왜곡해 버리는 혼란 변수, 왜곡 변수까지.

그러니까 애초에 태민겸 같은 것은 신경 쓸 것도 아니었던 것이다. 정작 신경 써야 할 것은 기다인 손목을 붙들고 놓아주지도 않는 바로 저 거머리 같은 존재였는데…….

기다인에게는 뭔 잡것들이 저렇게 많이 달라붙는지.

군이 따지자면 여태껏 도우가 목격한 잡것들은 총 둘이었지만 막상 새로운 잡것을 마주하자니 한 마디로 잠깐 돌아 버렸던 것도 같고. 돌아 버린 머리가 이성도 잃고 균형도 잃으면서 그렇게 굴러 떨어졌던 것이다.

머리를 부딪치고는 정말이지 아주 잠깐 동안 기절을 했다. 그렇게 난데없이 생전 처음으로 뺨까지 얻어맞고 눈을 떴을 때는 제 얼굴을 붙든 여자가 누군지 정말로 기억나지 않았는데…….

이것도 정확하게 말하자면 기억이 안 났다기보다는 9년 전 카페에서 처음 만났던 날의 기다인이 겹쳐 보였던 것뿐이다. 그렇게 그때와 똑같은 대사를 읊었고, 기다인이라는 대답에 '어?' 라고만 외쳤을 뿐인데. 그것이 기억 상실이라는 다소 극적인 말로 포장된 것은 그 카페 사장이었던 정혜주의 입에서부터였다지 아마.

어쨌거나 단순 충격 때문인지, 주변 사람들의 호들갑 때문인지 두통을 호소한 도우는 병원으로 고이 옮겨졌다. 병원으로 가는 동안 다인에게 제대로 말할 기회는 몇 번이고 있었지만 도우로서도 그러지 못했던 것도 나름의 이유가 있었는데,

첫 번째로는 다인이 어찌나 횡설수설하는지 도무지 난 괜찮노라 말할 틈이 보이지가 않았다. 심지어 입을 뗄 때마다 병원 도착하기 전까지 아무 말도 하지 말고 '닥치고' 있으라며 입을 다물게 한 것도 바로 기다인이었지 않은가. 그리고 그 정신없는 모습을 가만히 지켜보는 것도 나름 재미가 있기도 했으니까 도우로선 다인의 말을 잘 듣고 있을 수밖에.

두 번째로는 저를 걱정해 주는 다인을 보자니 어쩐지 감동적이어서 그 감동을 잠시나마 느끼고 싶기도 했고, 이렇게 충격 받을 거면서 왜 다시 만났을 때 모르는 척 굴었는지 약간은 골려 주고 싶은 마음이 생

긴 것도 있었다.

게다가 다인의 눈에서 흐르는 저것들은 도대체 사랑이 아니면 무엇이란 말인가. 강도우는 그저 뚝뚝 액체의 형태로 떨어지는 여자의 사랑을 만끽하다 보니 어느새 병원이었을 뿐이다.

그러나 의사 앞에서까지 다인을 속였던 것은……

그래. 그건 잘못한 게 맞다. 인정. 하지만 의사를 대하는 다인을 봤다면 누구라도 그 상황을 유지하고 싶었을 것이다.

이를테면 본인이 이렇게 생기지 않았다고 해서 막 다뤄도 될 얼굴이 아니라는 둥, 머리에 든 게 많으니 살살 다뤄 달라느니 하는 진상에 가까운 애정 표현들이 얼마나 고귀하고도 아름다웠던지.

아무튼 아무리 제가 잘못했기로서니 사귀는 걸 이런 식으로 철회할 수는 없는 노릇이 아닌가. 엄연히 신뢰 보호의 원칙이라는 것이 존재하는데. 사귀고 난 뒤로 데이트도 한 번 안 했는데.

"생각을 뭘 어떻게 얼마나 언제까지 할 건데, 다인아."

"그건 내가 생각해 볼 문제고."

"생각하는 걸 생각까지 해 본다는 건 너무 복잡하지 않아?"

"내가 내 생각으로 뭘 하든 내 문제니까 재촉하지 마요."

"그럼 난 그동안 뭐 하라고."

앞서 걷던 다인이 등을 확 돌렸다가 너무 가까워진 도우의 가슴팍을 마주하곤 급히 한 걸음 뒤로 빠졌다. 벨 듯한 시선이 그의 얼굴을 쓸었지만 도우의 얼굴엔 여전히 웃음만 배어 날 뿐이었다.

"물론 반성은 하고 있을게."

"강도우 씨. 나 지금 장난치는 거 아니야."

"알아. 내가 잘못했어."

그제야 웃음기를 거둔 도우가 다인을 지그시 내려다봤다.

"금방 말했어야 했는데 네 반응이 재밌어서 오래 끌었어. 미안해."

아직도 붉은 기가 가시지 않은 다인의 눈자위를 훑었다가 눈물로 화장이 지워진 볼, 입술까지 내려간 남자의 시선이 느릿하게 올라가선 물기 어린 눈동자에 머물렀다.

"그런 걸로 놀라게 하면 안 되는 건데. 멍청했지 내가."

멍청, 저를 향해 써본 역사가 없는 저 단어는 도대체 왜 기다인 앞에서는 두 번이나 나오는 것인지.

"미안해. 경위서라도 써 올까."

"……."

"몇 장 쓸까."

당장이라도 펜을 들 기세인 도우를 향해 하아, 길게 내뱉는 숨이 씁쓸하다. 쓸데없는 변명조차 하지 않는 강도우의 사과에 할 말을 잃어버린 건,

"A4 열 장이면 돼?"

"그쪽은 사람이 왜 그래? 뭐가 그렇게 다 쉬워?"

제 감정 하나 깔끔하게 추스르지 못하는 스스로에 대한 열등감이 아니었을까. 이마를 짚었다가 헝클어진 머리를 한 번 쓸어 올리는 다인의 손이 유독 방황하는 것만 같다.

"그렇잖아. 무슨 수학 문제처럼 공식 넣고 답 내놓는 것도 아니고. 강도우 씨 잘못한 거 맞고 그거 스스로 인정한다는 것도 알겠어요. 근데……."

"근데."

"근데 나는 받아들일 시간이 필요해요. 강도우 씨 사과도, 우리 관계에 대해서도 생각 정리할 시간이 필요하다고."

그동안 제게 주어진 속도도 가늠하지 못하고 달렸던 것은 아닌지.

순간순간의 감정만 믿고 따르기엔 다인은 그렇게 어리지도, 어리석지
도 않다.

"너 그거 헤어지자는 말이야?"

그 감정이 벌써 익어 버린 사랑의 형태일지라도.

"우리가 헤어지고 말고 할 게 뭐가 있어요?"

"그러니까. 제대로 된 데이트도 아직 안 해 봤는데 이대로 헤어지는
건 억울하잖아."

"그쪽은 고작 그런 게 억울해 지금?"

언제부터 강도우를 그렇게까지 생각했는지 정말이지 억울해 죽겠는
사람은 따로 있는데.

"좋아. 네가 헤어짐까지도 고려하는 건 알겠어. 대신 오늘까지는 사
귀는 걸로 해."

"뭐?"

"나 머리 다쳤어, 다인아."

"그래서?"

"오늘은 좀 봐줘."

정말 머리가 어떻게 되어 버린 게 아닐까. 저녁 같이 먹는 건 해 줄
수 있지 않냐며, 혹이 난 제 이마를 가리키며 다인의 옆으로 붙어 오는
도우는 더없이 뻔뻔하기만 하다.

그러니까 진짜 머리가 어떻게 되어 버린 사람은 따로 있었다. 식탁
의자에 앉아서 도우의 뒷모습을 멍하니 지켜보던 다인은 그저 심란할
뿐이다. 어쩌자고 저 인간을 집까지 들인 거지. 그것도 헤어지겠노라

말하던 이 상황에.

다인은 그냥 밖에서 대충 저녁 먹고 헤어질 것을 괜히 집에 가서 먹겠다고 했다가 벌어진, 이 말도 안 되는 촌극에 연신 한숨만 내쉬었다.

"그릇은 뭐 쓰면 돼?"

길게 뻗은 다인의 손끝에서 접시 두 개를 꺼내 든 도우가 밥공기로 모양을 낸 볶음밥을 보기 좋게 담았다. 꼴에 저런 건 어디에서 배워서는. 접시를 지나 그의 손을 휘감던 냉담한 시선이 도우의 얼굴로 향했다.

"확실히 말해 두는데 내가 강도우 씨를 집에 들인 건……."

"너 안 건드릴 테니까 그냥 먹기나 해."

달걀프라이까지 얹어서 식탁에 올려진 두 접시는 흔하디흔한 김치볶음밥임에도 불구하고 어쩐지 다인의 손에서 새롭게 창조되던 괴식과는 냄새부터 달랐다.

겨우 이 정도의 음식에 풀릴 정도로 옹졸한 분노는 아니었지만, 적어도 강도우를 집에 들일 만한 적당한 이유는 찾은 셈이었다.

"물론 네가 원한다면 이 한 몸 바칠 준비는 되어 있지."

흘겨보는 시선을 막아 내던 숟가락이 도우의 손에서 다인에게로 건네졌다.

"맘 같아선 더 근사한 거 만들어 주면서 너 화 풀어 주고 싶은데. 아직 내가 할 줄 아는 건 이런 거밖에 없네."

이럴 줄 알았으면 좀 배워 놓는 건데. 그나마도 강지윤한테 해 주던 가락이 있었으니 망정이지.

다인이 한술 뜨는 걸 보고는 그제야 도우도 숟가락을 들어 올렸다. 입맛에 맞는지 다인을 살펴대는 남자의 시선이 방정맞다.

까슬까슬하게 넘어가는 밥알들 사이로 입속을 맴도는 이야기들은 선

뜻 털어놓기엔 도우에게도 힘든 건 마찬가지다. 그럼에도 이런 이야기까지 꺼내 보는 건 절박한 마음을 방증하는 것이라고밖에 할 수 없을 터.

목울대를 꿀렁이며 말할 기회를 살피던 도우가 입술을 떼어 냈다. 낯부끄러운 이야기를 알리는 한숨과 함께.

"막내는 세 살 때 우리 집에 들어왔어."

갑작스러운 얘기에 그릇에만 박혀 있던 다인의 눈길이 도우에게 닿았다. 그저 제 앞의 그릇 어딘가를 향한 그의 눈동자는 웬일로 차분한 모양새다.

"뭐, 간단히 말해서 이복동생이지."

"……."

"나는 아버지가 언젠간 큰 사고 칠 거라고 생각하면서 자랐어. 그 사고가 내가 스무 살도 더 먹었을 때 터질 줄은 몰랐지만."

정말 날것 그 자체였던 아버지의 바람기는 할머니도 두 손 두 발 다 들게 할 정도였다. 그렇게 생각하자면 제 아버지를 쏙 빼닮은 도우가 한 가정에 충실하길 바라는 할머니의 마음도 이해 못하는 바는 아니었다.

"그래서 난 아버지 안 보고 살아."

이런저런 구설수에 초연해질 수 있었던 것은 아버지 덕분, 운이 좋다고 자만하면서 살아왔던 것 역시도 어쩌면 일종의 자기 암시였을 수도.

"그 아비에 그 자식이란 소리 안 들으려고 의식적으로 여자 멀리한 것도 있어. 연애도 일부러 안 했고."

"……."

"물론 너만큼 끌린 여자가 없기도 했지만."

부단한 노력과는 별개로 헛소문들은 용케도 몸집을 불려 나갔다. 그럼에도 불구하고 아버지처럼 살지 않겠다는 결연한 의지만은 확고했을지니.

자기애로 포장한 그 단단한 마음을 뚫고 들어온 기다인에게 남은 인생을 맡겨 보는 것은 도우로서는 당연한 결론 도출이었다.

"그래서 이쪽 분야는 아직 많이 서툴러."

"……."

"지금도 솔직히 어떻게 해야 할지 잘 모르겠어. 어려워. 연애도 어렵고 너도 어려워."

인정하기는 싫지만 사실이었다. 여전히 어렵고 한 번에 풀리지도 않았다. 어떠한 공식도 존재하지 않는 이 분야에서 할 수 있는 것이라곤 그저 몸으로 부딪쳐 가며 하나씩 체득해 나가는 것뿐.

눈꺼풀을 접으며 그릇에 부딪치던 시선을 애써 끌어 올렸다. 마주한 시선에 간간이 들려오던 숟가락 소리도 이내 잠잠해졌다.

"나는 네 진심 갖고 논 적은 없어, 다인아."

"……."

"그저 네 진심을 확인해서 좋았을 뿐이야."

그래도 내가 심했어, 미안해. 나지막한 목소리가 둘의 지난 시간을 잔잔하게 흔들었다가 남은 앙금까지 슬며시 풀어 버렸다.

사랑이 무르익는 데까지는 평균적으로 얼마나 걸릴까. 기다인이 조금 느리대도 상관은 없다. 천천히 영그는 만큼 속은 단단할 것이니까.

"내 진심이 뭔데요."

"그것도 이제 같이 생각해 봐."

숟가락을 잡은 손가락 끝에서 심장이 널뛰는 것만 같다. 도우도 아는 제 마음을 다인이라고 모를까. 도우가 턱짓으로 남은 밥을 가리키자 그의 시선에 얽매였던 눈동자가 금세 밑으로 떨어졌다.

"……맛있어요."

"당연하지. 누가 만든 건데."

솔직히 김치볶음밥은 조금 짰다. 그들 사이의 대화가 싱거워서 중화됐을 뿐. 그렇게 한동안은 밋밋한 시간들이 흘렀다. 설거지하는 소리가 TV 소리를 덮고, 과일을 깎던 남자의 손이 다인의 손을 덮을 정도의 시간들이.

"나 안 건드린다고 하지 않았어?"

"난 오늘 환자잖아. 다인아."

이럴 때만 환자 행세다. 졸지에 환자를 데려다가 저녁에 설거지에 과일 깎기까지 시킨 무정한 사람이 되어 버린 처지에 손 하나 내어 주는 것쯤은 대단히 눈물겨운 아량이 아닐 수 없다.

"그러게 거기서 왜 굴러."

"네 집 들어오려면 어디서 굴러야 하나 봐."

그래 굴러라 굴러. 소파에 머리를 기대자 머릿속을 굴러다니는 생각들이 입술을 비집고 비죽비죽 삐져나온다.

"왜 안 물어봐요."

"뭘."

"카페에서 다 봤을 거 아냐. 그래서 이렇게……."

다인이 차마 뒷말은 내뱉지 못하고 도우의 손이 쓸고 있는 제 손목을 내려다봤다. 구지훈이 어찌나 세게 붙들었는지 손목에 벌겋게 멍 자국이 남았다.

"네가 말을 안 하면 너한테 그만큼 중요한 사람은 아니라는 거겠고."

물론 다인이 말을 하지 않는다고 해서 이대로 모른 척 지나갈 리는 결코 없을 테지만.

"말을 하면."

"그건 아직 좀 고민이거든."

공무원이 사람을 패도 되나. 그래도 나름 사회적 지위가 있는데, 합법적으로 사람을 죽일 수 있는 방법이 있나.

"전에 만나던 사람이에요."

그까짓 공무원 때려치우라지. 기다인 남자 취향이 그런 얼굴이었던 것일까, 그의 반듯한 입술이 얄궂게 비틀렸다.

"나한테 감정이 안 좋아요. 좀 더럽게 헤어졌거든."

"어떻게."

"뭐 말하자면 복잡해. 강도우 씨한테 말하는 것도 예의는 아니고."

하, 언제부터 그렇게 예의를 잘 차렸다고. 웃기지도 않지.

하지만 이 날의 다인의 선택은 현명한 판단이었을지니. 얼마 남지 않은 오늘을 쓰레기 얘기로 채우는 것은 더없는 시간 낭비가 아닐 수가 없었다. 다인의 그 생각이 그 얼마나 지속될지는 모르겠지만 주어진 하루는 이미 끝을 향해 지나가고 있었으니까.

"그럼 우리는 어떻게 헤어질 건데."

"우리는, 뭐 하는 짓이야 이거?"

코앞까지 다가온 남자의 얼굴에 소파에 드러눕다시피 몸을 묻었다. 환자라기에는 누구보다 선명하게 빛을 발하는 강도우의 눈동자였다. 그 빛이 어떤 의미와 감정을 내포하는지는 굳이 짚지 않아도 알 수 있을 터.

"야하게 헤어져 보는 건 어때."

하아. 그러니까 역시 강도우는 강도우였던 것이다.

"몸부터 들이밀고 보는 거 치사하지 않아요?"

"내가 가진 자산을 적극 활용하는 건데 뭐가 문제야."

바로 그게 문제다. 그가 가진 자산은 다인을 집어삼킬 듯이 넘치도록 충분하다. 살짝만 흔들어도 떨어지는 부수적인 것들에 만족할 만큼.

바로 이렇게, 시선이 맞닿기만 해도 취한 것만 같은데.

"너 아니면 쓸모도 없는 자산인데."

"그럼 파산하든가."

"그럴 순 없지. 어떻게든 효용 가치를 증명해 봐야지."

조금만 움직여도 입술이 겹쳐질 것 같은 공간 사이로 흐르는 낮은 목소리에 공기가 진동했다. 밀어내야하는데, 붉게 번진 분위기는 낮의 기억을 지워 버리기라도 한 양 다인의 얼굴까지 물들였다.

"그래도 난 약속은 지키는 사람이니까."

너 안 건드려. 도우가 그저 코끝만 가벼이 스치고 떨어지자 달아오른 공기도 차분히 가라앉았다. 몸만 안 건드린다고 될 일일까. 건드린 것은 마음이거늘.

TV 소리는 이제 그저 백색 소음같이 느껴졌다. 째깍째깍, 시계 초침 소리가 이성의 경계선 끝으로 다인을 내모는 것만 같다.

"……그거 알아요?"

"뭘."

"오늘 아직 두 시간 넘게 남았는데."

"그래서."

"오늘까지 사귀는 걸로 하면……."

다음 말은 누군가의 입속에서 사라졌다. 진득하게 얽힌 혀가 녹인 것도 같고, 타액과 함께 삼켜 버린 것도 같고. 농밀한 소리가 공기를 데우기 시작했다. 갈피를 잃어버렸던 마음도 방향을 찾고 무르익었던 감정도 제 색을 찾았다.

토요일 저녁 9시 53분. 어쨌거나 그들은 그렇게 헤어지는 중이었다.

강도우는 일요일 오전 3시 17분부로 기다인의 남자 친구 지위를 박탈당했다. 표면적으로는 분명히 그러했다. 다인의 말로 달리 표현하자면 유예 기간. 뭐, 그렇다고는 해도 별반 달라질 것은 없었지만.

그들의 밤 역시나 평소와 다름없었다. 서로를 탐하려는 본능에 충실했으며 강도우는 제 몸의 효용성을 입증하려 부단히도 노력했다. 하지만 그런 게 다 무슨 소용이었을까.

반쯤 걷힌 커튼 사이로 환한 빛이 여자의 얼굴을 밝히자 간밤의 일들도 선명해졌다.

몸을 겹치고 다리를 얽으며 이대로 정말 헤어지자는 거냐고 묻는 그의 말에 '응, 응' 거렸던가 '아니, 아니' 거렸던가. 그보다는 지금 그 따위 것은 중요하지 않으니 시끄럽다는 말로 받아쳤던 것도 같고.

어쨌든 강도우의 효용 가치 같은 건 굳이 다시 따져 보지 않아도 이미 증명된 상태에서 또 한 번 강도우를 안은 셈이다. 헤어지되 놓아 줄순 없는 상대였고 몸을 섞되 아직 사귈 수는 없는 사이.

한 마디로 기다인만 인정하면 되는 사랑하는 사이.

햇살을 피해 돌아누웠더니 침대 옆 자리가 허전했다. 약간의 상실감. 썩 유쾌한 감정은 아니었다.

강도우의 품에서 쏟아지는 입맞춤에 눈을 떴던, 몇 번 되지도 않는 그 아침들이 당연하게 느껴져 서운함까지 불러왔다.

생각 정리를 할 시간이 필요하다고는 했으나 대체 어떤 생각을 어떤 식으로 정리할지는 다인조차 모를 일이었다.

그러니까 구지훈만 아니었다면. 일요일 오전부터 그 더러운 낯짝을 떠올려야 한다는 것이 심히 불쾌한 게 아니었지만 실로 그러했다. 그 자식이 다 망쳐 놓은 것이다.

막무가내로 들이댔다가 시작한 사랑의 결말은 비참하게도 말 같지도 않은 복수였다.

강도우가 구지훈처럼 되지 않을 것이라고 어느 누가 장담할 수 있을까.

언제 깨서 씻은 건지 도우가 수건으로 머리를 털어 내며 욕실 문을 열고 나왔다. 그 소리에 다인이 급히 몸을 돌렸지만 사부작대던 이불 소리까지 막을 수는 없었다. 보기 좋게 입꼬리를 휜 도우가 샴푸 향을 흩날리며 다인의 옆자리로 몸을 날리자 매트리스가 크게 꿀렁거렸다.

"기다인."

여전히 자는 척 침묵으로 일관하는 다인이 괘씸하다. 심지어 제게서 등까지 돌리고. 물론 이 모습도 섹시하긴 하지만 햇살에 눈썹을 찡그려 가면서까지 절 외면할 이유가 도대체 무엇이란 말인가. 즐길 건 같이 다 즐겨 놓고서는.

웅크린 여자를 뒤에서 끌어안고 목덜미 군데군데에 내리던 그의 입술도 점점 짓궂어졌다. 붉게 물든 곳을 이로 긁자 어깨를 움찔거리면서도 앙큼하게 눈은 뜨지 않는 걸 보니 부끄러운 모양이지.

"너 깬 거 알고 있어."

"……."

"다인아."

"……."

"눈 뜨지? 자는 사람 건드리고 싶진 않은데."

"씻었으면 가요. 괴롭히지 말고."

진작에 이럴 것이지. 허스키하게 가라앉은 다인의 목소리는 어젯밤에 들던 교태로운 것과는 또 다른 느낌이다. 어떻게 하면 그 목소리를 더 들려줄까, 티셔츠 속에 넣어 배를 만지작대던 손이 가슴을 움켜쥐었다. 언제는 괴롭히지 말라더니 유두를 빙글 굴리는 남자의 손길에 다인이 허리를 비틀었다.

"아, 그렇게 하지 마……."

"싫다면."

싫긴 뭐가 자꾸 싫다고. 새로운 단어를 하나 배운 애처럼 줄곧 싫다면을 외치는 강도우는 얄밉기 짝이 없는데,

"너 이렇게 또 나 따먹고 내빼려는 거잖아."

그 얄미운 입에서 나오는 저 따먹는다는 얘기는 왜 잊을 만하면 되풀이되는 것일까.

"누가 누구를 따먹어 지금?"

기겁하며 돌린 다인의 얼굴에 기다렸다는 듯 잘게 쪼개진 키스가 날아들었다. 모기라도 내쫓는 것처럼 입술을 피하며 흔들어대던 얼굴이 도우의 손에 고정되자 다인이 그제야 찡그렸던 눈을 떴다.

"아니라고는 못하지. 난 너 힘들어 보여서 빨리 끝내려고 했는데 마지막에 올라탄 건 너야."

기적의 논리다. 올라탄 사람을 밑에서 쳐 올리던 사람이 대체 누군데.

"기억 안 나? 내 위로 네가 이렇게……."

황당함에 깜빡이는 눈에 입술을 두어 번 붙인 도우가 다인의 겨드랑이 밑으로 손을 넣고선 제 몸 위로 올렸다. 가벼이 들어 올린 건 남자의 입술도 마찬가지다. 졸지에 말이라도 타듯 그의 몸 위에 자리 잡은 다인의 허리가 도우의 손에 붙들렸다.

"좋다고 울면서 허리 잘만 돌려 놓고는 또 모르는 척이지."

"난 그런 적 없어. 모르는 일이야. 기억 안 나."

"네가 국회 의원이야? 기억나게 해 줘? 복습을 해야 하나."

그가 제 몸 위에 올라탄 여자의 엉덩이를 움켜쥐고는 손에 걸린 속옷을 돌돌 말자 다인이 입술을 같이 말아 물었다. 손가락에 감긴 속옷을 잡아당겼더니 다인이 으응, 비음을 흘리며 한쪽 손으로 남자의 가슴팍을 짚었다.

원망인 듯 흥분인 듯한 다인의 시선은 그저 달갑다. 엉덩이를 다 드러내면서 한데 말린 속옷을 위로 당기자 다인이 허리를 비틀며 자지러졌다.

"나, 나, 기억 나!"

그제야 웃음 짓던 도우가 다인의 등을 당겨 안고는 이마에 웃음 띤 입술을 붙였다. 버둥거리던 것도 잠시, 다리를 벌리고 다소 어정쩡한 자세로 몸을 겹쳐 엎드렸던 다인은 이내 익숙해진 듯 그의 가슴팍에 옆으로 얼굴을 기댔다.

"이제 섹스할 때 빼곤 너 울릴 일 없어."

"……로맨틱할 법한 말을 이상하게 하는 것도 재주야."

"괜찮아. 내 얼굴이 로맨틱하잖아."

"……."

"너 왜 조용해."

침묵은 무언의 긍정이다. 뭐라고 받아치지도 않는 다인을 물끄러미 내려 보던 눈이 휘었다. 시원하게 끌어 올렸던 입술도 다인의 이마 위에 닿으며 긴장감을 덜어냈다.

"난 강도우 씨가 지금만 같았으면 좋겠어."

이마를 간질이며 내려오던 입술이 다인의 말과 함께 멈췄다. 여자의 코끝을 손가락으로 툭 건드리고는 더 당겨 안자 어느새 다인도 도우의 몸 위에서 남자와 같은 주기로 오르락내리락했다.

"지금이 어떤데."

"지금처럼 얼굴도 로맨틱하고 몸도 좋고 또……."

"또."

남자의 맨 가슴을 쓸던 다인의 손가락이 갈피를 잃고는 하나씩 접혔다. 응? 다시금 물어오는 질문에 달싹이며 떨어지는 입술이 조심스럽다.

"기다인을 보면 좋아서 어쩔 줄 모르는."

"그건 불가능하지."

"왜?"

"내가 인간인 이상 늙어 가는 건 당연지사고."

물론 그래도 잘생기긴 할 테지만. 피식 내뱉은 웃음에 다인의 머리카락이 나풀거렸다. 얼굴로 쏟아지는 머리카락을 하나씩 정리하며 드러난 동그란 이마에 입술을 붙였다가 다인의 표정을 살폈다. 이제는 다인도 썩 귀찮지는 않은 모양이었다.

씨익 웃으며 다시금 이마에 붙인 입술 사이로 낮은 목소리가 따라붙었다.

"기다인한테는 나날이 더 환장할 거니까."

"말은 쉬워."

"다 확신이 있기 때문에 말도 쉽게 내뱉는 거야."

그러니까 그 확신이라는 것이 어디서부터 나오는 것인지 다인으로서는 도통 모를 일이라는 거다.

"내가 너 사랑한다고 그런 것도 마찬가지고."

"웃기지도 않아."

"너 웃는 거 다 보여."

흐음, 다인이 저도 모르게 내걸었던 웃음을 지우자 도우의 맨살을 간지럽히던 날숨들도 같이 멎어 들었다.

"기다인."

"사랑한다고 할 거면 입 다물고 있어요."

"그 말 하려던 건 아닌데. 듣고 싶으면 해 줄게."

귀를 간지럽히는 말에 됐다며 양손으로 남자의 입을 막았다. 하지만 그것마저도 좋다는 양 그는 혀를 날름대며 다인의 손바닥을 핥기 시작했다.

정말이지 이 남자에게 더 놀랄 일이 있을까. 다인이 인상을 찌푸리며 손을 뗐다.

"이게 무슨, 더럽게……."

"아까부터 말하고 싶었는데."

정말이지 잠시도 가만히 있는 꼴을 못 보겠는 것은 강도우의 손도 마찬가지다. 연신 다인의 등을 어루만지던 손을 은근슬쩍 엉덩이로 내려서는 제 중심에 맞대어 보는 것은 도대체 무슨 수작질인지.

"나 섰거든. 다인아."

"……."

"섰다고."

"알아."

"그럼 책임을 져야지. 네가 세웠으니까."

자기가 뭣대로 그런 걸 세워 놓고 웬 책임 운운이야. 누가 보면 나라에 대단한 공이라도 세운 듯 아주 기세등등한 작태였다. 남자의 가슴을 짚고 일어난 손으로 그의 가슴팍을 찰싹 때리자 근육 잡힌 배가 꿀렁이며 웃음을 흘리기 시작했다.

"이런 거 세우지 말고 차라리 그냥 사랑한다고 해."

"그래. 사랑해."

사랑해, 사랑해, 사랑해. 연신 속삭이며 다인의 정신을 쏙 빼놓더니 엉덩이를 쓰다듬던 손이 자연스럽게 속옷 사이로 미끌어지듯 들어갔다. 가늘어진 눈을 키우며 그를 잡아보려 했지만 그럴수록 그의 손은 더 깊은 곳으로 들어갈 뿐이다.

"뭐야, 하지 마요. 나 씻으러 갈 거야. 아니, 건드리……, 벗기기만 해 봐?"

"그래 그럼."

그대로 상체를 일으켜서는 다인을 안은 채로 침대를 벗어나는 남자의 움직임은 한 동작처럼 매끄럽기만 하다.

"씻으면서 하는 것도 나쁘지 않지."

버둥대던 다인도 키가 높아지자 중력을 이겨 내고자 도우의 몸에 자연스레 매달렸다. 욕실까지는 남자의 큰 보폭으로 겨우 몇 걸음. 완벽한 나체가 되는 것 역시나 한순간이었다.

9화

"그래서 헤어졌다는 거야, 말았다는 거야."

어제 그 난리로 미처 챙기지 못했던 혜주의 선물들을 강도우가 떠난 다인의 집 거실에 하나씩 풀어 놓았다. 선물 하나에 라울의 다정함과 선물 하나에 라울의 섬세함을 강제로 되새기면서 앉은 자리에서 초콜릿을 야금야금 까먹던 게 스무 개째. 그와 곁들인 와인 한 잔에 벌써 조금 취한 것 같기도 하다.

"헤어지다가 만 것 같아."

"헤어질 마음도 없었네, 뭘."

흐음, 눈썹을 위로 올리며 크게 내쉰 숨이 알딸딸하다. 헤어질 마음이 없었다기엔 사귈 마음부터 있었는지를 찾아야 할 것만 같고. 얼렁뚱땅 시작한 연애는 끝도 흐지부지하다.

"그냥 나도 내 마음을 모르겠어. 어려워. 어젠 너무 놀라고 화나서 그랬던 것 같기도 하고."

"맞아. 솔직히 난 기다인 너 때문에 더 놀랐거든."

"왜?"

"약간 영화 보는 느낌이었어."

"장르는?"

"비급 코미디."

괜찮네. 다인은 제 모습을 흉내 내는 혜주에게 히죽히죽 웃음을 날리며 느릿한 손놀림으로 와인 잔을 감싸 들었다.

"너 근데 그때 구지훈 표정 못 봤지? 그걸 누가 사진으로 찍어 놨어야 했는데. 완전 썩었잖아."

"괜찮네."

"네가 '강도우 씨이이이!' 하고 달려가니까 얼굴이 싹 비틀려서는. 걔 어제 분해서 잠이나 제대로 잤을까 모르겠다."

"괜찮네……."

"아무튼 내가 그 새끼 딱 벼르고 있어. 너도 멍든 거 진단서 끊고 증거 다 만들어 놔. 물론 폭행으로 가면 기다인 네가 예전에 걔 때린 게 더 크니까 조금 불리해지겠지만 아무튼 내가 글 써줄게. 구지훈의 실체라고 해서 인터넷에 다 퍼뜨릴 거야."

"……괜찮네."

"지금 올려봤자 관심도 별로 없을 거고. 걔 좀만 더 유명해져 봐. 내가 확 날려 버릴 거니까. 딱 기다려."

"괜찮……네."

술에 취한 건지 잠에 취한 건지. 납덩이라도 올려놓은 것만 같은 다인의 눈꺼풀은 올라갈 줄은 모른다. 그 와중에도 휴대폰은 꼭 붙들고 있는 것이 꼭 누구 연락이라도 기다리는 모양새다.

"기다인. 너 자?"

"……아니야."

그냥 눈이 좀 따가워서 그래. 분명 말은 그렇게 했지만 혜주의 귀에는 옹알이로밖에 들리지 않았다. 얘는 도대체 뭘 하고 다니는 건지. 다인이 왜 저보다 더 피곤한지 도통 모르겠다.

고개를 절레절레 흔들던 혜주가 다인의 손에서 와인 잔을 빼들어 테이블에 내려놓았다. 소파에 편히 누우라는 듯 손에 쥔 휴대폰도 빼내려 하자 귀신 들린 인형처럼 다인이 눈을 번쩍 떴다.

"아, 깜짝아!"

"······나 아직 자면 안 되는데, 혜주야?"

"피곤하면 일찍 자도 돼."

"아니야. 정혜주 너랑도 얘기할 게 많고 또······."

몇 차례 깜빡이던 다인의 눈이 마침 제 손에서 울리는 휴대폰으로 향했다. 그제야 잠도 확실히 깬 모양인지 왼쪽 입꼬리를 슬며시 올린 다인이 잠깐 통화하고 오겠다는 듯 눈짓을 하고는 서둘러 방으로 들어갔다.

누구냐고 묻지 않아도 어디에서 걸려온 전화인지 알 것만 같았다.

"참 나, 어렵긴 도대체 뭐가 그리 어렵다고."

저리 좋아하는 반응만 보면 한없이 단순하고 쉽기만 한데. 혜주는 어깨를 으쓱거리며 소파에 등을 기댔다. 쓸데없이 복잡한 제 친구의 머릿속도 곧 풀리길 바라며.

양희진은 나름 눈치가 빠른 편이다. 으레 눈치 빠른 사람이 그러하듯 제 입으로는 눈치 빠르다는 소리는 절대 하지 않으면서 척하면 척, 적당히 상황을 유리하게 굴리는 재주가 있다. 그런 면에서 상사의 감정까지 보좌해야 하는 비서라는 직업은 희진에게 천직인 셈이었다.

다만 그것이 제가 모시는 상사 강도우에게는 통하지 않으니 문제라면 문제일 수도 있겠다.

희진이 판단하기로 강도우는 제법 단순한 사람이었다. 그는 감정 표현에 있어 직설적이며 호불호가 분명했다. 하지만 그 이상의 움직임은 없다는 것은 여전히 아리송한 부분이었다.

분명 갖은 불호를 표시했으나 결국은 묵묵히 받아들였다. 그건 어쩌면 느릿하게 먹이의 숨통이 끊어지기만을 기다리는 포식자의 포지션이 아닐까 싶다가도, 요즘의 행태로만 보자면 그냥 단순해서 더 이상의 사고를 멈춘 것 같기도 하고.

어쨌거나 강도우는 최근 일주일 동안은 그 단순히 기분 좋은 상태가 지속되고 있었다.

월요일에 출근했을 때는 강도우는 제 이마에 멍든 것을 대단한 훈장인 양 자랑하듯 보여 주기까지 했는데, '다쳤으니 일정 취소를 바라는 것인가' 하는 생각이 '그래서 어쩌라고'로 전환되기까지는 꼬박 다섯 번의 훈장 자랑이 필요했다.

또 하나의 변화가 생겼다면 태민겸을 향한 강도우의 시선이 조금은 누그러졌다는 것이다. 물론 민겸이 듣는다면 코웃음을 칠 소리겠지만 희진이 보기에는 확실히 그러했다. 전과 달리 민겸을 부르는 소리에 살의가 지워졌고 회의 때마다 그를 못마땅하게 훑던 시선도 적당한 선에서 마무리되었다.

그도 그럴 것이 강도우로서는 행복하지 않을 이유가 없지 않았던가. 부쩍 일이 많아져서 다인을 만날 기회가 도통 생기진 않았다. 하지만 틈틈이 보내는 문자에 가끔씩 답장도 받았고, 그 답장이라는 것이 '응, 아니, 괜찮아, 시끄러워, 싫어, 닥쳐'의 순환이었대도, 하루에 한 번씩 통화하는 것도 허락받았다.

그러니까 이것은 도우에게는 손해 볼 게 전혀 없는 유예 기간인 셈이었다.

"홍보 대사?"

그렇게 따진다면 계단에서 굴렀던 게 꽤 수익성이 있다고 봐야 하지 않을까. 머리카락으로 살짝 감추어진 이마를 만지면서 목소리의 근원을 찾는 도우의 눈빛이 자못 싸늘해졌다.

"네. 작년에는 사정상 건너뛰었는데 우리 진흥원도 연예인 홍보 대사 써서 기사 돌리면 홍보 효과가……."

"단발성으로 사진 한 장 찍고 언론에 뿌리겠다고 연예인 홍보 대사. 그런 걸로 홍보 효과라는 말을 쓰기엔 부끄럽죠."

처서가 지났다고 이러나. 일순간 회의실에 가을이 찾아온 듯, 차갑게 변한 공기에 몇몇이 헛기침을 했다. 도우의 손에서 딸깍딸깍 펜 소리가 점점 거칠어졌다.

"실속은 없고 생색만 내고."

"……."

"국감 때 책잡히기는 딱 좋고."

안 그래요? 디귿자의 회의 테이블 저 끝에서부터 응시하던 도우의 시선이 제 옆자리의 장악 과장에게로 미끄러지자 직원들 고개가 주르르 테이블 위로 무너지는 것이 도미노와도 같다.

"그래도 홍보 영상을 찍어서 노출시키면 꽤 효과가 크다고 합니다."

"연예인 데리고 대충 찍는 1분짜리 홍보 영상 그거 누가 본답니까. 기껏 해야 조회 수 300이면 잘 나온 편일 텐데."

회의 내용을 기록하던 희진의 손이 바빠졌다. 힐끔힐끔 도우의 눈치를 살피는 눈도 마찬가지다.

"각 포털에 한 번씩 광고로 걸고, 시간대 맞춰서 방송 광고도 넣으면……."

"우리 진흥원이 그 정도로 예산이 많진 않을 텐데요."

"아, 예산 문제라면 홍보비로 따로 빼놓은 게 있습니다. 연예인 페이도 실비 사례금으로 빼뒀는데 잘만 하면 천만 원까지는 가능합니다."

지원 과장의 말에 딸깍거리던 펜이 다른 손에 들렸던 회의 자료와 함께 테이블 위를 굴렀다. 그 소리에 키보드를 두드리던 희진도 멈칫거리며 도우 쪽으로 시선을 돌렸다.

화가 났나 싶었지만 평소와 다름없는 그의 느릿한 시선에는 그 어떤 감정도 담기지 않은 것 같다. 오히려 천천히 미소 짓는 게 더 무섭게 느껴질 뿐.

"연예인 홍보 대사는 무보수로 바뀐 지 좀 됐을 텐데 진흥원은 그동안 편법 썼나 보죠?"

"그게 편법이라기에는 다들 그런 식으로 해 왔습니다. 예산 지침이라는 게 형식적이기도 하고 우리도 그냥 진행하면……."

"안 되지. 그럼 내가 뭐가 됩니까. 내가 기재부에 있을 때 기껏 바꿔놓고 나온 게 그건데."

돈 낭비에 시간 낭비. 이해하고 싶지도 않은 사업이다. 적어도 강도우가 기관장으로 있는 한은 새는 구멍은 다 막아 내는 것이 기재부 출신으로 마땅한 도리일 터.

"그래도 홍보 대사라는 게 있는 거랑 없는 거랑은 언론 보도 차이가 크고 대중 관심도도 차이가……."

"과장님. 한우 좋아하시죠. 지금 한우 홍보 대사가 누군지 아십니까."

지원 과장의 시선이 장악 과장에게로, 장악 과장의 시선이 민겸에게로 흘러갔다. 별 소득 없는 시선 반사에 피식 웃던 도우가 펜을 집어 들고는 회의 자료를 한 장 넘겼다.

"한우 홍보 대사가 누구냐에 따라서 우리나라 한우 소비량이 크게 달라지지는 않을 겁니다. 진흥원장 하나 바뀐다고 특별히 국악이 조명받는 일도 없을 거고요."

"……."

"내가 국악은 몰라도 사업 수익성은 잘 알아요. 국악에 문외한인 나조차도 흥미가 안 생기는 홍보 사업에 굳이 예산 낭비할 필요가 있나 싶은데."

안경을 추켜올린 희진이 장악 과장과 지원 과장에게로 눈동자를 굴렸다. 저들이 홍보 대사에 집착하는 이유야 뻔했다. 말 그대로 생색내기. 그리고 모종의 뒷거래.

매번 별 탈 없이 굴러가던 사업에 난데없는 적신호가 켜졌으니 두 과장들의 얼굴이 붉으락푸르락하는 것도 당연하다.

"연예인 내세워서 홍보를 할 거면 전국적으로 이슈될 만큼 획기적인 사람으로 내놓는다거나……."

"……."

"뭐 이왕할 거면 일본 연예인으로 하면 매국노로 욕도 같이 처먹고 좋겠네요."

"예?"

"안 된다는 말을 길게 해 봤습니다. 다음."

"……네, 다음은 방송 시그널 음악 제작 건입니다."

휴, 둥글게 말린 입술 새로 희진이 한숨을 작게 내보냈다. 기분 좋은 강도우의 유효 기간도 끝난 모양이다.

지난한 회의를 끝내고 원장실로 다시 향하는 길에 민겸이 따라 붙었다. 지금 가면 안 좋을 거라며 희진이 눈치를 줘 봤으나 울상을 지으며 결재판을 들어 보이는 민겸은 어느 정도는 각오를 한 듯, 결연한 자세로 도우를 뒤따라 데스크 앞에 섰다.

"원장님, 이거 먼저 읽어 보시고 전자 결재 확인해 주시면······."

"뭡니까, 이건?"

뒤바뀐 결재판 사이로 떨어진 웬 남자의 사진들에 도우의 한쪽 눈썹이 들렸다. 묘하게 낯이 익은 것이 직원 얼굴은 아닌 것 같은데······. 이 얼굴을 어디서 봤더라.

"아, 이건 홍보 대사 후보로 뽑아 봤던 연예인입니다."

연예인 홍보 대사도 무산된 마당에 원장의 심기를 더 거슬릴 이유는 없었다. 식겁하며 서둘러 사진을 뺏으려는 민겸의 손길이 도우의 손짓 한 번에 허공에서 멈추었다.

"이미 장악과에선 후보까지 다 추려 본 모양이죠? 누굽니까. 아이돌이라기엔 늙었고."

"그게, 요즘 인기 얻고 있는 배우인데······."

막상 얼굴을 보니 마음이 바뀌기라도 한 건가. 그래도 남자 연예인 사진들을 저렇게 뚫어져라 보는 것은 아무래도 이상하다. 설마 게이라도 되는 것인가, 수상해진 민겸의 시선을 단번에 끊어내듯 도우의 비뚤어진 입술 새로 욕지거리가 삐져나왔다.

"배우?"

"네. 구지훈이라고 마침 국악고등학교를 나왔답니다. 이미지도 반듯하고······."

"태민겸 씨 눈에는 이 얼굴이 반듯해 보이나 보죠?"

"예? 네…… 그…….."

한동안 편하게 해 준다 싶더니 원장이 왜 또 지랄인 것인지 도무지 모를 일이다. 마치 민겸의 입에서 혹평과 악담 그 사이의 것을 기대하는 듯 구지훈의 사진을 돌려 보이는 눈빛은 사납기 짝이 없다. 저것은 얼마 전까지 제게도 보였던 그 눈빛이다. 위험을 감지한 민겸이 마땅한 말을 찾아내려는 듯 머리를 빠르게 굴리며 대답했다.

"그…… 약간 얼굴이 대칭이 안 맞긴 한 거 같습니다."

"그렇지. 입도 비뚤어졌고."

"자세히 보니 눈빛도 별로인 것 같고요."

"맞아. 딱 봐도 양아치 인상이지."

고작 사진 세 장으로 그런 게 드러날 리가 있나. 눈빛만 보자면 지금 원장님도 만만치 않게 양아치 같은데. 뒷말을 쓰게 삼킨 민겸이 도우의 말에 고개를 끄덕이며 웃었다. 사회생활이란 게 이리도 고달프다.

"역시 원장님께서는 사람을 잘 보시지 말입니다."

고개를 주억거리는 민겸을 보고 피식, 만족스러운 웃음을 흘리던 도우가 구지훈의 사진을 한 번, 제 앞에 선 민겸을 한 번 번갈아 훑었다.

그래도 태민겸은 꽤나 양호한 잡것이었다. 비록 다인과 우산을 나눠 썼지만. 그까짓 우산 따위는…….

진짜 별 잡것들이. 사정없이 구겨진 구지훈의 사진이 민겸의 손에 차곡차곡 쌓였다. 얼떨떨하게 그것들을 받아든 민겸에게 턱짓으로 문을 가리키자 그대로 줄행랑을 치는 꼴이 정말이지 하찮기 그지없다.

생각 정리야말로 자신이 해야 할 게 아닌가. 도우가 헤드 레스트에 머리를 기댔다가 느른하게 눈꺼풀을 올리고는 마우스를 잡아다가 포털 창을 띄웠다.

구지훈이라고 했던가. 타닥타닥 키보드를 두드리는 소리가 망치로 내리찍는 소리 같은 건 그저 기분 탓은 아닐 것 같다.

구지훈. 그 재수 없는 얼굴을 내리고 프로필 상세 보기를 클릭했다. 연극, 연극, 연극, 드라마, 영화. 가지가지 바쁘게도 살았네. 사진을 몇 장 더 열어 봤다. 잠깐 쳐다보고 구르긴 했지만 그 얼굴을 못 알아볼 정도는 아니다. 그러니까 이것은 확실히 기다인의 전 남자 친구가 확실하다.

속이 끓는지 목이 타들어 갔다. 책상에 놓인 수국 차를 한 모금 삼키던 도우가 미간을 좁혔다. 너무 오래 우렸던가. 달큰하던 것이 어찌 씁쓰레한 게 딱 제 맘 같다.

늦여름을 마무리하는 비가 벌써 며칠째 내리고 있었다. 진홍원 무대 작업이 마무리된 이후로 새 사업에 매진할 때였건만 연일 쏟아지는 비에 현장 작업도 취소되고 몇 없던 클라이언트 미팅도 취소되거나 연기되었다.

원치 않게 찾아온 백수 생활에 그나마도 혜주가 한국에 들어와 같이 시간을 보낼 수 있으니 다행이었다. 이럴 줄 알았으면 민겸이 의뢰한 전시회 작업을 한다고 할 걸 그랬나. 뒤늦은 후회에 맥주가 달게만 느껴진다.

"그래서 기다인 너 일은 잘 돼 가는…… 뭐야, 또?"

"신경 쓰지 마. 원래 이래."

쏟아지는 문자들을 감당할 정신도 없는지 다인의 휴대폰은 징, 지징, 징 정말 징하게도 울려 댔다. 멈춘 듯하다가도 다시 쏟아지는 것이 지켜보는 사람이 다 정신이 없을 지경인데 정작 당사자는 의연한 꼴이 아주 익숙한 모양새다.

"이럴 거면 차라리 전화를 하라고 해."

"내가 전화는 하루에 한 번만 하라고 했거든."

"왜. 일 때문에?"

몇몇 문자를 확인하던 다인이 혜주의 앞접시에 피자를 한 조각 올리고 제 앞에 놓인 접시에도 피자를 올렸다. 그득했던 치즈가 늘어나는 것이 만족스러운 듯 다인의 입꼬리가 한껏 휘었다.

"아니. 강도우 씨 목소리가 좋잖아. 난 목소리 좋은 남자한테 약하고."

"그래서?"

"더 좋아질까 봐."

와. 미쳤다 기다인. 여간 느끼한 게 아닌 듯 혜주가 저도 모르게 한도 끝도 없이 내렸던 아래턱을 올리면서 피클을 잘근 씹었다.

"내가 기다인 너 친구로 진짜 좋아하는 거 알지."

"뭔 소리를 하려고 밑밥을 깔아."

"더럽게 꼴값이라는 생각밖엔 안 들어, 너네."

지는. 아모레 미오니 뭐니 외치는 애한테 꼴값이라는 소리를 들었으니 이겼다고 해야 하나 졌다고 해야 하나. 삐죽거리던 다인의 입매에 웃음이 걸리는 걸 보면 그런 건 아무래도 좋은 것 같기도 하고.

"기다인 아주 그냥 세기의 사랑 납셨어."

"그렇다고 사랑까지는 아닌데?"

아직 강도우가 찾아보라던 매력은 열 가지도 채 찾지 못했는데. 정말이지 아직 사랑은 아니라는 양 피자 조각을 칼질하는 다인은 꽤 태연해 보였다.

"말로만 아니라고 하면 뭐 해. 기다인 너 얼굴부터가 티가 나는데."

흐음. 태연히 어깨를 으쓱이던 다인이 곧장 눈썹 끝을 내리고는 울상을 내걸었다. 이제 다인도 제 감정이 아주 못 미덥지는 않나 보다.

"티 나?"

"완전."

"강도우도 다 알겠지?"

"바보가 아닌 이상."

"망했네."

언제부터 사랑이란 감정이 공포로 다가왔을까. 연신 한숨만 내쉬던 다인에게 혜주가 맥주잔을 부딪쳤다. 뭐가 그리도 큰일이라고. 나이가 들수록 겁이 많아진다더니 기다인이 딱 그 꼴이다.

"너 왜 이렇게 겁이 많아졌어. 쉽게 생각해."

"사람 마음이 어떻게 그렇게 쉬워."

"어려울 건 또 뭐야. 네가 기대하는 게 많아지니까 무서운 거야."

사람 심리라는 게 그러하다. 더 많이 가질수록 마음은 가난해지는 법. 강도우에게 받는 것들에 당연히 익숙해져서 하나씩 놓쳐 버릴 때가 올까 두려운 것일지도 모르겠다.

"기대하지 마. 현재를 즐겨."

그냥 즐기고 말기에는 마음은 이미 규정 속도를 위반한 것 같다.

"보고 싶으면 보고, 하고 싶으면 하고. 너도 적당히 즐기면서 그냥 잘생긴 놈 하나 따먹는다고 생각해."

"따먹……! 왜 다들 나한테 그런 불경한 단어를 쓰는 거야."

저도 모르게 버럭한 다인의 목소리가 주위 시선에 점점 기어 들어갔다. 새삼스럽게 왜 그러냐며 낄낄대던 혜주가 번쩍거리는 다인의 휴대폰을 가리켰다. 그만하면 받아 줄 때도 됐다는 말과 함께 화장실에 다녀오겠다는 혜주는 어쩐지 벌써 취한 것도 같다.

유리창을 두드리는 빗방울을 가만히 쳐다보던 다인이 제 휴대폰으로
시선을 내렸다. 그렇다고 강도우를 안 받아 준 적은 없는데. 결국은 강
도우가 하자는 대로 다 이끌려 가고 있는 꼴인데. 이렇게 답장도 가끔
해 주고. 엄지로 쓱쓱 화면을 쓸어 올리던 다인의 입술이 슬며시 올라
갔다.

〈너 연극을 좋아하는 거야 아니면 연극배우를 좋아하는 거야.〉
〈후자라면 나는 연기에는 자신 없으니까 내 얼굴에 만족하도록 해.〉
〈별 잡것들보다는 내 얼굴이 훨씬 더 극적이고 좋잖아.〉

웃기지도 않아. 병원에서 기억 안 난다고 했던 건 연기가 아니고 뭐
야.

〈여기저기 온통 너만 보여.〉
〈그때 사무실에서 하는 게 아니었나 봐.〉
〈자꾸 생각나서 돌아 버릴 것 같아.〉
〈사무실에서 한 번 더 하면 괜찮을 거 같은데.〉

미쳤나 봐. 그 짓을 또. 삭제.

〈갑자기 생각났는데 너 수국 꽃말 같은 거 찾아보지 마.〉
〈내가 너한테 수국 차 준 건 그냥 준 거니까.〉
〈의미 부여할 필요 없어.〉
〈물론 넌 찾아볼 생각도 안 했겠지만.〉

어떻게 알았지? 삭제를 누르려던 다인이 '시끄러워'라고 쓰려던 찰나 새로운 메시지가 날아들었다.

〈보고 싶어.〉

아, 술기운이 지금 올라오는 건가.

가슴을 휘감았던 뜨거운 열기가 얼굴로 올라와서는 뇌까지 녹이는 것만 같다. 보고 싶다는 말이 가진 힘이 이렇게까지 강렬했던가. 그래 까짓 거 뭐. 술기운을 핑계 삼아서는 발그레 달아오른 얼굴색만큼 붉은 입술을 깨문 다인이 손가락을 주춤주춤 움직였다.

〈나도.〉

그러고는 한 번 더,

〈나도 보고 싶어. 강도우.〉

그러니까 이거야말로 술에 취해서 한 행동인 것이다. 그 술이라는 것이 고작 맥주 몇 모금이었을지언정.

다인이 혜주와 헤어진 건 10시 반쯤. 고작 맥주 몇 잔이었지만 적당히 취기가 올랐고 강도우에게 취기를 도구 삼아 제 마음까지 내비쳤으

니 꽤나 마음이 상쾌한 상태였다.

그럼에도 낮부터 시작된 혜주의 몇 가지 시답잖은 연애 조언들, 가령 연애 초반에 미친 듯이 돌진하는 직진남은 사랑꾼인 자기 스스로에게 도취해서 언제 식을지 모른다는 둥의 말들은 다인을 무겁게만 짓누르기 시작했다.

비 온 뒤의 밤공기처럼 축축하게 가라앉은 마음은 어딘지 모르게 예민해져서는 작은 소리 하나하나에도 반응하게 만들었고 또 그만큼 쉽게 피곤해졌다. 그렇게 하품을 늘어지게 하면서 집에 들어선 다인은 급기야 손을 씻다가 휴대폰 알림 소리, 그 작은 소리 하나에 거실로 내달리기까지 이르렀다.

물기를 채 닦지도 못한 손으로 잡아 든 휴대폰에서 막상 제가 바라던 이름이 아닌 혜주의 이름을 봤을 때의 그 아쉬움은 과연 어디에서 기인한 감정이었을까.

툭 튀어나온 입술을 꾸욱 눌러 가며 혜주에게 답장을 하고는 보고 싶다는 문자 이후로 뚝 끊겨 버린 강도우와의 대화 창을 다시금 확인했다. 옅은 한숨에 갈피를 잃은 손가락은 어쩌면 아쉬움 그 이상의 불안함을 느꼈던 걸지도 모르겠다.

그러니까 다인은 이런 게 싫었던 것이다. 마음 따로 몸 따로, 그리고 말까지 외따로 가고자 했지만 결국은 강도우에 의해 하나로 합쳐진 제 감정이 고작 문자 하나에 좌우되는 더없이 초라한 현실. 그리고 구겨진 자존심을 가뿐히 밟고 올라서는 옹졸하고도 크나큰 용기.

감히 날 더 좋아하는 주제에.

어쨌거나 감정의 줄다리기에서 우위를 점하고 싶었던, 점하고 있노라 믿었던 다인은 잘근잘근 씹어대던 입술을 빼어 물고는 먼저 전화를 걸어 보겠다고 마음먹었다.

그까짓 거 따지고 보면 크게 어려운 일도 아니지, 뭐.

비록 수십 번 고민하고 만들어 낸 그 용기가 아닌 밤중에 울려 대는 현관 초인종 소리에 산산조각 나 버릴 줄은 몰랐지만.

자정에 가까운 시간, 예고 없이 울린 초인종 소리에 다인은 그 자세 그대로 굳어 버렸다. 애초에 초인종이 모닝콜 따위가 아닌 이상 예고하고 울릴 리는 없었대도 적어도 이 시간에는 손님이 올 일도, 택배가 올 일도, 시키지도 않은 배달 음식이 올 일도 만무했으니까.

한 번 울린 초인종은 잘못 들었나 싶을 정도로 다시 울리지는 않았지만 월 패드 화면에 슬쩍슬쩍 비치는 사람의 뒷모습은 건장한 남자임이 분명해 보였다. 아무리 자취 경력 10여 년 차, 품띠의 기다인이라고는 해도 혼자 사는 여성인 이상 머릿속에 각종 범죄들이 생각나는 것은 당연지사.

그 순간 눈치 없이 울린 휴대폰 벨소리에 누군지 확인할 정신도 없이 그저 소리만 죽인다는 생각으로 받아들고는 눈만 부릅뜨고 있었는데,

"……."

—받은 거야, 기다인?

그 목소리 하나가 좁혀졌던 숨구멍을 뚫기라도 한 듯, 그제야 다인이 얼어붙은 숨을 하아, 내보냈다.

"……강도우 씨?"

한껏 낮춘 목소리를 애써 짜내면서도 휴대폰 너머의 상대이지만 그것만으로도 든든한 지원군이라도 얻은 양, 다인의 얼굴에 서린 두려움이 흩어졌다.

"강도우 씨, 나 지금 좀 무서운……."

—너 자?

자는 사람이 어떻게 전화를 받아. 아니, 그것보다도 왜 목소리가 휴대폰에서 들리는 것보다 더 가까이에서 느껴지는지. 혹시, 설마. 월 패드를 응시하던 다인의 눈이 조금씩 가늘어지기 시작했다.

"강도우 씨 어디예요? 혹시 지금……."

가자미 같은 눈은 삐삐삐삐 아주 당연하다는 듯 비밀번호를 누르는 현관문에 재빨리 고정됐다. 설마 하는 의심이 주인도 몰라보고 지조 없이 열리는 현관문 밖에서 강도우라는 형체로 나타난 것은 아주 순식간이었다.

"뭐야, 너. 마중 나왔어?"

"강도우 씨야말로 비밀번호를 어떻게……?"

비를 맞은 건지, 아니면 뛰어오기라도 했는지 젖은 머리를 쓸어 올린 도우가 예의 그 불량한 웃음을 내걸면서 현관문을 닫았다. 그러고는.

"신고해. 지금은 내가 좀 급해서."

현관문을 닫은 손이 다인의 뒷목을 잡아당겼다. 상황을 인지할 시간도 사치라는 듯 거칠게 입술을 부딪쳐 오는 통에 다인의 몸이 그대로 현관 벽으로 떠밀렸다. 예고 없던 침입에 당황한 건 입속 사정도 크게 다를 바 없었는지 도망가지도 못하고 얽힌 혀는 타액을 입가로 흘리기까지 했다.

"아, 뭐 하는, 잠깐……."

그 입가를 혀로 할짝거리던 도우가 다인의 다음 말을 그대로 삼켜 버렸다. 도우로서는 숨을 들이마실 시간을 벌어 주기까지 한 대단한 관용적 키스였으나 다인에겐 괴팍하기 짝이 없는 키스, 아니 키스라기보다는 먹혀 들어가는 것에 가까운 행위.

올가미에 걸린 것처럼 그의 품속에서 버둥대던 다인도 조금씩 힘을 잃고 도리어 낮짝 반듯한 침입자에 안정을 찾아 갔다. 집요하게 쫓아오는 남자의 혀를 달래듯이 감쌌다가 그의 아랫입술을 물고 떨어지자 반쯤 들어 올린 눈꺼풀 사이로 농밀한 시선이 오갔다.

"여긴 어떻……."

정말이지 시간 낭비가 따로 없었다. 한 치의 빈틈도 용납이 안 된다는 듯 다인의 몸을 제게 더 당겨 안은 도우가 말캉한 혀로 머릿속까지 희롱했다. 영혼까지 빨아갈 듯 몸을 옥죄는 통에 고개를 한껏 젖힌 다인이 타액을 꿀꺽꿀꺽 삼키며 목울대를 움직였다.

현관 센서 등이 꺼질 줄을 몰랐다. 혀가 오가며 만들어 낸 젖은 소리가 음탕하게 현관을 울렸다. '여긴 어떻게, 비밀번호는 또 어떻게' 하는 일련의 사고들은 뒤죽박죽 뒤섞이며 그저 으응, 흐응 비음으로 빠져나오거나 그마저도 결국은 누군가의 입에서 녹아 없어졌다.

혼미해진 정신을 붙들 수만 있다면 뭐라도 잡고 싶은데 남자에게 매인 몸에서 겨우 삐져나온 팔은 그저 허공에 날갯짓하듯 움직이는 것이 애처롭기 짝이 없다.

그러나 겨우 이 정도로 애처롭다는 말을 쓸 수는 없다는 듯, 아래로는 터질 듯한 존재감을 자랑하는 그의 것이 있었으니 딱 붙은 하체를 밀어내려는 다인의 움직임은 그 얼마나 필사적이었을까.

하지만 뻔한 수는 들키기 마련, 도우가 다인을 둘러 감았던 팔을 내리면서 하체를 밀착시켰다. 그러다가도 여자의 엉덩이를 지나 허벅지를 감싼 것이 평소와는 다른 느낌에 슬며시 눈을 뜨고는 비뚜름하게 올린 입술을 떼어 냈다.

이제야 이 지독한 입맞춤도 끝난 것인지 다인의 목을 감쌌던 남자의 손도 등 뒤로 툭 떨어졌다. 아쉬운 듯 입가로 잘게 내리던 입술 새로 피식 웃음이 흘러나오지만 가쁜 숨을 가다듬던 다인에게 그것까지 눈치

챌 정신은 없었다. 되레 입술을 닦으며 한 손으로는 그를 밀어내기까지 하자 도우의 웃음도 일순간 흐려졌다.

"아!"

다인의 양 손목을 한데 모아 붙잡고는 벽에 밀어붙이자 외마디 비명이 흩날렸다. 찌푸린 미간에 성의 없이 입술을 붙이고서는 다인을 느릿하게 내려다보는 남자의 시선 역시나 어딘가 심사가 뒤틀린 모양이다.

"술 마셨나 보네. 기다인."

타액으로 번들거리는 다인의 입술에 쪽 소리를 내며 떨어진 입술이 코끝을 한 번 누르고는 이마에 닿았다.

"맥주 마셨어. 우리 이제 들어가서……."

집요한 시선이 할딱거리는 다인의 가슴팍에 머물렀다. 간만의 외출이라며 꺼내 입은 랩 원피스는 여자의 곡선을 여실히도 보여 준다.

"어떤 새끼랑 마셨을까. 안 입던 원피스까지 입고."

"혜주 새끼, 아 잠깐……."

잘록하게 들어간 허리를 쓰다듬던 손이 벌어진 앞섶으로 불쑥 들어와선 가슴을 움켜쥐었다. 브래지어 위로 만지는 것은 성에 차지 않는 모양인지 욱여넣은 손으로 컵을 내려 굳이 가슴 한쪽을 훤히 드러내 보였다. 홀로 빠져나온 맨가슴에 썰렁한 바람이 부는 듯했다.

"사람 돌게 만들 생각이었다면 성공했어, 너."

"아, 여기 소리 다 들려……."

"이런 옷이 있었으면 진작 나도 보여 줬어야지."

마땅히 누려야 할 행복 추구권이라도 박탈당한 양, 이렇게 좋은 걸 왜 숨겨 놨냐며 억울하다는 투로 짜증 내는 꼴은 어이가 없을 지경이다. 뭉근하게 가슴을 만지던 남자의 손이 억울한 마음을 대변하기라도 하는 듯 유두를 꼬집었다.

"일할 때 누가, 으응, 이런 걸 입는……, 하아."

그러거나 말거나 고작 원피스 하나로 도우에게 눈이 돌아 버릴 만큼의 기쁨을 선사하였으니 다인에게 은근한 뿌듯함이 뒤따른 것도 당연했다. 비록 그 기쁨이라는 것이 꼴린다를 넘어선 좆이 빠질 것 같다느니 하는 저속하기 짝이 없는 말로 변형될지라도 말이다.

"너 나랑 일로 만나는 거 아니잖아."

"아, 왜 자꾸 꼬집어, 아웃……!"

"섹스가 일이라면 몰라도."

제 손아귀에서 빠져나오려는 여자의 손을 다시금 한데 쥐어 잡고는 쇄골에 입술을 묻었다. 일부러 점점이 잇자국을 새기는 게 심술궂다. 그럼에도 급하다는, 터질 것 같다는 말과는 달리 일련의 과정들을 정성껏 밟아 나가는 것은 오히려 기특할 노릇이다.

"이제 들어가서……."

쇄골에 내리던 입술이 가슴을 베어 물었다. 아, 날 선 감각에 다인의 허리가 뒤로 꺾였다. 한 숨에 들이켜듯 유두를 빨아 올리자 되레 아래가 간지럽다. 으으, 소리를 참고자 입술을 깨문 게 무색하게도 제 가슴을 빨아 대는 소리가 점점 야릇해지자 귀를 차마 막지 못해 눈만 질끈 감았다.

더 이상은 못 참겠는지 손목을 붙들었던 남자의 손아귀에도 힘이 풀리고 그에게서 벗어난 손이 도우의 어깨를 재빨리 짓눌렀다.

다인으로서는 이제 그만하자는 움직임이었건만, 한껏 숙인 자세가 불편하지도 않은지 헐렁해진 앞섶을 더 열어서는 다른 쪽 가슴을 손에 넣고 혀로 덧그리듯 손가락으로 유두를 놀리는 것은 놀이에 가까워 보였다.

으응, 날갯죽지만 겨우 벽에 붙인 몸이 점점 아래로 내려가자 도우를 밀어내려는 손이 다시 붙잡혀서 그의 손가락과 하나씩 얽어졌다. 힘이 풀린 다리 사이로 도우의 다리 한쪽이 턱하니 들어와서는 여자의 다리를 벌렸다. 이대로 가다간 정말 여기서 끝장을 볼 셈인 것 같았다.

"안에 들어가, 제발……."

달뜬 표정으로 애원하는 꼴이 마뜩찮은지 유두를 굴리던 손이 다인의 턱을 붙들었다. 이 얼굴을 이렇게 쉽게 보려고 그 거리를 차로 달려온 게 아닌데. 적어도 어서 박아 달라거나 할 때 쓸 법한 표정을 이리도 빨리 내건 것이 못마땅하기만 하다.

"현관에서 하는 거 진짜 싫어."

그러나 기다인이 싫다니 어쩔 노릇인가. 알았다며 들어가자고 불퉁한 입술에 제 입술을 살며시 붙였다 뗐다.

다인의 등을 감싸서 안으로 들어가려던 도우가 뭔가 생각난 듯 멈칫하더니 이미 한참 전에 제 기능을 잃어버린 원피스 끈을 주욱 잡아당겼다.

"이렇게 허술하게 묶으면 안 되지, 다인아."

시원하게 개방된 원피스는 어찌 보면 그냥 로브를 걸친 모양새다. 그걸 보고 마음에 드는 듯 안 드는 듯 눈썹을 꿈틀거리며 입꼬리를 올리던 도우가 몸을 숙여 다인의 오금 뒤로 팔을 넣고 허리를 받쳐 안았다.

쓸데없는 힘자랑에 탄식하며 도우의 목을 감아 매달리자 제대로 묶어 주겠다는 다소 의도가 다른 속삭임이 귀에 내리꽂혔다. 그 와중에도 뭘 묶을 거냐 꿋꿋하게 묻는 다인의 질문에 '너'라는 대답이 망설임도 없이 튀어나오자 허공에 들린 다리가 대롱대롱 흔들거렸다.

다행히도 욕실에 고이 내려놓는 것에 소소한 안정감을 느끼는 것도 잠시, 도우가 다인을 제 품에 가두며 으스러지게 껴안았다. 근육에 짓이겨진 탓인지 얼굴이 저절로 일그러졌다.

"숨 막혀."

"기다려."

팔부터 다리까지 제 몸으로 다인을 감싸듯 묶어 두고는 정작 자신은 거울을 살펴보며 손을 씻는 도우는 생각보다는 제법 여유롭다. 거울 속 다인의 뒷모습이 잔뜩 씨근덕대는 모양이지만 이제 이런 것쯤이야 아무렇지도 않지.

대단한 사전 준비를 끝내기라도 한 듯 의기양양하던 도우가 물기를 털어 낸 두 손으로 다인의 허리를 감싸 옆으로 길게 뻗은 세면대 테이블에 올렸다.

"내 문자에는 답장도 없더니."

"정신 차리고 여기 온 것만으로도 대단하지 않아?"

다인의 문자를 되새기자 정말이지 그나마 붙들고 있던 이성까지 놓을 것만 같다. 다인에게로 시선을 고정한 채 제 셔츠 단추를 똑똑 풀어 나가는 성급한 손이 자꾸만 겉돌았다. 그에 진정하라는 듯 다인이 손을 뻗어 그의 단추를 풀어 주지만 저 역시나 헐떡거리는 가슴은 숨길 수는 없다.

셔츠를 벗어 던진 도우가 다인와 이마를 마주하며 입술을 두어 번 붙이면서 벨트를 풀었다.

"집에 콘돔 없어요."

"내가 갖고 왔지."

주머니에서 꺼낸 콘돔들이 우수수 흩어졌다. 그렇다고 저렇게 많이 들고 올 것까지야……. 다인의 고개를 제게로 돌리며 여자의 입술 주위로 자잘한 키스를 내리던 도우가 채 벗기지 못한 원피스를 끌어내렸다.

"난 오늘 좀 피곤한데."

"더 피곤해져도 돼. 언제는 안 피곤했다고."

말은 그렇게 하면서도 허물 같은 제 옷가지들을 벗기는 남자에게 엉덩이를 들어 주면서 어느새 다 벗은 꼴이 된 다인이다.

"도대체 우리 집 비밀번호는 어떻게 안……."

뭐라도 짜내 보려는 듯 가슴을 움켜쥐었던 남자의 손이 다인의 입술을 툭 건드리며 꾹 눌렀다. 입속으로 들어갈 듯 말 듯한 엄지로 여자의 아랫입술을 뭉근하게 쓸다가 제 입술을 반쯤 붙이고는 기다인, 나지막하게 속삭이자 뜨거운 숨이 얼굴에 먼저 닿았다.

여전히 할 말이 남은 모양인지 뭐라고 달싹거리는 다인의 입술을 물고 이마를 붙인 도우가 다시금 단단하고도 낮은 목소리를 내보냈다.

"시끄러워, 다인아."

비틀린 눈썹 밑으로 뜨겁다 못해 따가워진 남자의 시선이 다인의 눈동자를 옭아맸다.

"그런 건 나중에 따져 봐도 되잖아."

"……."

감히 무단 침입자 주제에. 제아무리 강도우라 할지라도 잘생기면 다란 말인가. 그러나 지금 이 순간만큼은 다인에게 그것만이 전부였고 혀끝에 맴돌던 말들은 게 눈 감추듯 사라져 버렸다.

그제야 꾹 다물어진 입이 만족스럽다는 듯 도우가 코끝을 비비고서는 다인의 발목을 한쪽씩 잡아서는 세면대 테이블 위로 올렸다.

툭 튀어나온 복숭아뼈를 원을 그리며 쓰다듬던 도우의 손이 여자의 종아리를 지나서 무릎으로 올라갔다. 오므린 무릎을 달래듯이 천천히 손으로 벌리자 벌써 제법 음란하게 젖은 곳이 드러났다.

그동안 발정 난 강도우는 수도 없이 봐 왔지만 오늘 같이 장단을 종잡을 수 없는 모습은 또 처음이다. 무엇이 그를 자극했을까. 다시 한번 질척하게 얽히는 혀를 받아 내면서 괜찮냐고 묻는 질문에 그게 무엇인지도 모르면서 다인은 그저 어딘가에 홀린 듯 고개를 끄덕일 수밖에 없었다.

"아아⋯⋯!"

곱았던 한쪽 발등이 세면 테이블 밑으로 툭 떨어지고 공기 중에서 푸드덕대는 바람 빠진 풍선처럼 다리가 덜덜 떨렸다. 도우의 가슴팍에 겨우 기댄 얼굴이 붉게 달아오른 것은 조명 탓만은 아니다.

여흥으로 움찔거리는 질구에서 손가락 두 개가 빠져나오자 애액이 흐르며 엉덩이까지 질펀하게 적셨다. 젖은 손가락으로 앞부분의 예민한 살점을 누르니 다인이 힘이 빠져 느물거리는 손으로 남자의 팔을 급히 붙들었다.

"그만⋯⋯."

"누구 좋자고 벌써 그만이야."

"⋯⋯그럼 나 좀 내려 줘요."

응석을 부리겠다는 건가. 당당하게 제 팔을 앞으로 뻗으면서 어서 날 내리지 않고 뭐하느냐는 식으로 쳐다보는 다인은 그저 뻔뻔하다.

"응? 내려 줘. 여기 미끄러워."

"네가 흘린 거잖아."

그래서 뭐. 흘겨보는 시선에 다인의 겨드랑이 밑으로 손을 넣자 쭉 뻗은 팔이 남자의 목을 자연스레 감쌌다. 한 차례 절정을 맞이한 몸은 연체동물이라도 된 것 같다. 도우의 손에 들린 몸이 느물거리면서 남자의 허리를 제 다리로 휘감으며 매달렸다.

그 얄팍한 수작질에 끝도 모르고 올라가는 도우의 입꼬리를 아는지 모르는지, 맞붙었던 가슴을 떼어 내고 그의 젖은 머리를 힐끔 쳐다보던 다인이 위로 올렸던 눈동자를 내렸다.

"비 맞았어요?"

"아니. 비 안 오던데."

"근데 머리가 왜 이렇게 젖었어."

"아, 계단으로 뛰어올라 왔거든."

"……쓸데없이 그런 데에 체력 낭비하……."

곧바로 진득한 키스가 이어졌다. 하아, 내쉰 숨이 마지못해 혀와 같이 얽힌다. 목에 둘렀던 팔을 겹치며 그에게 더 매달리자 도우가 여자를 받치던 손을 하나 떼어 내며 샤워 부스 문을 열고 발걸음을 움직였다.

다인을 내리고 겨우 떨어뜨린 입술이 관자놀이로 옮겨 붙었다. 다인의 허리를 당겨 제게 붙이고 샤워기 물 온도를 조절하는 도우의 표정이 정말 대단한 거사를 앞둔 사람처럼 진지하다.

이내 다인의 몸에 거품과 함께 샤워기 물줄기가 내려앉았다. 제 의지와는 다르게 팔이 들리고 다리도 한쪽씩 들리면서 고이 씻겨지는 몸이 조금은 어이가 없다. 피식 흘린 웃음이 도우의 입술에 부서져 자잘하게 흩어졌다.

대충 거품기를 제거한 도우가 씨익 웃더니 샤워기를 다인에게 넘겨준다. '뭐, 왜' 물을 틈도 없이 남자가 여자의 안쪽 허벅지를 쓸고는 질구 주위까지 손을 미끄러뜨렸다.

"오늘은 안 빨아 줘도 되겠네. 이렇게 잘 젖어서야."

"아……."

잇새로 흘린 비음이 젖은 곳을 드나드는 소리에 덮이고 찔걱이는 소리는 샤워기 물소리에 씻겨 나갔다. 아아, 샤워 부스에 등을 겨우 기댄 채 허리를 접자 아래를 오가는 남자의 손이 지나치게 가깝다. 음탕하기 짝이 없는 모습에 다인의 고개가 절로 기울었다.

"고개 들어."

"하, 아……, 으읏."

힘이 빠져 놓쳐 버린 샤워기가 바닥으로 내동댕이쳐졌다. 아무렇게나 물을 흩날리는 걸 도우가 발로 고정하자 다인의 종아리로 세찬 물줄기가 날아든다.

손에 들린 것은 없어졌으나 달리 움직일 방도가 없다. 질구에 들어간 손가락들이 서로 교차하며 공간을 넓히자 온몸을 맥주에 달이기라도 한 듯 몽롱해졌다.

"다인아, 나 좀 봐."

"아, 아으, 훗."

내벽을 긁으며 움직이던 손가락들이 애액과 함께 부드럽게 빠져나가더니 하나를 더 추가해서 젖은 곳을 가르고 들어왔다. 또 한 번 왈칵 애액을 내뱉으며 잘게 신음하던 다인이 눈을 질끈 감았다.

손가락이 나갈 때마다 옴찔대던 질구가 꽉 조이며 그들을 붙들기 시작한다. 의지와 다르게 움직이는 제 몸이 야속하기만 했다.

"보고 싶었다며. 얼굴 봐야지."

"이런 걸 보고 싶은, 아……!"

"나는 이런 너도 보고 싶었어."

갈 길이 만 리인데 벌써 이래서 쓰나. 달래듯이 다인의 머리를 쓰다듬자 달뜬 얼굴이 도우의 손바닥에 감기듯 달라붙었다. 젖은 손을 빼내며 짓궂게 웃는 지금의 강도우로 봐서는 이대로는 쉽게 끝이 나지 않을 것 같다.

차라리 빨리 그냥…….

밭은 숨을 내뱉던 다인이 손을 뻗어서 솟구친 남자의 페니스를 잡았다. 한 손으로 채 쥐어지지도 않는 것을 겨우 잡고는 엄지를 돌리며 귀두를 쓸자 하, 소리 없는 신음이 빠져나오는 것이 제법 재밌는지 다인의 입꼬리가 슬그머니 올라갔다.

핏줄이 불거진 기둥을 손가락으로 훑으며 내려가니 남자의 눈꺼풀도 파르르 떨리면서 같이 감겼다. 어느새 여자를 지분거리던 손의 움직임도 멈추고는 자신의 것을 더 팽팽하게 부풀리던 도우가 입술을 깨물며 하 씨발, 욕지거리를 삼켰다.

"어때요."

찌푸린 눈썹 밑으로 말없이 눈꺼풀만 들어 올리자 제 페니스를 만지며 새살대는 다인이 눈에 박인다.

"손으로 해 주는 게 더 좋으면 오늘은 이걸로 끝내……."

"너 지금 그걸 말이라고."

제대로 잡지도 못하는 주제에. MSG에 길들여진 사람에게 이유식이나 먹으라는 말과 다름없다. 다인의 손을 내친 손이 빠르게 콘돔을 집어 들었다.

순식간에 콘돔을 씌운 도우가 다리를 벌려 키를 좀 더 낮추고는 여자의 오금 뒤로 팔을 넣어 한쪽 허벅지를 감아 들어 올렸다.

"내가 그동안 널 너무 봐줬지."

껄떡대는 페니스가 다인의 음부를 툭툭 두드렸다. 음란하기 짝이 없는 그 광경을 멍하니 지켜보던 다인이 미끄러지듯 제 속살을 가르고 들어오는 페니스에 허리를 젖혔다.

"아웃!"

"왜 이래. 너 아직 반도 안 삼켰어."

고작 며칠 안 했다고 이렇게 힘들 일인가. 헉, 크게 들이마신 숨을 천천히 내뱉어 보라는 듯 도우가 입술을 물었다. 혀끝을 세워 다인의 입술을 간질이자 긴장된 근육도 천천히 이완되는 듯하다.

295

"힘 빼야 더 먹여 주지."

"뺐, 흐윽……!"

힘은 이미 뺐고 지금은 자유 의지가 아닌데. 다인의 원망을 아는지 모르는지 도우는 여전히 성에 안 차는 모양이다. 되레 조여 대는 통에 미간을 찌푸린 도우가 다인의 다른 다리마저도 들어 올리자 그제야 허공에 들린 여자의 몸이 제 무게로 남자의 것을 온전히 삼켰다.

아웃, 밑에서 꿰뚫는 느낌에 눈물이 핑 돌았다. 도우의 목을 감싸 매달리자 벽에 겨우 붙였던 등이 떨어졌다. 별다른 움직임 없이 삽입만으로도 꽉 차서 정신이 혼미해질 지경이다.

"방에 가서……, 방, 방에서 해……."

"여기는 싫어, 또?"

전에는 잘만 하더니. 뭐 이렇게 따지는 것이 많은지. 그럼에도 정말 그렇게나 싫은 건지 몇 번이나 끄덕이는 고개가 귀여워 큭큭거리자 페니스를 문 질구가 같이 움찔거리며 그를 조였다.

"너 진짜 싫은 거 맞아? 여기는 자꾸 조여 대잖아."

"흐읏……! 진짜, 하아."

"넣고만 있어도 느낌이 오나 봐, 너는."

얄밉게. 도우가 허리를 한 번 쳐 올렸다.

"아아!"

몸에 힘을 뺄수록 아래로는 그를 더 삼키고 그렇다고 힘을 줘 남자를 껴안으면 그거대로 질구가 반응했다. 절정의 늪에 빠져 버린 양 눈앞이 새하얗게 변해 갔다.

"하, 나 좀, 내려, 훗, 제발……."

"밑으로는 오물오물 잘만 씹으면서 입으로만 내숭이지 아주."

"시끄, 하으……, 아……!"

"지금 여기서 기다인 네가 제일 시끄러워."

그 말에 다인이 입술이 하얗게 질리도록 깨물어보지만 밑에서 퍽퍽 짓쳐 올리자 그것마저도 자연스레 풀려선 저도 모르게 교성을 흘렸다. 젖은 살끼리 부딪치는 소리가 빈 공간을 꼼꼼하게 채우니 샤워 부스의 공기도 벌겋게 익었다.

쾌락 그 어디쯤을 헤매던 이성이 길을 완전히 잃은 듯, 도우에게 매달린 다인은 이제 쉴 새 없이 터져 나오는 신음을 감출 정신도 없이 박히는 대로 흔들렸다.

"하아, 며칠 굶었다고 이렇게 잘 받아먹는 걸 보니까."

"읏, 아으, 흐응, 하아."

"역시 너도, 내가 없으니까 하……, 안 됐던 거지."

"하, 읏, 아아……, 으읏."

"난 오늘, 하, 좆 빠지게 달린다는 걸 체감했어 너 때문에."

도대체가……. 도대체 왜 저런 소리를 하는 건지. 앞뒤 없는 대화처럼 정처 없이 떠돌던 눈동자를 도우에게로 고정하자 진득한 시선이 엉겨 붙었다.

"보고 싶었어."

딴에는 진지하게 내뱉은 말이건만 정작 되돌아온 건 다인의 성의 없는 끄덕거림이었다.

허, 발을 떼어 벽에 다인의 등을 붙이고 허리 짓도 멈추니 그제야 남자를 보는 눈에 의아함이 담겼다.

"왜."

"보고 싶었다니까."

"하아……. 알겠어요."

그건 그거고 이거나 빨리 좀. 여전히 아래를 묵직하게 채운 것이 다인의 정신을 몽롱하게 헤집었다.

"할 말 없어 너는?"

"있어. 빨리 끝내 줘. 나 힘들……, 흐읏!"

"아니지. 그 말이 아니잖아."

"으응."

"그리고 이제 시작인데 끝내라니, 다인아."

"하아, 아앗……."

"어디서 못된 것만 배웠지 그냥."

강도우는 정말이지 쓸데없이 똑똑했다. 어떻게 이렇게 필요 최소한의 움직임으로 원하는 곳을 딱딱 짚어서 그 부분을 집중 공략하는 건지. 섹스가 학문이래도 엘리트 코스를 밟아 나갈 위인이다. 덕분에 몇 번의 허리 놀림만으로 전율하던 다인이 남자의 품으로 쓰러져 안겼다.

달뜬 숨을 내쉬는 여자의 얼굴에 도우가 가만히 입술을 붙였다. 도우를 감쌌던 손이 천천히 풀려 남자의 어깨를 타고 내려오더니 가슴을 짚었다. 그래도 이렇게 가슴이 헐떡거리는 것이 저만 그런 건 아니라는 것에 안도하면서 다인이 눈꺼풀을 힘겹게 들어 올렸다.

"……나도 보고 싶었다니까."

왜 자꾸 귀찮게 두 번 세 번 물어. 다인의 목소리가 도우의 두툼한 몸을 타고 웅웅 크게 울린다. 별것도 아닌 것을 별것처럼 만드는 것은 사랑의 힘일지니. 그 사소한 단어들과 순간들을 모조리 잡아 두고 싶은 것은 지나친 탐욕도 아닐 것이다.

"그러니까 이제……."

"방에 가자고?"

"아니, 이제 좀 내려……."

"방에만 가면 다 괜찮아?"

"……응."

"그래. 그러자."

여전히 연결된 채로 안겨 옮기는 발걸음에 주체할 수 없는 쾌감이 뒤따랐다. 도우가 욕실에서 침실로 한 걸음씩 내딛을 때마다 뜨거운 질벽이 강하게 수축했고 그럴수록 다인은 달아오른 제 얼굴을 묻으며 도우에게 매달렸다.

"다행이지."

"뭐가."

"내 좆이 좆같지가 않아서."

"별…….."

"하, 웃지 마, 너. 물어뜯는 거 같잖아."

입술을 붙여 피식대는 웃음을 같이 삼키며 다인을 침대에 뉘었다. 몸에 물기가 남아 시트가 축축해졌지만 어차피 또 젖을 게 분명하니 아무래도 상관없다. 페니스가 겨우 빠져나가자 아래가 썰렁해지는 것이 퍼즐 조각 하나를 잃어버린 기분이다.

다인의 위로 올라탄 도우가 느릿하게 다인을 응시했다. 흐르는 시간이 농밀한 분위기 속에서 끈적해졌다. 겹쳐진 입술 새로 하아, 뜨거운 숨이 오갔다. 누군가에겐 긴 밤을 알리는 흥분이고 누군가에겐 긴 밤을 예상한 한숨일 수도.

물기 어린 다인의 목선에 도우가 제 입술을 붙이자 고운 살결에는 붉은 흔적만 남았다. 한 손으로 가슴을 반죽 치대듯 만져 대니 허리를 비틀던 다인이 눈썹도 같이 비틀었다. 도우가 그 눈썹을 엄지로 덧그리며 쓸고는 제 밑에서 천천히 들어 올리는 다인의 눈꺼풀에 입술을 한 번 붙였다가 뗐다.

"많이 피곤해?"

"조금."

"못 할 정도로?"

"……그런 건 아니에요."

입꼬리를 올리며 다인의 허리를 제게 당긴 도우가 여자의 젖은 살을 가르고 들어갔다.

흡, 금방까지 넣고 있던 거였대도 처음은 버겁기만 한지 내뱉는 숨이 거칠다.

"그럼 넌 오늘 얌전히 깔려 있어."

다인의 무릎을 가슴 쪽에 붙이고 느릿하게 움직이던 허리 짓이 서서히 거세졌다. 불규칙 속에서도 나름의 규칙을 찾아 흔들리면서 다인의 고개도 같이 옆으로 기울었다. 도우가 침대를 짚었던 한 손을 떼어 다인의 턱끝을 잡아 돌렸다.

올려다보는 눈동자에 제 모습이 가득하다. 앞으로도 저 눈동자에 담긴 것은 오롯이 강도우였으면 좋겠다.

살을 맞대어 부딪치는 소리가 이토록 감동적이었던가. 그 감동적인 선율에 맞춰 흔들리는 여자의 몸은 우아하다는 말로는 부족하다.

형형한 눈빛을 잡아 보기라도 할 듯 도우의 얼굴을 쓰다듬자 다인의 손바닥에 입술이 따라붙었다. 아아, 저도 모르게 붉은 속살과 함께 빠져나가는 그를 붙들어 끌어당겼다. 입술에 걸린 몇 마디 신음은 내뱉기도 전에 남자가 앗아갔다.

정말이지 얌전한 시간들이 흐르고 있었다. 서로의 얼굴을 가득 담으며 보고 싶다는 말에 더없이 충실하며 그렇게.

10화

지중해 물을 먹고 온 정혜주는 이렇게 말했다.

"기다인 네 말대로 남자는 역시 구릿빛 피부다!"

그 이후로 가슴 털이니 뭐니 뒤따르는 말들은 많았지만 혜주와 평행선을 걷던 다인의 남자 취향이 첫 교차점을 만든 것은 구릿빛 피부가 분명했다.

구릿빛 피부에 옆통이 두툼한, 근육이 예쁘게 짜인 남자. 다인의 견고하고도 단호한 그 이상형의 틀은 꽤나 역사가 깊었는데, 물론 엄마의 조기 교육 영향도 없다곤 볼 수 없었지만 어쩌면 애초에 그렇게 태어난 것일지도 모르겠다. 그러니까 유전자에 아로새긴 이상형이라고 해야 할까.

그 틀에 맞춰 찍어낸 듯 등장한 강도우라는 존재를 기다인이 진심으로 치를 떨며 외면할 가능성은 사실상 제로에 수렴했다.

9년 전에도 그러했고 서울역에서 우연히 마주쳤을 때도, 진흥원에서 다시 마주쳤을 때도, 그리고 그 어쭙잖은 유예 기간을 가지는 지금도.

그렇게 애초에 헤어짐 같은 걸 고려했었던가 싶을 정도로 다인의 생각이라는 것은 의도와는 다르게 자꾸만 이상한 방향으로 발전을 해 나갔다. 엄마 아빠가 강도우를 보면 뭐라고 하실까부터 시작해서 강도우와 법적 동거인이 되는 것까지 말이다.

그러니까 사귀는 것도 보류하는 마당에 혼인 신고서부터 작성할 생각을 했으니 이토록 앞뒤 맞지 않는 경우가 어디 있을까.

홀린 거지, 그냥 저 외모에 홀린 거야.

희소성이 있는 건 일단 줍고 봐야 하는 거니까. 반쯤 열린 현관문 밖에서 그 구릿빛 피부를 여실히 보여 주고 있는 도우를 보며 다인이 침을 꼴깍 삼켰다.

강도우는 지금 씻고 나오자마자 뭔가 생각났단 듯 현관문으로 향하더니 주인 동의도 없이 비밀번호를 바꾸는 데 잘 다듬어진 근육을 움직이고 있다. 쓸데없이.

이 집에 사는 사람은 따로 있는데. 손님에게 비밀번호 변경권까지 주는 경우가 있던가, 하는 이성적인 잡생각들은 드문드문 눈에 들어오는 강도우의 팔뚝 힘줄에 부딪혀 사라져 버렸다.

"넌 내가 강도우라는 걸 잘 잊어버려."

곧이어 비밀번호가 변경됐다는 알림 음이 들리고 바지만 겨우 입고 있는 도우가 현관으로 들어왔다. 덜 마른 머리카락의 물기를 털자 샴푸 향이 은은하게 흩날렸다.

괜스레 얼굴이 발그레 물든 다인이 도우의 시선을 회피하고는 뒷짐 진 손가락을 구부렸다가 폈다. 제 손가락에 들린 쇼핑 봉투가 도우의 맨살만큼이나 낯부끄럽다.

"그거랑 무슨 상관이에요."

"너네 집 비밀번호 외우는 건 어렵지도 않단 말이지."

그 단순한 걸 못 외우는 게 더 이상할 정도지만. 다시 현관문을 열고 나가서는 바뀐 비밀번호까지 테스트하고 들어온 도우가 이제야 한결 마음이 놓이는지 입매에 미소를 걸었다.

"그래서 뭘로 바꿨는데요."

"69540729."

"뭐가 그렇게 길어?"

"비밀번호는 복잡해야 해."

참새가 방앗간을 그냥 못 지나치듯 현관 거울을 보며 제 잘난 몸을 만족스럽게 감상하던 도우는 더없이 단순하게만 보였다. 외우라며 그의 입에서 나불나불 나오는 숫자들을 마지못해 따라 되뇌다가 그 숫자들의 의미를 깨달은 다인의 눈이 한껏 가늘어졌다. 그놈의 구구단은 잊을 만하면 또⋯⋯!

"앞에 건 그렇다 치고."

"치는 게 아니라 그게 맞아. 잘 외워."

"⋯⋯0729는 뭐야. 강도우 씨 생일도 아니잖아."

"너 내 생일도 알아?"

"인터넷에 다 나오던데. 강도우 씨 팬 카페에."

"변방의 카페까지 뒤져 볼 정도로 내가 보고 싶었나 봐."

그냥 어제 날짜로 비밀번호를 바꿔 버려? 널뛰는 다인의 감정이 겨우 숫자 몇 개로 묶어질지는 모르겠으나 적어도 기다인이 제 마음을 표현했다는 것은 기념할 만하지 않을까.

"오버하지 마요. 옛날에 찾아본 거니까."

다인이 제 어깨를 가볍게 누르는 남자의 손으로 눈동자를 굴렸다.

비뚤게 올린 눈썹 아래의 시선은 남자 팔뚝에 돋아난 힘줄을 타고 올라 가서는 단단한 가슴팍까지 빠르게 훑었다. 덕분에 제 입술에 닿는 남자 의 입술까지 신경 쓸 겨를 같은 건 없었다.

"그리고 지금 그 카페 다른 데 팔려서 공동 구매 카페 됐던데."

"미치겠다."

"왜, 또, 왜요."

"섹스하고 싶어, 다인아."

"갑자기 왜 말이 거기로 튀어?"

눈을 크게 키운 다인이 한 발짝 뒷걸음질 쳤다. 이제야 수상한 의도 를 감지한 모양이었다.

"옛날에 찾아 본 내 생일 아직도 기억하고 있단 말이잖아, 너."

"그거야…… 내가 기억력이 나름 괜찮거든요."

"구구단도 틀리는 주제에."

"실수라고요."

도우가 어깨를 잡았던 손으로 다인의 뺨을 감싸 볼을 누르자 꾹 다 문 입술이 볼록하게 튀어나왔다. 재빨리 제 입술을 포개어 모이 쪼듯 쪽쪽대던 도우가 아랫입술을 살짝 깨물고 놓아주었다.

"나도 실수."

실수 같은 소리하네. 여전히 제게 볼이 눌린 채 웅얼대는 다인이 귀 까지 발갛게 붉히자 도우가 큭큭대며 공기를 머금은 말을 덧붙였다.

"그러니까 너도 결국은 옛날부터 나한테 관심이 있었단 말이지."

"그냥 궁금해서 찾아본 거야."

"뭐가 달라."

품에 안으려는 걸 몸을 빙그르르 돌리며 뺀 다인이 이제야 생각났다 는 듯 손에 들린 쇼핑백을 도우에게로 건넸다.

"옷이나 제대로 입어요."

"뭐야 이거?"

말 그대로 충동구매였다. 같이 쇼핑을 하던 혜주가 마네킹을 보고 건넨 '어, 저거 우리 라울 같지 않니' 하는 남사스러운 말에 '강도우는 저 마네킹보다 더 몸이 좋은데' 하고 받아쳤다가 그대로 직원에게 꼬여서 사게 된, 적절히 구차한 사연이 있는 선물.

그래, 결국은 선물이지.

"지나가다가 하나 샀어. 강도우 씨한테 어울릴 것 같아서. 마침 세일 기간이라고 하기도 했고……."

"……."

"전에 비 맞은 옷 그대로 입고 가는 것도 좀 그래서……."

그 선물에 왜 구질구질한 변명이 붙어야 하는지는 모르겠지만, 머리를 굴려 가며 눈을 깜빡대던 다인이 돌연 미간을 찌푸리곤 제 티셔츠 속으로 들어 온 남자의 손을 붙잡았다.

"손 안 빼?"

갖가지 표정을 짓던 도우가 다인의 어깨에 제 얼굴을 묻으며 괴롭다는 듯 이미를 비볐다. 건네받은 쇼핑 봉투가 발밑으로 툭 떨어졌다.

"하고 싶어. 다인아."

"참아."

"못 참겠어."

"발정기야? 시도 때도 없이 세우고 있어."

"너 때문이잖아."

자신은 잘 참고 있었는데 왜 그랬냐며 고개를 들고 되레 억울한 시선을 보내는 강도우는 정말이지 뻔뻔하기 짝이 없다.

"아, 우리 씻고 나온 지 얼마 안 됐어요."

305

"그러니까."

"뭐가 그러니까야."

"상쾌하게 새로 할 수 있잖아."

허리에 둘렀던 손으로 엉덩이를 쓰다듬자 다인이 흐읍, 숨을 들이마시며 몸을 비틀었다. 거친 생각은 도우의 몫이고 불안한 눈빛은 다인의 몫일 터. 도우가 제 입술을 살짝 깨물면서 혀로 핥으며 끈적한 시선을 보냈다.

상쾌는 무슨.

"수작 부리지 마."

후덥지근한 열기에 콧잔등을 찡그린 다인이 등을 돌려 재빨리 뛰어서는 소파에 자리 잡았다.

"안 통하네."

뭐 언제는 통했겠냐만은, 벽에 몸을 기댄 채로 다인을 응시하던 남자의 얼굴에 짙은 아쉬움이 절로 묻어났다.

"빨리 와서 이거나 골라 봐요."

"뭔데?"

그래도 다인이 부르니 쫄래쫄래 바로 오는 걸 보면 세상 단순한 사람인 것 같기도 하고. 소파에 앉으며 자연스레 옆구리를 감싸 오는 손쯤이야 이젠 아무렇지도 않은 듯 다인은 그의 어깨에 머리를 기대며 손에 든 태블릿을 보였다.

"웬 침대."

"언제까지 텐트 치고 살 순 없잖아요."

"괜찮아. 적응했어 이제."

"내가 적응이 안 돼. 허리 아파."

도우가 침대 사진들을 넘겨보던 손가락을 멈추고는 고개를 틀었다.

어딘가 나사 빠진 눈빛이 다인의 얼굴을 짧게 쓸었다.

"왜 그렇게 멍청하게 쳐다봐요."

"너 태민겸이 부탁한 일 그거 하기로 했어?"

"아니. 안 한다고 했는데."

갑자기 그 얘기가 왜 나와. 눈썹을 들어 올린 다인이 손가락을 몇 번 놀리자 몇 가지 원목 프레임 이미지들이 펼쳐졌다. 사실상 가구 선택권은 다인에게 있는 게 뻔하다.

"진흥원 일도 없는데 너 계속 내려오게?"

"왜. 내가 가는 게 싫어?"

오지 말란 소리야 뭐야. 의미를 알 수 없는 질문에 다소 뾰족한 시선이 도우에게로 꽂혔다.

"그러니까 네가 내려온다고?"

"응."

"서울에서 그 거리를 내려오겠다는 거지. 날 보러."

또 무슨 말을 하려고 이렇게 오두방정일까. 태블릿으로 시선을 돌린 다인의 눈에 짐짓 불안함이 감도는 것은 착각만은 아닌 듯하다.

"……침대 사이즈는 킹이면 될까."

"내가 보고 싶어서."

"넓게 쓰는 게 좋으니까 라지 킹도 괜찮을 거 같고."

"나랑 하고 싶어 죽을 것 같아서."

"그런 식으로 비약하지 마."

지금 침대 사이즈 따위가 뭐가 중요할까. 손에서 태블릿을 뺏어 들자 입을 벌리며 눈동자를 따라 붙이던 다인이 저도 모르게 몸을 뒤로 기울였다. 이내 남자의 무게를 받아 내며 소파에 등을 누인 다인이 시선 끝에 걸린 도우를 보곤 옅은 한숨을 내뱉었다.

"그냥 나는 그쪽에 비해서, 시간도, 여유롭고, 마침 일도 딱히 없고⋯⋯."

그래, 그래. 대답은 어떻든 간에 상관없단 듯 다인이 내뱉는 말 마디마디마다 남자의 입술이 따라붙었다.

"그리고 사람 많⋯⋯, 은 서울보단, 거기가 좀 더, 좋기도 하고."

"거기도 사람은 거슬릴 만큼은 적당히 있어."

"날 아는 사람은 그래도 별로 없으니까⋯⋯."

입가에 종종 내리던 걸 귓불로 옮겨 가던 도우가 다인의 한숨과도 같은 말에 고개를 들었다.

"뭔데, 너. 왜 그렇게 의기소침해졌어."

"딱히 그런 건 아닌데."

"그래 보여."

"아닌데요."

아닌 게 아닌 것이 분명하다. 도우가 몸을 일으켜 바로 앉으며 덩달아 같이 일어나려는 다인의 등을 받쳤다. 그러고는 턱끝까지 차오른 질문을 삼키는 듯 턱 근육을 움찔대더니 결국 참지 못하고 입술을 뗐다.

"너 그 구지훈인지 뭔지 하는 새끼 때문에 그래?"

하아, 그 이름은 또 어떻게 알아선⋯⋯.

"아니야. 강도우 씨가 신경 쓸 정도의 일도 아니야."

"네가 그러니까 더럽게 신경 쓰이기 시작했어."

그냥 아는 사람들 좀 피하고 싶다는 말인데 그게 달리 해석될 여지가 있었을까. 이마를 짚었던 손으로 얼굴을 감싸자 도우가 몸을 돌려서 다인의 손을 내려 저를 보게 만들었다.

"협박이라도 해? 뭐 이상한 사진이라도 찍혔어?"

"그런 일 없어. 그 정도로 간 큰 놈도 아니고."

"그딴 짓하는 새끼들이 간이 커서 그러는 줄 알아? 좆 달린 새끼들이라 좆같이 구는 거야."

마치 자기가 달고 있는 것은 그런 것과는 차원이 다르다는 듯 구는 모양새가 웃기지만 그의 얼굴에서 흘러넘치는 진지함은 그저 입을 다물 수밖에 없게 만들었다.

"신고해."

"뭘."

"변호사 붙여 줄게. 검찰 쪽에도 지인 많아. 언론에 제보할 거면 기자도 연결해 주고 진단서가 필요하다면 정신과 의사도 소개해 줄 수 있어. 합법적인 건 다 해. 불법적인 건 내가 해 줄 테니까."

지금 무슨 말을 하는 건지. 지레짐작으로 강도우의 머릿속에서 범죄의 피해자가 된 다인이 휴대폰을 찾는 도우의 손을 막아섰다.

"아니, 진정해 봐요. 그런 심각한 일 없어."

"거울 좀 봐. 너 존나 심각해."

"강도우 씨야말로 표정 좀 풀어요."

무섭잖아. 다인이 남자의 주름진 미간을 검지로 꾸욱 누르자 기가 막혀 헛웃음이 비죽 삐져나왔다.

"강도우를 잘 좀 이용해 보란 말이야 똑똑하게. 내가 너한테 그 정도는 되잖아."

"……침대나 골라요."

내리깐 시선이 태블릿으로 향하자 도우가 화면 위에 손을 얹고는 기어이 다인와 시선을 마주했다.

"기다인."

"알겠어."

"다인아."

"그냥 좀 성가셔서 그래. 내가 해결할 수 있어."

정말이지 별일도 아니었으며, 사실 마땅히 해결할 수 있는 방법도 없었다. 이제 와서 이미 떠난 업계에 다시 들어가서 촘촘히 뿌리내린 소문들을 정정할 수도 없지 않은가.

그저 흘러가듯 살다 보면 강도우의 말처럼 기다인을 다른 방식으로 증명할 일이 생길 날도 올 것이었다.

구지훈이 신경을 긁어 대는 것 또한 마찬가지였다. 그 어리석은 놈은 저러다 분명 제 풀에 지쳐 버릴 게 분명했다. 지금이야 여기저기 관심받아 들떠서 나댄다지만, 입으로 흥한 자 입으로 망할 날이 올 것이니.

사사로운 것들에 하나씩 반응하기엔 시간은 유한하고 더 이상 쏟아부을 에너지도 없었다. 그렇기에 누군가의 도움 같은 건 필요하지도 않았고 더더군다나 그것이 강도우의 도움이라면.

지난 연애가 낳은 불순물들을 강도우와 같이 면면이 들여다볼 자신도 없었을 뿐더러 조금은, 아주 조금은 쪽팔릴 노릇이 아니던가.

"고마워요. 그래도 그렇게 말해 줘서."

다인이 말없이 저를 응시하는 도우를 보고는 그의 손가락에 제 손가락을 얽었다.

"좀 듬직했어."

"……."

"화났어요?"

대답 없는 도우를 보며 끌어 올린 입매를 일부러 더 당겨보지만 저를 보는 시선은 여전히 미온적이라 되레 당황스러운 건 다인이다.

"넌 예전이나 지금이나 항상 그런 식이야. 알아?"

"내가 뭘."

"항상 너 편한 대로 빠져나가잖아. 남은 사람 기분은 어떻든 상관없이."

어쩐지 잔잔하게 어둠이 내린 듯한 남자의 눈동자에 다인은 그저 눈만 깜빡거렸다. 그래서 강도우 씨 기분이 어떤데. 새삼스레 말이 맴돈다. 남자가 눈꺼풀을 느릿하게 접었다가 올릴 때마다 내뱉지도 못할 말들이 같이 삼켜졌다.

"가서 옷이나 갈아입고 와."

"……."

"나가서 밥 먹자."

겹쳐진 손에 무거운 숨이 내려앉았다. 쓸데없는 자존심은 바깥 날씨에 대한 감상마저 바꿔 버리는 듯, 유난히 맑은 하늘에 드러나지 않는 건 겹겹이 쌓인 마음뿐이었다.

옷장에 걸린 옷가지들을 툭툭 건드리는 다인의 손짓이 다소 신경질적으로 변했다. 미안함과 뻘쭘함에서 출발했던 마음은 온데간데없이 사라지고 지나친 자기 합리화와 어긋난 자존심이 한데 뭉쳐 날 선 눈빛을 만들어 내기 시작한 탓이다.

기분이 어떻다는 거야 그래서. 막말로 내 일이지, 자기 일도 아니면서. 당사자가 괜찮다는데 왜 자기가 난리야. 제아무리 남자 친구라고 할지라도 각자가 해결할 일이 있는 건 당연한 거 아닌가.

성인이 되자마자 독립부터 종용했던 부모님 밑에서도 받아 본 적 없는 과잉보호가 익숙지 않았던 탓일까. 아니면 쓰레기 수거하듯 지난 연애 때 이상한 남자들만 만난 탓일까.

도우가 베푸는 사소한 호의에도 질겁하게 되는 건 알량한 자존심을 지키기 위한 것도 있었지만 트라우마가 만든 방어 기제일지도 모르겠다.

다인이 그간 만나 온 남자들은 구지훈과 별반 다를 바 없는 족속들이었고 어떤 면에서는 구지훈이 좀 더 나을 정도였으니 더 말해 무얼할까.

남자가, 남자는, 남자라서를 입에 달고 살던 그들은 정작 불의를 보면 누구보다 잘 참는 비겁한 쫄보들이었고 다인이 고민이라도 털어놓을라치면 하나같이 입이라도 짜 맞춘 것처럼 네 일은 네가 해결하라는 식으로 나오던 세상 쓸모없던 바로 그 존재들.

이번엔 좀 다를 거라고 제 느낌을 믿어 보라는 다인에게 내 그럴 줄알았다고, 그 직감 같은 건 개나 줘 버리라고 혜주가 호통을 친 것만 몇 번이던가.

그러니까 모든 게 다 제가 운이 없던 거라고 자책하게 만들게 된 것도 그 대단하신 전 남친들 때문이었으니 다인으로서도 트라우마 아닌 트라우마가 생기는 것도 당연한 노릇이다.

그 운이 없다는 범주에 강도우는 이미 한 발짝은 더 비껴 서 있대도 숱한 경험이 만든 뿌리 깊은 불신은 쉬이 거두어질 리가 없었다. 그게 아무리 강도우라고 할지라도.

아니, 어쩌면 강도우라서 못 미더울지도. 생각해 보면 강도우에 대해서 아는 것이라곤 표면적인 정보들뿐이지 그의 과거에 대해서도, 그렇다고 현재에 대해서도, 나아가서 그가 그리는 미래에 대해서는 더더욱 모르지 않겠는가. 몸을 알아 가는 시간은 충분했다지만.

그러고 보니 강도우가 뭘 잘 먹는지 모르는구나 싶었다. 물론 가리는 게 딱히 있는 것 같지는 않았지만. 주말엔 보통 무엇을 하는지, 좋아하는 운동은 무엇이며 즐겨 듣는 노래는 어떤 곡인지, 어떤 영화를 제일 좋아하고 좋아하는 작가는 누구인지 등등 그에 대해서는 아무것도 제대로 알기는커녕 물어 본 적도 없다. 제가 좀 너무했나. 다인은 어쩐지 멋쩍어져서 눈썹 옆을 긁적였다.

"그거 좋네."

아, 깜짝이야. 등 뒤로 떨어지는 그의 목소리에 심장까지 덜컥 내려앉는 듯 다인이 가슴께에 손을 올리며 등을 돌렸다.

"언제부터 다 보고 있었어?"

"네가 청바지 입었다가 벗을 때부터."

뭘 그런 걸 가지고 놀라냐며 도우가 고개를 옆으로 까딱 기울이고는 다인의 얼굴 옆으로 손을 뻗었다. 방금 전까지 다인이 만지작대던 원피스가 그의 손에 걸려 옷걸이째 옷장을 빠져나왔다.

"변태같이 소리도 안 내고. 음흉하게."

"나 보라고 일부러 입었다 벗는 줄 알았는데."

"내가 그런 짓을 왜 해요."

"글쎄, 나 좋으라고?"

뭔 소리야. 가늘어진 다인의 시선은 아무렇지도 않게 튕겨 내며 어서 입기나 하라며 도우가 턱짓으로 제 손에 들린 원피스를 가리켰다. 친히 지퍼까지 열어 옷을 벌려 준 탓에 어쩔 수 없이 두 다리를 옷에 넣자 팔을 넣어 끼우는 게 어쩐지 제법 자연스럽기까지 하다.

"돌아 봐. 지퍼 올려줄게."

다인의 머리카락을 한쪽으로 가지런히 보낸 후 허리께에 있던 지퍼를 올리자 하늘색 원피스가 보기 좋게 다인의 몸에 착 감겼다. 여자의 목선부터 곧은 어깨를 훑고 허리로 내려가던 눈이 일순간 음흉해졌다가 이내 미미한 웃음으로 바뀌었다.

"끈도 묶어 줄까."

"할 줄 알아요?"

"이 정도쯤이야 많이 해 봤지."

여자 옷을 그만큼 입혀 줬다는 거야 뭐야. 고개를 옆으로 반쯤 돌린 다인의 의도를 눈치채기라도 한 듯 도우가 건조한 웃음을 내뱉으며 허리춤에 달린 끈의 리본을 매듭지었다.

"머리 굴리지 마. 레이스랑 리본에 미친 강지윤 때문이니까."

"아."

"걔는 자기가 전생에 유럽 공주였다고 생각하거든. 미친 거지."

리본 묶는 것 따위가 특별히 어려운 일은 아니라지만 꽤나 섬세한 손놀림에 다인의 얼굴에도 만족스러운 미소가 번지는 것만은 부정할 수가 없다. 몸을 이리저리 돌리며 매무새를 확인하는 다인 너머로 팔짱을 끼고 벽에 몸을 비스듬히 기댄 도우가 거울 속에 비치니 그제야 불퉁한 시선이 남자에게로 옮겨 갔다.

"동생이 오빠 닮았나 보죠."

"내가 그 정도로 객관성을 잃어버린 사람은 아니야."

"퍽이나."

"난 그냥 객관적으로 판단해도 다각도로 잘났을 뿐이지."

이것 봐. 잘난 건 꼭 인정하고 넘어가야지. 절레절레 고개를 옆으로 흔드는 거울 속 다인을 보고는 도우의 눈썹이 한층 더 비뚤게 올라갔다. 맞받아치던 불퉁한 눈빛이 같은 농도의 섭섭한 눈길로 변하는 것은 다인도 눈치채지 못할 만큼 짧은 순간이었다.

"그래서 난 좀 짜증이 나네? 세상 사람 다 아는 걸 기다인만 모르는 것 같아서."

"누가 모른댔나……."

"너한테는 특별히 더 잘난 사람이고 싶어."

"……."

한참을 대치하듯 거울 속 남자에게 시선을 주던 다인이 머쓱함에 볼 안쪽을 짓씹고는 등을 돌려 도우를 마주봤다. 어쩐지 제대로 옷을 입고 있는 강도우가 더 낯설게만 느껴지는 것은 그만큼 살을 맞댄 시간이 더 많아서일까. 하염없이 강도우 주변을 떠돌던 눈동자가 마지못해 그에게로 고정됐다.

"그…… 셔츠 사이즈는 괜찮아요?"

"보시다시피."

"마음에는 들어?"

"평생 이것만 입고 돌아다니다가 죽고 싶어."

뭘 또 죽기까지야. 간단히 마음에 든다고 하면 끝날 말을 뭘 저렇게까지 살벌하게 하는지. 피식, 옅은 웃음을 내걸면서 도우에게로 다가선 다인이 그의 셔츠 깃을 매무시하던 손가락을 천천히 내렸다. 단추를 건드리며 가슴팍을 톡톡 두드리자 남자의 팔짱도 스르르 풀려 내려갔다. 그 틈 사이로 손을 넣어 도우의 허리를 감싸 안으니 어이없다는 소리가 터져 나왔다.

"또 이렇게 네가 편한 대로 굴지."

"그래서 강도우 씨가 딱히 손해 보는 건 없잖아."

언제부터 그렇게 손익을 따졌다고. 뻔뻔하기 짝이 없는 건 오히려 기다인이고 얕은 수작질을 뻔히 알면서도 넘어가는 건 강도우다.

"너 이럴 때마다 심장 터질 것 같아. 알아?"

"검사 받아 봐. 문제 있어."

다인의 관자놀이에 붙인 입술 사이로 헛웃음이 번졌다. '다인아, 다인아' 속삭이는 목소리에도 힘이 풀렸다. 여태까지 그랬고 앞으로도 계속 기다인보다 더 복잡한 문제는 없을 것만 같다. 끌어안은 채로 박자를 타듯 옆으로 살랑살랑 몸을 같이 흔들던 도우가 다인의 귀에 입술을 갖다 댔다.

"한 번만 더 할까."

예전 같았으면 치를 떨고 기겁했을 다인이건만. 이제는 그 어떤 표정 변화도 보이지 않는 것은 한 치의 예상도 빗나가지 않는 그의 말에 더 이상 놀랄 것도 없는 모양인 듯하다.

"그 유약한 심장이 견뎌 내겠어?"

"그 전에 좆이 먼저 터질 것 같거든."

"풍선도 아니고 뭐가 맨날 터져."

"아까 네가 청바지 벗었을 때부터 사실은 꼴⋯⋯."

"입도 터지기 전에 닥쳐요."

"응."

그럼 뽀뽀나 해 달라는 양 도우가 뻔뻔하게 입술을 들이밀었다. 목을 뒤로 뺐다가도 어쩔 수 없다는 듯 남자에게로 붙이는 다인의 입술이 옆으로 길게 휘었다. 마음이야 어떻든 언제나 그렇게 몸은 더 솔직하고 노골적인 법이다.

지나치게 솔직한 건 굶주린 배도 마찬가지. 엎치락뒤치락 한바탕 실랑이 끝에는 하나도 남지 않은 콘돔이 기다리고 있었으니 한 사람은 아쉬움에, 한 사람은 그 많던 걸 진짜 다 썼냐는 충격에 얼굴을 일그러뜨렸다. 그렇게 깨져 버린 분위기가 순식간에 찾아온 허기짐으로 대체된 것도 지극히 뻔한 수순이었다.

"뭐 먹을까, 다인아."

과정이야 어떠했든지 간에, 어떠한 욕구를 얼마나의 강도로 눌렀든지 간에 도우의 차는 원래 계획대로 도로 위로 빠져나왔다.

"밥, 빵, 면, 고기 중에 골라 봐."

신호를 받고 멈춘 참에 도우가 오른쪽으로 시선을 돌렸다. 조수석에 앉아서 도우가 제시한 것들을 되뇌던 다인의 표정이 자못 진지했다. 동그란 이마 아래 가지런히 정리된 눈썹 밑으로 짙은 갈색 눈동자가 반짝거리자 도우의 눈꼬리가 덩달아 같이 접혔다.

"음…… 고기 먹을까요?"

"어제 먹었어."

"뭐야. 그럼 면?"

"그건 별로."

"그럼 빠……, 지금 나한테 선택권이 있는 게 맞아요?"

"없어. 예의상 물어본 거야."

얄미워, 얄미워. 동방예의지국에서 이런 식으로 예의 차렸다간 아주 달마다 환국이 날 기세다. 그러나 지금은 편의점 삼각김밥이라도 감사히 먹을 정도로 배가 고팠으니 도우가 정한 메뉴에 더 이상 트집을 잡을 힘은 남아 있지도 않다.

"밥 먹고는 뭐 할 건데요."

"그건 네가 결정해."

"뭐가 이래."

"왜. 선택권을 주는 거잖아 너한테."

차창 밖을 쳐다보던 다인이 제 원피스로 시선을 내렸다. 아무리 계획에 없던 일정이었대도 안 입던 원피스까지 꺼내 입은 이유를 옆에 앉은 이 남자는 정말 모르는 걸까. 운전석을 한번 흘긴 눈이 다시 바깥으로 향했다.

"강도우 씨가 하고 싶은 건 없어요?"

"하고 싶은 건 아까부터 계속 말했어."

"그런 거 말고."

"새삼스럽게 왜 그래."

새삼스럽게. 그래, 참으로 새삼스러울 일이다. 여기 서울에서, 오로지 섹스만을 위해 만나는 것도 아닌 이 즉흥적인 외출은 정말이지 아주 새삼스러워서 제대로 된 첫 데이트라고 나름 신경 쓴 게 무색해질 지경이니 말이다. 다인은 괜한 원피스 치맛단을 툴툴 털었다. 삐죽거리는 입술은 제 맘을 여실히도 보여 준다.

"마음에 안 들어, 정말."

"난 너 마음에 들어. 너랑 하는 건 다 마음에 들어."

허, 말이나 못하면. 얼굴색 하나 변하지 않고 제 마음을 술술 털어놓는 도우의 당당함은 언제 봐도 낯설기만 하다. 골목길로 꺾어 들어든 차는 이내 목적지에 다다른 듯, 의자에 앉아 있던 주차 안내원이 도우의 차를 보고 손짓하기 시작했다.

가정집을 개조한 것처럼 보이는 식당은 소박하고도 직관적인 간판, 장어구이를 내걸고 있었는데 그걸 본 다인의 입이 실소로 벌어지는 것 또한 예견된 일이었다.

"메뉴가 너무 노골적인 거 아니에요?"

"목적의식이 뚜렷한 거지."

"보양식까지 챙겨야 할 정도면 횟수를 좀 줄이면 될 거 같은데."

"농담이 심하네. 기다인?"

"강도우 씨도 힘들어서 여기 온 거 같은데."

"나는 늘 참는 게 힘든 사람이야."

어련하실까, 문을 열고 나가려는 다인을 붙잡는 도우가 그 어떤 때
보다도 억울하고도 황당한 표정을 지어 보였다. 어이가 없어서. 다른
건 몰라도 그 분야에 대한 오명은 제대로 짚고 넘어가야 한다.

"당장 여기서 세울 수도 있어. 보여 줘?"

"보여 주긴 뭘 보여 줘요! 미쳤나 봐."

다인이 하얗게 질린 얼굴로 벨트에 내려가는 그의 손을 막았다. 도
대체가 배울 만큼 배운 사람이 수치도 모르고 대낮에, 밥도 먹기 전에,
차 안에서……!

조수석 문이 열리는 것 같더니 정작 내리지는 않으니 주차 안내원이
고개를 갸웃거렸다. 그 시선을 의식하고 급히 내리려는 걸 도우가 홱
잡아당겨서는 다인의 귀에다 대고 나지막이 속삭였다.

"난 네가 보고 싶다면 좆이든 뭐든 다 보여 줄 수 있어."

"제발 그렇게 다정한 목소리로 더러운 말 하지 마."

"그 더러운 거 넣는 거 좋아하잖아, 너도."

미쳤어. 더 이상 할 말을 찾지 못한 듯 입만 벌린 다인이 만족스럽다
는 듯 코끝을 부딪친 도우가 운전석 문을 열었다. 기다리라는 눈빛을
보내며 차를 빙 둘러 온 그가 조수석 문을 열며 손을 내밀었다.

"나오시죠."

점잖은 태도만 보면 언제 더러운 얘기를 했냐는 듯 뻔뻔하기만 하
다.

정말이지 강도우가 정상 범주가 아니라는 것은 과거나 현재나 변하
지 않는, 앞으로도 변할 가능성이라곤 전혀 없는 불변의 진리쯤 될 것
도 같았다. 그런 그의 손을 잡고 식당 안으로 들어서는 자신도 어쩌면
비슷한 사람은 아닐지. 다인은 식당 입구 거울에 비친 둘의 모습에 묘
한 감정을 느꼈다.

장어구이집의 메뉴는 단출했다. 2인분에 세 줄 한 판을 시키니 몇 가지 반찬거리가 나왔고, 연이어 초벌구이 된 민물장어 네 줄이 검은 불판 위에 올려졌다. 오랜만에 왔으니까 이건 서비스라며 무려 장어 한 줄이 덤으로 나온 탓이다.

"강도우 씨 여기 단골인가 봐요."

"몇 번 안 와도 가끔 그래. 내가 그냥 잘생긴 게 아니라 호감상이라서."

"아."

당연한 걸 굳이 묻냐는 말투에는 오히려 그 어떤 잘난 척도 들어가지 않아서 되레 진심으로 느껴진다.

"왜, 넌 아니야?"

"글쎄. 난 딱히 서비스를 이렇게까지 받아 본 적은 없는데."

"아니. 내가 너한테 호감상이 아니냐고."

양념이 고이 발린 장어가 다인의 앞접시에 놓였다. 단골은 따로 있었던가, 생강에 마늘까지 넣어서 깻잎쌈을 싸는 다인의 손놀림에는 막힘이 없다.

"내가 전에도 말했잖아. 나 강도우 씨 얼굴 좋아해요."

"……."

"강도우 씨 처음 봤을 때도 반했어. 내 스타일이었거든."

그런 말을 아무렇지도 않게, 마치 오이는 채소라는 당연한 명제를 말하듯이 저렇게나 뻔뻔하게. 제 말에 도우가 젓가락질을 멈춘 것도 모르고 다인은 입에 넣은 쌈을 태연하게 오물거렸다. 어떤 감정을 표현하는 데 있어서는 다인이 도우보다 더 솔직한 편이다.

"뭐 오이 어쩌고 해서 좀 깼는데. 맞아요, 나도 처음에 강도우 씨한테 관심 있었어. 그러니까 그때도 내가 혜주……."

아니 잠깐, 무슨 말을 하려는 거야. 먹느라 정신이 팔렸던 걸까. 그때 강도우를 꼬시기 위해 정혜주랑 내기를 한 거라고 그 말을 어떻게 해. 눈만 깜빡이며 허공만 낚아 대는 다인의 젓가락을 도우가 제 젓가락으로 툭 치자 얼음에서 깨어난 듯 다인이 빠르게 정신을 차렸다.

"네가 뭐. 왜 말을 하다 말아."

"……다 지난 얘기해서 뭐 해요."

"그게 우리 얘기라면 다르지."

우리. 그러니까 우리. 도대체 우리가 언제부터 우리로 엮이게 됐을까.

그 옛날 제 생사 여부를 알리는 도우의 문자에 치를 떨면서도 은근히 기다리게 됐던 것도, 문제의 그날 오이를 운운하며 맥줏집에 불러냈을 때도. 도우를 향한 그 감정이 이미 단순한 관심을 넘어섰다고 생각된다면 기억이 지나치게 미화된 걸까.

순식간에 밀려오는 지난 기억들은 예열된 다인의 감정을 빠르게 데워 나갔다.

"나 강도우 씨한테 보여 주고 싶은 거 생겼어."

"여기서는 좀 그렇지 않아?"

히죽 웃으며 다인의 얼굴 밑으로 내리는 시선이 짓궂다.

"뭘 상상하는 거예요."

"나랑 비슷한 생각하는 줄 알았지."

저 머리로 도대체 일은 어떻게 한다는 건지. 머릿속은 온갖 변태적인 상상으로 가득 찬 주제에 겉으로는 멀끔한 낯짝을 들이미는 꼴을 보면 위선자가 따로 없다.

"얼른 먹기나 해요."

"뭘 보여 줄 건데."

위선자가 건네는 쌈을 당연한 듯 받아먹으며 쌈과 함께 입속으로 들어 온 남자의 손가락에 딱히 놀란 반응도 보이지 않는 건 다인이 정의한 변태의 행동 범주에 들어 있지 않는 까닭일까, 아니면 저 역시도 같은 유형의 '우리'가 되어 버려서일까.

그러니까 어느 순간부터 우리라고 묶여 버린 그들의 순서를 처음부터 되짚어야 한다면,

"내가 제일 좋아했던 거."

이왕할 거 제대로 시작해 봐야지. 제 말에 사람이냐고 되묻는 도우를 가볍게 무시한 다인이 장어 꼬리를 도우에게로 건넸다. 어쨌거나 좋은 게 좋은 게 아니겠는가. 다인이 저도 모르게 흘린 웃음에 굳었던 도우의 표정에도 미소가 옮아 갔다.

"근데 나머지 꼬리는 다 어디로 갔어."

"내가 너한테 쌈 싸 줬잖아."

"그걸 왜 날 먹여요?"

"너 힘내라고."

"나만 힘내면 될 거라는 건 너무 오만한 생각 아닌가."

"허, 너 오늘 자신 있나 봐?"

고요한 식당 안을 채우는 목소리가 둘뿐인 것은 아는지 모르는지. 벌건 대낮에 부끄러움도 모르고 낯간지러운 힘자랑을 해 대는 이 둘을 굳이 네 글자로 정의해야만 한다면 글쎄, 끼리끼리가 제일 정확한 표현이 아닐까 싶다.

다인이 고등학생 때까지만 해도 연극 동아리 활동을 하면서 연극배우를 꿈꿨다고 말하면 대체로 사람들의 반응은 두 가지로 나뉘었다.

'오, 어쩐지!' 라고 하거나 '헐, 네가?' 라고 하거나. 전자는 주로 무대일을 하기 전에 만난 사람들의 반응이고 후자는 주로 무대 일을 하면서 만난 사람들의 반응이다.

단순히 한 살 한 살 나이를 더 먹어 가면서 성격이 바뀌어서 그렇다기엔 좋아하던 일을 업으로 삼은 데에서 회의감을 느낀 탓이 클 거다. 다인이 그렇게나 좋아하던 일이 자신을 좀먹고 있다는 걸 깨달았을 때쯤 그렇게 구지훈과의 이별도 같이 찾아왔다.

인생은 멀리서 보면 희극이고 가까이에서 보면 비극이라고 했던가. 다인이 그렇게나 좋아하던 연극도 가까이에서 보니 그 어떤 비극적인 이야기보다 참담한 현실이었으니까.

구지훈이 지어낸 소문들은 때마침 찾아온 좋은 핑계였을 뿐, 실상은 다인이 먼저 지쳐서 패잔병의 꼴로 도망치듯 업계를 빠져나온 것이 맞다.

그러니까 결국은 언제나 도망이었다. 아닌 건 아닌 거라며 쿨한 척 뒤돌아섰지만 연극 영화과로의 진학을 포기한 것도, 대학 졸업 후 도피하듯 유학길에 오른 것도, 연극에 미련을 버리지 못하고 시작한 무대 디자인을 버린 것도. 그리고 강도우를 향한 감정까지도.

장어구이집에서 나와 차에 오른 다인은 정훈에게 연락해서 몇 달 전 자신이 무대 작업했던 연극의 초대권을 부탁했다.

말이 좋아 부탁이지 주말이라서 자리 빼기 힘들단 정훈의 투정은 가볍게 씹고 30분 내로 갈 테니 두 자리 만들어 놓으라며, 맡겨 놓은 제 것을 마땅히 찾는 듯한 강탈 행위였다.

다인의 휴대폰으로 흘러나온 웬 남자 목소리에 인상을 구겼던 도우는 다인의 조용한 협박과도 같은 통화 내용에 나직하게 웃으며 혜화로 핸들을 돌렸다.

"보여 줄 게 연극이었어?"

"뭐 겸사겸사."

정훈에게 좋은 자리는 바라지도 않고 2층 끝줄도 괜찮다는 문자를 보낸 다인이 운전석으로 고개를 틀었다. 그리고 보면 이렇게 강도우의 옆모습을 오래 볼 수 있는 시간은 처음인 것 같다. 항상 그가 먼저 눈을 맞추었고 거기에 응해 왔으니까.

반듯한 이마를 밑으로 눈이 부신지 살짝 찌푸린 미간, 날렵하고도 서늘한 눈매, 잘 뻗은 콧날. 촘촘히 남자의 얼굴을 훑어 내려가던 시선이 남자의 것과 부딪쳤다.

"왜 그렇게 봐."

"그냥. 잘생긴 얼굴 구경."

대답이 낯설었는지 제 얼굴을 뚫어져라 쳐다보는 것을 운전이나 똑바로 하라며 다인이 남자의 턱을 잡아 앞으로 돌렸다.

"연극 보기 싫어도 싫은 티 내지 마요."

"누가 싫대."

"딴생각했잖아 지금."

"우리 같은 생각한 거 같은데."

그런 걸 바로 텔레파시가 통했다고 하는 거라며 은근슬쩍 허벅지를 만져 오는 도우의 손등을 찰싹 내리치니 악, 외마디 비명이 간만에 들려왔다. 손이 매웠는지 빨갛게 자국이 남은 손을 가만히 내려다보던 다인이 남자의 손에 제 손을 겹치자 손가락이 하나씩 얽혀 들었다.

"오늘 하루는 부디 기분 좋게 마무리하고 싶어."

"그럼 입을 다물까 하루 종일?"

기분 좋게, 부디 보통의 연인들의 평범한 데이트처럼. 제발 이상한 짓은 할 생각도 말란 의미였건만 깍지 낀 손을 가져다가 손등에 입술을 붙이던 도우가 순간 눈빛을 바꾸더니 손등 위로 불거진 핏줄을 혀를 내밀어 할짝거렸다.

"입으로 점수 까먹는 건 아나 봐."

그 입을 쓰는 방법도 참으로 다양했다. 간지럽다고 손을 빼내고는 스스로 팔짱을 끼자 도우의 입술이 얄궂게 비틀렸다.

"그래서 몇 점이나 까먹었는데."

"글쎄, 5000점은 되지 않을까요."

"부지런히 만회해야겠네."

만회할 것까지야. 입으로 까먹은 점수는 외모 점수로 배로 채워 의미 없는 점수 쌓기였는데.

애초에 처음 봤을 때부터 외모 점수를 십만 점이나 줬고 그게 지금 복리로 굉장히 불어났다는 얘기는 그저 속으로 삼키며 차 안 곳곳에 시선을 돌렸다. 뭐 하나 흐트러진 것 없이 깔끔한 차는 주인의 겉모습만 그대로 닮은 것도 같다.

"노래 틀어도 돼요?"

"좋을 대로."

"나 듣고 싶은 거 틀어도 되지?"

또 어떤 걸 들으려고. 옆자리의 다인을 슬쩍 쳐다봤지만 제 대답이 노래 선곡에 딱히 영향을 끼칠 것 같진 않다. 휴대폰을 뒤적거리던 다인이 찾았다며 재생시킨 곡은 역시나 도입부부터가 옛것의 느낌을 잔뜩 흘리는 올드 팝이다.

"이 노래 그거네."

"응?"

"예전에 너 처음 봤을 때도 이 노래 나오고 있었잖아. 그 네 친구 카페에서."

"세상에……. 그걸 기억하고 있었어요?"

뭐, 굳이 따지자면 좋아서 기억한 건 아니었지만. 다인의 감격스러운 표정을 보아하니 사실대로 말하면 안 될 것도 같다. 노래 취향이 이렇게나 쉽게 바뀔 수가 있을까. 어쩐지 도우의 귀에도 이제는 감미롭게 감겨드는 목소리는 후렴구에 접어들어서 그 어떤 것도 널 향한 사랑을 바꿀 수 없다고 외치고 있다.

"이 노래 내가 제일 좋아하는 곡이거든요."

"…… 이런 걸 제일 좋아하기까지 해?"

"가사가 너무 낭만적이잖아."

"너 태어나기 전에 만들어진 곡일 텐데."

"그게 무슨 상관이야. 강도우 씨도 나보다 먼저 태어났는데."

"……뭐?"

내뱉고 나서야 그 말이 다르게 해석될 수도 있다는 걸 깨달았다. 그렇지만 달리 정정할 생각도 없다. 어쨌거나 강도우는 지금 다인이 제일 좋아하는 남자임은 분명하니까.

답을 갈구하는 따가운 눈길에 뭐, 쏘아붙이니 때마침 멈춘 신호에 입술이 겹쳐졌다. 입술만 머금고 떨어질 줄 알았던 걸 목덜미를 감싸 당기며 혀까지 들어오자 다인이 몸을 뒤로 빼며 뭐하는 거냐는 눈빛을 보냈다.

팽팽해진 안전벨트에 걸려 더 이상 다가가지도 못하자 비뚤게 올라간 남자의 입술에 심술이 가득하다. 다인이 바뀐 신호를 눈짓하고는 차

창 밖으로 고개를 돌렸다. 운전이나 똑바로 하라는 타박도 잊지 않고 뒤따랐다. 제 귀가 발갛게 물든 건 알지도 못하면서.

"아무튼 좋아한단 말을 이상하게 하는 버릇이 있어, 기다인."

도우의 말을 끝으로 한동안은 노래 소리만 차 안을 가득 울렸다. 조금은 웃었던 것도 같고 노래 제목이자 후렴구인 'Nothing's gonna change my love for you' 부분을 같이 흥얼거렸던 것도 같았다. 뒷가사들은 그저 허밍으로 얼버무리듯 대체해 가면서. 낭만적인 가사는 그렇게 남자의 얼굴에도 자연스레 물들어 갔다.

11화

　토요일인지라 대학로로 향하는 길이 꽉 막혔다. 토요일 낮 공연은 보통 3시 시작인데, 주차까지 마치고 나니 2시 40분을 훌쩍 넘긴 시간이었다. 행여나 늦을세라 차에서 내리자마자 다인은 도우의 손을 잡고 극장을 향해 뛰었다.

　대학로 구석구석 골목길을 뚫고 가는 다인의 뒤로 가방에 걸린 인형처럼 도우의 큰 몸이 휘날리자 지나가는 사람들이 한 번씩은 꼭 그 둘을 쳐다봤다.

　겨우 티켓 부스에 도착한 다인은 이름을 대기도 전에 제 얼굴을 알아본 직원에게 초대권 두 장을 건네받았다. 중간중간 낯이 익은 직원들에게 눈인사를 하면서 들어선 소극장은 주말임에도 불구하고 듬성듬성 빈자리가 많았다. 아니, 정확하게 말하자면 빈자리가 더 많았다.

　그럼에도 이 정도면 생각보다 많이 찼다고 말하는 다인은 연극 자체에는 큰 애정은 없어 보였다. 무슨 내용인지 묻는 도우에게 다인은 뭐라고 했더라. 물음표와 느낌표가 적절히 섞인 극이라고 했던가. 곧이어 찾아온 암전은 그렇게 도우의 질문도 삼켜 버렸다.

다인의 걱정과는 달리 도우는 연극에 꽤 진지하게 집중하는 듯했다. 그런 걸 보면 어떤 면에서 강도우는 충분히 감성적이고 또 그만큼 이성적이다.

그 간극은 시시각각 넓어졌다 좁아졌다를 반복했는데, 그러니까 마냥 미친놈 같았다가도 한순간에 지나치게 멀쩡한 사람이 되는 것에는 기다인이라는 스위치가 존재하는 것 같았다.

인터미션 없이 100분을 내리 채운 연극이 끝나고 객석을 채운 사람들도 하나둘씩 빠져나갔다. 그 사람들 뒤로 같이 빠져나가려는 도우를 잠깐 저지하던 다인이 스태프에게 다가가선 짧은 인사 후 몇 마디 말을 나누더니 그에게 되돌아왔다.

"내려가 보자. 무대에 가 봐도 된대요."

거길 왜 가 봐야 하냐는 질문은 채 하지도 못했다. 저렇게 신난 다인의 표정은 거의 처음 봤으니까. 도우의 손을 이끌고 무대까지 내려온 다인은 제가 만든 무대를 구석구석 살피며 설명하기 시작했다.

보여 주고 싶다던 게 연극이 아니라 바로 이 무대였구나. 어쩐지. 재미라곤 찾아볼 수도 없던 연극을 볼 때보다 지금이 더 신나 보이는 다인을 보니 도우의 입매에도 덩달아 웃음이 걸렸다.

"……그래서 처음엔 여기 이 앞부분까지 돌출로 빼려고 했는데 그럼 객석 의자를 두 개씩이나 더 빼야 되니까 그렇게는 안 된다는 거야. 근데 내용상 그게 훨씬 괜찮지 않았겠어요?"

"그래. 그게 더 나았겠네."

"그치? 강도우 씨는 그렇게 생각할 줄 알았어."

어쩐지 팥으로 메주를 쑨대도 네 말이 틀림없이 다 맞다고 할 든든한 아군이 생긴 것 같다. 처음으로 받은 상장을 부모님께 내보이며 칭찬받고 싶어 안달난 애처럼 이 소품은 사실 복선 같은 존재였고, 저 문에 쏘여지는 조명은 클라이맥스 때 살짝 변화한다며 연신 자랑하듯 떠들어 델 때마다 굳이 입을 떼지 않아도 도우가 눈빛만으로 그가 무얼 말하는지 느껴졌다.

그래 네가 맞아, 역시 대단해, 기다인 멋있어.

억지라고 해도 좋았다. 혼자가 아닌 둘이어서 그런가, 아니면 강도우와 함께여서 그랬던 것일까.

다시는 돌아오지 않겠노라 선언하고 작업했던 마지막 무대에 그와 같이 올라서니 묵은 체증이 확 내려가는 기분이다.

하우스 매니저에게 잠깐 인사하고 몇 번의 손짓을 주고받던 다인이 웃으면서 도우를 끌고는 객석으로 가서 앉았다. 저녁 공연까지 시간이 남았으니 청소하고 리허설하기 전까지는 객석에 조용히 있어도 된다는 허락이 떨어졌단다.

"근데 연극은 좀 난해했죠?"

솔직히 재미는 그다지 없었지. 연출이 고집을 많이 부렸어.

다들 백스테이지로 빠진 것인지 객석엔 둘뿐이었지만 누가 들을까 주위 눈치를 봐 가며 속삭이는 다인을 보고 도우가 피식 웃음을 흘렸다.

"그래도 내가 제일 좋아하는 작업물이에요. 극이 비어 있는 만큼 오히려 나는 무대에서 채울 수 있는 게 많았거든. 작업할 땐 진짜 매일 싸우고 힘들었는데 이렇게 보니 뿌듯하네."

"……."

"강도우 씨한테 보여 주고 싶었어, 그냥. 내가 이렇게 살아왔다는 거."

"……."

330

"우리 사이에 비어 있는 지난 시간을 채우고도 싶고. 그동안 우리가 서로 알아 갈 시간이 부족했던 거 같아서."

"……."

"내 말 듣고 있어요?"

웬일로 입을 꾹 다물고 대답 없는 도우에게로 고개를 돌리자 기다렸다는 듯 입술이 붙었다. 이것 봐, 이것 봐. 틈만 나면 이러지 아주. 저지레하는 애도 아니고 조용하다 싶을 때를 가장 조심해야 한다.

"또 내 말 제대로 안 들었지."

"들었어. 덕분에 오늘 기다인이 제일 좋아하는 거 두 개나 알았잖아. 아니다, 세 개네."

"하나는 뭐야."

"강도우."

뭐야. 다인의 말린 입꼬리에 몇 번 내리던 입술이 무대 근처에서 느껴지는 인기척에 눈치를 보며 떨어졌다.

"이제 강도우 씨가 좋아하는 것도 얘기해 줘."

"물어봐. 뭐든."

굉장한 소명이라도 갖고 있는 듯 가까워지는 인기척에 눈을 굴려 가면서까지 자잘한 입맞춤을 포기하지 않던 도우가 결국은 다인에게 허벅지를 꼬집히면서 떨어졌다.

"음, 강도우 씨가 좋아하는 책은?"

"수학의 정석."

"……진심이야?"

"노란 거 말고 연두색으로 된 거, 그거."

맞네, 진심이네. 물어본 게 민망할 정도로 그게 잘못됐냐는 표정이다. 그래, 잠깐 잊고 살았는데 그 강도우였지 참.

옆에 앉은 남자가 새삼스럽게도 조금 재수 없다는 생각을 하며 다인이 무대 위로 올라오는 스태프들에게 묵례를 했다. 이제 슬슬 일어나 봐야 할 시간인 것 같다.

"그럼 좋아하는 작가는?"

"정약용."

"……."

"왜, 글도 잘 쓰셔 그분. 목민심서 읽어 봐."

아무렴, 공무원 선배님이신데.

"종교는."

"없어. 난 나만 믿어."

그건 마음에 들고.

"또 없어? 좋아하는 계절은 여름. 수영하는 게 좋거든. 등산도 좋아해. 좋아하는 시간은 퇴근 시간. 아, 너랑 있는 시간도 다 좋고. 좋아하는 음식은, 뭐 특별히 가리는 거 없고. 좋아하는 색깔은 파란색. 좋아하는 영화? 이건 너무 많으니까 리스트를 뽑아 볼게. 좋아하는 나라 딱히 없고 싫어하는 나라는 주변에 적당히 있어."

입 다물겠다는 사람 어디로 갔나, 쉼 없이 쏟아 내는 말에 숨도 안 차는 모양이다. 뜻밖에 정보의 홍수에 빠진 다인만 허우적거릴 뿐이다.

"더 물어 봐."

"잠깐만, 생각 좀 해 보고."

"넌 이런 것도 생각을 해야……."

일단 이제 그만 일어나자는 다인의 손을 잡고 히죽거리던 도우의 얼굴에서 순식간에 웃음이 지워졌다. 다인의 어깨 너머 어딘가를 지그시 응시하던 눈빛에 날이 섰다.

"그럼 이제 내가 물어볼게."

"뭘요."

"저 새끼도 보러 온 건 아니지 우리?"

"어떤 새끼……."

도우의 시선을 따라 등을 돌린 다인이 무대 위로 등장하는 남자를 보고 사정없이 얼굴을 구겼다. 저를 보고 비열하게 웃는 남자에게 저 개새끼가, 라고 작게 욕도 뱉었던 것도 같다.

그러니까 토요일 서울 대학로, 또 구지훈이었다.

돌이켜 보자면 다인이 유학 가기 며칠 전 정혜주가 용하다고 데려갔던 점집에서의 예언, 기다인에게 더 이상 새로운 남자가 없을 거라는 저주와도 같았던 그 말은 나름 정확했다고도 볼 수 있다. 물론 '제대로 된' 새로운 남자라는 수식언을 추가한다면 말이다.

어쨌거나 강도우가 그 시점에서 새로운 남자도 아니었으니 이들의 미래가 어찌 될지언정 지금 현재까지는 그 무당의 말이 틀린 것만은 아니다.

새로웠지만 제대로 되지 않은 남자와 제대로 되었지만 새롭진 않은 남자 사이에서 다인이 불현듯 그 보라색 아이라인을 한 무당을 떠올린 것은 단순한 무의식의 발현이었을까.

그분은 왜 이런 순간을 점치진 못하신 것이지. 저 얼굴을 보는 걸 막을 수만 있다면 부적이라도 쓰고 칼춤이라도 추고 싶다.

"기다인이 요즘 대학로 행차가 잦다?"

지훈이 제 손가락에 걸린 키링을 뱅글뱅글 돌리며 야광 스티커로 표시한 무대 중간에 서자 운동화가 마찰하며 끼익, 듣기 싫은 소리를 만들어 냈다.

"그만두고 다시는 안 올 것처럼 굴더니."

일거리가 떨어지셨나. 큭큭대며 무대 포인트들을 징검다리 건너듯 폴짝대는 것이 여간 추한 게 아니다. 그러는 구지훈 본인도 대학로 다시 기웃거리는 건 어떤 목적이 있을 게 뻔한데. 본인이야말로 매체 일거리가 떨어지셨나, 가벼운 행동과는 다르게 그의 얼굴에는 어쩐지 초조한 기색이 만연하다.

저열한 웃음으로 제 속마음을 감춘 지훈이 보란 듯이 무대 책상 위소품을 일부러 툭툭 건드리며 무대 바닥으로 떨어뜨렸다. 누가 봐도 유치한 의도에 다인은 코웃음을 치고 넘겼지만 정작 발끈한 건 강도우다.

욕지거리를 내뱉으며 깍지 낀 손에 힘이 들어가자 다인이 도우를 올려다보며 가만 있어 달라고 눈살을 찌푸렸다.

소품 하나가 지훈의 손에 의해 또 도르르 굴러 떨어졌다. 어디까지할 셈인가, 무대 끝에 걸려 멈춘 걸 물끄러미 보던 다인이 눈을 치뜨며 지훈을 올려다봤다.

"아, 미안. 실수."

손이 미끄러워서. 관심받고 싶어 안달이라도 난 걸까, 구지훈은 다인의 시선에 되레 신이 난 것 같다. 무대 정리를 하던 스태프가 다인의 눈치를 보며 소품들을 주워 가자 괜히 무대로 내려왔단 생각이 들어 죄책감마저 생겼다. 그러게 그냥 극만 보고 빠져나왔으면 이렇게 마주칠 일도 없었을 텐데…….

괜한 짜증이 일어 도우를 잡아끌며 출구 쪽으로 발걸음을 떼었다. 원래 저런 것들은 상대해 주면 더 기어오르는 법이다. 눈썹을 있는 대로 비틀며 나가기 싫다고 버티는 도우를 겨우 끌고는 계단을 오르자 등 뒤로 지훈의 조롱 섞인 말들이 들려왔다.

"데이트하러 오셨나 봐."

참자. 참자. 참자. 참을 인 세 번이면 살인을 면한다. 뭣보다도 괜히 쟤랑 엮여 봤자 옆에 있는 강도우에게 득이 될 게 없다.

그래도 명색이 고위직 공무원이 아닌가, 새삼스레 그의 체면을 의식한 다인이 도우의 등을 떠밀었다.

"그쪽도 조심해요. 기다인 쟤가 얼굴은 반반해서 데리고 놀기 좋은데 그만큼 발랑 까졌거든."

"저게 미쳤나."

"쟤가 뭐라고 하든 신경 쓰지 말고 나가요."

도대체 어디까지 봐줘야 하는 건가. 지훈을 향했던 서슬 퍼런 도우의 눈이 다인의 복잡한 얼굴에 닿았다.

"오늘도 몸으로 들이대려고 치마까지 입었나 본데."

"뭐 해. 빨리 나가요."

"그쪽도 너무 기대는 마세요. 막상 벗겨 놓으면 볼품도 없거든."

저 미친 새끼가 뭐라는 거야. 도우가 한 대 올려칠 기세로 등을 돌렸지만 저를 가로막는 다인의 손에 막혔다.

아무리 그것이 무서워서가 아니라 더러워서 피하는 거라지만 저런 소리까지 듣고도 피해야 하는 건가 무력감을 느꼈던 것도 잠시. 도우를 멈춰 놓고는 빠르게 구지훈 쪽으로 향하는 다인은 살인 한 번이면 참을 인 세 번을 면한다는 얼굴이었으니 도우의 정강이가 되레 얼얼해진 건 어쩌면 반복된 학습 효과일지도 모르겠다.

"야, 구지훈."

그러나 정강이 걷어차기도 다인에겐 일종의 애정 표현에 가까웠으니 그 애정 어린 고급 기술을 이런 하찮은 놈한테까지 써먹을 수가 있을까. 지훈의 앞에 선 다인이 카랑카랑한 목소리로 그의 이름을 부르자 무대 뒤쪽 스태프들이 하나둘씩 고개를 내밀기 시작했다.

원래 싸움의 기술이란 것이 특별히 다른 데서 오는 게 아니다.

"야, 기다인. 나 귀 안 먹었어. 조용히 말해."

"내가 똑같은 사람 되기 싫어서 그동안 너 상대 안 하려고 했는데 유치해서 도저히 못 들어 주겠다."

그러니까 결국은 머릿수 싸움이다. 그 싸움이라는 게 유치하면 유치할수록 더 그렇다. 거기에 화장지 티슈만큼 가벼운 입들이 구경꾼들이되어 준다면 더할 나위가 없을 테고.

"못 들어 주면 뭐 어쩔 건데."

"구지훈 너 좆같은 소리 좀 그만하고 다녀."

"뭐? 뭐 같은 소리?"

"좆같은 소리 그만하라고. 좆같은 새끼야."

더럽다며 좆좆거리지 마라 할 때는 언제고 도대체 몇 번을 말하는거야. 어느새 다인의 옆에 붙은 도우가 그녀를 놀란 눈으로 내려다봤다. 제 맘과 똑같은 말을 거침없이 내뱉는 다인을 바라보며 역시 텔레파시인가, 하고 생각한 걸 논외로 둔다면 도우가 그녀의 현란한 욕설에느낀 감정은 당혹스러움보다는 흥분에 가까웠다고 보는 게 맞다.

어쩐지 닥치라는 문자 받을 때부터 기분이 좋더라니……

"와, 얘가 이런다니까요? 얌전한 척하는 거 순전히 내숭이지. 아주남자 알기를 지 밑으로 알고…….."

삿대질까지 해 가며 다인의 옆에 선 남자에게 일러바치는 모양새였지만 정작 그 남자는 실없이 웃으며 다인을 더없이 사랑스럽다는 눈으로 쳐다보고 있었으니 그 생소한 광경에 지훈의 말문이 막히는 것도 당연했다.

"정확하게 말해. 남자 알기를 내 밑으로 안 게 아니라 내가 구지훈

널 좆같이 본 거야. 네가 언제는 남자긴 했어?"

"뭐라고?"

"너 참 좆같았어. 너무 작아서 잊고 살았는데 좆같다가 왜 욕인지 너 때문에 알게 됐잖아."

"야. 기다인!"

"왜? 또 때리게?"

뭐, 씨발 때려? 연신 다인을 향했던 도우의 눈이 지훈에게로 매섭게 꽂혔다. 다인이 한 발짝 옆으로 걸음을 옮기면서 도우를 막아섰다. 마치 아직은 제가 처리할 수 있다는 듯이. 아직 나설 때가 아니라는 듯이.

"때릴 거면 찌질하게 뒤에서 때리지 말고 사람들 다 보는 데서 때려. 너 사람들 관심받는 거 좋아하잖아."

헐, 구지훈이 기다인 때렸나 봐. 검은색 스태프 단체복을 입은 사람들의 시선이 돌연 싸늘해졌다. 조금 전까지만 해도 지훈을 보며 부끄러워하던 여자 스태프들의 선홍빛 표정도 온데간데없이 사라졌다.

"왜. 꼴에 사람들 눈은 무서워?"

"기다인, 너 조용히 안 해?"

"내 이름, 우리 부모님까지 팔아 가면서 찌질하게 돈 뜯어낼 때는 사람들 눈 같은 건 신경도 안 쓰더니 여자 때린 놈으로 소문나는 건 또 무서워?"

먹이 냄새를 맡은 개미 떼들처럼 검은 옷을 입은 스태프들이 무대 위로 점점 몰려들었다. 누군가는 귓속말을 하고 누군가는 어딘가에 문자 중계라도 하는 듯 손가락을 빠르게 놀렸다.

"야, 씨발. 내가 그래서 너 때렸어? 먼저 발로 깐 건 너잖아. 내가 너 때문에……."

"그래. 너 하나 터진 거 같대서 내가 너 비뇨기과 소개해 줬잖아."

진짜 터진 놈은 따로 있었구나. 지훈의 중심에 향했던 도우의 눈에 잠시나마 안타까움이 스치고 지나갔다.

"근데 거기서 너 확대 수술 알아봤더라?"

"그게 뭔 개소리야?"

대박. 이번에는 수십 개의 눈들이 지훈의 중심으로 몰렸다가 흩어진다. 사실 진짜 확대 수술까지 알아봤는지는 다인도 알 바는 아니었다. 그러나 지라시라는 게 원래 그런 법 아니겠는가. 아홉 개의 거짓에 한 개의 팩트를 섞어 버리면 나머지도 그럴듯해진다.

게다가 평소 구지훈이라면 얼마든지 가능할 법한 얘기였으니 지금 이 상황에서 팩트 체크가 대수겠는가. 기껏해 봤자 사실 적시 명예 훼손이겠지. 그럼 그때는 강도우한테 도와 달라고 해야지.

"콘돔 빠질 때도 정신 승리하더니 콤플렉스가 컸나 봐?"

"씨발, 뭔 개소리를. 너 입 안 다물어? 여자가 창피한 줄도 모르고."

"찌질한 건 넌데 왜 내가 창피해야 해."

정말이지 그 무당 말을 믿고 아무도 만나지 말았어야 했나 보다. 아니, 강도우와 계속 연락하고 지냈다면 이런 쓰레기랑 엮일 일은 없었을지도 모르겠다.

"허, 계속 미친 헛소리 떠들어 봐 그래. 여기 사람들이 기다인 너 어떻게 생각할지."

"어떻게 생각하긴. 너 확대 수술 알아봤다는 얘기 전하느라 내 생각까지 할 겨를이 있을까."

"야, 씨 너 자꾸 근거 없는 소리 할래?"

"근거 좋아하시네. 네가 떠들고 다니는 개소리에도 없는 근거를 왜 나한테서만 찾아."

지훈의 어깨 뒤로 웅성대는 스태프들을 보고 다인이 그에게 한 발

가까이 다가갔다. 움찔거리며 저도 모르게 뒷걸음질 치는 지훈을 조소하며 다인이 목소리를 낮추었다.

"너 뒤에서 내 소문 추잡하게 내고 다니면 네 위상이 좀 올라갈 거 같지? 아니야. 사람들은 세트로 기억해. 결국 네 얼굴에도 같이 통칠하는 거야. 무식아."

"세트는 지랄하네. 여기 있는 스태프들이 다 뒤에서……."

"순진한 거야, 아니면 멍청한 거야. 여기 사람들이 다 내 욕만 한다고 생각해? 뒷담화가 왜 뒷담화겠어."

"……."

"사람들은 자기 실리에 맞게 움직여. 콩고물이라도 떨어질 줄 알았는데 썩은 내만 풍기면 네 옆에 있던 사람들이 언제까지 붙어 있겠어."

"……."

"최기태도 요즘 너한테 연락 없지 않아? 걔 정 피디한테 붙어서 입 많이 털고 다닌다던데. 넌 아직 모르나 봐."

"존나, 와 기다인 존나 개소리하네."

"그러니까 내 이미지 망가뜨릴 시간에 네 이미지 관리나 잘 좀 해 두라고. 아직 너 콜받고 바로 캐스팅될 급은 아니잖아? 오디션 존나 뛰어야 할 거 아냐."

진심에서 우러나오는 조언이었지만 자존심은 제대로 긁혔을 것이다. 그것도 그럴 것이 당장 최근에 물먹은 오디션만 해도 몇 개던가. 이제야 구지훈 인생에 빛 좀 보려나 했더니 예상치 못한 먹구름이 몰려들고 있었으니 대출까지 받아 차부터 무리해서 바꾼 걸 생각하면 가슴이 답답해지는 것이 사실이다.

"그리고 너 그 무식한 머리도 좀 잘 굴려 봐. 인터뷰마다 내 이야기도 앞뒤 안 맞게 지어내니까 슬슬 허언증 소리 나오잖아."

"뭐 허언증?"

"아니다. 허언증이 아니라 뭐라고 하더라. 아, 콘셉트 충. 그래 콘셉트 충이라더라 댓글에서."

"뭐, 뭔 충?"

"콘셉트 잡을 거면 제대로 잡아. 앞으로 너한테 그런 인터뷰 기회가 또 올지는 모르겠지만."

어느새 높아진 다인의 목소리에 피식대는 스태프들의 목소리가 섞여 들어갔다. 볼일을 끝냈다는 듯 크게 숨을 내쉰 다인이 콘셉트 충이 대체 뭔 뜻인지 헤아려 보는 도우에게 이제 나가자며 출구로 턱짓했다.

그렇게 출구로 몇 발짝 뗐다가 문득 생각났다며 등을 돌리자 분노로 이를 앙다문 지훈이 또 한 번 어깨를 움찔거렸다. 별것도 아닌 게 찌질하게. 한주먹 거리도 안 되는 게.

같잖은 마음 한편에 너무 유치하게 굴었나하는 마음이 조금씩 피어났다. 서른 넘게 먹고 이렇게 싸울 줄은 몰랐다.

"아, 그리고 시간 많을 때 소속사한테 탈모 관리나 좀 해 달라고 부탁해 봐! 너 발기 부전 약 먹던 거 계속 먹으려면 비뇨기과 가서 미리 꼭 상담하고!"

그래도 이왕 시작한 싸움 유치하게 끝내 본다. 파이팅! 다인의 힘 있는 응원이 극장 안을 가득 채우자 지훈의 얼굴이 조명이라도 받은 양 붉으락푸르락했다.

"야, 기다인! 내 말 안 끝났어! 내가 성공하면 너부터 뭉개 준다 씨발, 내가 못 할 거 같지? 야! 내 말 들었지?"

지훈이 풀쩍 뛰어서 무대 밑으로 내려왔지만 도우 옆에 있는 다인에게 섣불리 다가가진 못했다. 그 꼴을 보고 픽 웃던 도우가 발을 멈추곤 이제 내가 한번 가 봐도 되겠냐는 눈빛을 보냈다.

그냥 몇 마디만 하고 올게. 나지막이 속삭이자 손깍지가 느슨하게 풀리는 것이 이 유치한 싸움의 유치한 마무리를 허락한 셈이다.

"구지훈 씨."

은근한 미소로 다가섰건만 도우가 몰고 온 분위기에 가만히 서 있던 지훈의 몸이 뒤로 밀린 건 기분 탓은 아닐 것이다.

"내가 더 많이 배운 사람으로서 조언 하나 해 줄게. 협박은 그런 식으로 하는 게 아니야."

"뭐야?"

"일단 전제부터 제대로 만들고 와야지."

"뭔 소리야."

무대 위에서 내려다볼 때도 느꼈지만 같은 위치에 서니 눈높이가 한참은 위에 있는 듯하다. 씨발, 내려오지 말걸 쪽팔리게. 지지 않으려고 빳빳하게 세운 지훈의 목에 벌써부터 담이 온 것 같다.

"그래서 구지훈 씨는 언제 성공할 건데."

"뭐?"

"아, 본인 기준에는 겨우 이 정도가 성공한 편인가?"

이 새끼가 지가 뭔데 성공 운운이야. 도우를 위아래로 훑던 지훈의 눈이 남자의 손목시계에 고정됐다가 구두를 지나 벨트 브랜드까지 훔치곤 위로 올라왔다. 미친놈이 꼴에 돈 좀 있는 모양이다.

"네가…… 그쪽이 뭐하는 사람인지는 모르겠지만 나 정도면 성공했다고 보는 게 맞지."

"좆 달린 새끼가 꿈이 너무 약소하네. 간장 종지도 아니고."

피식피식 웃어 대면서 저를 내려다보는 남자를 보니 어딘가에 있던 지훈의 열등감이 또 한 번 폭발한다.

"허, 어이가 없어서. 그쪽이 잘 몰라서 그러나 본데 내가 그래도 드라마 찍고 나서는 길에 나가면 알아보는 사람도 있고…….”

“얼굴 하나 팔렸다고 성공한 거면 신상 공개된 범죄자들도 성공한 거지.”

“뭐요?”

“아니면 그쪽으로도 얼굴 팔리고 싶었던 건가.”

“대체 뭔 소리를…….”

“욕심도 많아. 멍청하게. 네 말대로 이제 나름 얼굴 알리셨으니 조심하셔야지.”

도우가 주머니에 손을 찔러 넣고는 고개를 살짝 기울이며 지훈의 귀에 대고 무어라 속삭이자 지훈의 표정이 파리하게 질려갔다.

“원정 도박, 군 면제, 성추행.”

“…….”

“앞에 두 개는 내가 굳이 말 안 해도 알 거고.”

“…….”

“기다인한테 했던 거 하나 더 추가해서 사회면에 나오고 싶다면 내가 너 전국구로 유명해지게 도와줄게.”

“너, 너 이 새끼 네가 뭔데 내 뒷조사를…….”

“아, 난 구차하게 뒷조사 같은 건 먼저 안 했어. 앞 조사를 했지.”

“뭔 개소리를…….”

“네 소속사가 너 좀 잘 봐 달라고 나한테 제출한 자료들로 합법적으로 한 앞 조사.”

물론 합법적인 사람들에게 알아본 비합법적인 방법이긴 했으나 지금 굳이 그걸 따져 볼 필요는 없다. 어차피 어느 정도는 팩트다. 시간만 많았다면 빼도 박도 못하게 증거까지 내밀었을 텐데 주워들은 키워드만으로 파들파들 떠는 걸로 보아하니 아주 없는 얘기는 아닌 듯하다.

"말이 되는 소리를 해야지. 너한테 왜 그딴 게……."

"내 자리에 오르면 굳이 손 안 써도 넘어오는 정보가 많거든. 네가 아직 제대로 성공을 못해 봐서 모르겠지만."

"……."

"이제 좀 알겠지. 협박을 하려거든 먼저 뭘 해야 하는지."

성공. 단정한 입매가 친절히도 또박또박 단어를 읊어 준다. 씨발, 그래서 네가 뭐 얼마나 성공했는데. 입으로는 내뱉지도 못하고 삼키던 말들을 그저 눈으로만 쏘아붙이던 게 도우의 이마 쪽 아직 빠지지 않은 멍을 보고 멈추었다.

"그때 계단에서 굴러 떨어진 건 괜찮은가 봐?"

"보시다시피."

건수라도 잡은 모양으로 흐린 얼굴에 조롱을 띠웠으나 강도우에게 그런 게 통할 리가 없다.

"……남자 새끼가 쪽팔리게."

"남자 새끼가 이왕 구를 거 계단을 구르는 게 낫지. 쪽팔리게 남은 인생을 구르는 것보다는."

씨이발! 기다인이 어디서 존나 지 같은 남자 구해 왔다.

"아, 좀 더 유명해지긴 해야겠어. 아는 기자들한테 소스를 줘 봤는데 체급이 작다고 안 물더라고."

어깨를 다독이던 남자의 손이 퍽이나 다정해서 지훈은 눈물이 다 날 것 같았다. 부들부들 떨리는 손만 아니라면 누가 보면 감동이라도 받은 줄 알 것이다.

"여러모로 아주 확대를 많이 해야겠어. 구지훈 씨."

다정한 눈길이 지훈의 머리끝부터 허리춤으로 내려가면서 조롱으로 바뀌었다. 멀리서 다인이 이제 그만 나오라고 소리쳤다. 그 말에 마지

막 인사라도 하듯 어깨를 쥔 손아귀에 힘을 주니 지훈의 얼굴이 보잘것
없이 비틀렸다.

꼴에 키라도 높이고 싶었던 건지 뒤꿈치를 살짝 올리고 있는 게 코
미디가 따로 없다. 뭐 하냐는 다인의 외침에 마지못해 그녀에게로 발을
돌리던 도우가 신발로 지훈의 것을 무겁게 짓이기고 지나가자 그나마
높인 지훈의 키가 악, 소리와 함께 바닥으로 내려앉았다.

"아, 미안. 실수."

발이 미끄러졌네? 도우가 낮게 웃으며 성큼성큼 걸어 올라가 출구
앞에 서 있는 다인의 손을 잡았다. 뭔 소리를 그렇게 길게 했냐는 말에
대답 대신 남자의 입술이 먼저 붙었다.

이 와중에 이러고 싶냐며 한 대 맞을 각오로 달려들었건만 웬일로
조용하던 다인의 입에서 한 번 더 하자는 말이 흘러나왔다.

유치한 싸움의 유치한 마무리라고 기억된대도 좋았다. 좀 유치하면
어떤가. 사랑이란 감정이라는 게 본디 유치한 법이거늘. 그렇지 않은
가.

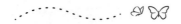

발 없는 말이 천 리 간다는 말은 단톡방이라는 귀찮은 신문물을 맞
이한 시대에선 천 리 대신 다른 말로 대체할 필요성이 있다. 예를 들면
태양계에서 퇴출당한 명왕성까지 간다거나 하는 말로. 그것도 아인슈
타인이 깜짝 놀라서 부활할 법한 빛보다 빠른 속도로.

공연장을 빠져나와서도 한동안 꽤 의연해 보였던 다인은 정훈을 시
작으로 지인들로부터 쏟아지는 메시지들에 급격한 기분 변화를 보이기
시작했다.

처음엔 분명 승자의 미소를 지어 보였다. 그러다가도 곧 실력 발휘를 제대로 못한 것에 분노하며 미처 뱉지 못한 말들을 도우에게 대신 털어놓던 것도 잠시, 불쑥불쑥 구지훈과 같은 종류의 사람이 되었다는 자괴감이 고개를 내밀자 이내 침울해져선 입을 꾹 다물었다.

실로 그 소문이라는 건 어찌나 약삭빠른지 평소 구지훈을 못마땅하게 여겼던 몇 사람의 입까지 거치니 요요 현상을 겪는 것처럼 극도로 살을 불려 나갔다.

그들 사이에서 구지훈은 이미 여자를 때리는 파렴치한에 그냥 치한까지 되어 버렸고, 기다인은 남자 하나 잘못 만나서 일까지 그만둔 비련의 여자가 되었으니 다인으로서는 그게 썩 마음에 들지만은 않았다.

차라리 뭣도 모르고 욕먹을 때가 더 나았지.

다인아, 구지훈이 너한테 그랬다며. 그런 것도 모르고 오해해서 미안해. 그 새끼는 예전부터 내 그럴 줄 알았다. 그동안 너 혼자 얼마나 힘들었을까.

태세를 전환하여 제게 닿는 값싼 동정들은 어쩐지 통쾌하다기보다는 짜증이 났다. 동정할 곳은 세상에 널리고 널렸는데 겨우 이 정도로 불쌍한 취급이라니. 너무나도 사치스러운 역할이다.

무엇보다도 그 말들 끝에 그래서 기다인 옆에 있던 그 새로운 남자는 누구인지, 좀 생겼다던데 뭐 하는 사람인지 등등 강도우에 대한 지나친 관심들, 그러니까 하이에나들처럼 새로운 가십을 찾는 질문들은 다소 불쾌하기까지 했으니 다인의 기분이 무거운 추를 달고 바다 속에 가라앉은 것도 당연한 수순이다.

사실은 다인도 잘 알고 있었다. 저들에게 자신의 이야기는 한낱 가십거리에 불과하다는 것을. 지금은 그저 암전을 지나 새로운 반전의 막이 열렸을 뿐이고 그 막이 몇 장으로 흘러갈지, 엔딩이 어떻게 날지는 단언할 수는 없었다.

확실한 건 기다인도 딱히 잘한 건 없으리라는 양비론으로 끝맺음할 게 분명하다는 것. 원래 남녀 관계를 대하는 제3자의 시선들은 늘 그래 왔으니까.

그 지긋지긋한 무대에서 악역으로 남는 게 오히려 마음은 더 편하긴 했을 텐데. 괜히 건드렸나. 역시 좀 봐줬어야 했나. 체급이 맞지 않는 경기를 끝낸 소감은 그저 씁쓸함 그 자체다.

쓴맛을 지워 보고자 아이스크림 하나씩을 손에 들고 마로니에 공원 끝 쪽 예술가의 집을 마주 본 벤치에 자리 잡았다. 멍하니 하늘을 응시 하던 다인의 시선 끝에 알알이 열린 은행 열매가 걸렸다.

니들은 알까. 니들이 터지면 얼마나 고약한 냄새를 풍기는지.

한숨 대신 아이스크림을 베어 물었다. 달다. 인내는 쓰고 열매는 달 고. 사람들이 뭐라고 생각하든지 간에 부들대고 있을 구지훈을 생각하 면 어쨌거나 고소한 것도 사실이다. 게다가 뭐라고 했는지는 모르겠지 만 강도우가 화룡점정까지 찍었으니 그 열매를 달게 삼킬 이유도 충분 했다.

〈기다인 대박. 한판 떴다며?〉

뜨긴 뭘 떠. 구지훈이 일방적으로 발린 거지.

그러니까 옆에 강도우가 있었고, 지금도 그가 옆에 있다는 것만으로 도 기분이 한결 나아진 다인은 마침 날아 든 혜주의 메시지에 눈꼬리를 휘었다. 코사인 그래프와도 같은 다인의 기분 변화에 아닌 척 내리 눈 치를 보던 도우가 그 미묘한 변화를 눈치채지 못할 리는 없었다.

"뭔데 웃어."

"벌써 정혜주까지 다 알았네."

몇 다리 건너의 정혜주 귀에까지 들어갔단 말인즉슨 이 유치하기 짝이 없던 싸움을 사실상 이 바닥 사람들은 다 알았다고 봐도 무방하다.

또 한 번 아이스크림을 베어 물었다. 혀끝에 시원하게 감기는 맛이 짜릿하게 달다.

엄지를 쓸면서 혜주의 메시지를 포함한 몇 가지 톡 알림을 지워 나가자 도우가 손을 쭉 뻗어서는 휴대폰을 뺏어 갔다. 채 지우지 못한 것들을 하나씩 읽어 나가면서 '어쭈, 이게, 감히'를 돌려 막기 하던 도우의 입에서 급기야 헛웃음이 터졌다.

"이 새끼는 뭔데 너한테 밥을 사 준다고 해."

"그냥 하는 말이에요. 답장 안 할 거예요."

"너 가만 보면 불리할 때마다 말 높이는 경향이 있어. 기다인."

내가 뭘. 눈썹을 높이 치켜올리며 나름의 항변을 해 보지만 화면에 둔 시선은 쉬이 거두어지지 않는다. 고대 문자를 해석하기라도 하는 양 미간에 실금까지 만들어 가며 메시지들을 확인하는 도우가 그렇다고 마냥 밉지는 않다. 어차피 그 내용이 그 내용인 것을.

도우의 어깨에 머리를 기대면서 아이스크림 콘 부분을 씹자 바삭한 과자 가루가 흩날렸다.

"거기 잘 읽어 보면 강도우 씨 얘기도 있어."

"읽고 있어. 여기 이 사람은 사람 제대로 볼 줄 아네."

뭔 내용인가 슬쩍 고개를 돌려 봤더니 아니나 다를까 강도우에 대한 칭찬이다. 자기 얘기가 저리도 좋을까. 하아, 말없이 남은 과자를 한 입 더 물었다. 몇 개를 더 읽어 내려가던 도우가 입꼬리를 올리고는 다인의 코앞까지 화면을 들이댔다.

별안간 나타난 활자들에 눈을 찌푸리니 둘이 잘 어울리더라는 메시지가 눈에 보였다. 이거 보란 듯 손가락으로 메시지를 톡톡 두드리며 웃던 도우가 다인의 치마 위로 흘린 부스러기들을 털어 내고는 허벅지 위로 휴대폰을 내려놓았다.

"너 사람들이 하는 말 신경 쓰여?"

"아니. 그러라고 일부러 더 큰소리 낸 건데."

"그럼 뭐가 문제야."

그러게 뭐가 문제일까. 아빠와 나들이 나온 너댓 살 먹은 애가 익룡 소리를 내면서 코앞을 지나갔다. 할 수만 있다면 저렇게 똑같이 소리치고 싶다. 어른의 삶은 제약이 너무나 많다.

"응? 뭐가 문젠데."

되물어 오는 말과 함께 손가락이 얽어졌다. 틈틈이 맞물린 손가락이 마치 짝을 만난 톱니바퀴 같았다. 깍지 낀 남자의 손가락이 다인을 달래듯 토닥거렸다. 습관과도 같은 그 손짓에 삐걱대던 마음이 움직인 것은 강도우가 돌려 버린 톱니바퀴 때문일까.

한참을 잡은 손만 내려다보던 다인이 고개를 들어 올렸다. 그래, 타이밍은 좀 그렇긴 했지만 어차피 이 얘기를 해 주고 싶었던 거잖아. 달싹이던 입술에 용기를 불어넣는 듯 힘을 주어 옆으로 길게 늘였다.

"……저기가 예술가의 집이거든요?"

어디. 뜬금없는 말에 가만히 내려다보자 결연한 표정의 다인이 턱끝으로 시선 끝의 한 건물을 가리켰다.

"저기 가면 공연 관련 자료들을 빌려 볼 수 있어. 대본도 있고 영상 자료도 있고. 아무튼 내가 유학 끝내고 한국 와서 우연히 혜주랑 저기를 갔는데……."

"갔는데."

"사실 난 원래 연극배우를 하고 싶었거든?"

그 말을 하면서 은근히 강도우의 다음 말을 기대하게 됐던 건 무대 일을 하기 이전에도 만났고, 일을 그만두고 나서도 만난 사람의 반응이 궁금해서였을까 아니면 그냥 강도우의 반응이 궁금했던 것일까.

"그래서?"

비록 기대한 것에 비해 그 반응이랄 게 이따위였긴 했지만. 흐응, 가는 눈으로 도우를 흘기던 눈이 다시금 앞을 향했다.

"······근데 저기서 자료를 보는 순간 잊고 있던 꿈이 생각난 거야. 무대를 보면 심장이 쿵쿵 뛰고. 하지만 난 나름 객관적인 사람이었거든. 딱히 내가 연기에 재능이 있진 않아, 솔직히. 그래서 시작하게 된 게 무대 디자인이에요."

"······."

"나는 내 무대를 채우는 게 좋았어. 극도 좋고. 음악도 좋고. 그렇게 사람도 좋아졌나 봐."

"······."

"내 꿈을 투영했던 것 같아, 걔한테. 진작 끊어 냈어야 했는데 내 과거 같고 이루지 못한 꿈 같아서 질질 끌었어."

"······."

"보다시피 쓸데없는 말들이 많이 도는 동네고. 그래서 더더욱 내가 해결할 일이라고 생각했던 거예요."

또 한 마리의 익룡이 지나갔다. 소리는 저 꼬마가 지르는데 기분이 풀리는 건 대리 만족인가. 어릴 땐 누군가의 돌고래고 익룡이던 사람들은 어떠한 진화 과정을 거쳐 입을 꽁꽁 싸매는 답답한 어른이 되는 건지.

"그래서 해결은 잘한 것 같아?"

"응. 누구 덕분에."

"그럼 됐어."

고마워. 미안해. 어떤 말부터 꺼내야 할지 모르는 입술이 몇 번이고 열렸다가 닫혔다. 그 마음을 알아채기라도 한 모양인지 점잖은 목소리가 먼저 나긋하게 내려앉았다.

"겨우 그깟 놈 때문에 마음 쓰지 마."

"겨우 그깟 놈이라서 이러는 거야."

겨우 그 정도의 연애를 했다는 데서 오는 창피함. 왜 진작 벗어나지 못했던 건지에 대한 회의감. 지난 연애의 더러운 흔적을 같이 보게 만든 것에 대한 미안함.

"사실은 너무 쪽팔려."

"쪽팔려?"

"쪽팔려 죽겠어. 강도우 씨한테."

가끔은 사랑이란 감정이 알량한 자존심에 가려진다.

"난 이 나이 먹고 계단도 굴렀어. 너 때문에."

누가 들으면 대단한 일이라도 한 줄 알겠다. 마치 당연히 할 도리를 마땅히 했다는 듯 당당하게 굴던 도우는 멍든 제 이마를 손가락으로 두어 번 두드리며 이게 더 쪽팔려, 속삭이듯 말했다.

"괜찮아 보이더니 쪽팔리긴 했나 봐."

"나도 남자거든."

좋아하는 여자 앞에서 그런 식으로 굴렀는데 어떤 남자가 괜찮을까. 물론 그 쪽팔림의 정도라는 게 강도우는 보통의 남자 수준보다 현저하게 낮긴 했지만.

제 이마로 닿는 다인의 시선에 도우가 입술을 아래로 휘었다. 이제 와서 엄살이라도 부리려는 모양이다. 그 핑계로 다가오는 도우의 볼을 밀어내며 얼굴을 멀리 떨어뜨리자 엄살이 더 심해지는 것이 배우를 해야 할 건 아무래도 이쪽인가 보다.

"나는 남자 맞지? 너한테."

뭐야, 자기 정체성을 왜 나한테 물어봐. 무슨 뜻인지 알면서도 대답은 않은 채 남자의 어깨에 머리를 기댔다. 딱히 별다른 말이 없는 걸 보면 도우도 특별한 대답을 기대한 건 아닌 듯했다. 바람에 날리는 머리카락이 심장까지 간질이는지 웃음이 곳곳에 번져 갔다.

"잠깐만. 나 그때 강도우 씨한테 화난 거 아직 다 안 풀렸네, 생각해보니까?"

"생각하지 마, 그럼."

이런 식으로 어영부영 넘어갈 게 아니었는데. 문득 억울한 마음에 얼굴을 드니 엄살 부리던 남자는 사라지고 뻔뻔한 낯짝만 남아 있다. 정말이지 자기 편한 대로 구는 사람이 누군지 모르겠다.

그 잘나 빠진 얼굴을 감미롭게 흘겨보다가 입가에 묻은 콘 부스러기를 발견하자 실없는 웃음이 터진다. 여기 묻었어, 다인이 손가락으로 톡톡 두드리며 제 입가를 가리켰다.

수신호가 불량이었던 걸까. 손가락이 가리킨 자리에 남자의 입술이 닿았다가 떨어졌다. 아니 그게 아니라……, 설명도 듣지 않고 히죽 웃으며 입가를 터는 걸 보면 분명 의도된 곡해다.

"저녁 뭐 먹을지나 생각해."

"실컷 고르래 놓고 이번에도 선택권 없는 거 아냐?"

"너 먹고 싶은 거 먹자."

저건 또 무슨 대의를 위한 작은 희생일까.

"오늘 기분 좋게 마무리하고 싶다며."

가자미눈을 한 다인의 손을 잡아 일으켜서는 손수 엉덩이까지 털어주는 과잉 친절에는 불순한 의도가 있음이 틀림없다.

등 뒤로 아르코 앞에서 버스킹하는 사람들과 구경하는 사람들의 시끌벅적한 소리가 들려온다. 주위 사람들의 시선이 그 소리를 찾아가자 틈을 놓치지 않고 입술이 한 번 더 붙었다.

꺄악, 익룡 두 마리가 발 앞에 착륙했다. 작은 시민들의 기대에 부응하기라도 하는 듯 다가오는 입술을 다인이 손으로 눌러 잡았다. 도우의 입술이 불룩하게 튀어나오자 다인이 눈을 접으며 웃는다.

"수작 부리지 마."

키 큰 오리의 손을 이끄는 발걸음이 제법 상쾌하다. 애들이 부는 비눗방울들처럼 감정들이 동글동글 뭉쳐진다.

어떤 감정은 금세 터져 버리고 어떤 감정들은 한데 모여 더 큰 덩어리를 만들었다. 어쩌면 기분 좋은 하루의 시작은 지금부터가 제대로일지도 모른다. 그것이 비록 여섯 시간 남짓한 하루일지라도 상관없었다. 둘에게 남은 밤은 길고 길었으니까.

강도우가 기다인에 대해 미처 알지 못한 게 있었으니 다인의 음식 취향은 썩 지조가 없다는 것이다. 그럼 오늘은 날이 날이니만큼 내가 제일 좋아하는 걸 먹겠노라 자신 있게 말하던 다인은 정작 그 제일 좋아하는 메뉴의 후보군들을 생각하는 데에만 장장 10분을 소요했고 그렇게 가려낸 메뉴마저도 들끓는 변덕에 번번이 1위 자리를 뽑는 것에 실패했다. 그리고 결국에는.

"피곤해."

"벌써?"

"오늘 말을 너무 많이 했어."

될 대로 되라며 잠들어 버렸다. 저녁을 못 먹었다는 것보다도 그냥 잠들어 버렸다는 것이 강도우에게는 굉장히 중요한, 황당하기 짝이 없는 포인트였다. 기껏 여기까지 왔으면서.

다인이 메뉴 선정에 심혈을 기울이는 동안 차는 연신 종로 인근을 배회했고 그 차가 광화문 근처에서 멈추었을 때쯤 무심코 오늘 밖에서 자고 갈까 던진 말에 별 고민도 없이 그러자는 대답이 떨어졌다.

그렇게 체크인부터 해서 호텔로 들어섰건만 밥도 먹기 전에, 그리고 섹스도 하기 전에 잠부터 들어 버린 기다인을 대체 어떻게 받아들여야 할까. 지나치게 폭신한 호텔 베딩을 탓해 보려고 해도 별 의미가 없다.

어이가 없는 와중에 침대로 뛰어든 상태 그대로 잠든 다인을 보니 어쩐지 짠하기도 하고. 아무리 그렇다고는 해도 식욕을 이기는 게 수면욕이었을 줄이야. 다른 것보다도 기다인을 만나면서 성욕이 1순위가 되어 버린 자는 미니 바에서 초콜릿 바를 하나 뜯으며 소파에 털썩 앉았다.

다인을 보는 도우의 한쪽 입꼬리가 비스듬히 올라갔다. 뭐, 먼저 재워 두는 것도 딱히 나쁜 선택은 아니다.

뭣보다도 기다인은 잘 때 제일 귀여우니까. 그때가 제일 조용하기도 하고. 저 살짝 벌어진 입하며 주먹 쥐는 버릇까지 전부 사랑스러웠으며 옆으로 누운 탓에 가슴골이 살짝 보이는 것도 나쁘지 않다. 그리고 말려 올라간 치마 밑으로 보이는 허벅지도……

뭐, 벗겨 놓으면 볼품이 없어?

미친 새끼가. 다시는 그딴 개소리를 못 하게 혀를 잘라 버렸어야 하는 건데. 아무리 생각해도 구지훈 그 쓰레기에게 너무 과한 아량을 베풀었지.

도우가 주머니에 있는 휴대폰을 꺼내 들었다. 몇 가지 메일들을 확인하다가 다인이 뒤척이는 소리에 슬쩍 돌린 시선이 다시 화면으로 향했다.

하여튼 태민겸 이것도 문제다. 홍보 대사랍시고 찾아낸 게 겨우 이딴 놈이라니. 초콜릿 바에 든 마카다미아가 입속에서 빠드득 부서졌다. 혀끝에 도는 단맛이 깔끔하지가 않았다.

이 잡것들을 어떻게 한 번에 없애 버리지.

태민겸이든 구지훈이든 기다인 옆에서는 다 똑같은 족속들이었다. 그래도 태민겸 덕에 구지훈을 알아냈으니 잘했다고 해야 하나. 아니다. 그건 그거고 우산은 우산이다.

이게 다 기다인이 너무 잘나서 그렇지.

체급을 운운하긴 했으나 본인 말마따나 구지훈은 나름 얼굴은 알려졌으니 딱히 기다릴 것도 없었다. 소스를 기다리는 기자들도 있었으니 여기서 더 크지 못하게 미리 밟아 버리는 것도 썩 나쁘진 않지. 한때 성공할 뻔도 했다는 것만큼 비참하고 구질구질한 말이 어디 있을까.

도우가 혀를 똑, 차고는 받은 메일을 어딘가로 그대로 전달했다. 세상일이라는 것은 굳이 혼자서 바로잡으려고 아등바등할 필요는 없었다. 그냥 각자의 자리에서 맡은 바 소임을 다하면 될 뿐.

도우의 손에서 곱게 접힌 초콜릿 바 껍질이 쓰레기통에 버려졌다. 반듯한 입매가 보기 좋게 휘었다. 쓰레기는 이렇게 쓰레기통에 잘만 넣어 놓으면 알아서 처리될 것이다. 비록 시간은 어느 정도 소요될지언정.

다인이 눈을 떴을 때는 어느새 밤이 새까맣게 내려앉았을 때였다.

깜빡깜빡 눈꺼풀을 몇 번 접었다가 올리자 그제야 와불상처럼 옆으로 누워 머리를 괴고 저를 뚫어질 듯 보고 있는 도우가 눈에 들어온다.

"왜. 아침까지 푹 자지."

한껏 빈정대는 말투로 다인에게 물을 건네주는 얼굴엔 섭섭함과 노여움이 가득했다. 등을 받쳐 주는 도우의 손에 몸을 반쯤 일으킨 다인이 흠흠, 잠긴 목을 가다듬었다. 얼마나 잔 거야. 호텔까지 왔는데 이 아까운 시간들을 그냥 보내다니. 호텔에서 할 것도, 먹을 것도 얼마나 많은데…….

"깨우지 그랬어요."

"네가 잠들지를 말았어야지."

물을 마시면서 눈동자를 크게 굴려 봐도 이 상황을 무마할 마땅한 변명거리가 생각나진 않는다. 일부러 다른 곳을 쳐다보며 물병 뚜껑을 천천히 닫으니 도우가 다인의 손에서 물병을 낚아챘다.

"물이 참 맛있네."

"그래서 나한테도 물을 먹였나 보네, 기다인?"

"으음, 여기 침대가 너무 좋다. 그죠?"

"그래?"

그렇게 좋아? 스르륵 등을 뒤로 다시 누인 것은 이번엔 다인의 의지만은 아니다. 조명을 가리며 다인의 위로 올라탄 도우의 얼굴에는 이제 허탈한 웃음기마저 지워졌다. 느른하게 풀린 눈으로 다인을 내려다보면서 제 셔츠 단추를 하나씩 풀어 가는 것이 더 이상 참을성이라곤 없어 보였다.

"……나 배고픈데요."

"나도."

손목 단추를 풀던 도우가 시계까지 끌러 아무렇게나 던져 버리자 다인의 눈동자가 도르르 굴렀다가 제자리를 찾았다.

"그럼 우리 뭐라도 먹고 하는 게……."

허, 지금까지 고문이 따로 없었는데. 괘씸하게.

"나 좀 그만 괴롭혀, 다인아."

"누가 누굴 괴롭혀."

"몰라서 물어?"

네가, 나를.

다인을 한 번, 저를 한 번 가리켰던 손으로 셔츠를 벗어 던진 도우가 그 손을 다인의 등 뒤로 집어넣어 지퍼를 살짝 내렸다.

남자의 벗은 몸을 빠르게 훑고 올라온 다인의 눈이 도우와 마주했다. 짓궂은 입술이 다인의 입가를 맴돌더니 턱선을 타고 올라가선 귓불을 잘근 물었다.

"내가 너 자는 동안 무슨 생각을 했을 거 같아."

"들으나 마나 변태 같, 흐웃, 은 생각했겠지."

"정답."

귀에다 대고 속삭이니 하아, 아랫배가 벌써부터 당기는 기분이었다. 그 표정을 눈치라도 챈 듯 도우가 다인의 코끝에 입을 맞추고는 어깨를 잡아 일으켜서 원피스 지퍼를 끝까지 내렸다.

"기대해. 그거 밤새도록 다 할 거니까."

"잠깐, 나 진짜 배고프다니까."

"네가 저녁 포기한 거야."

"강도우 씨도 저녁 안 먹었을 거 아니에요."

"한 끼 안 먹는다고 안 죽어."

대신 내가 다른 거 먹여 줄게. 순식간에 원피스가 벗겨지고 슬립 차림이 된 다인이 이번엔 또 무슨 소리를 하려고 그러나 세모눈으로 그를 훑었다.

"너 잘 먹는 거 있잖아."

"뭐……."

"강도우."

흐응, 그럼 그렇지. 허벅지를 쓸어 올린 도우의 손이 슬립 안으로 들어와 허리를 감싸자 간지러움에 몸이 비틀렸다. 팔, 하고 귀에 낮게 내려앉는 말에 팔을 들어 올리자 슬립도 머리 위로 가벼이 벗겨졌다.

"또 그 따먹느니 하는 이상한 소리 하기만 해 봐."

"하면 네가 뭘 어쩔 건데."

"……글쎄, 거기까진 생각 안 해 봤는데."

도우가 히죽 웃으면서 다인의 코끝을 검지로 튕기자 깜빡이던 다인의 눈꺼풀이 움직임을 멈추고 남자를 지그시 응시했다. 도우도 익히 아는 눈빛이었다. 뻔뻔하기 짝이 없다는 눈빛. 그럼에도 딱히 반박은 못할 때 나오는 저 눈빛.

"보통은 이제 그런 말 안 하겠다고 하지 않아요?"

"내가 보통으로 묶일 사람은 아니잖아."

"별……."

"좆이든 뭐든."

다인의 쇄골을 길게 쓸고 지나간 손가락이 브래지어 끈을 내렸다. 곧이어 후크까지 풀린 속옷이 여자의 몸에서 벗어났다. 가슴을 뭉근하게 감싸 쥐면서 벌써 뻣뻣해진 곳을 엄지로 건드리니 다인이 제 눈썹을 꿈틀거리며 말했다.

"강도우 씨 손이 왜 이렇게 차가워."

"너 기다리느라 아까 손에 쥐 나서."

도대체 얼마나 그러고 있던 거야. 그러게 누가 그러고 무섭게 쳐다보랬나. 실없는 웃음을 짓던 다인의 등 뒤로 폭신한 시트가 느껴졌다.

아, 여기 침대 역시 너무 좋은데. 이참에 집에 있는 침대를 바꿔 볼까. 아니다, 그냥 강도우네 집에 이걸 들이고 내가 내려가서.

"기다인."

"……응?"

"집중해."

가슴을 움켜쥔 손아귀에 힘을 주고는 다인의 턱끝을 살짝 깨물자 더운 숨이 내려앉았다.

"딴생각하지 마, 너."

"으응, 딴생각 안 나게 해 봐."

어쭈. 다인의 도발에 도우가 근육 잡힌 배를 꿀렁이며 헛웃음을 내뱉었다. 가슴을 만지던 손이 곧장 배꼽을 지나서 다리 사이를 감싸니 흐읍, 허리가 휘었다. 이것 봐. 벌써 젖어 놓고는 또 까불지.

"급한 사람은 따로 있나 본데. 키스도 안 했는데."

"그러니까……."

"뭐가 그러니까야."

"……키스부터 해 줘야지."

정말이지 뻔뻔한 게 누군데 저더러 뻔뻔하다는지. 뒤집어진 인과 관계를 당당히 주장하던 다인이 도우의 목에 손을 둘렀다.

응? 빨리를 외치며 남자를 올려다보는 다인의 얼굴이 꽤나 발칙했다. 아직은 웃을 때지 그래. 도우가 침대를 짚었던 팔을 굽혀 몸을 더 낮게 내렸다. 맞닿은 살갗이 벌써부터 뜨겁게 달아오른다.

으음, 입술이 물리고 연이어 말캉한 혀가 들어와서 입속을 빠르게 헤집었다. 딱히 다른 선택지가 있어 보이지도 않았지만 남자의 입술을 살짝씩 깨무는 다인도 사실상 이미 한참은 늦어 버린 저녁을 포기한 셈이었다.

한 끼 굶는다고 분명 죽지는 않았다. 비록 굶어 가면서 한 짓거리의 후유증으로 죽겠다는 말이 나오겠지만 말이다.

12화

누누이 말하지만 다인이 강도우와의 섹스 자체를 후회해 본 적은 단 한 번도 없었다. 할 수만 있다면 그와의 섹스는 전, 후희 과정을 포함하여 기본서와 필독서로 길이길이 남겨서 인류의 바람직한 성생활에 이바지한 공으로 무슨무슨 상이라도 주고 싶을 정도다.

물론 강도우가 소유하고 있는 필수 준비물이 보편적인 남자들이 갖고 있는 그것과 비교해서 남다르긴 했지만. 그냥 남다르기만 했을까. 국내는 물론이고 전 세계 트위터를 떠들썩하게 만든 유명한 이들의 그것들도 강도우와 비교하자면 아무것도 아니었을 정도니까.

한 마디로 벗겨 놓은 강도우도 기다인의 완벽한 이상형이었으니까. 게다가 그것의 성능은 더 말해 무얼 할까.

그러나 아무리 그렇다고는 해도 이건 분명히 미친 짓이었다. 아니다. 그냥 미친놈을 잘못 건드린 벌을 받는 것이다. 벌. 그래 이건 벌이라고 밖에 표현 못 할 정도로 족집게로 쾌감만을 지독하리만큼 집요하게 뽑아내는 행위였다.

"그만⋯⋯."

도대체 몇 번째인가. 침대, 소파, 책상, 다시 침대. 마무리가 어디서 였는지는 기억도 잘 나지 않는다. 제대로 정신을 차렸을 땐 욕조였으니 이쯤 되면 이제 강도우의 신체 일부가 마땅히 제 것인 것처럼 느껴질 수준이었다.

"그만 만져⋯⋯."

엉덩이를 가르고 들어온 남자의 손이 불과 10여 분 전까지 빠듯하게 제 것을 품었던 곳 주위를 어루만졌다. 도우의 위에 누워 끙끙거리는 여자는 이제 더 이상 말할 힘도 없는 듯하다.

또 한 번의 사정을 끝낸 페니스는 지칠 줄도 모르고 다시 부풀어 올라 다인의 엉덩이를 툭툭 쳐 댔다. 정말이지 미친놈이 따로 없다며 남자의 몸 위로 축 늘어뜨린 고개를 좌우로 흔들자 욕조 안의 얕은 물이 찰랑였다.

"여기는 그렇게 생각 안 하는 것 같은데."

그러니까 그것도 문제다. 분명 머리는 녹아내릴 듯 힘들어 죽겠는데 남자가 자극하면 자극하는 대로 스펀지처럼 모조리 흡수하며 느껴 버리는 이 배은망덕한 몸이란 대체.

거짓말도 손발이 맞아야 하지. 몇 번 만지지도 않았는데 왈칵 쏟아 낸 애액을 보란 듯이 넓게 펴 바르는 것이 아무래도 또 시작일 것만 같았다.

"그럼 이것 좀 풀어 줘요."

다인이 샤워 가운 끈으로 묶인 손으로 도우의 가슴팍을 짚고 상체를 일으켰다. 가슴 주위로 난잡하게 남은 붉은 흔적들 위로 물방울이 또르르 굴러 떨어졌다.

목이 말랐을까, 남자가 물기 어린 제 가슴을 베어 물고 쪽쪽 대는 소리가 여자의 귀에는 한없이 경망스럽기만 하다. 남자의 입속에서 굴려지는 유두는 이제 쓰라리기만 할 뿐이었다.

"아, 그만 빨고 이거나 풀어 줘요. 빨리."

제 가슴에 묻은 도우의 얼굴을 묶인 손으로 겨우 떼어 낸 다인은 어쩐지 조금은 짜증이 난 것도 같다. 그래, 사실 손만 묶는 건 좀 재미가 없었지. 다인의 턱을 잡아 꾹 다문 입술에 제 입술을 누르듯 붙인 도우가 다인의 손목에서 풀어 낸 끈을 다인의 눈가로 가져다 댔다.

"……뭐하는 거야."

"풀어 달라며."

"풀어 달랬지 가려 달라고 안 했어."

다인은 갑자기 가려진 시야에 어찌 손쓸 생각도 안 나는 듯 그저 황당하기만 하다. 손이라도 풀어 줘서 다행이라고 해야 하나. 두 개를 동시에 하지 않아서 다행이라고 해야 하나. 눈썹으로 파도를 타던 다인이 손목이 맞이한 자유를 만끽하려는 듯 도우의 가슴팍을 찰싹 때렸다. 그러고는.

"밑으로 조금 보이는데요?"

"……됐어?"

"응. 이제 안 보여."

결국은 이렇게 협조적일 거면서. 스스로 끈 위치를 조절하던 다인이 이젠 진짜 안 보인다며 팔을 쭉 뻗었다. 남자를 찾는 듯 더듬거리는 손이 제법 귀엽다.

제 얼굴 쪽으로 손을 뻗을 때마다 도우가 고개를 이리저리 멀리하며 피하니 다소 당황한 듯 다인의 입술이 점점 벌어졌다.

그 모습에 웃음을 참으면서 욕조에 기댄 몸을 살짝 일으키자 찰박이는 물소리에 다인이 움찔거렸다. 뭐 이런 걸로 놀라고 그래. 등을 감싸 안으니 엄마야, 놀란 손이 버둥거리며 도우의 팔뚝을 서둘러 붙잡았다.

"오늘 왜 이렇게 귀엽게 굴지, 기다인?"

"안 보이니까 무섭잖아."

도우가 다인의 겨드랑이 밑으로 손을 넣어서는 욕조 테두리 위에 앉혔다. 큰 움직임에 욕조 물이 거세게 요동치자 소리에 예민해진 다인의 어깨가 앞으로 말렸다.

"아, 이건 너무……."

"똑바로 잡아."

도우가 무릎을 꿇은 채로 다인의 허벅지를 팔로 감고는 제 얼굴 쪽으로 잡아당겼다. 아래로 남자의 더운 숨이 닿는 것이 굳이 보지 않아도 앞으로 무슨 일이 일어날지 충분히 예상 가능했다. 그럼에도 폭이 좁은 욕조 테두리 위에서 제 몸을 온전히 지탱할 수 있는 건 고작 두 손뿐이니 마치 낭떠러지로 내몰린 것 같은 기분이었다.

게다가 다리는 이미 활짝 벌어졌는데 가만히 있는 강도우는 뭘 하려고 그러는지 수상하기 짝이 없다. 시간이 지날수록 물기가 만들어 낸 무거운 열기 탓인지 숨까지 가빠 왔다.

"왜, 왜 가만히 있어요."

"너 지금 여기 미친 듯이 움직여. 알아?"

"내가 그걸 어떻게 알아……."

"이러면 그동안 한 섹스가 쓰레기가 되는 것 같잖아."

"그런 거 아니, 아읏!"

도톰하게 부푼 정점을 혀로 쓸어 올리자 이미 물기로 젖어 있던 곳에서 애액이 또 한 번 울컥 쏟아졌다. 입술을 겹치듯 클리토리스를 살포시 깨물자 욕조를 잡은 손끝이 하얗게 변하고 헉, 하는 소리와 함께 다인의 턱이 위로 들렸다.

아아 미친 거지, 또. 뾰족하게 세운 혀끝이 질구로 들어왔다 빠져나가며 뼈금거리는 곳을 희롱했다. 으응, 신음을 삼키느라 달싹이는 입술처럼 아래도 움찔거리면서 남자의 말캉한 살을 물어 보려 애썼다.

남자의 코끝이 클리토리스에 닿을 듯 말 듯 애간장을 태우자 다인이 자리를 맞추듯이 허리를 비틀었다. 피식 웃으며 연한 살에 입을 맞춘 도우가 다인의 허벅지를 잡은 손에 힘을 살짝 풀었다. 균형을 잃은 몸이 욕조 끝에서 미끄러지면서 다인이 도우에게 매달리듯 다리를 감싸자 욕실에 낮은 웃음소리가 울려 퍼졌다.

"웃지 마. 나 진짜 무서워."

"기다인이 매달리니까 기분 좋은데, 왜."

다인의 몸이 붕 뜨는가 싶더니 욕조 안으로 고이 내려졌다. 그 안정감에 안도한 것도 잠시, 도우가 욕조 밖으로 나가는 듯 물이 출렁이는 소리가 들리고 이내 비닐 뜯는 소리까지 이어지자 남은 여정을 예감한 몸이 찌릿찌릿, 자연스레 반응하기 시작했다. 다인이 손을 더듬거리며 욕조 테두리를 짚곤 그 손 위에 턱을 괴듯 엎드렸다.

"이번이 마지막이지?"

"너 계속 그렇게 야하게 굴면 다섯 번은 더 할 수 있고."

"미쳤나 봐."

"맞아. 미칠 것 같아."

도대체 어딜 보고 얘기하는지. 도우가 엉뚱한 곳을 보고 얘기하는 다인의 볼을 툭 건드리고 욕조 안으로 들어섰다. 참방거리는 물소리에 두리번대는 다인의 허리를 뒤에서 두 손으로 감싸며 안아 들고는 허리를 세웠다.

"그대로 잡고 있어."

친히 욕조에 걸친 다인의 손을 옮겨 가며 자세를 만든 도우가 뒤에서 몸을 겹치며 페니스를 밀어 넣었다. 하읏, 갑작스러운 삽입에 신음이 입을 비집고 나왔다. 오목하게 들어간 등이 욕조 바닥으로 기울자 도우의 손이 다인의 아랫배를 감싸서 제게 올려붙였다.

"허리 똑바로 세워야지, 다인아."

"아, 너무 깊, 흐읏."

벌써부터 다리가 덜덜거리며 힘이 빠졌다. 욕조에 둔 한 손을 뒤로 뻗어 더듬어 가면서 남자의 허벅지를 잡았다. 여자의 아랫배를 감쌌던 손이 아래를 가르듯 들어와서는 클리토리스를 뭉근히 눌리며 돌린다. 하아, 암전된 무대에서 색색깔의 조명이 저만 비추는 기분이었다.

철썩거리며 젖은 살이 부딪치는 소리가 거세졌다. 허리를 뒤로 물렸다가 다시 밀어붙이면서 오른손으로 여자의 엉덩이를 찰싹 때리자 움찔거리던 아래 점막이 꽉 조이며 달라붙었다.

"하아, 방금 너도 느꼈지. 너 이렇게, 하, 걸레 짜듯이……."

"그럼 강도우, 흐읏, 씨가 걸……, 레라는 소리."

"대답할 힘은 남아 있지 또."

도우가 여자의 등에 제 몸을 완전히 붙이며 몸을 숙였다. 욕조를 짚은 여자의 손가락 사이로 제 손가락을 얽으며 목덜미에 입술을 붙이자 흐응, 참았던 비음이 터져 나왔다.

하아, 후우, 귀에서 바로 닿는 남자의 거친 숨소리가 지독하게 야하다. 아래에서 허벅지까지 타고 흐르는 것이 물인지 애액인지 도통 모를 지경이다.

제 것을 반쯤 뺄 때마다 다인의 속살이 저를 황급히 잡아끄는 것이 유난히도 반갑다. 그 모습이 마치 너 아니면 안 된다고 말하는 듯했다. 쓸데없이 도도한 척 구는 이 입술로는 절대 뱉진 않을 말이겠지. 괜한 심술에 도우가 다인의 입속으로 제 손가락을 집어넣었다.

"아으……."

도망가던 혀를 꾹 누르자 타액이 입가로 흐르는 게 느껴졌다. 그 느낌이 싫었던 건지 간헐적으로 비음을 흘려 대던 여자의 입술이 더듬거리며 남자의 손가락을 찾아서 빨기 시작했다.

하, 씨발. 고작 손가락 두 개가 빨릴 뿐인데 기다인한테 영혼까지 빨려 들어가는 것 같다. 타액으로 범벅된 손을 빼내어 여자의 가슴을 감싸 쥐었다. 퍽퍽 박아 댈 때마다 가슴이 흔들리며 손아귀를 벗어나려 안간힘을 쓴다.

"아, 흐응, 이제 그냥 빨리……, 응?"

"아니지."

다인의 몸이 또 한 번 뒤집히며 오필리어처럼 물속에 잠겼다. 좀 전까지 제 몸을 꽉 채우고 있던 것이 순식간에 빠져나갔지만 허전함을 느낄 새도 없이 다시금 페니스가 빠듯하게 채워 왔다.

"아직 제대로 시작도 안 했잖아."

그 어느 때보다 느릿하게 움직이는 허리 짓은 빨리 끝낼 생각이라곤 없어 보였다. 다인이 제 눈을 가린 끈을 벗어 던졌다.

이만하면 기다인치고 많이 참았지. 찌푸린 눈에 도우의 입술이 붙었다가 재빨리 다인의 입술을 물어 뒷말을 입속으로 삼켜 냈다. 다인이 얽혀진 혀를 풀어내며 입술을 겨우 떼어 내었다. 도우를 올려다보는 눈에 지친 기색이 만연하다.

"빨리, 하아……, 하 씨."

"정신 차려. 난 강 씨야."

미쳤나 봐. 아저씨 같아. 어디 설렁탕집 가서 만 원짜리 내밀면서 '1억입니다' 이럴 것 같아. 눈을 댕그랗게 뜬 다인이 도우의 가슴팍을 퍽퍽 때리자 기다렸다는 듯 웃음이 터졌다.

웃어? 이게 좋아? 주먹을 쥐어 두어 번 더 치자 도우가 더 해 보라며 제 가슴을 들이댔다.

"너 그거 알아? 여기 때리면서도 밑으로는 내 좆을 아주 끊어 먹을 듯이 하는 거."

"그만, 그만 닥치지 그래요."

"난 네가 닥치라고 할 때마다 흥분 돼, 다인아."

"……."

"아까도 네가 좆좆거리면서 욕하는데 설 뻔했고."

"그런 좆같……, 이상한 논리로 수작 부리지 마."

뭐, 좋을 대로 생각하든지. 도우가 다인의 허리를 끌어당겨 앉히면서 멈췄던 허리 짓을 이어 갔다. 정말이지 섹스를 위해 태어난 인간이 아닐까. 이 와중에도 머릿속을 뒤집어엎으며 오르가슴을 맞이하는 몸은 야속하기만 하다.

아아, 이 고장 난 인간 딜도는 어떻게 꺼야 하는 것일까. 눈동자를 굴리던 다인이 도우를 밀어서 뒤로 눕혔다. 짐짓 당황한 듯한 기색이던 남자는 이내 다음 순서가 뭔지 안다는 듯 여유로운 표정으로 다인을 올려다봤다. 다인이 남자 위로 올라타며 자리를 잡자 욕조 물이 찰랑거렸다.

"하, 너 그렇게 내 위로 올라올 때 표정이 제일 꼴려."

흐응, 어련하시겠어. 이어진 채로 몸을 내리자 바뀌어 버린 각도 하나만으로도 그를 붙든 내벽이 경련하는 듯했다.

"거울 다는 거 잘 생각해 봐."

"아……."

"방금 그 표정도 네가 직접 봤어야 하는데."

"하으, 입 다물고 집중해요."

그래. 도우가 고개를 살짝 비틀면서 눈을 천천히 감았다 떴다. 제 가슴팍을 짚고 허리를 돌리는 다인은 그 어느 때보다도 명확한 의지를 내보이고 있다. 이대로 빨리 싸기나 하라는 거겠지. 조루도 아니고 새로 넣은 지 몇 분이나 됐다고. 저도 간신히 머금고나 있는 주제에.

"하아, 강도우 씨."

"왜, 내가 해 줘?"

"아니, 아직. 내가 이 말까진, 흐응, 오늘 안 하려고 했는데……."

제 허리를 감싼 도우의 손을 겹쳐 잡은 다인이 입꼬리를 올리며 발칙한 미소를 흘렸다.

얘기를 해, 말어. 인간 딜도를 끄기 위해 다분히 의도적으로 하는 말이긴 해도 따지고 보면 딱히 틀린 말도 아니다. 막상 입 밖으로 꺼내려니 부끄러워질 뿐.

"무슨 말인데."

"잠깐만……."

그렇게 몇 번 허리를 돌리다가 더 이상은 힘든 모양인지 다인이 도우의 품에 기대며 가슴을 붙였다. 그러자 기다렸다는 듯 도우가 밑에서 제 허리를 치받아 올렸다.

"하아, 아아!"

물기 어린 살들이 제각기의 속도로 움직이다가 박자를 타기 시작했다. 속을 묵직하게 채워 오던 것은 다른 길을 찾아 몸을 꿰뚫는 듯하다.

"아아."

몇 번의 움직임만으로 또 한 번 절정에 오른 몸이 남자의 위로 축 늘어졌다. 벌어진 입술 사이로 밭은 숨이 쏟아졌다. 쾌락이 모든 사고를 앗아 간 후 텅 비어 버린 머릿속에 하나 남은 그 말은 어쩌면 진심으로 하고 싶은 말일지도 모르겠다.

"강도우 씨. 내가……."

"또 너 혼자 끝냈지."

"내가 강도우 씨를……."

"괘씸하게 매번……."

"사랑해."

쿵쿵대는 심장 소리가 아니었다면 죽었다고 생각할 법한 정적이 찾아왔다. 기껏 사랑한다고 말했는데 왜 답이 없어. 눈꺼풀을 깜빡이는 소리마저 들릴 것 같은 고요 속에서 다인이 고개를 들어 도우의 얼굴을 확인했다.

"들었냐고. 내가 강도우 씨를 사랑한다니까."

그러니까 그 사랑 고백이라는 것이 옜다, 이거나 먹고 빨리 떨어지라는 식의 불순한 의도를 가지고 있었대도 뭐 어쩌겠는가.

전하는 사람이나 듣는 사람이나 세상에 둘만 남은 듯한 표정을 짓고 있었으니 사랑이라는 단어가 내포하고 있는 의미만은 제대로 전달된 게 틀림없었다. 누군가는 감격해서 눈가가 촉촉해진 것도 같지만 그 정도는 모르는 척해도 될 것 같다.

"틀렸어. 기다인."

수작질은 누가 하는 건지. 입꼬리를 길게 올린 도우가 욕조에 눕다시피 기댔던 몸을 일으켜 앉았다. 유난히 반짝이던 눈동자가 전구라도 바꾼 듯 돌연 다른 빛을 발했다. 뭐가, 왜, 또. 다인의 말들은 도우의 입술에 부딪히며 잘게 부서졌다.

"네가 지금까지 한 섹스를 다 무효로 만들었거든."

"무슨, 아니야, 으응, 잠깐……, 아!"

"사랑한다며. 뱉은 말에 책임을 져야지."

비록 그 감격스럽던 말이 다인의 의도와는 다르게 강도우의 남은 에너지마저도 모조리 소모하도록 만들었지만. 다시 시야가 뒤집혔다.

그래, 사랑해. 나도. 응, 사랑한다고. 그렇다니까. 사랑한다니까? 내가 방금 사랑한다고 했잖아. 이를 악물고 외치는 사랑 고백을 배경 삼아 그들의 왜곡된 시간들은 그제야 그렇게 제자리를 찾아갔다.

"이제 집 앞이야. 응. 아니, 업무 미팅 끝나고 마트 잠깐 들렀다가 집에 왔……. 그냥 과자 몇 개 샀어. 응. 저녁은 먹었지."

엘리베이터에서 내린 다인이 현관문 앞에 서서 휴대폰을 왼손에 바꿔 들었다. 과자며 맥주를 담은 종량제 봉투가 가방과 함께 다인의 왼팔을 무겁게 짓누르자 미간에 살짝 주름이 생겼다.

"아니야, 요리 안 한다니까. 강도우 씨가 다시는 요리 같은 거 하지 말랬으면서."

—요리가 아니라 그건 변형된 버섯들의 카오스 상태였다고.

"내가 맛있게 먹었으면 됐지."

—충격받아서 기억이 왜곡됐나 본데 너 그거 한 입 맛보고 너 혼자 컵라면 먹었어. 당연히 맛있게 먹었겠지 너는. 컵라면을.

웃겨, 대체 언제부터 그렇게 입이 까다로웠다고.

고작 그거 하나 실패했다고 이런다기엔 제가 생각해도 다소 경악스러운 맛이긴 했다. 그도 그럴 것이 얼마 전 영상 하나를 본 뒤 그릇된 용기를 얻은 다인이 큰맘 먹고 탄생시킨 버섯전골이라는 이름의 피조물은 완성된 지 1분도 채 되지 않았을 때 창조주에게 매몰차게 버림받지 않았던가.

그야말로 그 버섯전골은 요리 과정부터 혼돈 그 자체였다. 다인의 손가락까지 썰어 버릴 듯한 거친 칼질에 경악하면서도 처음에 의의를 두던 강도우마저도 한 숟가락씩 뜰 때마다 유명을 달리한 버섯과 채소들의 명복을 빌었더랬다.

그렇게 그들에 대한 예의를 운운하며 꾸역꾸역 다 먹어 해치운 도우는 그날 이후로 다인에게 칼질은 물론이며 주방 출입을 일절 금했다.

내 집인데 강도우의 말 따위가 뭔 상관이냐고 하기엔 애초에 주방을 주방답게 사용해 본 적이 없던 다인이었고, 덕분에 같이 있을 땐 그저 해 주는 걸 받아먹기만 하면 되었으니 다인으로선 손해 볼 것이라곤 전혀 없었다.

심지어 이 남자의 요리에 진심이든 형식적이든 칭찬 몇 마디를 뿌려 주면 그는 스스로와의 경쟁에 빠진 듯 나날이 발전하는 요리 실력을 보여 주었으니 실로 이 남자는 정말 못하는 게 무엇인가, 하는 강도우라는 인물에 대한 경외감까지 생겨났더랬다.

게다가 뭐든지 잘하는 그 남자는 잊을 만하면 다인의 집으로 갖가지 반찬들과 음식들을 배달해 주기까지 했으니 이 얼마나 호화롭고 안락한 삶인가.

그러니까 강도우를 믿으면 자다가도 먹을 게 떨어지는 이 삶에 불만이랄 게 생길 리가 만무했다. 그 '자다가도'라든가 '먹을 것'이라는 것들이 이중적인 의미를 가지고 있긴 했지만.

손에 들린 짐들을 추어올리면서 오른손으로 도어 록 비밀번호를 누르던 다인이 한숨을 길게 내쉬었다.

"하아, 비밀번호 이거 너무 길어."

—말 돌리기는.

"그래서 07…… 이거는 뭐예요 대체. 당장 바꾸든가 해야지."

—정답 제대로 맞히기 전엔 못 바꿔.

"내가 그냥 바꿔 버리면 되지."

—귀찮아서 결국 못 바꿀 거 다 알아.

어떻게 알았지. 69540729, 0729, 0729. 분명 아무렇게나 정한 숫자는 아닐 텐데. 날짜임이 분명해 보이는 저 숫자는 처음 만난 날도 아니고 다시 만난 날도 아니고 그렇다고 처음 몸을 섞은 날도 아니다.

분명 다인의 기억 속에는 존재하지 않는 의미 없는 숫자들이건만, 머릿속에 세뇌되어 버린 입력된 그 숫자들은 강도우와 저녁 시간마다 꼬박꼬박 통화하는 것만큼이나 어느새 익숙해졌다.

"생각해 봐요. 웬 수상한 남자가 엘리베이터에서 같이 내렸어. 나는 빨리 집에 들어가려고 눌러야 하는데 비밀번호를 여덟 자리나 누르려니 손이 덜덜 떨리는 거지."

—너 그 이상한 왜구 야동 그만 보랬지.

"……그런 거 아니야! 이거 혼자 사는 여자들 노린 실제 사건도 많아. 강간 미수 인정도 안 됐지만."

—정신 나간 새끼들이. 그런 버러지들 봐줄 필요 없어. 법적으로 처벌받기 전에 그냥 좆을 다 지져 버려야지. 애초에 검사 그 머저리 새끼들이 기소 유예니 뭐니 풀어 주고 구형부터 제대로 안 하니까 문제라고.

그 뒤로 성범죄자들은 멕시코 감방으로 수출해서 보내 버려야 한다는 둥, 태형을 부활시켜 좆을 때려야 한다는 둥 대한민국 형법에 대해서 떠들어 대는 강도우를 뒤로한 채 다인이 종량제 봉투에서 맥주 캔을 하나둘씩 꺼내서는 냉장고에 넣었다.

냉장고가 이렇게까지 꽉 찼던 적이 있던가. 강도우 덕분에 냉장고마저도 전에 없던 호사를 누리고 있다. 도우가 주문해서 보내 준 간장게장에서 시선을 뗀 다인이 마른침을 삼키며 말했다.

"강도우 씨 그냥 행시 말고 사시를 보지 그랬어. 검사를 했어도 됐겠는데. 잘 어울려."

—검사가 어울린단 말은 상당히 모욕적인데.

냉장고 문을 닫은 다인이 트렌치코트를 벗어서 식탁 의자에 걸었다. 하늘이 높아진 만큼 소매가 길어졌고 길가에는 금목서 향기가 은은하게 퍼지는 것이 이젠 정말 가을이 만연해졌다.

"오늘도 야근이에요?"

그렇게 계절이 가을에 자리하면서 단 한 가지 아쉬워진 것은 국정감사니 예산 편성이니 하면서 바빠진 강도우의 일상이었다. 원래 든 자리는 몰라도 난 자리는 안다고, 괴롭히다시피 끈질기게 보내오던 도우의 메시지들과 전화가 뜸해지니 괜스레 울적해지는 것은 다인이 가을을 타서 그런 것만은 아닐 터.

—한동안은 계속. 세종에 있을 때보다 더 힘드네.

"그때는 잠도 제대로 못 잤다면서."

—그땐 기다인이 없었고.

"내가 뭘."

—지금은 일보다도 너 못 보는 게 더 힘드니까.

너무나도 당연해서 무심하리만큼 내뱉은 그 말은 만사를 제쳐 놓고 소파에 몸을 묻은 다인을 벌떡 일어나게 만들었고.

"내가 내려갈까?"

—오지 마.

생각해 보는 척도 않고 단칼에 거절하는 저 성질머리는 다인을 다시 소파로 끌어당겼다.

"이야, 강도우 씨. 이젠 튕긴다 이거지."

—너 왔다 갔다 힘들어. 괜한 고생하지 마.

"나 거기 진흥원 근처 새로 생긴 카페 가 보고 싶었는데."

다인의 말에 진흥원 원장실에 있던 도우가 의자를 쭉 빼서 바깥을 내려다봤다. 혁신 도시라고는 하지만 여전히 진흥원 근처는 해가 지면 어둠이 더 짙어지는 곳이었다. 이런 곳에 카페는 대체 어디 새로 생겼다고. 논밭밖에 안 보이는구먼.

"어디에. 나도 모르는 걸 네가 어떻게 알아."

—근처에 있다던데. 거기 당근케이크 맛있대요.

"누가."

—음, 그 근처 사람들이?

"너 태민겸이랑 아직 연락해?"

—그렇다기보단⋯⋯. SNS 피드 보고 알았어. 일 때문에 팔로우만 한 거야.

하, 가지가지 한다 진짜. 컴퓨터 본체 버튼을 눌러 행정망에서 일반 망으로 돌린 도우가 신경질적으로 키보드를 두들겼다. 다인이 아무리 아니라고는 하지만 제 낯빛까지 모조리 가져다가 속이 시꺼멓게 변한 그 태민겸 놈의 진의를 누가 모를까. 이건 뭐, 기다인 얼굴에 강도우 거라고 써 붙여 놓을 수도 없고⋯⋯.

그냥 써 붙여?

—내려가도 나 만날 시간 없어요?

"시간 내기가 빠듯해. 어차피 너 와 봤자 제대로 섹스할 시간도 없어."

—⋯⋯꼭 섹스하러 가겠다는 말은 아니야.

"이제 와서 웬 내숭이야. 네 말대로 우리 사이가⋯⋯."

모니터로 향해 있던 도우의 고개가 살짝 기울어졌다. 무심결에 달력을 확인하는 도우의 눈썹이 비틀렸다. 그러고 보니 기다인이 말했던 그 말도 안 되는 유예 기간은 그렇게 끝난 것인가.

다시 사귀자는 말도 못 했는데. 아니, 그것만 그랬던. 기다인이 얼렁뚱땅 넘겨 버린 탓에 처음부터 사귀자는 말은 제대로 꺼내 본 적도 없었다.

―왜 말을 하다 말아요.

"금요일 국회 출장 잡힐 거야. 서울에서 만나 줘."

멍청하기 짝이 없는 연애의 시작이었다. 기다인 얼굴에 제 이름을 붙일걸 고민하기 전에 뭐라도 반짝이는 걸 들이밀면서 먼저 사귀자고 고백부터 했어야 했는데.

"약은."

반짝이는 것은커녕 기다인에게 고작 들이민 게 쓰디쓴 한약이라니 어이가 없지. 그것도 강재우가 만든 것을.

―먹었어. 근데 이상해. 이 한약 먹고 왠지 살찌는 기분이에요.

"당연하지. 너 살 좀 붙어야 하니까."

―붙어야 한다는 건 뭐야. 이것 봐. 수상해.

"수상하긴 뭐가 수상해."

―뜬금없이 한약 지어 올 때부터 이상했어.

"살 찌워서 기다인 너 잡아먹으려고 지은 약이니까 잘 챙겨 먹기나 해."

그래도 강재우가 영 돌팔이는 아닌가 보네. 제 피붙이의 실력을 이제야 인정하는 양 눈썹을 치켜올리던 도우가 SNS에서 태민겸을 검색하던 창을 닫고는 새 창을 띄웠다. 신기루처럼 순식간에 사라져 버린 우애를 뒤로한 도우의 눈에 몇 가지 기사 타이틀이 들어왔다.

―끊어요. 씻을 거야 이제.

"끊지 말고 그냥 씻어."

―왜?

"너 씻는 소리 들으면 일이 잘될 거 같거든."

다인의 뾰족한 목소리가 귓가로 따갑게 내려앉았다. 그러거나 말거나, 단정한 입매가 곱게 말려 올라간 것이 다인의 잔소리는 남자에겐 이젠 그저 간지럽기만 한 모양이다.

도우가 모니터에 둔 시선을 잠시 돌리면서 의자에 몸을 깊이 기댔다. 책상 가득 쌓인 서류들에 속이 답답한지 셔츠 단추를 하나 풀며 책상을 등지자 의자가 반 바퀴 회전했다.

이 시간이 얼마나 기꺼운지 기다인은 채 알지도 못할 것이다. 이렇게 목소리 한 번 듣는 것만으로도 벅차고, 힘차고, 피가 새로 차올라서 도는 것 같은데.

"왜. 내가 너 씻는 거 보여 달라고 한 것도 아니고 듣기만 하겠다잖아. 아니, 끊지 마. 너 아직 사랑한단 말도 안 했어, 다인아. 이렇게 끊으면 우리 약속이 틀리잖……, 여보세요. 기다인?"

허, 진짜 끊었어. 하여튼 여전히 제멋대로지. 검지로 휴대폰 화면을 툭 튕기니 배경 화면 사진 속 다인이 진짜 아프기라도 한 듯 눈썹을 찡그리고 있었다.

그 얼굴이 귀여워 죽겠다는 듯 히죽대던 도우가 휴대폰을 내려 두고는 의자를 다시 돌려 모니터에 눈을 뒀다. 좀 전에 제가 클릭한 뉴스를 읽어 내려가는 도우는 물에 헹궈 낸 솜사탕처럼 언제 웃었냐는 듯 웃음기가 사라진 얼굴이었다.

최근 종영된 드라마에서 깔끔한 외모와 섬세한 연기로 인기를 모은 남자 배우 K 모 씨(33)가 해외 원정 도박을 한 것으로 알려져 충격을 주고 있다. 대학로 연극으로 데뷔한 그는 올해 2월까지도 마카오 등 해

외에서 불법 원정 도박을 수차례…… 서울 서부 지검 형사3부(이원철 부장 검사)는 상습도박 혐의로 K 모 씨를 불구속 기소했다고 밝혀……

깔끔한 외모 좋아하시네. 거울을 보며 혀를 쯧, 차는 소리가 원장실을 가득 울리는 것이 K 모 씨의 외모 묘사에 더 빈정 상한 것이 분명하다. 따지자면 구지훈 뇌가 막 새로 뜬 A4 용지처럼 티 없이 깔끔하긴 했지. 기사 댓글까지 스크롤을 내리는 도우의 얼굴에 설핏 미소가 번졌다. 이래서야 이니셜 기사가 무슨 소용인가. 어차피 댓글로 다 밝혀질 것을.

한심한 새끼. 더 이상의 관심은 사치라는 듯 기사 창을 끈 도우가 본체 버튼을 눌러 행정망으로 돌아왔다. 오늘도 다시 검토해야 할 문서가 한가득이었다. 도대체 여기 일은 왜 이리 규칙도 질서도 없는 것인지. 얼굴을 쓸어내리면서 뻑뻑해진 눈에 굵게 생겨 버린 쌍꺼풀을 지우는 얼굴에는 피곤함이 잔뜩 묻어났다.

도우가 눈을 감고는 지끈거리는 관자놀이를 한 손으로 눌렀다. 귀에 꽂아 둔 블루투스 이어폰이 전화가 왔음을 알리는 듯 규칙적인 음을 내기 시작했다. 눈을 감은 채로 이어폰을 손으로 두드려 전화를 받으며 '강도웁니다' 말하는 목소리가 피로에 잠긴 듯 다소 거칠다.

―뭐야. 얼굴 보여 줘요.

"기다인?"

언제 피곤했냐는 듯 남자의 얼굴에 생기가 감돌았다. 심 봉사 눈 뜬 것처럼 눈을 번쩍 뜬 도우가 책상 위에 아무렇게나 던져 둔 휴대폰을 들어 화면을 확인하고는 허, 헛웃음을 내뱉었다.

미친 거지. 기다인. 그렇다고 진짜로 영상 통화를……

"기다인 너도 나 못지않게 미쳤어. 알아?"

─알아. 그래서 싫어?

　"좋아서 미쳐 돌아 버리겠어."

　─처음이자 마지막이니까 잘 봐 둬.

　화면 속 다인이 제가 입고 있는 블라우스의 단추를 하나씩 풀었다. 기다인을 진짜 어쩌면 좋지. 깜빡이는 시간도 아깝다는 양 화면 속에 빨려 들어갈 듯 고정된 눈은 다인의 얼굴만 보기에도 바쁜 듯했다.

　"오해하지 말고 잘 들어. 기다인."

　─뭘요.

　"네가 지금 그러고 있어서 하는 말이 아니니까 오해하지 말라고."

　─들어 보고 오해를 할지 말지 결정할 거니까 본론을 말해.

　어느새 속옷 차림이 된 다인이 세면대에 걸터앉아 다리를 꼬았다. 하, 씨발. 한곳으로 피가 몰린다. 진짜 어이가 없어서. 도우의 잇새로 열기를 머금은 헛웃음들이 흩어졌다.

　─나 빨리 씻고 싶어. 피곤해.

　그러니 얼른 말하기나 하라는 듯 다인이 재촉하기 시작했다. 다인의 눈썹 각도로 보아하니 이대로 시간을 끌어 봤자 도움 될 게 하등 없다. 다물 생각이라곤 전혀 없던 입을 잠시 닫은 도우가 목소리를 한껏 내리깔고 입을 뗐다.

　"사랑해."

　─…….

　"왜 답이 없어."

　─그 말이 끝이야 그게?

　무게 잡고 한다는 말이 기껏 사랑한단 말이라니. 그러니까 그 사랑한다는 말 따위는 겨우 기껏이라는 취급을 받을 정도로 이제는 의미가 없어졌다. 여름이 지나면 가을이 오듯 너무 당연해서 굳이 입 밖에 내지 않는 것처럼.

다인의 비뚤어진 눈썹을 펴 주기라도 하려는 듯 화면을 쓰다듬던 도우가 한 손으로 턱을 괴고 입꼬리를 올렸다.

"아니지. 내 사랑에 끝이 있을 리가."

도우의 말에 흐응, 은근한 미소를 보이던 다인이 다시 일어나서는 브래지어를 벗으며 나직이 속삭인다. 끝내기만 해 봐. 황홀하기 짝이 없는 달콤한 협박이 남자의 귓가를 타고 온몸을 짜릿하게 울렸다.

정말이지 미친 거지. 그러나 한 번 사는 인생 조금 미쳐야 행복한 법. 화면 속 다인이 샤워기의 물을 틀자 원장실의 공기가 덩달아 뜨거워졌다.

도우의 몸을 무겁게 짓누르던 피로는 물소리와 함께 녹아내리고 그 자리에는 곧 다른 감정이 자리 잡았다. 차라리 피로를 등에 업는 게 낫지 않았을까, 어쩌지도 못하고 쌓여만 가는 욕구에 그는 그저 입술만 짓씹었다.

"반장님!"

"아이고 이게 누구야. 기 대표! 잠깐, 은행 터졌어 거기. 밟지 말어."

으윽. 작업반장 철호의 경고보다 발이 더 빨랐는지 터진 은행 위로 발을 옮긴 다인이 표정을 구겼다. 쯧쯧, 혀를 차는 철호를 보며 울상을 짓던 다인이 이내 구긴 표정을 지우고는 환하게 웃으면서 목재들을 지나 철호의 옆으로 다가섰다.

"전에 빌려주셨던 거 잘 썼어요."

"그거 얼마나 한다고 하나 사면 될 걸 자꾸 빌려 가고 그래."

"그래야 반장님 얼굴 한 번 더 보고 부탁도 드리죠."

얼씨구. 다인이 건넨 커피를 받아 든 철호가 땀을 닦아 내며 공구를 내려놓았다. 철호 옆에서 무대 평면도를 내려다보는 다인의 눈이 호기심을 띤 채 빛났다.

"이건 어디 작업이에요. 규모가 좀 있어 보이는데."

"어린이 뮤지컬 하나 들어가거든. 왜, 관심 있어?"

"에이, 아니에요. 이제 무대 작업은 완전히 손 뗐어요. 속이 다 후련할 정도로."

그러니까 속은 후련하지만 궁금한 건 궁금한 거라 이거지. 힐끔대는 다인의 시선을 돌리려는 듯 철호가 종이를 뒤집었다.

"기 대표 사업은 잘돼 가고?"

"그럭저럭이요. 운이 트였나, 기다인 실력을 점점 알아보기 시작하네요, 사람들이?"

"것 봐. 내가 기 대표 잘할 거라고 했잖어."

다인이 슬쩍 웃어 보이며 동조했다. 전시회 디자인 건을 맡은 이후로는 꾸준히 작업 의뢰가 들어오는 중이다. 직원을 하나 더 써야 하나 행복한 고민도 생길 정도로. 일이 잘 풀리는 것도 강도우 때문인가, 맥락 없는 사고의 귀결은 다인의 얼굴에 발그레 열을 올렸다.

"연애 사업도 잘되는 모양이구만?"

철호가 그런 다인의 네 번째 손가락을 내려다보면서 빙그레 웃었다.

"그때 그 친구랑 그렇게 됐어?"

"친구 누구요?"

"그 왜, 전에 같이 온 친구. 얼굴 허옇고."

무슨 친구를 말씀하시나, 눈동자를 데구루루 굴리던 다인이 그가 태민겸을 가리킨다는 걸 알고 눈썹을 찌푸렸다.

"에이, 반장님. 무슨 말씀을. 저 눈 더 높아요."

"얼렐레."

"더 좋은 사업 파트너를 구했죠."

물론 처음엔 그냥 섹스 파트너로 끝날 줄 알았지만. 지금 생각해 보면 정말이지 말도 안 되는 제안이었다.

"나는 갈비탕이여, 기 대표."

"갈비탕이 뭐예요."

"아, 결혼식 뷔페 말고 갈비탕!"

철호의 말에 다인이 그냥 희미하게 웃었다. 굳이 부정도 긍정도 할 필요가 없는 말이다.

강도우와 결혼까지 생각해 보지 않았다면 거짓말이다. 이미 머릿속으로는 부모님께 강도우를 백번도 더 소개해 드렸고, 신혼집은 어디에 구해야 하나 때 이른 고민도 해 봤고, 웨딩 촬영은 제주도가 낫지 않을까 하는 설레발도 떨어 봤다.

다인만 그랬을까. 섹스 도중 귓불을 잘근대며 귀걸이는 하지 않냐고 묻는다거나 목덜미에 얼굴을 묻을 땐 목걸이는 귀찮아서 안 하는 거냐고 묻는 둥 강도우의 뻔하기 짝이 없는 수작질은 뭘 사 주지 못해서 안달 난 상태 같았다. 그것이 제 네 번째 손가락을 가져다가 치수를 재 보는 행위까지 도달했을 때에야 비로소 이 남자가 프러포즈를 계획 중이라는 생각이 들었더랬다.

프러포즈. 확실히 프러포즈는 맞았다. 그러니까 얕은 의미의 프러포즈. 도우가 반지를 끼워 주면서 했던 말은 겨우 '우리 사귀자'였으니까. 그 표정이 어찌나 결연했던지 생뚱맞은 그의 고백에 그럼 이제껏 사귀지도 않는 상태로 몸을 맞대고 서로 사랑한다는 말을 나불댔냐는 소리는 꺼내 볼 수도 없었다.

어쨌거나 고작 그 커플링 하나에, 물론 고작이라고 치부하기엔 조금 과한 예물급이긴 했지만, 한껏 기가 산 도우는 본가에서 걸려 오는 전화에 여자 친구의 존재를 알리며 맞선 제의를 당당히 거절하기도 했다.

두 사람 모두 굳이 말은 꺼내지 않았지만 둘의 다음 단계는 결혼임이 자명했다. 그렇대도 모든 연애가 다 주어진 과정을 퀘스트 깨듯이 급하게 밟아 나간다면 재미가 없지 않을까. 지금은 그저 둘만의 시간들을 느긋하게 즐기고 싶은 다인이었다.

다인이 철호에게 인사를 끝내고 차에 올랐다. 은행잎으로 노랗게 물든 길바닥에 햇빛이 내려앉아 반짝거렸다. 새삼스럽지도 않지만 이럴 때 특히나 강도우가 보고 싶어진다. 이렇게나 사소한 순간들이 반짝거리면서 마음에 들어올 때. 평범한 감상들을 나누고 싶어질 때. 그럴 때.

강도우를 못 본 지도 벌써 일주일째다. 제 잘난 남자 친구는 여전히 바쁜 상태였고 다인도 제주도 전시회 일정으로 출장을 다녀오느라 정신이 없었다.

전화를 해 볼까, 고민하던 다인이 휴대폰을 내려놓았다. 핸들 위에 올려 둔 손을 잠시 톡톡 두드리던 다인이 이내 결심한 듯 시동을 걸었다. 다홍빛 입술이 보기 좋게 휘었다.

"바람이 분다 바람이 불어허어."

연평 바다에 어허어얼싸 돈바람 분다 얼싸 좋네 아 좋네……. 에휴 좋기는 뭐가 좋겠냐. 늦은 시간 진흥원. 숙직실에서 나온 민겸이 군밤 타령을 자조적으로 흥얼거리면서 엘리베이터 버튼을 눌렀다. 이놈의 인생. 피곤한 기색을 숨길 생각도 없는지 덜 말린 티셔츠처럼 축 늘어져 있던 민겸이 엘리베이터에 오르려다가 인기척에 흠칫 놀라 발을 멈추었다.

"원장님……."

"아직 퇴근 안 했습니까?"

"아, 전 오늘 숙직이라서요."

저보다도 더한 피로를 업고 있던 도우가 고개를 느릿하게 끄덕이며 어서 타지 않고 뭐 하냐는 눈빛을 보냈다. 하필이면 이럴 때 마주칠 게 뭐람. 그냥 계단으로 내려갈 것을. 숙직인데 어딜 나가냐고 트집 잡는 건 아닐까 괜히 찔리는 마음에 민겸이 입술을 달싹거렸다.

"저 그게 출출할 것 같아서 컵라면이라도 하나 사 오려고……."

"태민겸 씨."

"네?"

"그런 거 먹지 말고 밥 잘 챙겨 먹으세요."

"네……."

"다 먹고살자고 하는 일인데. 이깟 일이 뭐라고."

왠지 오늘따라 기운이 없는 듯하던 도우가 엘리베이터에 기댔던 몸을 바로 하고는 지갑에서 5만 원짜리를 꺼내 민겸에게 건넸다.

"밥 사 드세요. 상사가 주는 건 김영란 법에 안 걸리니까."

도우에게서 5만 원을 황송하게 받든 민겸의 눈이 도우의 왼손에 끼워진 반지만큼이나 반짝거리며 존경심으로 가득 차올랐다.

그렇다. 그리고 보면 원장도 이렇게 인간적인 면모가 있는 사람이다. 절대로 이런 용돈을 받아서 드는 생각은 아니지만 제 원장은 어쩌면 외모만큼이나 인품도 아주 훌륭한 사람일지도 모른다.

민겸이 엘리베이터에서 내린 도우의 뒤를 따르며 그를 위아래로 훑었다. 정말이지 같은 남자가 봐도 외모만큼은 흠잡을 데라곤 없었다.

어쩐지 충성하고 싶어지는 마음에 민겸이 눈을 접으며 살갑게 말을 붙였다.

"원장님. 우산 없으세요?"

"밖에 비 옵니까?"

"네. 조금씩 내리던데요. 어차피 같은 방향이니까 저랑 같이 우산 쓰고 가시면⋯⋯."

"내가 태민겸 씨랑 우산을 왜 같이 써야 하지?"

돌연 까칠해진 도우의 말에 환하게 웃고 있던 민겸의 표정이 서서히 굳었다. 안 쓰면 안 썼지, 어찌 내가 너 같은 미물이랑 우산을 공유하냐는 듯한 남자의 눈빛은 다소 섭섭한 마음까지 불러왔다.

참나. 우산 같이 쓰자고 했다고 이럴 일인가. 강도우가 그러면 그렇지. 5만 원 한 장에 헬렐레 가벼워진 제 마음을 탓해 보며 발걸음을 돌리려는데 멀리서 빵, 클랙슨 소리와 함께 그들 쪽으로 SUV 차량의 헤드라이트 불빛이 깜빡거렸다.

"저건 또 뭐야."

"아는 사람인가. 선팅이 진해서 안 보이는데요⋯⋯. 어! 여자분인데요."

민겸과 함께 차를 응시하던 도우가 차에서 내린 여자를 보고는 찌푸렸던 눈을 키웠다.

"어, 다인 씨⋯⋯. 원장님 친척 동생분 같은데요?"

"⋯⋯아니야."

"맞는 거 같은데요. 방금 여기 보면서 손 흔들었는데요."

"그러니까."

뭔 소리야. 맞다는 거야 아니라는 거야. 민겸이 원장을 향해 고개를 돌리자 굳은 얼굴의 도우가 제 손에서 우산을 뺏어 들었다. 어어, 제 우산인데……. 졸지에 우산을 **뺏겨** 놀란 눈이 된 민겸에게 도우가 날 선 눈빛을 보내며 발걸음을 뗐다. 그러고는.

"아니라고, 친척 동생."

"네?"

"태민겸 씨는 내 방에 가면 우산 많으니까 그거 아무거나 하나 쓰세 요."

"네?"

"올라간 김에 내일 오전 반차 좀 대신 올려 주고."

"네?"

"비밀번호는 rlekdls0729로 들어가면 됩니다."

"네에에?"

"아, 조선 힙합 별주부전 그 아이디어 괜찮았으니까 계속 진행하시 고. '쇼 미더 간' 그 타이틀은……, 생각 좀 해 보고."

"아니, 원장님 이게 다 무슨……."

"내일 봅시다."

내일 보자니. 내일은 숙직하고 안 나올 건데. 민겸은 멍하니 서서 도 우가 다인에게로 쏜살같이 뛰어가는 걸 지켜봤다. 방금 원장이 뭐라고 했지. 아니, 그것보다도 원장이 저렇게까지 뛰는 걸 본 적이 있던가.

조금 전까지만 해도 다 죽어 가던 사람 같았는데. 그리 먼 거리도 아 니건만 긴 다리를 쭉쭉 뻗어 내달리는 것이 이러다간 100미터 달리기 국내 신기록이라도 낼 것 같다.

미친 거지. 기다인. 다인에게로 내딛는 발에 납덩이라도 매단 듯 한 없이 무겁게만 느껴진다. 올 거면 연락이라도 하지. 아니, 밤 운전이 얼 마나 힘든데 차를 끌고. 비 오는데 차 안에 있지 또 왜 나와 있어.

다인의 앞에 멈춰 선 도우가 그때서야 민겸의 우산을 펴서 다인에게

씌웠다.

"뭐야, 너."

"기다인이잖아."

"너 여기까지 어쩐 일이야."

"강도우 씨 보러 왔지."

제가 운전하겠다는 듯 다인이 운전석에 들어가려는 걸 도우가 막고
는 그녀의 손을 잡아 조수석으로 끌었다. 어느새 굵어진 빗방울이 우산
을 타고 뚝뚝 떨어져 내렸다.

"너 누가 이렇게 깜찍한 짓을 하래."

"강도우 씨가 나 못 봐서 힘들어 죽겠다는데 내가 책임을 져야지."

"내가 분명히 너 힘들다고 오지 말랬을 텐데."

그래서 싫다는 거야 뭐야. 조수석으로 몸을 넣은 다인이 차체를 짚
고 있는 도우에게로 몸을 돌려 그를 올려다봤다. 차 밖으로 빼꼼 나온
신발 앞부분이 벌써 젖었다.

"잘 들어요. 나는 내가 먹고 싶은 게 있으면 와서 먹을 거고."

다인의 손에서 종이 박스가 달랑거렸다. 포장된 걸로 보아하니 얼마
전 도우가 서울 갈 때 다인에게 포장해서 갖다 준 그 당근케이크다.

"보고 싶은 게 있으면 와서 볼 거야."

제법 다정하게 말하고는 있지만 결국은 저 하고 싶은 대로 다 하겠
다는 뜻 아닌가. 다인은 도우에게로 손을 뻗어 그의 뺨을 두어 번 토닥
였다.

'보고 싶은 게'라는 말이 그저 그런 물건 취급 같기도 하고 그 게가
아니라 개라고 말하는 것 같기도 하다. 도우의 까슬한 뺨을 쓰다듬던
다인이 손을 내려 넥타이를 살짝 잡아당겼다.

"그리고 하고 싶은 게 있으면……."

다인이 제 코앞까지 내려온 도우의 얼굴을 보고 입꼬리를 올렸다. 은행잎이 너무 예뻐서 같이 보고 싶어서 내려왔다고 하면 제 남자 친구는 뭐라고 할까. 좋아하려나, 미쳤다고 하려나.

말을 맺지 못하고 달싹거리는 여자의 입술을 빤히 쳐다보던 도우가 무심결에 제 입술을 혀끝으로 핥았다.

"그래. 기다인 너 하고 싶은 거 다 해."

이까짓 우산 따위. 우산은 바닥에 내팽개친 도우가 차 안으로 제 몸을 구겨 넣으며 다인에게 입을 맞추었다. 가볍게 물었던 입술 사이로 웃음이 흘러나왔다. 그 소리를 덮으려는 듯 살짝 떼어 낸 입술이 잘게 쪼개진 키스를 내렸다.

짧게 붙었던 입술이 이번에는 여자의 아랫입술을 늘이며 떨어졌다. 그게 신호라도 된 양 벌어진 입술 사이로 혀가 들어와 말캉한 살에 제 것을 겹쳤다. 혀를 얽을수록 몸이 나락으로 떨어지는 듯 몽롱해지는 키스에 도우의 넥타이를 잡은 손에 힘이 점점 풀려만 갔다.

흐응, 다인이 저도 모르게 흘린 비음에 입술을 떼자 남자의 끈적한 눈빛이 집요하게 쫓아왔다. 큼지막한 손이 뒷목을 감싸니 남자의 손에서 흐른 빗물이 온몸을 적시는 것 같았다.

도우가 조수석 레버를 당기자 다인의 몸이 뒤로 기울었다. 조수석 문이 닫히는 소리와 함께 도우의 향수 냄새가 진하게 몸을 겹쳐 왔다.

가을비가 토독토독 모든 소리를 덮는 밤이다.

나지막이 욕지거리를 내뱉는 소리에 다인이 눈을 떴다. 눈꺼풀을 몇 번 깜빡깜빡 접었다 올린 다인이 그제야 제가 어디에 있는지 깨달은 듯

옅은 숨을 내뱉었다.

이렇게 또 강도우의 텐트라니.

강도우의 집에서 밤을 보낸 뒤 아침 일찍 일어나 몰래 빠져나가려던 게 강도우에게 딱 걸렸고 씻은 그대로 몸이 들려서는 텐트 안으로 들어왔다. 그러고는 또…… 하아, 또 그러고 잠들었지.

"일어났어?"

씻은 지 얼마 되지 않았는지 텐트 안이 도우의 샴푸 향으로 가득하다. 연신 휴대폰을 향해 있던 도우의 눈이 기지개를 켜는 다인을 보고는 완만한 곡선을 그리며 휘었다. 그의 시선을 따라 눈을 내린 다인이 제 몸 곳곳에 피어난 울긋불긋한 흔적들을 보고는 이불로 벗은 몸을 급히 감쌌다.

"이게 다 뭐야……."

"그러게 누가 몰래 나가래."

"강도우 씨 깰까 봐 그런 거지."

"핑계는. 더 자."

말로는 자라고 하면서 한 팔로 다인을 껴안으며 가슴을 더듬는 손은 다인을 더 재울 생각은 없어 보인다.

"나 서울 가서 할 일 있었단 말이에요."

"내가 붙잡아도 넌 충분히 갈 수 있었어. 못 이기는 척 붙잡혀 준 건 너야."

"말도 안 돼. 뻔뻔하게 또 내 탓이야."

"맞아. 기다인이 지나치게 귀여운 탓이지."

무슨 사고 회로가 이래. 다인이 치켜올린 눈썹을 내리면서 도우가 보고 있는 휴대폰 화면에 얼굴을 들이밀었다.

"뭐 해요."

"기사 댓글 달아."

"조심해. 요즘은 그러다가 악플로 고소당해."

"형 아이디라서 상관없어."

"아."

요즘 구지훈 기사에 댓글 다는 걸 취미로 삼은 도우는 악플의 경계선에서 스트레스를 해소하는 편이다. 보통은 포털 시스템상에서 자동으로 걸러지는 욕들이 대다수였다만 다인도 그의 하찮은 취미에 굳이 말을 덧붙이지 않는 건 어느 정도 통쾌한 마음도 있었기 때문이었다. 또 왠지 그런 강도우가 귀엽다고나 할까.

"일 많다면서 반차 쓰고 그래도 돼?"

"그래도 돼."

다인이 몸을 반쯤 돌리며 도우의 품에 팔을 감으며 안겼다. 휴대폰을 내려 둔 도우가 다인의 머리카락을 쓸어 올리곤 이마에 입술을 붙였다가 코끝을 비비며 떨어졌다.

"네가 왔잖아. 나한테."

"여자 때문에 일도 내팽개치는 놈팡이 소리 듣는 거 아냐?"

"그런 걱정을 왜 해."

이마에 붙었던 남자의 입술은 눈썹으로, 관자놀이로 차근차근 내려오면서 다인의 귓불을 물려다가 멈칫거리곤 턱끝을 살짝 깨물었다.

"나는 정당한 제도를 사용했고. 일은 충분히 넘치도록 많이 하고 있고. 심지어 아주 잘하고 있어. 뭣보다도 네가 그냥 여자도 아니고."

"……."

"기다인이잖아."

누가 뭐라고 해 감히. 다시 다인의 이마에 제 입술을 꾸욱 눌러 붙인 도우가 다인의 몸을 옭아매듯 꽉 껴안았다. 흐응, 답답한지 버둥거리며 남자의 품에서 벗어나려던 것도 잠시, 이렇게 꽉 붙들린 느낌도 썩 나쁘진 않은 듯 다인이 남자에게로 제 몸을 더 붙였다.

"내가 그 얘기해 줬던가. 회사 이름 왜 마가리라고 지었는지."

"오두막이라며."

"응. 오두막도 대궐처럼 꾸며 주겠다고 의미 부여하긴 했는데……."

"했는데."

"사실 마가리라는 게 '나와 나타샤와 흰 당나귀'라는 시 알죠. 그거 보고 그냥 정한 거거든."

"……."

"출출이 우는 깊은 산골로 가 마가리에 살자. 여기에 꽂힌 거지."

조곤조곤 내뱉는 다인의 말들이 도우의 얇은 티셔츠 위로 살랑거리며 내려앉았다. 건반이라도 두드리듯 도우의 가슴팍 위로 부지런히 놀려 대는 손가락이 정신 사나웠다. 깍지를 끼워 그 손가락을 고정시켰더니 다인이 눈을 접으며 웃었다.

"웃기지만 난 사랑하는 사람한테 기껏 하자는 것이 왜 오막살이인가 생각했어."

"……."

"그렇잖아요. 말만이라도 그럴듯한, 그림 같은 기와집에서 잘 살아 보자 할 수 있는 건데. 왜 하필 초라한 마가리야."

"……."

"근데 이렇게 텐트 속에 강도우 씨랑 구겨져서 있으면 무슨 마음인지 조금은 알 것도 같아."

강도우와 같이 있을 수만 있다면 그게 어디든 무슨 소용일까. 결국 두 사람의 공간을 넘치도록 채우는 건 따로 있을 텐데.

"하, 나는 기다인 너를 도통 모르겠다."

"뭘?"

"네가 이럴 때마다 널 어떻게 해야 할지 도무지 모르겠어."

도우가 다인의 왼쪽 어깨 옆을 제 오른팔로 짚으며 다인의 시야를 제 몸으로 덮었다. 그러고는.

"깨물어 버리고 싶은데 아까워서 못 하겠고."

"아웃, 잠깐. 아깝다면서 깨무는 건 뭐야."

"핥으면 녹아 버릴 것 같고."

"으응……."

"만지면 부서질 것 같고."

다인의 몸을 덮은 이불을 성가시다는 듯 옆으로 치운 도우가 헐떡이는 그녀의 가슴을 부드럽게 감싸 쥐었다. 손가락 사이에 걸린 정점을 엄지로 쓸자 다인의 허리가 꿈틀거렸다.

"못 하겠다면서 지금, 흐응, 누구보다 잘 하고 있어."

"당연하지. 네 눈앞에 있는 게 강도우인 이상은."

입으로만 못 한다고 나불댈 뿐이지 곧 죽어도 자기가 못 하는 건 없다는 말이다. 손아귀에 가득 찬 가슴을 쇄골까지 붙일 기세로 위로 밀어 올렸다가 가벼운 키스와 함께 놓아주자 벌겋게 손자국이 남았다가 사라졌다.

그 모습이 꽤나 만족스러운 듯한 도우가 입매를 휘었다. 대체 언제부터 기다인이 제 인생에 스며든 건지. 이 모든 것이 오이 하나로부터 비롯되었다기엔 무리가 있었다. 제 삶을 송두리째 바꿔 버린 변수는 애초부터 기다인이었거늘.

"미안해. 다인아."

"뭐가."

"오이라고 생각해서."

391

"……뭔 소리야 그게."

비뚤게 올라간 다인의 눈썹에 입을 맞춘 도우가 입술을 붙인 채로 큭큭대며 웃었다. 아무리 그래도 그렇지, 오이 때문에 발정이 날 리가 있나. 미친 생각이었지.

"그리고 고마워."

"또 뭔가요."

"글쎄, 내 오이가 되어 줘서?"

"오이 같은 소리 하고 있네……."

다인이 그의 옆구리를 찌르자 배를 접으며 웃던 도우가 옆으로 누우며 그녀를 뒤에서 껴안았다.

"이젠 진짜 침대를 사자. 이불이 두꺼워지니까 텐트가 좁아."

"그러니까 내가 예전부터 사자고 했잖아요."

"침대도 사고 너 필요한 거 있으면 그것부터 다 사. 가격대 상관 말고."

"강도우 씨 집인데 왜 내 거부터 사."

왜긴 왜야. 겸사겸사 이 집에 꿀 발라 놓는 거지. 속마음은 그대로 삼키며 도우가 다인의 어깨에 입술을 바르듯 붙였다. 간지러움에 어깨를 떨던 다인이 몸을 돌려 도우와 마주 봤다.

"그리고 내가 만약 비싼 거 필요하다고 하면 어쩌려고?"

마치 네놈이 그래 봤자 나라 녹을 받는 공무원 나부랭이 주제에, 라는 눈빛이다. 허, 어이가 없어서. 이런 물질적인 걱정과 우려는 살면서 단 한 번도 받아 본 적이 없는데.

"너는 내가……. 내가 강도우라는 걸 잘 기억해 둘 필요가 있어, 다인아."

"충분히 잘 기억하고 있어."

"아니. 넌 아직도 강도우를 잘 몰라."

"뭘 더 알아야 하는데요 내가."

하, 그래 뭐. 이 상황에서 굳이 한방 병원 집안 돈 자랑을 해서 무얼 할까. 제 월급은 그대로 통장에 쌓이기만 하는 삶이라는 걸 되짚어서 무얼 할까. 자는 동안 몰래 끼워 둔, 지금 너도 모르게 하고 있는 귀걸이 가격이 두 달치 월급 남짓이라는 건 더 말해 무얼 할까.

"하나만 제대로 기억해."

다인의 귓불에 붙은 에뗑셀이니 무슨 셀이니 하던 물방울 모양의 귀걸이에서 시선을 뗀 도우가 다인의 손을 잡아 제 가슴에 갖다 댔다.

같이 준비해 뒀던 반지나 목걸이는 꼭 지금 줄 필요는 없을 듯하다. 그깟 다이아몬드 따위. 지들이 아무리 반짝거리고 단단해 봤자 제 사랑에 비할까.

"강도우는 기다인을 보면 심장이 터질 것 같다고."

"그게 뭐야……."

"너 웃지 마. 진지해."

"아직도 그러면 어떡해."

"아직도라니."

어떻게 그런 말을 할 수 있냐는 듯 도우의 눈이 배로 커졌건만 가늘어진 다인의 눈은 여전히 그대로였다.

"나는 기다인이 아직도 매일매일 새로운데."

"새로울 것까지야……."

"매일이 너랑 처음 보내는 날들이잖아. 봐."

"뭘 보라고……. 미쳤나 봐. 더럽게 왜 꺼내, 그걸 지금?"

"넌 여전히 날 즉각 즉각 세워, 다인아."

"그러지 마. 덜렁거리지 마!"

"나도 벗어야 공평하지. 너만 벗고 있잖아 지금."

초심을 잃지 않기 위해서는 수많은 처음을 만들어 낼 수밖에 없다고 한다. 매일이 기다인과 맞이하는 첫 순간들인데 제 맘이 더 커졌으면 커졌지 작아질 리가 있을까.

도우가 다인의 입술을 살짝 빨았다가 놓으며 제 무릎 사이에 다인을 가두듯 위로 올라탔다.

"우리는 매일매일이 처음 같을 거야."

"매일매일 강도우 씨 때문에 내가 새롭게 돌 것 같긴 하지."

"이것도 오늘 처음 하는 섹스고."

"웃기지 마요. 아까 아침에 한 건 뭐야."

"예고편."

"예고편을 누가 그렇게 할리우드처럼, 흐읏."

다인의 목을 이로 살짝 긁으며 몸을 일으킨 도우가 팔을 교차시키며 티셔츠를 벗자 다인의 눈길이 길을 잃고 방황했다. 하지만 그것도 잠시, 입꼬리를 말아 올리며 도우를 제게 끌어당기는 다인의 행동엔 더 이상의 망설임은 없어 보였다.

다인이 만든 제 무대에 또 다른 막이 열렸다.

무대에 오른 배우는 단 두 명. 그들의 단어들과 몸짓들이 고상함과 우아함과는 다소 거리가 있대도 뭐 어떠한가. 사랑을 속삭이는 닳고 닳은 대본들도 둘이라는 이유로 더없이 기꺼운 것을.

그들만의 시간들이 다시금 작은 공간을 가득하게 데워 나갔다.

우아하지 못하게, 그렇게.

13화

여름으로 접어든 하늘이 해가 저물 시간이 되니 핑크빛으로 물들었다. 야외용 스트링 조명에 불을 밝히자 하객들이 저마다의 작은 탄성을 내뱉으며 하늘을 배경 삼아 휴대폰을 꺼내들었다.

본식을 20분 정도 앞둔 시간, 현악 트리오가 튜닝을 시작했고 그들이 연주하는 선율 사이로 카메라 소리가 간헐적으로 찰칵찰칵 들려왔다. 웨딩 로드는 물론이고 웨딩 아치까지 장식한 수국들이 오늘의 결혼식을 더욱더 다채롭게 만드는 듯했다.

어젯밤까지 비가 내려 울상이던 신부의 얼굴에도 언제 그랬냐는 듯이 맑은 웃음이 걸렸다. 그야말로 덥지도 않고 오히려 선선하기까지 한, 야외 웨딩에 딱 좋은 날씨였다.

"신부님. 여기 보세요."

카메라를 쳐다보고 환히 웃던 신부가 카메라 뒤에 있던 도우를 보고 알은체를 하는 듯 눈썹을 들어 올렸다. 몇 번의 찰칵이는 소리가 끝나자 도우가 성큼성큼 걸음을 옮겨 신부에게로 다가왔다.

"어디 있어, 내 여자 친구는."

이런 날 축하 인사도 없이 얼굴을 보자마자 제 여자 친구부터 찾는 도우에게 딱히 화도 나지 않는 건 면역력이 생겨서일까. 혜주가 입술을 옆으로 길게 늘여 억지 미소를 지으며 도우에게 인사했다.

"와 줘서 고마워요. 근데 다인이는 오빠더러 전 남자 친구가 될지도 모른다던데요."

말하는 사람이나 전해 듣는 사람이나 한두 번 겪는 일도 아니라는 듯이 딱히 놀랍지도 않다는 표정이다. 혜주가 드레스 자락을 정리하며 턱짓으로 어딘가를 가리키자 도우의 시선이 같이 이동했다. 멀찍이에서 혜주의 부모님과 인사를 나누던 다인도 제게 닿는 도우의 눈길을 느낀 듯 제 눈썹을 비틀었다.

"일단은 축하해."

그제야 혜주에게로 짧게나마 눈을 돌린 도우가 축하 인사를 건네고는 다인에게로 발걸음을 뗐다. 이번엔 또 무슨 일로 저러는지, 고개를 절레절레 흔들던 혜주가 제게 다가오는 신랑을 보며 눈을 접으며 웃었다.

지금 남의 사랑 싸움 따위 신경 쓸 정신이 어디 있다고. 오늘은 정혜주의 날이다.

"말 걸지 마."

성큼성큼 다가오는 도우를 가는 눈으로 지켜보던 다인이 그가 제 옆에 붙자마자 몸을 획 틀었다. 그 앙칼진 움직임에 얼마 전 도우가 선물해 준 귀걸이가 귓불 아래에서 달랑거렸다.

"마세요."

별것도 아닌 것을 과장해 버릇하는 건 언제부터 생긴 건지. 벌써 1년을 향해 달리는 그들의 연애에도 나름의 규칙이 생겼다. 이를테면 지금처럼 싸움으로 번질 때 존댓말을 한다거나 하는.

"하아, 말 걸지 마세요. 도우 씨."

"싫다면요, 기다인 씨."

멀끔한 남자 얼굴에는 여전히 웃음기가 가득하다. 입매를 시원하게 올린 도우가 다인의 허리에 제 팔을 둘렀다.

"나 장난칠 기분 아니야."

"나야말로 장난 아니야. 전 남자 친구라는 건 무슨 소리야."

"몰라서 물어요?"

제 허리를 감싼 도우의 손가락을 하나씩 떼어 내 보지만 그럴수록 남자의 손아귀에 힘이 들어갈 뿐이다. 도우를 올려다보는 다인의 눈에 오늘따라 길게 말려 올라간 속눈썹이 파들거린다.

"내가 어? 일찍 도착해야 한다고 몇 번이나 말했잖아. 이것 봐. 이것도 이런 식으로 바꿀까 봐 내가 빨리 와서 체크를 해야 했는데……."

"지금도 충분히 완벽해. 다인아."

언제 다가왔는지 드레스를 움켜쥔 혜주가 다인에게 말을 붙였다. 당사자인 신부가 괜찮다니 괜찮은 거겠지만, 물론 오늘 오전까지도 체크하고 떠났던 야외 결혼식장은 다인의 눈에도 완벽에 가까운 결과물이었지만. 정작 본식을 앞두고는 예상보다 늦게 도착한 게 민망해 도우에게 트집을 잡아 댄다는 걸 누가 모를까.

"들었지? 네 친구가 완벽하다잖아."

말아 문 아랫입술을 바로 하라는 듯 도우가 다인의 턱을 꾹 눌렀다. 저를 보는 다인의 눈이 또 한 번 가늘어졌지만 그게 또 귀엽다며 도우가 눈을 휘며 웃었다.

"기다인. 그리고 도우 오빠. 헤어지려거든 부디 식 끝나고 헤어져 주세요. 내 결혼식이 두 사람에게 불행의 씨앗이 되고 싶진 않으니까. 알 겠지? 두 시간만 참아 다인아. 어, 안녕하세요, 고모!"

애초에 큰 싸움도 아닌 것 같았지만 혜주의 눈에 두 사람은 이제 풀 렸다 싶다. 왜 남의 결혼식에서까지 사랑싸움이야, 정말. 두 진상 손님 들을 흘겨보던 혜주가 작은 한숨을 내쉬며 드레스를 그러쥐고는 하객 맞이를 하러 발걸음을 뗐다.

신부 대기실 같은 건 만들지 않겠다던 혜주였다. 종종거리며 인사를 하고 다니는 혜주의 뒷모습을 바라보던 다인이 주위를 쓱 훑었다.

한옥을 대관하여 꾸민 식장에 하객들이 점점 들어찼다. 외국인 신랑 을 배려하여 소규모로 진행하는 하우스 웨딩이라 자칫 썰렁하면 어쩌 나 걱정한 게 무색하게도 제법 복작복작해졌다.

제 여자 친구의 시선을 따라 눈동자를 굴리던 도우의 표정이 조금 굳었다. 사람들이 많아질수록 어쩐지 다인에게 닿는 낯선 남자들의 시 선이 느는 것만 같았다. 그들을 의식한 듯 집요하게 다인의 허리를 감 싸며 제게 더 가까이 붙인 도우가 나지막이 속삭였다.

"그래, 늦은 건 내가 잘못했어. 근데 네 잘못은 하나도 없다고 할 수 는 없지."

"웃겨. 그게 왜 내 탓이야?"

"지나가는 남자들 붙잡고 물어 봐. 여자 친구가 이렇게 예쁜데 참을 수 있는지."

"허, 어이없어."

"그렇다고 진짜 물어봤다간 그 새끼들 눈알을 다 파 버리는 수가 있 어."

"조용히 해요."

친구, 그 중에서도 정혜주였기에 다인이 특별히 더 신경 썼던 결혼식이었다. 장소 대관만 했을 뿐인 한옥은 결혼식장으로는 널리 알려진 곳은 아니었던지라 솔직히 걱정이 앞섰다. 그러면서도 친구 덕 좀 보라며 생화며 조명이며 자리 배치까지도 다인이 다 도맡아서 하겠노라 자원해서 나섰더랬다.

그렇게 제 결혼식도 이 정도로는 신경 못 썼을 것 같은 결혼식 준비가 최종 마무리되고, 이제 하객으로서의 준비를 하고 오겠다고 돌아간 집에서 씻고 눈만 잠깐 붙인다는 게 그만 푹 잠들어 버렸다. 그것도 강도우의 품에서. 뭔가 이상한 느낌에 눈을 떴을 때는 제 헐벗은 몸을 구석구석 만져 대는 강도우가 보였고…….

"너한테서 내 냄새 나, 다인아."

"무슨 소리야. 미쳤나 봐."

"무슨 생각한 거야. 내 향수 냄새 난다는 건데."

만지기만 했으면 다행이었지. 마지막 그것만 아니었으면 차 밀리는 시간은 피할 수 있었을 텐데. 아무래도 강도우는 사시사철 발정기인 것이 틀림없었다. 그게 꼭 싫지만은 않은 자신은 또 뭔지. 다인이 삐죽거리던 제 입술을 짓씹었다.

"짜증 나."

"그거 알아? 넌 짜증 내면 더 귀여워."

"아직도 모르나 본데 난 귀엽다는 말 싫어해요."

큰 손으로 다인의 허리를 쓰다듬자 고집스레 다물었던 다인의 입매가 예쁘게 휘었다. 웃지나 말지. 말로는 싫다면서 은근히 귀엽다는 말을 기다리는 걸 다 안다.

"그럼 무슨 말을 좋아할까, 내 여자 친구는."

제 귀에 붙이고 흘리는 낮은 목소리에 다인이 어깨를 움찔거리며 비틀거렸다. 악, 소리와 함께 발목이 꺾이며 진 땅에 구두굽이 박히자 두 사람의 미간에 주름이 잡혔다. 으이그, 혀를 차던 도우가 키를 내렸다. 다인의 구두를 다시 신겨 주는 다정한 손길은 이제 익숙해질 만도 한데 어쩐지 더 설레는 건 오늘따라 잘 차려입은 강도우 탓일까.

"멋있어."

"알아. 오늘 내가 특별히 더 신경 썼거든."

"강도우 씨 말고."

"……어떤 새끼야?"

"아니, 멋있다는 말이 좋다고. 귀엽다는 말보다."

잠시나마 일그러졌던 도우의 눈썹이 단정히 제 자리를 찾았다. 몸을 일으켜 세운 도우가 다인의 손에 제 손가락을 얽고는 말을 덧붙였다.

"멋있어. 기다인."

"엎드려 절 받기야."

"봐. 기다인이 아니면 누가 여길 이렇게 꾸밀 수 있었겠어."

한없이 복잡한 척 굴지만 기다인은 때때로 단순하다. 그 어떤 칭찬보다도 제 능력치에 대한 칭찬 한 마디면 기분이 사르르 풀려서는 좋아서 입꼬리를 떤다. 지금처럼.

"맞아. 나니까 가능했지."

이러니까 귀엽다는 거지. 도우의 입술을 비집고 나온 웃음이 다인의 볼에 닿았다. 입술이 닿자마자 쿡쿡 제 옆구리를 찔러 대는 손가락을 붙잡고는 다른 볼에도 짧게 입술을 붙였다.

화장품 묻는다니까. 타박하던 것도 잠시, 다인이 어이없다는 듯 발그레 물든 볼을 위로 당기며 웃음을 흘렸다.

"우리도 야외 웨딩으로 할까."

"……."

"응?"

"이제 앉아요. 우리도."

결혼하자는 프러포즈는 진작에 했고 여전히 틈만 나면 하고 있다. 반지가 마음에 안 들까 봐 브랜드마다 잘 나가는 것들을 쓸어 갔다가 미쳤단 소리를 들은 것만 몇 번이던가. 그래 봤자 결국은 잘 하고 다닐 거면서.

날마다 프러포즈 반지들을 바꿔 끼우는 걸 보면 기다인은 의외로 실속형이다. 그렇게 결혼을 승낙했음에도 왜 결혼식 얘기만 나오면 말을 돌리는 건지. 제 여자 친구의 마음은 알다가도 모르겠다며 도우가 숨을 크게 내쉬었다.

다인과 자리 잡고 앉은 테이블 옆으로 반지 교환 리허설을 하는 직원들이 지나갔다. 그들에게로 힐끔 눈길을 던졌던 도우가 다인의 손가락으로 시선을 돌리고는 빙그레 웃었다.

"어제 했던 네 반지가 알이 더 커."

"뭐야, 생색내지 마요. 겨우 그런 걸로."

"그럼 내가 기다인한테 생색낼 게 뭐 있어."

도우가 원형 테이블에 팔꿈치를 대고는 제 손을 관자놀이께에 붙였다. 그 상태로 다인을 보는 도우의 눈빛이 느른하게 풀렸다. 단정한 이목구비에 조명이 내려앉으니 잘나 빠진 얼굴에 빛이 감도는 듯하다.

아직도 저를 보는 얼굴에 심장이 두근거리는 것을 제 남자 친구는 알까. 설레는 마음을 아주 조금은 표현해 줘도 나쁠 건 없다. 도우의 얼굴을 느릿하게 훑어 내려가던 다인의 눈이 예쁘게 접혔다.

"얼굴. 그걸로 충분해."

유달리 달콤하게 내뱉은 두 음절이 도우에게 빠르게 녹아들었다. 짧디짧은 단어가 이리도 짜릿하게 다디단 것은 기분 탓일지. 도우의 웃음마저도 느물거리며 힘을 잃었다.

"뻔뻔하기는."

"남자 친구 닮아 가나 봐."

"전 남자 친구라며."

"헤어지고 싶나 봐요?"

"생각해 보니까 것도 괜찮을 것 같네."

다인의 시선이 뾰족해졌다. 헤어지자는 말은 누가 먼저 했는데. 1년 동안 크게 싸운 것만 두 번, 그때마다 번번이 그냥 헤어지자고 했던 사람은 기다인 아니던가. 물론 그 싸움의 이유는 모두가 강도우로부터 비롯된 것이긴 했지만. 구남친이 현남편 되는 게 삶의 이치거늘.

"남자 친구 그만하고 이제 남편 노릇할 기회도 줘 봐."

작년 겨울이나 못해도 올해 초로 계획했던 결혼식은 다인의 반대로 실행에 옮기지 못했다. 겨울은 추워서 드레스 입기 싫다나 어떻다나.

그럼 봄에 하자고 그랬더니 그땐 장기 프로젝트가 있어서 안 된단다. 여름은 더워서 곧 죽어도 싫대서 또 미뤘는데 그러던 중 정혜주를 먼저 보내게 되었으니 도우로서도 괜한 심술이 생기는 게 당연하다.

"응? 나도 너 드레스 벗겨 주고 싶어. 다인아."

"입히기도 전에 벗길 생각부터 해."

저를 보고 입맛을 다시는 듯 도우가 제 입술을 할짝이자 줄곧 심드렁하던 다인의 얼굴이 사정없이 구겨졌다.

"……상상했지 지금?"

"하아, 네 친구는 무슨 결혼식을 이렇게 길게 해."

도우가 다인의 어깨에 제 턱을 붙이곤 이를 딱딱 부딪치며 앓는 소리를 냈다. 아직 시작도 안 한 결혼식을 길다고 투정 부리는 걸 보면 보나마나 변태 같은 생각이나 했을 게 뻔하다.

"상상하지 마."

어깨를 털며 도우를 떼어 낸 다인이 테이블에 세팅된 화이트 수국의 방향을 돌렸다. 수국을 조심스레 만지던 가느다란 손가락이 문득 생각 났다는 듯 도우의 허벅지를 잡자 앓는 소리가 깊어졌다.

"참, 나 이번 주엔 앨리스 못 만나니까 알아서 달래 줘요."

"앨리스가 누군데."

"지윤이."

"강지윤이 대체 언제부터 앨리스가 됐을까."

"일주일쯤 됐던가."

어쩌다보니 강지윤과 다인의 만남이 잦아졌다. 그래봐야 한두 달에 한 번 꼴이었지만 지윤의 미술 공부를 핑계 삼은 만남과 통화는 주로 강도우에 대한 험담으로 변질된 지 오래였다.

왜 강도우 같은 애랑 사귀냐며 제 오빠보다 다인을 더 좋아하는 지윤이야 그렇다 쳐도 다인의 입에서도 지윤의 얘기가 심심찮게 나오는 걸 보면 다인도 지윤을 예뻐하는 모양인 듯한데. 그것마저도 질투가 난 다면 도대체 어디부터가 잘못된 것일까.

"강지윤이 앨리스면 넌 뭐야."

"글쎄. 뭐일 것 같아요."

"맞혀야 돼?"

"맞히면 상 줄게."

답을 기대하는 다인의 눈이 반짝거렸다. 발리 여행 갔을 때도 딱히 영어 이름을 쓰는 것 같진 않았는데. 아니다, 지윤이 앨리스인 걸 보면 보나마나 또 영화나 이런 걸 보고 시답잖은 이름을 정한 게 분명하다. 그렇다고 토끼라고 했을 리는 없을 테고 그것도 아니라면……

도우가 한쪽 눈썹을 치켜들었다.

"싫어. 너 이거 함정이잖아."

"무슨 함정?"

"내 입에서 나오는 말로 너 좋을 대로 끼워 맞추는 거."

뭐, 틀린 말은 아니었다. 가끔 무의식중에 툭툭 내뱉는 도우의 말들, 예를 들면 사무관 연수 받을 때 여자 동기 얘기라거나 세종에 있던 시절 몇 번의 소개팅이라거나 하는 등의 말꼬리를 잡았다가 싸움까지 번진 게 한두 번이 아니었다.

지나치게 솔직한 강도우는 제 여자 친구의 마음을 채 이해하지는 못한 것 같았지만 그래도 이 정도 눈치가 생겼으니 다행이라고 해야 할까. 이번에도 별생각 없이 외간 여자의 영어 이름을 불렀다면 적당히 골려 주려고 했더니. 의자를 옆으로 붙이며 제 옆으로 당겨 앉는 도우에게 다인이 나름의 상을 건네는 듯 입술을 뗐다.

"아무래도 드레스는 사는 게 좋겠어요."

"무슨 드레스."

"내 웨딩드레스. 빌린 걸 잡아 뜯을 순 없으니까."

"……난 잡아 뜯을 거란 말은 안 했어, 다인아."

"곱게 벗길 생각도 없었잖아."

어차피 그럴 거 아니었냐는 말은 새삼스럽지도 않게 당당하다. 당장이라도 예행연습을 해 보고 싶은 눈길이 다인의 목선을 따라 끈적하게 달라붙었다.

"내가 오늘 이 말 했던가."

"무슨 말."

"사랑한다는 말."

"열 번은 넘게 했어. 아, 얌전히 좀 앉아 있어요."

"지금이 최고치니까 앞에 거 다 소급 적용해."

"여기 남의 결혼식장이야. 자꾸 그렇게…… 흐응, 귀에 바람 불어넣지 마!"

귓가에 닿았던 남자의 입술이 이마에 붙었다가 떨어졌다. 얄궂게 휜 입매가 다인의 표정을 보고 웃음을 터뜨렸다.

"은근히 체면을 차리는 경향이 있어. 기다인."

"자기가 체면 안 차리는 건 생각 안 하고……."

"아, 너는 체면 차리는 사람이라 어제 차에서 그렇게, 악!"

"시끄러워. 주책이야 진짜."

결국은 허벅지를 꼬집혔다. 눈썹을 있는 대로 비틀면서 아프다 호소하지만 그러면서도 다인의 손을 가져다 제 허벅지 위로 올리는 것이 역시나 그리 아프진 않은 것 같았다.

"다음 주에 그 침대 들어 와."

"무슨 침대를 또……. 설마 그걸 진짜로 샀단 말이에요?"

"이사하면서 산다고 했잖아."

"미쳤어. 돈이 썩어나나 봐."

"원래 매일 쓰는 물건에 투자하는 거야. 이번엔 형 선물이기도 하고."

아무리 그렇다고 누가 남들 연봉 값의 침대를 사. 경악하던 것도 잠시, 비싼 침대는 좀 다르려나 싶은 것이 은근히 기대는 된다.

"이제 너만 우리 집에 들어오면 돼."

"……."

"네가 원하는 대로 다 꾸며 놨어."

사택에서 나온 강도우는 신혼집 명목으로 새 집을 구했다. 모든 건 다인의 입맛대로 고른 집과 인테리어인데, 정작 다인은 언제 들어오겠단 말이 없었다. 애타는 제 맘을 아는지 모르는지 잔뜩 약 올리기나 하고. 답을 기다리는 듯 다인의 손등 위로 도우의 엄지가 느릿하게 움직였다.

"오늘은 왜 꽃도 없이 프러포즈야. 슬슬 성의가 없어져."

꽃 같은 건 이제 싫다고 할 때는 언제고 지금 와서 성의를 찾는지. 괜히 말을 돌린다는 걸 알면서도 혀로 똑 소리를 내던 도우가 테이블에 올려진 수국을 다인의 앞으로 내밀었다.

"없긴 왜 없어."

"뭐야. 더 성의 없어."

"너 수국 꽃말이 뭔 줄 알아?"

"내가 어떻게 알아요. 찾아보지 말라며."

그러니까 그런 말들은 쓸데없이 잘 지키면서 왜 결혼식 얘기만 나오면 딴청인지 모르겠다. 깍지를 푼 손을 옆으로 뻗어 허리를 감싸자 다인이 허리를 비틀며 곧추세웠다.

"보라색 수국 꽃말은 진심이래."

"진심?"

"진심. 너한테 늘 진심이라는 거지, 나는."

"……끼워 맞추기는. 근데 왜 찾아보면 안 될 것처럼 굴었어요."

"그땐 몰랐지. 뜻이 여러 개더라고."

"딴 건 뭔데요."

순전히 궁금증으로 가득한 다인의 시선이 날아들었다. 여자의 얼굴을 지그시 바라보던 도우가 손가락으로 다인의 허리를 두드리며 입을 뗐다.

"변심."

"뭐야. 그게 더 마음에 들어."

"진심?"

"진심. 됐고 나 사진이나 한 장 찍어 줘요."

"사진 찍는 거 싫다더니."

거울을 보고 립스틱을 덧바른 입술이 변심, 작게 속삭였다. 방금 전까지 얘기하던 수국을 제 앞으로 당기며 포즈를 취하는 것이 다인은 왠지 조금 신난 것도 같았다.

"오늘 같은 날은 사진 남겨 놔야 해. 나 오늘 좀 예쁜 거 같거든."

"확신을 가져. 네 남자 친구가 돌아 버릴 정도로 예쁘니까."

그렇게 몇 번의 셔터 음이 들렸을까. 결국은 이제 그만 찍으라는 말과 함께 도우의 손에서 제 폰을 낚아챈 다인이 웨딩 로드에 등장한 혜주를 보고 미소를 지었다.

"정혜주 진짜 행복해 보인다. 그치."

"너도 그래."

휴대폰을 다시 가져다가 제가 찍은 작업물들을 하나씩 넘겨보는 도우의 손가락이 바빠졌다.

"이것도 보내 드려야겠다. 너 이렇게 웃는 사진들도 오랜만에 보신대."

"누가요."

"어머님이."

"엄마한테 내 사진을 보여드렸어? 언제?"

"낚시 갔댔잖아. 너 저번에 정혜주랑 여행 갔을 때."

"그거 우리 엄마랑 가는 거였어요?"

세상에. 아빠가 강 서방 찾을 때는 그냥 하는 말인 줄 알았더니 언제 엄마랑 낚시까지 가는 사이가 된 거야.

"시간 아깝다고 낚시라면 제일 싫어할 사람이."

"낚시는 시간 낭비긴 하지."

"하아, 엄마가 부른다고 다 나가지 마요. 엄마는 바쁜 사람을 왜 자꾸 불러내나 몰라."

낚시만 했게. 아버님이랑은 원데이 제빵 클래스도 다녀왔다는 걸 알면 다인은 또 어떤 표정을 지을까. 도우가 흐르는 웃음을 주워 담지도 못한 채 바람에 흐트러진 다인의 머리카락을 쓸어 넘겼다.

"낚시가 그렇다는 거지 어머님이랑 보내는 시간은 좋아. 너 옛날 얘기도 듣고."

"무슨 얘기?"

"너 초등학생 때 태권도 하면서 남자애들 울린 얘기."

"아. 걔들은 좀 더 맞았어야 해."

"사생 대회에서 상 받은 얘기."

"그때 상금 받은 거 우리 엄마가 다 쓴 건 말 안 하셨죠 또."

"너 대학교 다닐 때 남자 친구 얘기도."

다인의 눈이 한껏 커지며 도우와 시선을 맞췄다. 놀라기는. 살짝 말려 들어간 머리칼을 다인의 얼굴에서 떼어 내는 도우는 오히려 덤덤하다.

"밸런타인데이라고 남친 줄 초콜릿 만들었다는 얘기도 들었고."

"엄마는 도대체 몇 년 전 이야기를……. 그리고 나 그 초콜릿 만들다가 짜증 나서 헤어졌거든요."

"알아. 들었어."

다인의 얼굴을 느릿느릿 덧그리던 도우의 손가락이 다인의 코끝을 툭 건드리며 떨어졌다.

"그래도 네 첫사랑이 내가 아닌 건 좀 배알이 꼴려."

"……새삼스럽게. 처음에 집착하지 마."

"네가 날 새삼스럽게 만들어. 다인아."

정말이지 새삼스러운 일이다. 장난이라기엔 진심이 피어오른 눈빛에

도우의 볼을 두드리는 다인의 눈도 웃음기를 지워 냈다.

"자부심을 가져요. 강도우 씨는 내가 마지막으로 선택한 남자잖아."

"내가 네 마지막 남자라고 어떻게 확신해."

"지금까진 완벽해."

어디까지나 제 눈에 안경이었다. 사랑이라는 게 원래 서로의 눈에 넘치도록 완벽하면 될 일 아니던가. 도우의 입술이 다인에게 짧게 붙었다가 떨어졌다. 언제 싸웠냐는 듯 애정이 가득한 둘의 모습에 멀리 있던 혜주가 기가 막힌 듯 허, 황당한 웃음을 내뱉었다.

"뽀뽀해도 돼?"

"이미 해 놓고 묻는 건 뭐예요."

"그래야 한 번 더 할 수 있거든."

"언제는 뭐 물어보고 했다고……."

"너 사람들 많을 때 하는 건 싫어하니까."

아직 그들의 테이블엔 자리 잡은 건 둘뿐이었다. 아니, 어쩌면 끼어들 수 없는 둘의 기운에 다른 사람들이 쉽사리 다가오지 못한 것인지도 모르겠다. 주위를 둘러보던 다인이 도우에게로 얼굴을 돌렸다.

"빨리 해. 아까부터 다른 여자들이 강도우 씨 자꾸 쳐다보잖아."

이제 식이 시작하려는 듯 사람들의 시선이 혜주네 커플에게로 쏠린 순간, 또 한 번 도우의 입술이 붙었다. 이번엔 조금 길게. 살며시 감긴 다인의 눈꺼풀에 조명이 내려 더욱 반짝거렸다.

눈꺼풀을 접어 올린 다인이 도우의 입술에 번진 립스틱을 엄지로 쓸며 한 번 더, 속삭였다. 그야말로 남들 눈엔 꼴값이었다. 그러나 그 꼴값이라는 것을 단어 그대로 풀이하자면 저들이 가진 훌륭한 꼴의 값어치를 충분히 치르고 있는 편이 아닐까.

서로를 보고 웃던 시선이 나란히 혜주 커플에게로 향했다. 다인이 준비한 무대에 결혼식이라는 첫 공연이 올라가는 것과 다름없었다. 두 번째 공연은 가을쯤 우리가 직접 오르는 것이 어떨까. 오늘 밤을 위해 따로 준비해 둔 말들은 일단 삼키며 다인이 도우의 손에 제 손을 얽었다.

"춥지 않아?"

"뭘. 여름인데."

"민소매 추워 보여, 너."

"괜찮아요."

"그러다 또 감기 걸리면."

나만 고문이지 아주. 다소 이기적인 뒷말이 입속에서 맴돌았으나 다인의 팔을 감싸는 걸로 대신해 본다.

"집중해서 잘 보고 배워 둬요. 가을에 써먹으려면."

"뭘 배워."

높게 들렸던 도우의 눈썹이 뜻을 알아차린 듯 피식대는 웃음과 함께 내려왔다. 난 안 배워도 잘해. 가을까지 갈 게 뭐 있어. 결혼식은 내일이라도 당장 올릴 수 있어. 남자의 얼굴에 고스란히 묻어나던 허세가 웃음으로 덮였다.

해가 길어져 여전히 붉게 물든 하늘에 첼로 선율이 분위기를 더했다. 바이올린과 비올라 소리가 겹쳐 흐르며 드디어 혜주의 예식이 시작되었다.

강도우 역시나 드디어를 외치고 싶었던 순간, 길었던 하루가 그렇게 또 한 번 접혔다.

에필로그

시작은 강도우였다. 늘 그랬듯이.

물론 그도 처음부터 그럴 생각은 아니었다. 제 딴에는 다인을 놀리고 싶은 마음에 선물이랍시고 내놓았던 것인데, 그녀가 그렇게까지 좋아할 줄 도우라고 알았을까.

그러니까 선물이라는 이름으로 곱게 포장된, 아메리칸 사이즈의 실리콘 딜도를 말이다.

숨은 목적은 기겁하는 다인의 모습을 보기 위한 것이었지만 반지르르한 입으로는 선물이라 말하며 건넸으니, 예상치 못한 다인의 반응에 차마 기분 나쁜 티를 내진 못했다.

아니, 단순히 기분이 나빴다기보다는 빈정 상했다고나 할까.

딜도 하나에 저리 좋아할 필요가 있나. 절 위해서 온몸을 다 바치는 남편이 있는데. 저걸 쓸 시간도 없는 주제에. 설마 기다인이 벌써 제게, 제 것에 질린 건가.

그리하여 시작된 유치하고도 은근한 기 싸움이었지만 다인은 눈치채지 못했다. 그가 기구 따위를 질투하고 있다는 것을. 심지어 그의 손으로 직접 선물한 공장 출신의 그것 따위를.

도우는 딜도를 본 다인이 정말이지 행복해 마지않는 표정을 지었다고 생각했으나 사실 그녀로서는 평소와 다를 것도 없는 얼굴이었다. 그도 그럴 것이 다인은 모든 것이 만족스러운 신혼 생활을 하고 있었으니까.

우선 제 취향을 가득 담은 곳으로 이사를 갔고, 이사 간 집에는 제 취향을 빼다 박은 남편이 있으니 다인으로선 하루하루가 즐거울 수밖에 없었다.

게다가 일이라면 공사도, 밤낮도 가리지 않고 잘하는 제 남편은 자기 손을 탄 것은 끝까지 자신이 해야 한다는 희한한 고집으로 각종 살림을 도맡았으니 다인에게 이보다 좋은 지상 낙원이 어디 있을까.

틈만 나면 홀렁홀렁 옷을 벗고 다니는 도우가 간혹 창피하긴 했으나 이왕 잘난 몸, 제 앞에서는 좀 벗고 다녀도 괜찮았다. 아니, 괜찮은 정도가 아니라 꽤 좋았지.

그렇게 다인은 정말이지 행복한 상태로 도우의 선물도 기분 좋게 받았을 뿐인데, 그것이 그의 자존심을 건드렸을 줄 누가 알았을까.

도우는 그 뒤로도 보란 듯이 몇 개의 기구들을 사 왔다. 과연 어느 정도의 크기까지 좋아할지 다인의 반응을 살피려는 행동이 분명했으나 그동안의 전적 때문인지 다인은 그를 두고 별다른 생각을 하지는 않았다. 단지 쓰지도 않을 거면서 전시하듯 늘어만 가는 실리콘 딜도를 보고 기분이 슬슬 나빠졌을 뿐.

사건은 그렇게 도우가 출장가기 전날 발생했다.

"나 도우 씨 출장 가서 없는 동안 저거 써 볼 거야."

"뭘 써 봐?"

"저거."

다인의 손가락 끝이 가리킨 것은 행여 남이 볼까 두려운 사이즈의 검은색 실리콘 딜도였다. 도우는 경직된 입술을 바로 하며 차분하게 말을 이었다.

"네가 저걸 왜 써?"

"도우 씨도 없고 이럴 때 써야지 아껴서 뭐 해. 나 쓰라고 사 온 거 아냐?"

"아니야. 전시용이야."

"……남근 숭배하는 원시 부족도 아니고 남의 걸 전시할 필요가 있어요?"

"기계가 뽑아 낸 좆한테 남이라고 말하지 마, 기다인."

정말이지 논리라고는 찾아볼 수가 없었다. 그럴 거면 선물은 왜 했으며 쓰지도 못 할 거 일렬로 세워 놓긴 왜 세워 놔? 그림의 떡도 아니고.

"웃겨. 쓰면 어떡할 건데요?"

"써 봐. 어떻게 될지 알고 싶으면."

그래서 써 봤다. 궁금한 건 즉각적으로 확인을 해야 했고, 설사 그걸 쓴다고 해도 제 남편이 뭘 어쩌겠는가. 삐치기밖에 더 할까.

그렇게 냉전 상태에 접어든 지도 일주일, 때마침 잡힌 전시회 일정으로 다인이 제주도 출장을 갔다 온 것도 일주일이었다.

그 말인즉슨 일주일 동안 외로운 시간을 보내야 했던 것도 강도우, 흉물과도 같은 실리콘 딜도들을 제 손으로 잘라 버린 것도 강도우, 거실 중앙에 걸어 둔 웨딩 사진을 보고 저 혼자 삐쳤다 풀었다를 반복했던 사람도 모두 다 강도우였다는 말이었다.

출장을 다녀오자마자 피곤함에 뻗었던 다인이 이상한 느낌에 눈꺼풀을 들어 올렸다. 옷을 벗고 잠들었던가. 아랫도리의 허전함을 채 느끼기도 전에 귓불에 더운 숨이 닿았다. 익숙한 숨소리다. 흐릿한 시야의 초점을 맞추면서 제 가슴을 움켜쥔 그의 손을 잡자 다인의 등에 맞닿은 그의 가슴팍이 크게 꿈틀거렸다.

"깼어?"

"으응, 언제 왔어요?"

"한 시간쯤 됐어."

나른한 목소리가 다인의 어깨에 붙었다. 아직도 잠에서 완전히 깬 것은 아닌 듯, 몽롱한 정신에 고개를 끄덕이던 다인이 곧바로 미간에 주름을 잡았다. 제가 어떤 상태인지를 이제야 깨달은 탓이다.

하아. 그러나 크게 놀라지는 않은 듯 다인은 고개만 작게 저었다. 도통 적응이 되지 않지만 하루 이틀 일도 아니라 새삼스럽지도 않았다.

"나 오늘은 피곤해요 진짜."

"응. 넌 계속 자."

아, 진짜. 이러고 있는데 어떻게 잠을 자. 몸을 굴려 달아나려고 하자 뒤에서 뻗어 나온 그의 손이 다인의 아랫배를 잡아 제게로 끌어당겼다. 그러고는 정말 넌 계속 잠이나 자라는 투로 배를 가만히 쓰다듬었다. 애를 어르는 손짓 같기도 했으나 어쩌면 제가 들어갈 곳을 확인하는 것이었을지도.

다인은 더 이상 싸울 힘도 없는 듯, 눈을 감은 채로 잠긴 목소리를 내보냈다.

"……빼라고."

"뭘?"

"지금 넣고 있는, 흐읏."

"응? 뭘 말하는 건지 잘 모르겠어, 다인아."

이런 나사 빠진 인간. 제 허벅지 사이를 충실히도 들락거리는 것을 흘깃 내려다본 다인이 그저 한숨만 내쉬었다. 그래, 어디 저 혼자 실컷 즐겨 보라지. 일주일이나 못 했으니 이 정도쯤이야, 뭐.

그러나 체념한 다인의 반응도 제 마음에 들지 않았던 걸까. 도우가 뒤에서 그녀의 어깨를 살짝 깨물었다. 옹송그렸던 어깨가 놀란 듯 잘게 떨렸다.

"넌 정말 아주 못돼먹었어. 기다인."

"아, 움직이지 마."

"어떻게 네 남편이 오기도 전에 먼저 잠들 수가 있어, 오늘 같은 날."

"나 진짜 피곤……, 아으 잠깐만, 잠깐. 흐, 내가 잠깐만이라고 했잖아!"

제대로 넣지만 않는다면야 이런 것쯤은, 하던 생각은 오산이었다. 허벅지 사이를 오가던 것이 제 살을 가르고 들어오자 다인이 기겁하며 등을 돌렸다.

"할 거면 얼굴 보고 제대로 해."

그럼 그렇지 앙탈은. 그러니까 이왕 할 거면 잘난 낯짝이나 보여 달라는 말이다. 도우는 피식 웃음을 흘리며 제 등을 자연스레 감싸 안아 오는 다인과 얼굴을 마주봤다.

"잘 잤어?"

때늦은 인사가 맞붙은 입술 새로 흘렀다. 다인의 한숨까지 훔친 그가 코끝을 부딪치고는 목덜미로 입술을 내렸다. 간만에 본 도우의 얼굴이 제 가슴에 묻히자 다소 짜증이 난 듯 인상을 쓴 다인이 입술을 살짝 비틀며 말했다.

"잘 자고 있었는데 강도우 씨가 다 망쳤어. 도대체 자는 사람한테 무슨 짓을, 이렇게나 무식한 방법으로, 하으, 무식하게 큰 걸⋯⋯."

"너도 좋아하던데?"

"하아⋯⋯. 모함하지 마."

"그럼 네 남편이 어떻게 별 준비도 없이 네 안에 들어갔다고 생각해?"

"흐응, 뭐라도 썼겠지. 많잖아. 자기가 사 온 거."

또, 또. 그 공장 출신의 좆 같지도 않은 좆 얘기다. 도우가 한쪽 눈썹을 치켜올리며 고개를 들었다.

"모르나 본데 넌 네 남편이 이름만 불러 줘도 착실히 잘 젖어."

"내가 무슨, 아, 잠깐."

"너 자는 동안 내가 실험해 봤어. 기다인은 어떤 억양으로 이름을 불러 주는 걸 좋아하나."

무슨 실험을 어떤 방식으로 했는지는 몰라도 강도우의 입에서 나온 말인 이상 아예 없는 말은 아닐 것이다. 정말이지 그는 다인이 살면서 겪어 본 남자 중에 제일 이상한 사람이었으니까.

"그래서 결론이 뭔데요?"

물론 장단을 맞춰 주는 기다인도 강도우에게는 마찬가지였고.

둥글게 무릎을 덧그리던 손이 다인의 허벅지를 잡아 벌리며 여린 살을 쓸었다. 그 손짓에 움찔, 몸을 떨자 도우가 시건방진 웃음을 가슴으로 내렸다. 제가 어떤 목소리를 좋아하더냐는 질문도 그가 가슴을 베어 물자 젖은 소리가 되어 입가에서 흩어졌다.

성마른 입술은 양쪽 가슴을 공평히 다룰 생각은 없는 듯했다. 괘씸하다는 양 이를 세워 유두를 긁은 그가 다인의 다리 사이로 손을 내렸다. 으응, 허리를 비틀며 그를 올려다보는 눈은 뭔가를 더 원하는 것도 같다.

"너 좋은 짓은 안 해. 네 남편은 오늘 너 볼 생각에 하루 종일 애가 탔는데."

"아⋯⋯, 나도 그랬어."

"당연히 그래야지."

"아직, 아흐⋯⋯. 아직 안 될 것 같아."

"⋯⋯안 돼?"

되겠냐고, 그럼. 오늘따라 왜 이리 급하게 구는지. 다인은 그의 머리카락 사이로 손가락을 넣으면서 제 가슴으로 다시 고개를 내린 그를 위로 끌어 올렸다.

"그러니까 빨리 이름 불러 줘 봐요."

"싫어."

"왜, 난 내 남편이 불러 주는 이름 듣고 싶어."

단단히 삐친 듯 줄곧 굳은 표정이던 도우가 남편이라는 단어에 입꼬리를 슬쩍 휘었다. 정말이지 단순한 사람. 딱히 밉지는 않지만 미운 놈 떡 하나 더 줘 본다, 그래.

"응? 나도 강도우 씨 많이 보고 싶었단 말이야."

옜다, 하고 던진 진심에 치켜든 눈썹도 스르르 힘을 잃고 차분해졌다. 하지만 그것도 잠시였을 뿐.

"너무 보고 싶어서 내가, 아, 지금 안 돼. 빼⋯⋯."

"시끄러. 여우같이 기다인 너 좋을대로만 구는 거 안 속아 이제."

"웃기고 있어. 그리고 나만 좋다기엔, 흐흥, 자기도 좋아서 하는 거면서."

더 이상 다인에게 속지 않겠다며 제 것을 갖다 댔다만 지금 안 된다는 그 말만큼은 사실이었나 보다. 끝만 겨우 머금은 다인이 울컥대며 저를 뱉어 내자 도우도 어쩔 수 없다는 듯 허리를 뒤로 물렸다.

그것 봐. 내 말 맞지. 슬며시 미소를 내건 다인이 도우의 가슴팍에 손을 얹으며 툭툭 두드렸다. 확실히 누워서 올려다보는 그의 가슴이 조금 더 탐스럽다. 그 의미심장한 표정을 읽은 건지 헛웃음을 흘리던 도우가 다인의 아랫입술을 머금었다가 살짝 떼며 말했다.

"기다인 넌 꼭 너 닮은 딸을 낳아야 해."

"안 그래도 그럴 생각이에요."

"너처럼 제멋대로인 애 낳아서 너도 똑같이 당해 봐."

"웃기지도 않아. 내 딸이야? 자기 딸이기도 해."

말은 그렇게 하지만 딸이든 아들이든 가릴 건 없었다. 아기를 기다리며 피임을 하지 않은 것도 이제 겨우 두 달째. 다인이 가지고 싶다니 협조는 하겠지만 제가 아빠 노릇을 잘할 수 있을지는 여전히 미지수다. 그리고 그의 말대로 정말 기다인을 빼닮은 딸이 태어난다면⋯⋯.

"그리고 날 닮았으면 도우 씨만 좋은 거지."

"좋긴 내가 뭐가 좋아."

"내 딸도 제 아빠를 사랑할 거니까."

"⋯⋯네 딸이 보는 눈이 있는 거지."

심드렁했던 그의 얼굴에도 다인을 닮은 미소가 번졌다. 그동안 딱히 와닿지는 않았는데 이왕 아기를 가질 거면 역시 기다인을 빼닮은 딸이 좋겠다. 뭘 생각했는지 큭큭대며 웃는 다인과 이마를 맞대자 이번에는 다인의 입술이 먼저 그를 찾았다. 짧게 붙은 입술 사이로 제 웃음을 나누어 주던 다인이 도우와 눈을 마주쳤다.

"그래도 머리는 도우 씨 닮았으면 좋겠어."

"건강하게 태어나기만 하면 돼. 우리 애가 딸이든, 아들이든, 누굴 닮았든 그런 건 하나도 안 중요해. 나한테 제일 중요한 건 기다인 너고."

"난 튼튼하니까 걱정 마요."

튼튼하기는. 여전히 못마땅하다는 시선이 다인의 몸을 느리게 훑었다.

"고작 출장 일주일 다녀왔다고 피곤해 뻗어 놓고는 뭐가 튼튼해. 너 그새 말랐어. 알아?"

"무슨 소리야. 보는 사람마다 나한테 얼굴 좋다고 그러던데요."

"누가 그래? 남자?"

"지금 그게 중요해? 다 벗겨 놓은 아내 앞에서?"

하여간 쓸데없는 질투는 제 영역도 모른 채로 끝도 없이 뻗어 나간다. 못 말린다며 고개를 흔들자 매트리스를 짚었던 그의 손이 다인의 옆구리를 가만히 쓸었다.

"기다인 너는 몸이 너무 약해. 뼈밖에 없어."

"허, 누가 들으면 비웃어요. 특히 우리 엄마가 들었으면 아주……."

"너 이런 허약한 몸으로 아기 가지면 불안해서 일이 손에 안 잡힐 거 같아."

"허약은 무슨. 섹스할 땐 신경도 안 쓰더니."

남편 체력 따라가느라 매일 밤 얼마나 고생인지도 모르면서. 그의 눈에 다인이 정말로 허약한 게 맞다면 그것은 전적으로 강도우 때문일 것이다. 유난스럽기 짝이 없는 바로 그 섹스 때문에.

"우리의 신성한 행위를 그런 식으로 매도하지 마. 그리고 난 늘 네가 좋아하는 거 위주로 맞춰 줄 뿐이고. 네가 그런 걸 좋아한다는 걸 이제 인정할 때도 되지 않았어?"

"자기 좋을 대로 갖다 붙이고 있어 아주. 도우 씨가 날 그냥 마구잡이로……."

"다인아."

일부러 낮게 내리깐 목소리가 다인의 뒷말을 잡아먹었다. 숨을 잠깐 멈춘 채로 눈동자를 굴리자 그가 그럴 줄 알았다는 듯 혀끝으로 제 입술을 훑었다. 거만하기 짝이 없는 눈빛이 제가 느낀 것을 직접 확인해 보려는 것처럼 다인의 아래에 닿았다.

"봐, 넌 이름만 불러도 이렇게 좋아 죽잖아."

좋아 죽긴, 대체 누가! 다리 사이를 파고드는 그의 손을 다급히 붙잡았지만 이미 목표물을 발견한 도우에게는 아무 소용이 없다. 그는 다인의 엉덩이를 잡아 제게 가까이 당기면서 불편했던 자세를 바로 했다.

"웃겨……. 나만 그래? 강도우 씨는 나랑 눈만 마주쳐도 좋아서 입술이 막 씰룩거려요."

"그 정도는 아니야."

아니긴. 지금도 씰룩거리면서. 본격적으로 자리를 잡은 그가 씰룩대는 입술을 갖다 붙였다. 다인의 말을 느긋하게 휘어 감는 혀와는 달리 아래로 내려간 손은 바삐도 움직였다. 그가 들어갈 공간을 넓히고자 하는 집요한 움직임에 다인의 허리가 말리며 그의 손을 물었다.

"아흐, 거길 그렇게……."

"네가 날 쳐다보기만 해도 발딱발딱 서긴 해."

"아무튼은, 내 남편은 날 너무, 흐읏, 사랑해서 문제야."

"내 아내는 그걸 너무 잘 알고 이용하려고 들어서 문제고. 근데 너 밥은 먹었어?"

고개를 옆으로 저었더니 그럴 줄 알았다며 그가 다인의 코끝을 살짝 깨물었다. 옅은 한숨을 다인의 입술에 붙인 그가 침대 아래로 발을 내리며 일어섰다.

"밥 먹게 씻고 나와."

"귀찮아……. 그리고 하다 말고 밥 먹는 게 어디 있어요?"

"흥이 깨졌어."

안 깨진 것 같은데……. 다인은 멀어지는 도우의 뒷모습을 가만히 바라보다가 옆으로 몸을 돌렸다. 그가 누웠던 자리를 손으로 쓸어 보며 웃음 짓는 다인에게는 어쨌거나 이 집만큼 좋은 곳도 없었다.

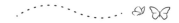

"그거 알아요? 강도우 씨 칼질할 때 엄청 섹시한 거."

도우가 고개를 살짝 들자 귤을 하나 입에 넣고 오물대던 다인이 '왜' 입모양만 벙긋거렸다. 새삼스럽게 뭘 놀라고 그러냐는 표정이다.

하여튼 저 기분 좋을 때만 다정하게 굴지, 기다인. 멋쩍은지 주방에 퍼지는 귤 향기를 들이마신 도우가 고개를 저으며 시선을 내렸다. 그의 손에 든 칼이 두부 위를 오가자 제각기 크기를 달리한 두부가 도마 위로 쓰러졌다.

여전히 집에서 해 먹는 요리에는 둘 다 소질이 없다. 아직 간 하나 제대로 맞추지 못하는 다인은 물론이고 뭐든 잘하는 강도우마저도 가끔은 괴식을 내놓았으니까.

다인이 생각하기엔 그의 손이나 제 손이나 음식을 다루는 건 비슷비슷한데, 저처럼 일찌감치 포기하면 편할 것을 그래도 꾸역꾸역 제 손으로 뭔가를 만들어서 먹이겠다는 도우의 마음이 꽤 감동적이기도 하고.

그와 마주보고 앉은 다인이 그의 손끝으로부터 시선을 느리게 끌어 올렸다.

"가끔은 도우 씨가 다 벗고 앞치마만 입었으면 좋겠어."

"······뭐?"

"몰랐는데 나 그런 거 좋아하나 봐."

"네 남편 손에 칼 들었어 지금. 손 떨리는 소리 하지 마."

"내 페티시였나. 요리하다가 앞치마도 그냥 찢어 버리고."

물론 옷도 제대로 입지 않는 강도우가 앞치마를 제대로 챙겨 입을 리는 없겠지만 말이다. 도마 한쪽으로 두부를 가지런히 모은 도우가 피식 웃으면서 칼을 내려놓고 멀찍이 치웠다. 찢기는 뭘 그리 찢는다는 건지. 손을 씻은 그가 아일랜드 테이블을 돌아 다인에게 다가왔다.

"너 뭐 하자는 거야."

물기 묻은 손등으로 다인의 볼을 툭 건드리자 보답이라도 하는 듯 다인이 그의 입안으로 귤을 욱여넣었다. 곧바로 다인의 허리를 감싼 그가 그대로 다인을 들어 아일랜드 위로 올렸다.

"밥을 먹겠다는 거야, 말겠다는 거야."

"바보 아냐?"

"웬 변덕이야, 기다인."

가볍게 맞댄 입술 사이로 귤 향이 은은하게 번졌다. 입술을 살짝 깨물고 떨어진 다인이 도우의 목 뒤로 팔을 두르고는 작게 속삭였다.

"하고 싶어졌어, 지금."

"기다려."

"나 밥 안 먹어도 될 것 같아."

"먹여야겠어 난."

말은 그렇게 하면서도 입술은 떨어질 생각을 않는다. 목덜미로 잘게 쏟아지는 입술을 받아 내며 발뒤꿈치로 도우의 허벅지를 감았더니 그가 더운 숨을 짧게 붙이고는 고개를 뗐다. 표정만 보자면 검은 유혹에 휩쓸렸다가 빠져나온 것 같다.

웃기지도 않아. 변덕은 누가 부리고 있는지 모르겠어 정말.

"네 남편은 지금 최선을 다해서 참고 있으니까 건들지 마."

"재미없게. 잘생기고 몸 좋은 남편 생기면 뭐 해."

"뭐 하긴. 그 남편이 직접 만든 밥도 먹고 다른 것도 먹는 거지."

그는 정말 밥부터 먹일 생각인가 보다. 희한한 노릇이다. 일주일 동안 참았다며 달려들 줄 알았더니. 물론 달려들었던 것은 사실이긴 하나 밥이 섹스를 앞설 줄이야.

아니, 잠깐. 그럼 그동안 실리콘 딜도 따위를 갖다 바친 것도 다른 이유가 있었던 걸까. 가는 눈으로 도우를 훑어보던 다인이 그의 옆구리를 쿡 찔렀다.

"하자고."

"그게 지금 네 남편을 유혹하는 태도야?"

"굳이 그런 거 안 해도 충분해 보여요."

다인의 시선이 도우의 턱을 지나 아래로 떨어지자 그도 같이 고개를 내렸다.

"난 아까부터 이 상태였고."

불룩한 앞섶을 숨길 생각도 없는 듯, 별것도 아니라는 식으로 눈썹을 올린 그가 다인의 허벅지를 어루만지던 손을 팬티 위로 가져다 댔다.

"넌 아직인데?"

"그러게. 분발해야겠어. 강도우 씨."

"허…….. 분발을 해, 내가?"

느릿하게 다인의 얼굴을 훑던 시선이 돌연 다른 빛을 띠었다.

"너 지금 한 말 후회하게 될 거야, 기다인."

"말로만 그러지 말고…… 아!"

손이 먼저였는지 입술이 먼저였는지 모르겠다. 그는 팬티 위를 지나던 손으로 다인의 허리를 잡아채며 제게 가까이 붙였다. 잽싼 동작에 입꼬리에 웃음을 매단 다인이 입술을 먼저 겹쳤으나 도우는 짧게 붙었던 입술을 떼 내며 그의 티셔츠를 벗기려던 다인의 손을 붙잡았다.

"가만히 있어. 오늘은 너 좋을 대로 다 안 해."

그러고는 다인의 입술 대신 가슴을 물었다. 정말이지 헛똑똑이가 따로 없다. 그의 숨이 닿는 족족 흥분에 달뜨는 몸을 아직도 모르나 보다.

"으응……."

"너 누가 벌써 그런 소리 내랬어."

"아, 간지러워 거기."

"확실히 해. 간지러운 거야, 아니면 느끼는 거야?"

다리 사이 젖은 천 위로 손을 갖다 댄 도우가 웃음을 흘리며 팬티에 손가락을 걸었다. 뻔히 알면서 이러지. 엉덩이를 살짝 들어 팬티를 벗은 다인이 도우의 입술을 쫓았다. 미처 떨어지지 못한 팬티가 다인의 발목에 걸려 달랑거렸다.

"아니지. 오늘 키스는 없어. 다인아."

"뭐야. 누구 마음대로 없어?"

"네 남편 마음대로."

"웃겨. 잘 생각해 봐요. 누구 손해인지."

"난 너 입술 아니어도 빨 곳은 많아."

그러나 그도 저를 찾는 다인을 차마 포기하지는 못하겠다는 듯 짧게 붙였던 입술을 재빨리 가슴으로 미끄러뜨렸다. 가쁜 숨을 들이마실 때마다 드러나는 갈비뼈에도 촘촘히 입술을 붙이자 간지러운지 다인이 몸을 움찔 떨었다.

아아, 위로 들어 올린 턱을 바로 내리며 그의 머리카락에 손가락을 파묻었더니 이를 세운 도우가 유두를 살짝 깨물었다. 입술을 말아 문 다인이 그의 어깨를 살짝 밀어내며 말했다.

"나 오늘……. 아, 되게 힘들었어."

"왜. 누가 또 네 말 안 들어?"

"뭐가 국장 마음에 안 들었나 봐. 자꾸 태클이야."

"하여간 공무원 것들이란."

"왜 죄 없는, 흐응, 공무원들을 싸잡아서 욕해요. 내 남편도 공무원인데?"

웃는 건지 뭔지 가슴께에서 잔 진동이 느껴졌다. 조금 전 깨문 것을 혀로 어루만지던 그가 느른하게 풀린 눈으로 다인의 얼굴을 훑었다. 그의 시선을 따라 눈꺼풀을 접어 올린 다인이 눈썹 사이를 살짝 좁혔다.

다인은 저 눈빛을 안다. 그가 하려던 말은 굳이 듣지 않아도 또 쓸데 없는…….

"너 그거 알아? 네가 날 남편이라고 할 때마다 심장이 터질 것 같아."

"그 심장은 매번 터질 것 같대."

"가끔은 진짜 터져 버렸으면 좋겠어."

"무슨 소리야. 과부 만들 일 있어요?"

"네가 나 때문에 후회하고 울고 그러는 꼴 보고 싶어."

"흐응."

"있을 때 잘해 줄걸, 하자고 할 때 섹스 다 할걸 그런 후회도 하고."

"못 하는 소리가 없어. 하던 거나 마저 해요."

그러지 뭐. 도우가 고개를 끄덕이며 바지를 벗었다. 세상에, 어쩜 일로 바지를 입고 있다 했어. 집에서는 하나만 입기로 작정을 했는지 바지를 벗자마자 위용을 자랑하는 것에 다인이 흠칫 놀라 고개를 뒤로 물렸다. 아메리칸, 아프리칸을 가리지 않은 실리콘 딜도도 제 눈앞의 것만 못하다.

서랍을 열어 어딘가 넣어 뒀던 콘돔을 찾으려던 도우가 문득 이제는 그럴 필요가 없다는 것을 깨닫고는 히죽 웃으면서 다인에게 다가왔다.

"생각해 봤어?"

"뭘요?"

"아기 이름 뭘로 지을지."

"생기지도 않은 걸 벌써부터 만들어."

"이제부터 열심히 만들 거니까."

"이름을?"

"아기를."

그의 목소리가 다인의 입술 사이로 스며들었다. 으응, 신음 섞인 다인의 대답까지 혀로 얽은 도우가 다인의 시야를 비스듬히 기울이며 살을 맞대었다. 설마 벌써 들어오겠다고? 다인이 다급히 그의 손을 붙들었다.

"아니야. 아직 안 될 것 같아요."

"참아. 참을 수 있잖아."

"안 된다니까…… 아."

"돼. 힘 빼."

그러나 제 손가락도 겨우 물고 있었는데 이대로는 힘들 것 같기도. 끝을 머금은 아래로 시선을 내렸던 도우가 혀를 쯧 차면서 다인의 허벅지를 꾹 눌렀다. 옴찔 놀란 속살이 그를 삼킬 듯이 굴다가 뱉어냈다.

"하여튼 까탈스러워, 기다인."

"키스해 줘요. 그러니까."

"싫은데."

아직 다인에게 삐친 마음이 채 풀리지는 않았던 것인지, 도우가 제 허리를 잠시 뒤로 물렸다가 방심한 틈을 타 밀고 들어갔다. 허억, 허리가 저절로 꺾인 다인이 그를 껴안으며 어깨에 제 얼굴을 묻었다.

"아, 도우 씨……."

"봐. 되잖아."

놀란 건지 숨이 차올라 쌕쌕거리자 다인의 관자놀이께에 입술을 붙인 도우가 천천히 허리 짓을 시작했다. 긴장해서 경직되었던 근육도 조금씩 힘을 풀었다.

제게 매달렸던 다인의 팔도 서서히 느슨해지자 도우가 다인의 어깨를 뒤로 밀며 제 몸을 겹쳤다. 등에 차가운 대리석이 닿자 다인이 눈썹을 비틀며 도우를 올려다봤다.

"난 네가 그렇게 쳐다볼 때가 제일 좋아."

일그러진 다인의 얼굴도 좋다는 건지, 아니면 제 밑에서 찌푸린 얼굴이 좋다는 건지. 웃음을 삼킨 도우가 다인의 허벅지를 잡아서 가슴 가까이로 붙였다.

그러고는 그의 가슴팍을 더듬던 다인의 손으로 제 허벅지를 붙들게 한 뒤, 손을 내려 부푼 클리토리스를 엄지로 뭉그뜨렸다. 아아. 좁혔던 미간을 꾸욱, 누른 그의 입술이 다인의 뺨으로, 또 쇄골로 규칙도 없이 내려앉았다.

"네가 인상을 찌푸릴 때마다 밑으로는 같이 조이거든."

"하응, 천천히……아아!"

"그게 얼마나, 네 남편을, 하아, 미치게 하는지."

다인의 입가에 제 입술을 붙인 그가 허리 짓의 속도를 올렸다. 뜨거운 숨이 얼굴 위로 흩어졌다. 제 허벅지를 잡은 다인의 손이 미끄러지자 도우가 제 어깨에 여자의 발목을 올렸다. 아아, 그가 더 깊게 밀고 들어오자 다인이 숨을 들이마시며 저도 모르게 엉덩이를 들썩거렸다. 허리를 뒤로 물릴 때면 붉은 속살이 저도 같이 가겠다는 양 끈질기게 달라붙었다.

하아, 아아. 젖은 소리가 쉴 새 없이 이어졌다. 밥 먹여야겠다던 사람은 어디로 갔냐는 질문에 다른 걸 먹고 있으면서 욕심도 많다는 대답이 떨어졌다. 그렇게 오늘도 변함없는 기다인과 강도우의 밤이었다.

외전_부치지 못한 편지

　다인아. 너 때문에 오랜만에 손 편지를 다 써 본다. 네가 미국으로 간 지도 벌써 일주일이나 지났어. 아무리 매일 연락을 주고받는다지만 친구를 그리워하는 마음으로 정혜주가 이렇게 펜을 들었다. 절대로 카페에 손님이 없어서 심심해서 그런 건 아니야.

　뭣보다 기다인 너는 이렇게 손 편지 써 주는 거 좋아하잖아. 이렇게 편지를 쓰고 있자니 학교 다닐 때 생각도 나고 좋네.

　너 그때 기억 나? 남친한테 편지 쓰다가 영어한테 걸려서 편지 내용 그대로 영작해 오란 숙제 받았던 거. 어쩌면 그 영어 덕분에 네가 지금 미국 땅을 밟고 있는지도 몰라.

　거기선 새로운 남자들을 좀 만났니? 뭐, 만났으면 얘기를 했겠지. 너 거기서도 남자 얼굴만 보고 홀라당 넘어가면 안 되는데. 내가 걱정이 된다, 걱정이.

　물론 내 코가 석자긴 하지. 카페 매출이 확 떨어져서 걱정이 이만저만이 아니야. 아무래도 카페는 나랑 안 맞나 봐. 뭐가 문제일까. 커피 맛이 그렇게 별로일까. 시험 때문인지 그나마 매일 오던 강도우마저도 요즘은 뜸하니까 그 오빠 보러 오던 여자들도 안 오네.

기다인 네가 강도우 얘기 하지 말라고 해서 안 하고 있긴 하다만……. 말 나왔으니 하는 말인데 너 떠난 날이었단다. 그 오빠가 카페에 찾아와서 너부터 찾는데 웬일이니, 정말. 난 강도우가 그런 표정 짓는 거 처음 봤잖아.

마치 대단한 뭔가를 억울하게 잃어버린 듯한 표정이라고 해야 할까. 아무튼 너도 그 표정을 봤어야 했는데 넌 그 재미를 놓쳤어.

그 오빠……. 어휴, 정말. 양반은 못 되나 보다. 방금 왔다 갔어 강도우. 또 네 얘기하더라. 그때 그 오이 때문에 어지간히도 화가 난 모양이야.

너 없다니까 내가 거짓말하는 줄 알았는지 세상에, 화장실까지 다 뒤지고 갔어. 며칠 내로 적당한 핑계 둘러 댈 생각이니까 너무 걱정하지는 마. 나도 다 계획이 있거든.

근데 강도우 좀 웃겨. 내가 볼 땐 그 오빠 너한테 관심 생긴 거 아닌가 싶은데 뭐, 이미 넌 멀리 떠난 몸인데 어쩌겠냐만. 어쩌면 우리 내기에서 내가 이겼을지도 모르겠다는 생각이 든다.

아무튼 오늘은 강도우가 뭐랬는 줄 알아? 커피 사 가려다 말고 네가 낙서한 거 발견하고는 기다인이 그린 거냐고 물어보더라.

세상에, 점쟁이니 뭐니. 네가 그랬다는 건 어떻게 알았는지 모르겠어. 내가 너무 놀라서 맞다고 하니까 피식 웃더니 그 그림 자기 줄 수 있냐 하더라고. 못 줄 이유는 없었지만 네가 알면 기분 나빠할 것 같아서 일단 안 된다고 그랬지.

그랬더니 제 얼굴 그린 건데 얼굴 주인이 가져야 하는 거 아니냐고 뭐라고 하는 거야. 진짜 웬일이니. 난 네가 그린 게 강도우인 줄도 몰랐는데 그 오빠는 자기 얼굴이라고 딱 알아봤던 모양이야.

신기하지? 그래서 그 오빠한테 네가 그린 그림 넘겼어. 음, 네가 들으면 싫어할 수도 있겠다. 그래, 이 편지는 아무래도 당분간 안 보내는 게 좋을 것 같아. 언젠가 생각나면 보내 줄게. 네가 강도우라는 사람의 존재를 잊었을 때쯤…… 10년쯤 뒤가 괜찮으려나.

아무튼 다인아, 네가 없으니까 너무 심심해. 내가 언제 한번 미국으로 너 보러 갈게. 히히. 그럼 안녕.

07.29. 정혜주가 기다인에게.

—*fin*

구르는 돌에 이끼가 낀다 한들 그까짓 변수쯤이야.
어차피 정답도 없는 인생, 마음껏 굴려 봐도 괜찮지 않을까요.
우아하게, 그리고 가끔은 우아하지 못하게.
감사합니다.

—2021년 5월,
문사월 드림.